人行世界

异人行

七马 著

青岛出版社
QINGDAO PUBLISHING HOUSE

图书在版编目（CIP）数据

人行世界：异人行 / 七马著. — 青岛：青岛出版社，
2019.9

ISBN 978-7-5552-8311-9

Ⅰ．①人… Ⅱ．①七… Ⅲ．①长篇小说－中国－当代
Ⅳ.①I247.5

中国版本图书馆CIP数据核字（2019）第085351号

书　　名	人行世界：异人行
著　　者	七　马
出版发行	青岛出版社
社　　址	青岛市海尔路182号（266061）
本社网址	http://www.qdpub.com
邮购电话	010-85787680-8015　13335059110
	0532-85814750（传真）　0532-68068026
责任编辑	郭东明
特约编辑	李文峰　武芳芳
校　　对	宋　芸
装帧设计	蒋　晴
照　　排	梁　霞
印　　刷	三河市良远印务有限公司
出版日期	2019年9月第1版　　2019年9月第1次印刷
开　　本	32开（890mm×1270mm）
印　　张	11.5
字　　数	323千
书　　号	ISBN 978-7-5552-8311-9
定　　价	45.00元

编校印装质量、盗版监督服务电话　4006532017　　0532-68068638

建议陈列类别:畅销·科幻小说

目 录

目 录

　　我第一次听说《异人行》是在社交媒体上。真希望我记得是哪个媒体，这样我就能郑重地感谢对方了，因为这是我当年读到的最有趣的小说，也是我这几年最喜欢的小说之一。

　　大约在2016年新年前后，北京的寒风让我无法再骑自行车上班，发现坐地铁能有很多空余时间。从那时起，我就开始每天把这本书带在身上阅读。我不但在上下班通勤途中阅读，甚至故意选择一条绕远的路线从地铁站走到办公室，以便我能在这本小说的世界里多逗留几分钟。

　　作为专业小说翻译，我非常渴望并且一直在寻找一本能够让我耳目一新的书籍，最初是被第一版的书名《蝼蚁传》所吸引的。或许是因为小说中的异人和现实世界间那种超自然的联系。

　　作家用非常独特的视角铺陈细节，部署意想不到的剧情，然后几乎完美地捕捉到情感的瞬间，继而创造出如此引人注目的人物角色，以至于小说中的情节常常令我感动到流泪，尤其是最后一幕。

　　作为一个读者，我被这本令人惊叹的书所震撼，这本书是一部科幻公路小说，一次异想天开的旅程，又是令人震惊的架空世界大叛乱。

在我看来，这将是一部在全球图书市场上都会成为爆款的小说。

于是我设法和作者取得了联系，得知她为这个迷人的世界策划了一系列的故事，我欣喜若狂，热切地期待能继续看到后面的故事。

我已经向所有朋友和同事推荐这套书。现在我也很荣幸地向你们推荐这本书。

周华（Joel Martinsen）

《三体II：黑暗森林》《球状闪电》译者

第一章
麻袋人

"回家吧，曼波！"

马波嘴里吐着白气，脚下厚厚的积雪被踩得嘎吱作响。一片雪花挂在他脸颊边的头发上，慢慢融化变成粉红色的透亮水珠。马波努力想跑，但双脚只在原地踏步，根本无法追上姐姐！

反复出现在梦里的场景，永远停在了曼波离开的那个雪天。无论马波如何努力去忘记，漫天飘散的红色大雪还是在梦里纷纷扬扬地下了整整九年。每场都一样寒冷刺骨！

五年后，高速路沿线，瓦肯镇。

送餐员把自行车靠在门边砖墙上，解开保温包，伸手按响门铃，低头等着。房门被一个妇人从里面拉开一条小缝隙，一双眼睛看了马波好几秒才终于打开房门。这样的开门方式在如今这个人人自危的时期很平常。

最近这两三年，高速路沿线每座城市都传播着或真或假的恐怖传闻。传闻的主角是浑身皮肤发白、五官淡化、只剩下一对儿漆黑大眼睛的异化人类——他们被叫作蝼蚁人。虽然鲜有人真正见过这种人，但其传闻越来越多，越来越真。据说一些家庭失踪了很多年的人会突然在某处再次出现。他或者她，全身雪白，害怕阳光，只需要几天就会意外死亡。有人说他们身上带着病菌，有人说他们早已非活人，有人说蝼蚁人是一种病，那惨白恐怖的外表是内部脏器衰竭所致。也有人说蝼蚁人无害，跟浑身文身的鬼面人一样，只是个未知的少数族群。所有这些官方和非官方的说法，没一个真正有说服力，可是人们仍然执着地相信，一旦正常人变成了蝼蚁人，最多只能活上三年。

"您好，餐到了。"送餐员抬起头，露出帽檐下的眼睛。

"哦……"妇人愣住了。她不是第一次点外卖，但没有哪次需要这么大的勇气才能把餐盒接过来。

不寻常的送餐员并不是蝼蚁人，但也足够令妇人感觉不舒服了。她以前可没见过这样的人，现在也不希望见到。

妇人眼前这个廋削的男孩儿穿着一件已经洗得很旧的衬衣，领口上还系着一条破旧的狗项圈，上面刻着一根骨头。这并不是什么值钱有型的装饰，只是一条廉价的狗项圈，劣质的皮革早已磨旧、磨光。他的裤子就更离谱，粗布工装长裤没什么稀奇，稀奇的是两只裤脚和一双脏得完全看不出一点白色的"白色"帆布鞋被粗陋的针线缝在一起。除了那顶印有快餐公司商标的帽子，这男孩儿身上的衣着没有一件符合常理！

而所有这些古怪的迹象，与他那恐怖的眼睛比起来，根本算不上什么！妇人咽了口唾沫，仁慈地想，如果没有那双眼睛，他的脸还是将就可以看的。但那对血红的眼睛实在让人难以忽略——眼白和瞳孔红红的，无法区分，谁也别想从这双眼睛里看出什么！他嘴唇薄而紧闭，鼻子也坚挺得多少有些顽固。他根本不是可以用"美""丑"二字去形容的人！

妇人觉得长相丑陋可以容忍，而不合常理的地方就是那双"不健康"的眼睛！就这样，"不健康的眼睛"把送餐员和妇人以及所有人区别开来。

他是个"独立的人"，独立于所有人之外，甚至是空气之外。

"还好，不是蝼蚁人。"她自言自语地嘟囔，看都不看送餐员。

虽然满怀这样那样的疑问，但妇人没有一点想跟送餐员沟通的念头。她和高速路沿线所有城邦的居民一样，瓦肯镇的人们也丝毫没有好奇心。她只要取过餐盒，付清钱，和门口这个男孩儿就毫无关系了。大家跟别人毫无关系，正是时下每个好市民追求的目标。

"祝您用餐……"送餐员话没说完，面前的房门就关上了。

"愉快。"刚到瓦肯镇三天的送餐员马波，对着紧闭的房门说。

有什么奇怪的？他眼里的世界早就跟别人不一样。浅红色、深红色、棕红、黑色——大多数人和东西从那双眼睛里看过去都近乎黑色，比如刚才的妇人。

瓦肯镇是洲际高速路的必经之地。他这样一路打工赚旅费到了这里，服务员、清洁员、厨师助理，什么工作他都干过。马波最喜欢的是送餐员或快递员的工作。这些工作可以让他在城镇之间飞快穿行，停下喝水时还能看看街边往复走动的人，有时甚至可以听到他们的对话。他们，这些并不算友善的陌生人，只要存在，就可以给马波带来些许温暖。而这些不易察觉的温暖感，哪怕是一丝一毫，都如此重要！

"陌生总比没有好！街上没人才可怕。"马波这么想。

瓦肯镇快餐公司的工作简单而重复。送餐员每天一早从送餐点领取餐盒和地址就开始派送。这几天，马波不到中午就派送完了所有订单，下午还可以回公司再领一份餐盒和地址。他刚干几天而已，整个公司就炸开了锅。其他送餐员都排挤他，还有几个人凑在一起小声议论。马波完全明白这是因为什么，但他的目的只是赚钱，上洲际高速路继续旅行。马波管不了那么多，时间有限，速度不能放慢！马波不在乎别人怎么看自己，他像是喧闹都市里一栋无人问津的高楼，寂寞而傲气地矗立着。他只要求人们继续允许或无视他的存在。而这并不容易。

今天中午回到公司，马波没再领到餐盒。经理把他请进了办公室。肥胖谢顶的中年经理，用长年堆积的脂肪恳切而油腻腻地表达着自己对快餐业的忠诚。每天身体力行地吃着本公司出产的垃圾食物，他终于秃头大肚子地坐稳了经理的椅子。

经理与马波的谈话没有直接进入正题，而是从闲话家常开始。

"很多客人叫你血眼，这眼睛……"经理其实也不愿多看那双眼睛，只瞟了一眼就连忙移开视线。

这是难言之事的前奏。马波已经大概猜到经理想说什么，便干脆自己把话题引过去。

"打架弄的，括约肌被打坏了，瞳孔不再对光线产生反应，所以变成了红棕色。您怎么知道客人叫我什么？"

"哦，你来也有几天了。论理你这样的临时工我们不该管太多，每天按时送餐，结算工钱就可以。"经理双手撑在桌上，深深地叹了口气，"唉！刚才有个客人来电话，说血眼只用其他送餐员一半的时间就把餐送到了。这几天我们接到不少这样的电话。送得快本来是好事，但是……"经理苦笑着摇头，"但是，我们毕竟是服务业。客人对我们公司的服务提出了质疑，问以前怎么就要两倍的时间才能送到。其他送餐员日子就不好过了！很多人被客人抱怨送得太慢。我知道你顶多在这小镇待几天就要上洲际高速路，可你个人的送餐速度如果变成顾客心里的服务标准那就麻烦了，客人不好伺候啊！你走了，要是其他人送得没那么快，客人一定会觉得服务质量下降。年轻人，比别人快一点是好事，快太多就不是好事了。你怎么也没跟其他送餐员通通气，商量好时间？"

这番话马波已经很清楚，他把送餐员的帽子摘下来，放到经理的办公桌上。

经理又叹了口气："唉！你去结算今天的工资……"

最后的话还没说完，经理的办公室外就传来吵嚷声。

"给多少钱都不送！谁不知道那是怪物？连他住的房间都鬼影幢幢，发出奇怪的声音！见到他就不是什么吉利事儿。比起来，我宁愿给蝼蚁人送餐！"一名送餐员愤怒地阐述着充分的理由。

他对面，胖胖的女配餐员满脸委屈地与好几个送餐员轮番争吵，解释。围过来看热闹的工作人员越来越多，议论纷纷。

"反正挺可怕的，没人见过他的真面目。"

"谁会去？麻袋人的订单！"

"他还吃饭？"

"我这辈子都不想看到那玩意儿！"

"听说那家伙几乎不出门。唉，你说他会不会是那种浑身白化、大黑眼睛的蝼蚁人？"

"不可能！蝼蚁人活不过三年，他到这镇上已经好几年了！"

"可这也是订单啊！麻袋人定做这面包花了不少钱，总要有人……"

女配餐员满脸愁容，万分为难，猛然发现了跟在经理身后的马波，像落水的人抓住了救生圈，她扯着脖子大喊："血眼，血眼，你送吧！正好送到你住的那家汽车旅馆！"

"唉，这就对路了！也就他能送。"人群里有人嘀咕。

瓦肯镇的居民跟高速路沿线所有城邦的人们一样，具有极强的"排异性"。虽然紧邻洲际高速的地理位置带来了大量旅客和赚钱的机会，但小镇从根子上并不欢迎外来人。为了防止外来人在这儿落户留居，镇上已经很久没修建新房屋。电话预订快餐和其他上门服务也在这几年兴盛起来——瓦肯镇本地人基本上能不外出就不外出，他们不想看到街上的旅客和外来的生人。白天的瓦肯镇除了马波这样跑来跑去的送货员，就是各地赶过来准备上高速路的旅人，真正的瓦肯人却足不出户。时间长了，街面完全被外来人占据，瓦肯本地居民就像隐身了一样"看不见地生活着"。餐馆慢慢改成了送餐公司，商店也可以送货，连孩子们都可以在家里等着家庭教师上门。也难怪，那些外来人员，的确鱼龙混杂，甚至有流窜犯。马波住的那种满是外来人的汽车旅馆，快递员一般都不愿意跑。

马波送一趟倒无所谓，反正自己正好住在那儿，但马波拿不准已经被辞退的自己是否还能继续工作。

"巨大的面包早就凉了，没人敢去！这还是定制的，不少钱呢。"

女配餐员向经理使了个眼色求援。她手指着的果然是一块惊世骇俗的大面包——足有沙发坐垫那么大、那么厚！

"是啊，真大！容易凉……"经理面向马波说了这句毫无态度的话。他也为难，刚开除的员工，现在又要用。送这个是算开除了还是没开除？开除了，人家凭什么还帮你工作？但这活儿，还真只有马波才愿意干！

马波再次领会了经理的意思，又主动把该说的话说了出来："我送，反正顺路。"

"既然这样，那……那你就顺路带回去吧！送餐费就当作你的离职补贴。这是……这是最后一个订单。定制面包，给麻袋人的对吧？"

经理最后一句话是对着女配餐员说的，看都没看马波。

是的，这单由马波去送再合适不过。作为一个不受欢迎的人，他带着古怪的巨型面包订单彻底走出了经理的视线。

没用多久，马波就回到临时租住的地方——一个条件很差的汽车旅馆。

相比小镇其他地方的宁静和死气沉沉，这里可以算是喧闹异常。形形色色的人在长途旅行中来这里歇脚，有些几天后就再次上路，有些会因为钱用光了而多停留一段时间。紧邻高速路的廉价民房顺应时需改成了这种便宜的汽车旅馆。马波住的这家是一长排三层楼的全木质房子，二楼以上是客房，一楼有个很宽敞的大厅。为了压缩经营成本，这儿没有厨师，只有一个可以自己生火做饭的厨房。大厅隔出来一块，摆上些木制的长条桌和椅子，供房客吸烟休息。有一道门从这里通向院子。汽车旅馆的管理员站在入口处的柜台后面，除了收取费用外，还贩卖纸牌、报纸这样的东西。

马波按订餐单找到二楼所谓"怪物的房间"。他敲了敲门，静静地等了一会儿，却没人应答。

"劝你别跟那样的人扯上关系！"声音从通往三楼的楼梯上阴森森地对着马波飘下来。

"哪样的人？"

马波抬头看楼梯上说话的人。他身材魁梧，模样像是一尊破损的大理石鬼怪像。他脖子粗短，胸膛宽阔而结实，生就两条善于斗殴的长手臂，鼻梁有被打断过的伤痕。这家伙迈着罗圈腿特有的步伐，从楼梯上蹚下来，嘴里叼着半根味道很呛的卷烟。

　　他走近，看着马波的眼睛，冷笑了一声，把嘴里的烟卷连着一口浓痰一起啐到马波脚边。

　　"我说的是，住在这门里的怪物！"

　　他跟这镇上的人不一样！他敢直视马波那令别人避之不及的眼睛，马波也直直地盯着他。两人如同两只在旷野里相遇的野兽，这样的对视比言语更能了解对方。

　　要说马波的眼睛很特殊，这个家伙的眼睛也并不寻常，并非颜色，并非大小形状，而是里面传达出的卑鄙和险恶。他小而浅的瞳孔里藏着深深的一圈黑光。如果非要用什么词语来形容那种光，也许就是"凶残"二字。这双卑鄙凶残的眼睛里不带一丝畏惧。他跟马波一样，有足够的在洲际高速路上旅行的胆子！就连马波，也不禁因这露着凶光的眼睛而竖起汗毛。

　　大汉率先结束对视，吐了口唾沫，把肮脏的手伸进紧绷在身上的短袖上衣内，搔搔后背的痒，脚步沉重地继续踱下楼梯。经过马波身边时，他右臂上模模糊糊地浮现出一条不清不楚的蛇形瘢痕。

　　有蛇形文身的大汉离开很久，那间屋子仍没有人应门。马波只能回到大厅去找管理员。

　　管理员是个身材矮小的难看男人，最喜欢跟房客议论汽车旅馆里发生的各种事情。今天把一个女租客的风流韵事"不慎"透露给她丈夫，明天再跟人充满怜悯地讲起丈夫掌掴妻子的事情，这些事构成了他忙碌充实的生活。小道消息和传递信息让这矮小的男人激动得如刚烧开的热水壶，每时每刻都喧闹得吱吱作响。在瓦肯镇，也只有他算是"热心"。

　　为了跟比自己高一头多的马波悄声说话，管理员用力撑着木质的柜台，把身体抬高，好凑向马波耳边。其实不这样别人也未必听不到他的声音，只是管理员觉得，这姿势能使自己嘴里说出来的事情更富神秘感。因为经常做这个动作，他短小的双臂甚至因此锻炼出很多肌肉群，这也使得他能在柜台上支撑的时间越来越长。

"那间屋里的确住了一个，一个……我怎么跟你说呢……根本不知道是男是女的人！是个长租户。要不是他肯付五倍房租的高价，我真不愿意把房间包租给他，不踏实！"

"按时交房租就可以，没有不租给人家的道理，怎么不知道是男是女？"

"你看见就知道了！"管理员甩了一个最诡秘的眼神给马波，"大家都叫他麻袋人。自这怪物住进来，房间就开始闹鬼，周边的房间都没人敢住！有怪声音……"说到这里，管理员像鞍马运动员一样调整了一下撑在柜台上的双臂，老旧的木板台面被他的力道弄得咯咯作响，但这些丝毫没影响管理员的兴致，"他平常几乎不出声音，极少露面，进出屋子也没响动。可我夜里贴着他的房门听过。乍听只是稀松平常的谈话声，娇滴滴的小女孩儿跟人撒娇的声音，但是突然就能变成一个成熟女人，就像个老师那样的声音。有时一个晚上会不合逻辑地交替出现十种以上的声音。我起先认为肯定有电视机或者收音机这样的东西，声音变化只是频道切换，但仔细一想也不对。没有配乐，没有别的杂音，每次都是一个人声讲话的电视节目似乎是没有的，完全不播放音乐的收音机也是没有的！各种谈话的声音变换着，而且听不到对谈，永远只是一个声音在说话！有时候是男，有时候是女，有时候还是个结巴，甚至是个喝醉的人。相比之下，女人的声音比男人的出现概率高，时而成熟，时而性感，间或还带各种口音。那间屋子简直就是个走马灯似的电话亭！这都不算什么，还有一种顶恶心的声音，我想这就是那家伙……啊！"

咔嚓一声，老旧的木质柜台终于承受不住管理员身体的重量，彻底碎裂，知道秘密的管理员摔在一堆旧木片里，哎哟地叫疼。没有来得及吐露出最恶心的秘密，他一边叫疼，一边暗自后悔刚才关子卖得太长了。

管理员和腐朽桌面造成的烂摊子自有人处理。马波几步返回怪人的客房门口，用随身的短铅笔在快餐单背面草草写了几个字，再用口香糖把字条粘在了门上——"面包在后院"。

汽车旅馆虽然简陋，却有个草坪小院，草地边的泥土地里摆着几张没有靠背的长凳。住客不喜欢待在憋闷的大厅里，白天一般都在这里晒太阳，天黑才回屋。这里空气稍好一些，也比屋里暖和。时值冬天，只有正午才有的阳光给旅行的人们带来短暂的温暖。小院里干燥柔软的枯草地上，横七竖八地躺着几个脏兮兮的大块头，其中就有马波遇到过的家伙。他们是成帮结伙在洲际高速路上运送木材的卡车司机。这伙卡车司机不爱洗澡，也不怎么爱换衣服，倒对晒太阳情有独钟。褐色油亮的皮肤在他们看来是男性气质的证明。这几天，只要一到中午，十几个卡车司机便像一群鳄鱼般躺在长凳上任由太阳烘烤。臭汗淋漓的他们霸占了狭小院子里仅有的一小块阳光。

马波买了一份报纸，坐到最靠边的一张木长凳上。它还没被卡车司机霸占，只有半张凳子能勉强洒到一点儿阳光。给麻袋人的巨大面包就放在身边。为了攒够上洲际高速路的钱，马波必须再找一份零工来打。刚翻开报纸，他的注意力就被一则与招工毫无关系的惊人新闻吸引住了。

无脸尸惨案。

"昨日，高速路沿线临近新城的某小镇，一位农妇给牛喂水时，发现水槽内浮出来历不明的恐怖尸体。尸体被锉刀和锯子割掉口鼻等五官，因而被称作无脸尸。这是迄今高速路沿线发现的第三具无脸尸。第一具无脸尸于一个月前在新城下城后街发现，第二具于数日前屠城修复污水管道时被修复队挖土时发现。突然出现的三具恐怖尸体目前仍然无法鉴定身份。"

马波刚要翻看下面的内容，照在报纸上的阳光就被一个形状奇怪的东西挡住了。气球般的硕大椭圆阴影一步步对着他走过来，探头探脑地看马波手里的报纸。马波用了好一会儿才确定面前的"异物"是个人无疑。他把身体完全罩在了一个粗布麻袋里，如管理员所说，根本无法分辨其性别。

遮住身体的麻袋是最常见的那种，但也多少经过些便于生活的设计：粗麻袋可以透进光线，也能让里面的人透过网格状的空隙看清外面；麻袋在肩膀靠下的地方开了口，被衣服包裹得严严实实的胳膊从这里伸出来——那人的双手戴着手套，打定主意不袒露一寸皮肤；麻袋口收紧的地方延伸出两条细细的腿，这是唯一"露馅"的地方。麻袋下的人个子不高，还非常瘦弱，完全是未成年孩子或者相对矮小的成年女性的身形，再仔细看看手套的尺寸，马波基本可以肯定麻袋里就是个矮小的女孩儿。麻袋本来只表明了她的古怪，却把人们了解她的欲望也封闭了。或许她就是如此古怪，是男是女、多大年纪、长什么样子对别人根本不重要，这是否正是她想要的效果呢？

也许是被马波骇人的眼睛看得有些不自然，她后退了几步，站到离阳光稍远的地方，滑稽的蛋圆形影子也慢慢地从报纸上离开了。她显然很怕跟人接触，唯一把她引到院里来的大概就是马波留下的那张字条。马波刚想把面包递给她，一些粗声粗气的谩骂便从阳光里传过来。

"你别站那儿！坏了我的兴致。"

"呸！看着就晦气。"

"滚远点！"

麻袋人出现在院子里，简直就相当于往那些被太阳晒得头昏脑涨的卡车司机中间扔石头。其中一个脸颊上横着一道拉链状伤疤的家伙用胳膊把自己从草地上支撑起来，咔吧咔吧地边走边掰手指。不友好的嘲骂和威胁并不令马波感到意外，他心里暗自有些后悔把麻袋人引到院子里来。

"我该想到。"马波多少有些埋怨自己。

刚才在楼梯上遇到的胳膊上有蛇文身的家伙这时也在院子里。他却没说一句话，像欣赏美景般，侧躺在草地上，嘴里叼了一根稻草，眯眼笑看眼前的一切。同样对麻袋人这样的"异类"充满厌恶的他，却和这些冲动的家伙做事方式完全不一样。异常的冷静和残忍在他的表情里清晰可见。不管怎么看，他都是这群家伙里最有头脑的。马波看见他，他也看到了马波，小得和眼白不成比例的瞳孔依然带着那圈残忍卑劣的黑光。

"大拉链，把他赶回去！"有人喊道。

被叫作大拉链的人只是哗众取宠，并不见得真想动手。但在这样的情形下，麻袋人只能转身离开。马波一把抓起大面包，跟在她身后，三步并作两步跑上通往房间的楼梯。他感到很抱歉。

"对不起，我……"

"为什么你要道歉？该道歉的是那些人！"麻袋里果然传出女人的声音。

"因为该道歉的人，永远不会道歉。"

马波这句话让麻袋人开房门的动作迟缓了几秒。"请……请进来。"她的声音小得几乎听不到，而且那么迟疑。

马波的回答却清楚而简单。他伸出手："我叫马波。"

"我叫扮猫，别人叫我麻袋人。"

扮猫的房间几乎没有家具。地板上简单地打着一个地铺，旁边整齐地叠放着些衣物，还有几个"换洗麻袋"。一部老旧的电话拖着线被放在地板上。

马波猛然明白。管理员说的"深夜电话亭"就是指这个！扮猫是个口技者，能模仿各种人的声音！老人、小孩、男人、女人，都是她，扮猫。可这也太真实了。扮猫遮盖住样貌，抛弃了固有的声音，那她还剩下什么是自己的呢？想到这里，马波自己笑了一下。在这个世界上，做真实的自己哪有那么容易，不套上麻袋的人，跟扮猫也没什么区别。遮掩着生活，她会觉得舒服而安全吧。

"你会拟声？"

"会。"

"真棒！"马波由衷感叹。

这句话让扮猫一怔，整个身体都抖了一下。她转过脸，从地板上的一件衣服里摸出一卷皱巴巴的通用币递给马波。

"这，这没什么，拟声是个没用的本事。你是第一个觉得这个有用的人。"

"不只有用，简直是太棒了！"马波笑着数了数通用币，发现多了五十个通用币。

"太多了。"他把多余的抽出来。

"不多。我想拜托你一件事情，有空吗？"

"有空。"马波无奈而不好意思地笑了。这钱他想挣。

"我要去看个朋友，但不知道怎么才能到那个地方，你路熟。而且，你也知道，大家都不太喜欢我。这是陪我出门的报酬，还有路费。"麻袋人把钱和地址一股脑儿地塞给马波，自己开始做出门的准备。她愣是把一件大衣套在了麻袋上，脑袋上还扣了一顶黑呢帽。穿衣戴帽的麻袋人让马波控制不住地笑了出来。

"好笑吗？我这样生活很多年了，麻袋在冬天不够暖和。"

她这样说也对。房间简陋的木框窗外，几片雪花从青灰的天空飘落而下，落在光秃秃的树杈上。过了中午，气温急转直下。下雪后，天空开始暗淡下来，路灯已经全开。现在雪花还不会凝结，再落一会儿就会迅速堆积起来。

马波袖口都磨毛了边的衬衣外面，只有一件帆布外套——他没有更厚的衣服了，只是把衬衣领口的短皮带紧了紧。硬质的皮带平时可以让衣领保持坚挺，天冷时束紧了会比围巾还暖和。这条旧皮带是他从一只垂死的流浪狗脖子上摘下来的。马波守了它一整夜，灌水灌食物，还用布料包裹它的身体。黎明时，它看了马波一眼，还是断气了。这只大型犬留下的旧脖圈跟他身上所有的衣服一样旧，长短也合马波的意，绕脖子一圈，还多出几厘米垂在他敞开的衬衣口露出的锁骨上。

"走吧。"马波把手揣在兜里，对扮猫说。

瓦肯镇的街面铺着围棋大小的黑色圆石子儿，初雪落在上面就化，湿滑异常。镇中心的主街道是一条宽敞的路，有轨电车哐啷哐啷地驶过。寂寞冷清的镇子在任何尺寸的地图上都只是一个微小的点。街道看起来那么疲惫，阴郁而渺小，有轨电车的轨道就是这张阴郁脸上的几条难看皱纹。只有喧闹驶过的电车给人数寥寥的街道勉强增添了一些活气。今天大概是误站人数最多的一天。售票员忘了收钱，甚至连司机都屡屡往车厢后面探头探脑。很多好奇的乘客想看又不敢看，想问又不敢问，只弄得电车上的木头座椅嘎嘎作响。被封闭在狭小的电车厢里，又在众目睽睽之下，扮猫紧张得连呼吸都开始急促。

马波再次打开话匣："你到底是做什么的？"

"我……我，哦，我能模仿各种声音。我，我在汽车旅馆房间装了一部电话，还在电台做了广告。刚开始给我打电话的都是需要色情服务的长途旅行者，后来越来越多的人知道我。只要想聊天，都可以给我打电话。我会用他们喜欢的声音与他们交谈。他们都很孤独，希望我装成他们喜欢或者熟悉的人的声音跟他们说话。我经常奇怪，为什么他们不找本人聊天，而要找我模仿呢？"

"因为他们想交谈的那个人不会像你一样，说他们爱听的话。"马波插嘴道，"人都希望谈话往自己喜欢的方向发展，但是这不容易做到。是不是经常有男人让你装成他们喜欢的女人说'我爱你'什么的？"

"是有！"扮猫明显不像刚才那么紧张了，说话速度也畅快多了，"但是最多的不是这个。很多人要求我装成他们的老板或者仇家，听他们谩骂。然后我用他们想要的声音向他们道歉。聊天以后，客户汇款到我的账户里。我就这样挣钱。人们觉得打这种收费电话很安全，通话的只是一个住在汽车旅馆里不敢见人的怪物。他们不跟亲人朋友说的事，却会跟我说，有时候，有时候我也……"

"色情电话？"

"嗯！所以很多人讨厌我。我不怪他们。"扮猫认真地点头，"对了！我的这个朋友，一会儿咱们要去看的这个朋友，他有点不一样。他觉得自己不是人，是一个单面煎熟的鸡蛋。你别太奇怪。"

"不会。"马波说的是实话。还有什么能比一个套在麻袋里的人更奇怪？

"我觉得煎蛋是我的朋友，跟他打电话很舒服，他几乎没话跟我说。每天跟人说话让我觉得很累！因为是工作，所以我要迎合别人说话，只有煎蛋不一样。他从来不用我说什么特别的话，只要我给他讲个故事就行。"

麻袋人只要一说话，就会有人偷偷往他们这边看。但他们只要一看到马波的眼睛，就会立刻转过头去。

"这车厢里也许就有给你打过电话的人。你突然出门，一定会让他们不安。但他们只会埋怨你为什么要出门，却丝毫不埋怨自己为什么要打丢人的电话。人这台机器没有自省的程序。"

马波这话让扮猫笑了起来。刚才还看着他们的一个乘客傲然地扭过了头。

"又到了我该离开的时候了。每个地方都一样。一段时间以后，人们开始觉得我知道太多，他们对我的忍耐也就饱和了。"扮猫对冰冷的车窗哈了一口气，温暖的气息凝结在玻璃上，变成白白的雾气，外面模糊起来。

她不用马波提问，独自滔滔不绝地说起来："我以前在医院住过很长时间。一个人在病房里出不去，只能听门外来来往往的医生、护士说话，然后模仿他们的声音跟自己聊天，慢慢地就学会了很多嗓音。我自己跟自己说话，有时候扮男的，有时候扮女的。一个人变成好多人，跟交了好多朋友一样。"

电车到站。一声铜铃响，车门打开，有人上车，有人下车。再一声清脆的铃响，车门关上。电车再次摇摇晃晃地驶离车站，把麻袋人和拿着大面包的马波扔在雪地里。

"谢谢你。"扮猫和马波一起顶着雪走路。

"不用谢我，你给了我报酬，再说我本来就是快递这份面包的人。"

"不是，谢谢你夸我。"扮猫的声音小到几乎听不见，但这是她鼓足了所有勇气才说出来的话，"你是第……第一个夸奖我的人。"

不知道是马波没听见还是不知道该说什么，他们之间沉默了一会儿，只能听见四只脚踩在雪地里的声音。扮猫问："你的眼睛是怎么了？"

"打架。"马波回答。

路面盖上了薄薄的雪花，小硬币那么大的雪片更加密集地飘落。路灯顶着厚重的积雪，发出昏黄的光亮。雪景让马波在一盏路灯下站住了脚。

"你见过雪片从地面往天上飘的吗？"马波抬头看路灯。

雪片并没有从下往上飘，只是被光线照得发亮而已。可他清楚地记得曼波出走的那个雪天，迅速降落的雪片从地面往路灯上飘去。"听说如果雪下得足够大，速度足够快，就会那样。今天雪还不够大。"

马波送了几天快餐，对街道很熟。他走路很快，扮猫跟起来很费力。即便隔着麻袋也可以听见她气喘吁吁的声音。他们这一路没再对话。很久以后，扮猫很小声地说："到了。"

她说话的声音并不比落雪的响声大多少，但马波听见了。两人停在一大排青砖连体房前，路灯下有个门牌号是"0"的木头房门。麻袋人轻轻叩响上面的黄铜扣门环。

"煎蛋，煎蛋。"麻袋人一边叩门一边叫。

"你这样没人听得见。"马波双手抱着餐盒，用力踹了房门一脚。

这的确奏效。开门的是个瘦得出奇的男人，活像一具骷髅，双腿的骨头和牙齿似乎完全不受控制，发着咯吱咯吱的响声。他穿了一件米白色的连体睡衣，可笑地配了一双褐色皮鞋。马波差点以为自己见到了一个蝼蚁人。

"煎蛋，我给你带了礼物。"扮猫从马波手里拿过面包，把它举到穿连体衣的骷髅架子的鼻子前。

"你们好！"煎蛋再把房门推开一点儿，让他们进屋。

"谢谢。"扮猫说。

马波看来，麻袋人在演独角戏。煎蛋只是很模糊地扮演着"朋友"这个角色，像是舞台上的一棵树、一块石头，可有可无。

屋里比外面暖和多了。大厅面积不小，中央有一张桌子，却没看见边上有配套的椅子。煎蛋继续发着骨头相互碰撞的声音关上屋门，哆哆嗦嗦地走到墙边，靠着墙就不动了。

"能帮我找把椅子吗？"扮猫小声地请求马波。

马波到处看了看，大厅里根本没有椅子。

"煎蛋害怕椅子。他觉得自己是单面熟的煎鸡蛋，只要一坐下，蛋黄就会流出来。所以他不坐椅子也不睡床，只能背靠墙壁站着休息。"

"站着能睡着……"马波话没说完,靠着墙壁的煎蛋已经轻微地打起呼噜。

"嗯!但他睡得很轻,稍微有动静就会醒,随时会再睡着。"

扮猫说得没错。马波一走动,煎蛋就醒了。煎蛋就像向日葵跟着太阳那样,用眼神"跟"着马波,但身体丝毫不肯离开墙壁。

"他的监护人把椅子都放在楼上的房间了。"扮猫提示道。

马波终于摆脱煎蛋的视线跟踪,找了一把靠背椅回到大厅。鼾声再次响起,煎蛋又靠着墙壁睡着了。扮猫盘腿坐在煎蛋脚边的地板上,守候着这个"朋友"。这样的情景让马波驻足看了好几分钟。屋里的确比外面暖和很多。

靠背椅被马波放在地板上时,煎蛋再次醒了。一看见椅子,他就不受控制地浑身颤抖。椅子,是他最大的敌人。

"会死!会死!"

"不会死!"扮猫的声音比先前大了很多,而且带着点具有压迫感的坚决,"看!把这个大面包放在这儿。早餐的煎蛋都是放在面包上的,对不对?即便是蛋黄流出来也会被吸收在面包里,一点都不会丢。"

这是扮猫想出来的主意。只要让煎蛋坐在一块面包上,他就不用担心蛋黄流走。就算真是个煎蛋也没关系,只要可以坐下。

煎蛋看看铺了大面包的椅子,再看看扮猫,又看看马波。他伸出一根手指,轻轻按按松软的面包。煎蛋等了很久,才小心地把屁股挪过去。

"就这样!你看,没流出来。坐下,试试!"

扮猫用温柔的声音时不时地引导着他。终于,煎蛋小心翼翼地沉下身体触到面包。又过了几分钟,他闭上眼,彻底坐进了椅子里!他的嘴角猛烈抽动,这让扮猫和马波都有些紧张。直到煎蛋大喊大叫,流出眼泪:"我是煎蛋,半熟的……安全!"

扮猫跟煎蛋一样高兴,却不知今晚自己将大难临头。

第二章
杀人泪

简陋的汽车旅馆里，无端的仇恨正在酝酿。

马波在楼梯上撞见的家伙，在卡车司机里被叫作"沌蛇"。这诨号很有来历：他曾在胳膊上文过一条青红花纹的大蛇。一次，有个不太会说话的搭车客批评说蛇文得不好，像一只蜈蚣。这话让他莫名地觉得不舒服，于是他就在加油站的洗手间里拧断了那人的脖子。好事的人描述说，搭车客被拧断脖子前还哼着轻快的小曲。可见沌蛇从没在"未来的尸体"面前表露过自己的情绪，有预谋的杀害从开始就不露声色，只可怜那话多的家伙临死前都不明白。这个生性残忍的卡车司机拥有所有猎食动物最好的武器——完美的伪装和毫不留情的手法。

沌蛇逃亡了若干年，出人意料地重操旧业，辛辛苦苦地做起了卡车司机的老本行，就连胳膊上的大蛇文身也洗掉了。人们以为他改过自新了。然而，本性哪有这么容易逆转！粗制滥造的蛇文身其实也无法真正地从皮肤上洗刷干净。一旦沌蛇喝多了酒或情绪激动时，难看的圆头大蛇还是会红彤彤地从皮肤里层浮出来。残暴只不过是披上了一件更加危险的隐形衣，混混沌沌的大蛇毒性比以前更强！他仍然极其敏感，不知哪句话或者什么人会再次将他激怒。

与此同时，什么都不知道的煎蛋正尽情地感知着"安全"，玩得异常高兴。大面包片可以帮他坐到窗台上、床上、抽水马桶盖子上，以及任何常人能坐下或不能坐下的地方。有点得意忘形的他，甚至想一屁股坐在马波的肩膀上。

一番天翻地覆的喜悦后，也许是玩累了，煎蛋拍拍大面包，坐在壁炉旁边的地板上。

"故事！"骨瘦如柴的煎蛋用期待的眼神望着马波。

"你是我们的新朋友。第一次见面要讲个故事。"扮猫一边解释，一边也盘腿坐在煎蛋旁边的地板上。

说到故事，马波掏出一支皱巴巴的香烟塞进嘴里，还没来得及点燃。

"我没看过什么书，没有故……"

"求……"

"别！别说'求'这个字！"马波不喜欢求人，更不喜欢被人求。煎蛋无意间戳中了马波的要害，他投降了。

"我讲。"他像个不得不服输的武士，无奈地盘腿坐下，把皱巴巴的香烟塞回衣兜，"我真没读过什么书。曼波，我姐姐，她说，别人的话都不能相信。书里的话是别人写的，也不能信。我只看过一些报纸，只能讲这上面的故事。"

屋子里寂静无声，煎蛋安静而充满期待地等着马波的故事。马波认真而有些笨拙地皱着眉头回忆起所谓的故事。

"无脸人是个出名的雇佣杀手。他的杀人方式极度残忍，他也因此得名。作为职业杀手的他有个习惯，把人射伤后就不再用枪，只用拳头猛击对手头部，直到脑浆飞溅，不成人样为止。最著名的是，他会在战败的对手还活着的时候，用刀把对手的眼、鼻、嘴生生割除。尸体被发现时完全无法辨认死者的身份，只留下一张恐怖扭曲的脸。用他的话说，剥夺对方生命的同时，脸面也不能给他留下。这样残忍恐怖的手段倒成了无脸人被雇来谋杀仇家的最大卖点。所谓的'增值服务'让他一下子变成了价格最高、最抢手的杀手。

"因为只有死者见过杀手的面目，所以要想抓到无脸人几乎不可能。关于他长什么样子，警察连目击者都找不到，这也是无脸人叫无脸人的另一个原因。直至他自杀那天！

"警察在一家乡村妓院的浴室里发现了他的尸体。破天荒地，妓院报案了！报案时死者身份未被确定，警察以为他们只是发现了被无脸人杀害的又一个死者。妓院楼上的套间里，血水顺着楼梯淌出。卧室里只有一个战栗发抖、精神已经恍惚的女人。她身上的衣服都是警察进屋前老板娘勉强给她披上的。

"浴室的门被撬开，满是鲜血的地上躺着一具无比可怕的尸体。医生断定他死于大量失血和常人无法忍受的痛苦。这男人用钢锯切下自己的五官，痛苦地流血而死。如果不是浴室房门从里面反锁着，没人会相信一个人能对自己进行这样的虐待。大概是为了不发出痛苦的叫喊，无脸人先割断了自己的舌头，然后像削土豆那样切掉了鼻子和耳朵，挖出左边的一只眼睛，脸上还有无数刀口。他也许还尝试过把自己仅存的另外一只眼睛也抠出来，也许是失血过多，也许是疼痛难忍，没有成功。没人能想象如此恶贯满盈的匪徒是以怎样的毅力完成如此恐怖的自杀，在这样巨大的痛苦中死去的……"

听到这里，煎蛋和麻袋人扮猫同时咽了一大口唾沫。马波没有停，继续往下讲："我在街上捡的报纸，所以故事有些不全，你们凑合着听。"于是恐怖而吸引人的故事再次开始：

"妓院发抖的苦命女人来自一个非常穷困的地方。人们对那里有一种说法：男大为匪，女大为娼。因为贫穷，女人的父亲早就患病死去。在她六岁那年，哥哥抛弃家庭独自离开，从此再没回来。为了养活母亲，女人十六岁时便顺理成章地做了妓女，被卖进橘镇的妓院。她很认同这样的命运，每天跟各种过路客人上床，只求可以赚钱。几年后，患病的母亲死了，女人也完全没有想过要摆脱这样的生活。她失去了唯一救赎自己的机会。从此以后，命运就再没饶恕过她！

"一天，老板娘带给她一个外乡客人。这个客人对她算是和善，喜欢在做事以后聊天，并不是所有客人都会这样。客人掏出很多通用币摆在她的乳房和私处，让她给他讲故事，天亮还会给她更多钱。这就是无脸人不容易被警察抓获的原因！他从来不在旅馆或酒店投宿，妓院才是他睡觉的地方。本来就是见不得人的地下场所，妓院对警察有天然的雷达和排斥感，周遭只要有一点风吹草动，无脸人一定可以顺利逃脱。无脸人跟妓女搞好关系就等于多了一个警报器！无脸人的方法是给她们钱，听她们讲自己的故事，既拉近关系又保持清醒。妓女一般都撒谎，但这个被命运诅咒的女人讲的居然是真实的人生，她甚至还告诉无脸人自己的真名实姓。在平凡无奇的人生悲剧末尾，她只加了一句：'我这辈子大概就如此了，只希望我离家的哥哥有个像样的人生。'

"后来女人的裸体上果然被无脸人摆了一沓一沓的钱。在她狂喜的笑声中，无脸人走进洗手间，关上门。过了许久，门缝里毫无声响地渗出一摊鲜血……"

马波念到这里，停住了。

幸好故事到这里就断了！再长一点儿，扮猫就听不下去了。她走到窗口呼吸外面冰凉的空气。即便隔着麻袋，在这样的雪夜里她也可以感觉到瓦肯镇刺骨的寒风。这个刚认识一天的人可信吗？她还带他来看自己的朋友，是不是太过轻信他了？她在心里这么埋怨着自己，对玻璃窗哈了口气，窗户上顿时结满了冰花。

"煎蛋，我要回去了。"她说。

"不要！不要！"煎蛋可怜巴巴地哀求着，刚安静下来的身体又跟扮猫他们刚进门时一样胡乱颤抖起来。

"她说得对。"马波也说，"不早了，应该回去了。"

"跟着!"

对会讲故事的马波和扮猫恋恋不舍的煎蛋自己想出了解决方案,这方案让傻里傻气的煎蛋暗自兴奋了几秒。他被关在屋里太久了。

"不行!没有监护人,你不能出门。明天监护人会带你出去。"扮猫只能拒绝,硬着心肠扑灭煎蛋脸上的兴奋。

没有星斗的夜空下,马波和扮猫并排在小腿深的雪里艰难地走向电车站。雪还在下,一直没停,而且落雪的速度越来越快。雪片打得人眼睛都有些睁不开。

"有时候,这双坏了的眼睛倒可以看见更多东西。"马波突然主动打破沉默。

"比如说?"

"比如说……"马波在一盏路灯下站住,"你看,路灯下的雪片不是向下落,而是向天空飞去的。"

扮猫连忙也停在路灯下,抬头看路灯。果然,昏黄的光线下,急速下落的雪片在往夜空中飞去。

马波的视线越来越模糊。一片雪花落在他的眼睛里,凉丝丝的。他闭上眼睛雪花就化了,一滴水从他的眼角流出。

回忆里总是有曼波。

"你笑一下。"马波的眼睛清澈而认真。

曼波抹了把眼泪。

马波扔掉烟,四根手指在姐姐泪痕斑斑的脸上挤出一个鬼脸般的笑容。

"读那么可怕的故事,你难道不害怕吗?"扮猫把马波从思绪里拉回来。她的语气里有些责怪意味。

"报纸上的故事不会比现实更可怕。"马波漫不经心地再次从兜里摸出那根皱巴巴的烟，划亮火柴，用双手捂着在寒风里点上。

"等等，听见什么了吗？"马波做了一个嘘的手势。

是的，扮猫也听到了，雪地里有咯吱咯吱的声响。她望望空无一人的街道，声响停了。

"煎蛋！"扮猫叫道。

不远处的一盏路灯后面，煎蛋闻声，笑嘻嘻地露出头来。有轨电车带着巨大的噪声从他们身边驶过。

雪下得越来越大，而且下降的速度极快，电车站的顶棚已经被压弯。为了安全，车站上临时安排了一名引路员，用手势和非常尖利的口哨声，指挥将要进站的电车减速。这是一种特别的口哨信号，有点像是哑巴勉强从喉咙里往外吐字的方式。引路员指挥乘客上下车，最后一个乘客登上车后，尖利的口哨响了两声，车门才缓缓关上。

"其实就是在说话，很聪明的信号方式。叼在他嘴上那个哨子，只是起到将声音放大的作用。"马波弯下腰，隔着车窗对留在大雪里的引路员挥了挥手。

"雪太大了，要是他能看见你挥手，想必会感动吧。"扮猫有些遗憾。

其实引路员看见了，还头顶大雪跟跄着追了几步。但他实在弄不明白这个挥手到底是什么意思。所以引路员就这么在厚重寒冷的大雪里郁闷地站着，百思不得其解。

什么对煎蛋来说都非常新鲜，就连电车上人们的小声议论和孩子们不友善的鬼脸都让煎蛋兴趣盎然。面包片通常只能起到填饱肚子的作用，此时却可以让他如此自信而兴奋。煎蛋忙着在每个空着的座位间坐下又站起来，站起来又坐下。

"怎么办？"马波问扮猫。

"没办法，我们先带他回汽车旅馆，再打电话给监护人。"

在这不属于他们的小镇的雪夜，汽车旅馆是扮猫和马波唯一可以想到的去处。

　　和落雪的室外相比，被无数盏烛光环绕着的旅馆休息大厅显得非常温暖。卡车司机们吃饱后，百无聊赖地趴在窗口望着雪地打着哈气，一瓶一瓶地往嘴里灌淡啤酒。

　　几年前，高速路上就颁布了禁酒令，所有烈酒都被列为禁品。即便是汽车旅馆这样不太把禁令当回事的地方，也只敢稍微贩卖一些度数低得妇女儿童都可以喝的淡啤酒，或者说是糊弄人的假啤酒。烈性的高度酒必须有钱、有渠道才能在诸如新城和屠城这样的大城市弄到。禁酒令倒也不无道理。油价暴涨让人们的生活越来越艰难，脾气也日益浮躁。城邦联合政府认定，酒精是坏情绪的催化剂，是恶性事件和交通事故在高速路上频频发生的根源！但这禁令其实并没起到真正的禁止作用，反而让黑市上酒精的价格翻了五六倍。一些高度烈酒更是可遇而不可求，变成了特权阶级和有钱人的特享。

　　酒精可以麻痹人的神经，让人感觉不到现实里的痛苦。如果没有酒精，这些真实的生活痛苦要如何逃避和发泄呢？和所有挣扎着在高速路上求生存的人一样，外表凶悍的卡车司机那魁梧强壮的身躯里，也同样藏着一个被生活折磨得脆弱、恐惧、遍体鳞伤的可怜灵魂。只要不开车，他们情愿像牛饮水一样灌着毫无度数的淡啤酒。其实这种水一样的饮料喝再多也只能增加尿量，根本喝不醉人。是他们自己想喝醉，很想！他们的醉态完全是一种表演一样的自我暗示，很多时候是为了壮胆。

　　"嘿！那麻袋正往这边走过来，还有个瘦骷髅和中午的血眼男人。全都怪模怪样的，真让人恶心！"有个眼尖的人发现了雪地里逐渐接近的三个黑点。

　　"谁要是能把脏兮兮的破麻袋揪下来，看看里面是不是蝼蚁人，我就给他一百通用币！"脸上有拉链状伤疤的卡车司机突然想到了打发无聊的办法。

　　"这赌打得好寒酸啊！大拉链。"大厅角落里懒洋洋地传出一句话。

　　沌蛇并不像其他卡车司机那么吵闹、那么爱说话，他要确保自己说出来的每一句话都是"有用"的，这很重要。而每句"有用"的话都帮他达成过目的。现在他已经是这帮家伙里不冠名的领袖。他喜欢这样，躲在后面操控事情往他所希望的方向发展。

　　等所有人都注意到自己，沌蛇才笑着用舌头舔干净嘴边沾着的食物末子："我倒不认为麻袋人是蝼蚁人。但他的真面目可比一百通用币值钱。这家伙是打色情聊天电话的，一天挣的钱比我们一个月挣的都多！"

　　卡车司机即便拿麻袋人开开玩笑，大声呵斥或嘲骂，也只是一般的玩闹。当地的人们虽然排外，但在没触及自己切身利益时，一般不会产生特别恶劣的情绪。但今天不同，麻袋人的出现让沌蛇胳膊上不安分的混沌大蛇苏醒了！卡车司机打赌本来只是为了解闷，而现在，周遭的空气里却被沌蛇凭空添进了妒忌和不平的仇恨，他一句话就成功地把麻袋人和卡车司机的利益挂上了钩，让他们之间产生对立！

　　"他一个电话挣那么多脏钱！我们辛辛苦苦，每天十几个小时闷在驾驶室里流臭汗……"

　　"我开车时听过电台里放这家伙的广告，说什么陪人聊天是治愈心理疾病的妙方，原来是色情电话！"

　　"真是一麻袋脏东西！"

　　"撕开他，撕开那破麻袋！"

　　谩骂声此起彼伏。不知哪个卡车司机砸碎了啤酒瓶，其他人就跟着号叫怒骂。卡车司机性格粗鲁，生活劳累艰辛，不安和愤怒的情绪在这群人中轻易就能被点燃。

　　"扯下那家伙的麻袋来，看看里面装的是什么狗屎！"

　　"比我们挣钱多的怪物长什么样子？"

　　卡车司机的怒气毫无控制地四处发泄，只有沌蛇是清醒的。这一切愤怒都源于他细心而不紧不慢的怂恿。他厌恶麻袋人，厌恶跟麻袋人在一起的人，尤其厌恶煎蛋脸上那种愉悦、初生婴儿般的快乐！那是沌蛇不可能拥有的快乐。

"快被捏死的小臭虫们马上就过来了!"沌蛇嘴角和心里同时浮出一丝冷笑。

雪下得太大了,三个人迫不及待地推开通往休息大厅的大木门。热风扑面而来,和屋外冰冷的空气碰撞在一起,一下激醒了马波的神经。只有他,觉察到了弥漫在大厅空气里不寻常的火药味。刚才还喧闹异常的大厅现在变得非常安静,卡车司机一个接一个地放下手里的酒瓶,就等着"第一个人"出现。

"跟紧我!直接上楼。"马波小声地对麻袋人和煎蛋说。

对危险的预感虽然正确,可他还是猜错了一件事。马波的手紧紧抓住煎蛋的胳膊,他以为拿着面包的煎蛋才是那些人的攻击目标。就在这时,事情发生了!

"上,撕开他!"脸上有拉链状伤疤的卡车司机冲向麻袋人,一只胳膊就把她拎起来,抢到长木桌上。

"扒光这怪物!"整个大厅沸腾起来。

少数几个不愿卷进是非的人趁乱悄悄地退了出去。现在谁都感觉出来了,今晚要出大事儿!

饱受家庭压力和社会歧视的卡车司机在心中郁积的愤怒的操纵下变成了一伙暴徒。大拉链扑上去后,又有几个壮汉扑上去撕扯扮猫裹着的麻袋。

煎蛋被马波抓着胳膊,完全不明白眼前到底发生了什么事情。他只是木呆呆地盯着远处的一把椅子,努力想从马波手里挣脱。

一边想去救麻袋人,一边还不能放掉正跟自己较力的煎蛋,马波的动作没有卡车司机那么快。对方人多势众,煎蛋马上也会成为下一个被攻击的目标。

"就不该管你们!"他对煎蛋喝道。

他必须把煎蛋控制住才能空出两手打架。有个穿红格衬衣的家伙对着他们过来，看来冲突无法避免了。马波瞥见地板上有一把金属汤勺。几乎同时，红格衬衣那家伙巨大的拳头挥到了他的鼻尖前。马波不喜欢别人把拳头挥到自己脸前，他的眼角条件反射地流出眼泪，止都止不住。马波一边流眼泪，一边弯腰捡起汤勺。

"你哭什么？！""红格衬衣"被突然而来的眼泪镇住了一秒钟，或者说是被恶心了一秒钟。

也就是在这一秒钟里，在红格衬衣卡车司机几乎失声的痛叫声里，汤勺的把手斜刺进他的右臂腋下，血喷涌而出。

"帮我看着煎蛋！"马波对面部逐渐开始丧失血色的卡车司机吼道，脸颊上仍然挂着泪水。

他取下自己衬衣领上的狗项圈，把煎蛋和已经倒在地上的卡车司机系在一起。煎蛋的面包从手里滑落。就连他这样不知痛痒的疯子，看见跟自己连在一起的是个腋下喷血的大汉，也吓得体如筛糠，双唇发抖。

"他，流出来了……"

"在这儿等我！不然，我让你把蛋黄全流光！就像他。"

其实不用这句话，光是马波那张泪痕斑斑却面露凶光的脸，就足够吓唬煎蛋了。红格衬衣卡车司机还没死，还可以躺在地板上挣扎一会儿，在失血过多以前，他是马波带煎蛋和扮猫从这群恶徒手里逃出去的筹码。更好的是，他的体重足够拖住煎蛋，给马波争取一点点救麻袋人的时间。

几个卡车司机目睹了这一幕，吓得跌跌撞撞地冲出大厅，跑进雪地里。照理说，"红格衬衣"的遭遇应该被所有人注意到，可就在刚才的几秒钟里，还发生了另外一件事情。被扔在长木桌上的麻袋人发出了愤怒的吼叫！横躺在桌上的麻袋人拼命吼叫着，犹如一头真正的猛兽，弱小而蜷缩的身体随着吼叫激烈抖动。有那么几秒钟，对她连踢带踹的几个卡车司机被这突然的吼叫声唬住了。马波看准时机，冲到桌子前面，一把将麻袋人拉下来，横抱着搂在怀里。站定后，他意识到这样做非常危险。人是救下来了，但接下来该怎么办？

"他杀人了！报警！"一个卡车司机像女人那样尖叫，随之，腋下喷血的"红格衬衣"已经被所有卡车司机发现。

"弄死他们！"脸上有伤疤的卡车司机啐了一口唾沫，大叫起来。马波清楚地感觉到扮猫在他手臂里发抖。

沌蛇本来坐在最暖和的一把椅子里观战，即便眼睁睁地看着马波把汤勺插进"红格衬衣"腋下，他也没任何反应。现在他终于站起来，一步步逼近马波："小子！你下手这么狠！"

"他还没死！"马波抱着麻袋人往煎蛋和"红格衬衣"身边退，"让我们出去，你们就可以送他去医院。"他放下扮猫，迅速解开连接煎蛋和卡车司机的狗项圈。

"瞧啊，杀人犯在求情，他还哭了。流泪的鳄鱼！"沌蛇很会这一套。这句话抹掉了"红格衬衣"还有救的信息，直接把马波定罪为杀人犯。躺在地上的人是死是活沌蛇根本不关心，让马波和扮猫死才是让他血脉偾张的事情。等不到警察来，亲手把讨厌的人干掉才爽。沌蛇对任何事情的反应都异于常人，越是恐怖混乱的环境下，他越是冷静。报警虽然可以让马波等人锒铛入狱，不过追究起来，对还是在逃犯的自己也没有什么好处。他讨厌警察，才不用他们介入！他要立刻亲手解决眼前的事情。

"这家伙是惯犯，必须在警察来之前就抓住他。他还会杀更多人！"沌蛇对他的"卡车司机勇士"发出作战的信号，让谋杀听起来充满扭曲的正义感。本来就头脑简单的卡车司机早已完全忘记事情因何而起，他们脑子里充斥的只有沌蛇的意志和目的——杀掉眼前这些怪物！

往室外去的大门现在被两三个卡车司机死死堵着。马波看见通往楼上客房的楼梯，现在只能往那里跑，也许可以登上屋顶，也许可以从上面跳下去……他来不及想这些了，先跑了再说！马波一手拉着煎蛋，一手搂着麻袋人，竭尽全力地往楼梯上飞快逃跑。他身后的楼梯木板轰隆作响，卡车司机穷追不舍。

"瞧啊，多可怜！"沌蛇的笑声从马波身后飘过来，"逃跑是最可怜的反抗！"

"再往楼上跑也没用，也许是死胡同，即便上了屋顶也……"马波的脑子和他的双脚一样飞快地转着，"不逃了！"

他猛地刹住脚。现在只有一个办法，逃跑也可以变成攻击！他得转身，正面对着沌蛇这伙人！管他呢，马波一手一个，他们有三个人的重量，可以试试。他猛地转身，加快速度往楼下冲。也许是完全没想到他会往回冲，也许是刚才就对心狠手辣的马波有些畏惧，前头的几个大汉完全没有避让而被冲倒，后面的几个居然自己让开了条路。

本来他们也许可以这样直冲门外，马波已经用肩膀撞开了通往户外的一丝门缝，马上就感觉到冰冷的夜风了，却感到速度被迫放慢，有人拽住了麻袋。沌蛇不会让今晚的事情就这么结束！

不能停！马波以为只要跟沌蛇往相反方向用力就可以抢下扮猫，麻袋被撕破是在所难免。对马波来说，最重要的是"逃命"，对扮猫却不是。她用力咬了一口马波的手臂，他一松手，她便重重地摔在地板上。等马波站定，身边只剩下瑟瑟发抖的煎蛋。对扮猫来说，麻袋不被撕破比生命还重要！她摔倒在地板上，沌蛇一伙人立刻围过去对她拳打脚踢。麻袋上渗出血渍。这样的情景让马波目瞪口呆。

"走吧！"他推开身边的煎蛋，"你自己逃！"

"我是煎蛋，半熟……"

马波再也忍不住："真不该救你们，白费劲！"

也许是听见马波的话，麻袋人居然在拳脚中摇摇晃晃地站起来，对着长桌上插满蜡烛的烛台冲过去！烛台和桌椅滚了一地，火蛇迅速在地板和所有可燃物上攀爬蔓延。

"抽烟会死！"马波把曼波手指间的烟抽出来，放到自己的嘴里。

"要替我去死吗？"

"可以！但你笑一下。"马波的眼睛清澈而认真。

曼波抹了把眼泪。

马波扔掉烟，四根手指在姐姐泪痕斑斑的脸上挤出一个鬼脸般的笑容。

　　火焰借着风势，顺着窗帘和地板迅速在大厅里蔓延。木质结构的房子只需瞬间就可以全部燃烧起来。这里，几分钟内就会变成一片火海。高温加上呛人的烟雾，让人的呼吸越来越困难，视线越来越模糊。人们疯狂地冲出汽车旅馆，有人甚至来不及跑到门口就直接破窗而出。马波本也可以迅速逃走，可还有浑身是火的麻袋人，以及向火海走去的煎蛋……

　　"马波，我不会让你失望的。"曼波在火里对他说。
　　于是马波拼命忍住哽咽。他把流进嘴里的眼泪都咽了下去。

第三章
马波和曼波

九年前，跑龟城。

曼波是个不招人喜欢的女孩儿，头发永远乱蓬蓬的，没什么发型可言，还自作主张刮光了眉毛。这女孩儿的心也像是一丛抗拒修剪的杂草，恣意而自由地生长着。曼波的所有作为都让父母觉得很丢脸，于是对她高压管束。家里的房顶上，总有一块巨大的乌云，压得年幼的女孩儿喘不过气来。

每次受父母训斥，曼波都被要求站在那里一动不许动。

"在鞋子里动动脚指头，我就只有这点自由！"她这样说。

曼波几乎没朋友，只有小她五岁的弟弟，他们在同一所学校上学，姐弟俩总在一起。曼波以前不叫曼波，十岁生日那天，她给自己改了这个名字。一个没有姓氏的名字，一个不属于任何家庭的名字。

十七岁生日那天，她想要个乒乓球拍。不只是十七岁生日，十六岁的时候她的生日愿望就是想要乒乓球拍，十五岁、十四岁……她的愿望从来没被满足过。因为乒乓球拍是玩具，而在父母眼里，孩子根本不需要玩具。孩子本身就是父母的玩具，只是曼波总是不认命！

以往她的生日都过得很糟糕，既没有生日礼物也没有蛋糕，只有懂事的弟弟每年给姐姐煮汤面。热面的蒸气里，曼波的眼泪滴进了汤里。面总是做得太咸了。十七岁的生日依然没有礼物，还多了责骂。

"乒乓球拍？那有什么用？"妈妈是真的不知道那有什么用！

"可以让我快乐。"曼波一边小声说着"站不住脚的理由"，一边用右脚的脚背蹭左腿的裤子，她知道这样的理由是没用的。在这家里，任何的期待都没用。但是年复一年，她还是想试试去期待，只在生日这一天。

"你凭什么要快乐？你这孩子从来没有给家里带来过任何快乐！真是，光犯错，不像个女孩儿样子。"

"妈妈，你没犯过错吗？"曼波不知道怎么了，大叫，发怒，不是因为再次被拒绝，也不是因为今年她十七岁了。

"没有！我这辈子没犯过错！父母哪有错？！"妈妈终于被激怒了，"我唯一的错就是生了你这么个爱说谎的孩子！"

"大人也说谎！你们说冠冕堂皇的谎话。什么'犯了错误只要承认就会被原谅'，这就是句假话！错误就是错误！你们才不会因为我说了真话就原谅我！没人会原谅。"

在一旁听着这场争吵的父亲早已满面铁青。他走过来，抡起手掌给了曼波一个响亮的耳光。曼波夺门而出。

马波找到姐姐时，她正在路灯下狼吞虎咽地吃着烤甜薯，脸上的泪干后留下一道道泪痕。

"对不起。"马波说。

"你道歉为什么？为什么每次我被他们骂，都是你在道歉？"

"该道歉的人永远不会道歉。"马波苦笑。

"看这个！"

曼波和着眼泪咽下最后一口没有滋味的烤甜薯，一边从口袋里摸出一根弯弯曲曲的香烟，一边递给弟弟一张破纸片。纸片明显是从什么书里撕下来的一页，已经不完整，被她用力展平过。

"包烤甜薯的纸？"

"嗯，读读上面那个。"曼波用下巴点了一下纸片。

借着路灯的光，马波读了起来。脏兮兮的纸片上有个没头没尾的故事。这个故事马波永远不会忘记。就是这个故事，把姐姐从他身边带走，而那晚的马波还什么都不知道。他站在路灯下读起来：

"诨号叫'花儿'的恶匪已跑不了多远，他自己和那些警察都知道！

"一颗银弹刚才击中了他的右小腿，子弹有一半镶嵌在小腿的迎面骨里。他每拖着那条腿挣扎一步，血就汩汩地从皮肉里涌了出来。

"追击已经持续很久了，从黄昏到后半夜。他还在跑！枪里已经没有子弹，所以那把枪是个累赘，只能让他跑得更慢。他索性就把枪扔了。

"'他把枪扔了！大概打算放弃了。'一个警察对另一个耳语。警察的枪口都瞄准着同一个方向，瘸腿的匪徒在他们的射程内。

"'他最好继续跑，这样我就可以一枪把他毙了。'警察用力握了一下枪。

"新城从来没有出动过这么多警力，只为追捕一个罪犯。现在是追捕的最后时刻，警察已经可以轻而易举地抓到他。凶悍的'花儿'受了伤，而且毫无抵抗力，可是他还一直在跑。在'花儿'身后，满是警车和警笛的声音。对他喊话的声音越来越大，不过他现在管不了那么多，唯一重要的事情就是把娃娃送到她手里。他那匪徒特有的粗糙而有力的大手紧紧地抓着一个已经沾上血水的娃娃。

"'只要把这娃娃送给她……然后，你们愿意怎么对付我就怎么对付我！但是我得把这个给她……'

警察的枪又响了。这第二次的警告射中了匪徒的胳膊，鲜红的血浆从他的大臂上流下，顺着手掌把娃娃凹陷的眼睛染成了红色。

"'一定要把这个给她！她在等。'他再一次张开两片干裂丑陋的嘴唇对自己说，也对那些追捕他的警察喊道，'世界上最大的罪恶就是让

孩子失望！'

"'停在原地！这是最后一次警告！'

"枪再次响了，血从'花儿'的额头上流下来……"

纸片不完整，故事到这里就停住了，似乎后面还应该再有几行字。马波停下，心里不禁有些酸楚。

"世界上最大的罪恶莫过于让一个孩子失望。"曼波自言自语地念叨着，一口一口深深地往肺里吸着烟。

马波把纸片翻过来。后面还有一个故事，也不完整，但是似乎跟刚才那个有些关联。

穿着蓝色背心和短裤的小男孩儿赤脚站在开水房的地板上。他身后不远处，一些年纪大的女人在雾气腾腾的水槽边接开水。旁边还有几个人，都是来接开水的，地上杂乱地码着一排排冒着滚烫蒸气的开水壶。

"你答应过我！"小男孩儿大叫。

他的眼睛瞪得很大，带着泪光。一记响亮的耳光应声扇在他的脸颊上。女人们停止接水，站在原地看着。

"答应了，你就必须给！"小男孩儿捂着脸狠狠地骂，眼里满是失望。

又一记耳光，比刚才那个声音大，也重得多。小男孩儿倒在湿漉漉的水泥地上。几个红色的开水壶被他的身体撞倒，滚烫的开水带着白雾流出来，他倒在满是水壶碎片和开水的地方。女人们尖叫起来。男孩儿挣扎着想从地上站起来，可是湿滑的鞋底让他再次滑倒。这次他的一只脚踝的骨头发出咔嚓的响声，顿时肿了起来。他又徒劳地在滚水里挣扎了几下，终于放弃了想要站起来的努力，低头把脸整个埋进地板上沸腾着的水和碎片里！他要这么做。既然无法反抗，就让伤害达到极致！

一个女人冲过去把他从地上拉起来，但是晚了，小男孩儿脸上早已插上了几块薄而锋利的水壶碎片，变得血肉模糊。他的眼睛仍然睁得很圆、很大。他在告诉那个打他的人，他是故意这么做的！这张血肉模糊的脸传达着令人胆寒的挑衅和勇气。那是一种很浑蛋的表情，只有真正的恶棍才有！

从那时起，他便拥有了恶棍的眼神和表情。一个人要是连面容都可以不在乎，还有什么能让他害怕的？伤口最终长好了，但凹凸不平的新肉从额头一直延伸到下巴，像是一朵奇怪的花。以后他的诨号便是——"花儿"。

"花儿……"曼波嘴里念着属于匪徒的诨号，烟在指缝间燃成了短短的一截，挂着长长的、摇摇欲坠的烟灰。

"抽烟会死！"马波把她手指间的烟抽出来，放到自己嘴里。

"要替我去死吗？"

"可以！但你笑一下。"马波的眼睛清澈而认真。

曼波抹了把眼泪。马波扔掉烟，四根手指在姐姐泪痕斑斑的脸上挤出一个鬼脸般的笑容。曼波咧开嘴笑了，眼睛里闪出些许光芒，却被包在泪水里。

"马波，我永远不会让你失望的。"

"为什么？"

"因为你是小孩子。"

马波不高兴了。

这之后的一天傍晚，姐姐轻手轻脚地来到他的房间，坐在窗台上晃悠着长长的双腿。马波睁开眼睛。

她望着远处的天空，窗口吹进来的和缓的夜风撩动着她乱蓬蓬的头发。在马波眼里，曼波就是一丛茂盛的野草，那么有力，那么固执！十几年的生活却像水泥夹缝一样，束缚、钳制着她的根茎。马波深知倔强的姐姐早晚有一天会离开这个家，可他没想到，这一天会以这样的方式到来。

"看这个。"曼波从腰后的皮带里抽出一个半旧的乒乓球拍，艳红的橡胶拍面立刻映满了马波的眼睛。

"这是哪儿来的？！"马波有不好的预感，这个半旧的拍子一定不是父母给她买的。

其实马波从来不认为父母会送曼波生日礼物。一直抱着空洞希望的只有曼波，但她的希望在十七岁生日那天就彻底破灭了。随后这个艳红色的球拍出现在了马波面前。

这是姐弟间最后一次认真对话。曼波离开房间没多久，马波就睡着了。最后的一天，离别的灾难同时降临。不幸就像在夜风中舞动的树叶，凄凉的沙沙声不绝于耳，却不知到底出自哪个树梢。

大雪帮着消防队控制住了火势。汽车旅馆屋顶上厚厚的积雪救了不少人，可旅馆烧成了木炭般的废墟。旅馆旁边搭建起临时的帐篷医院，地板上横七竖八地躺着待急救的病患，医生、护士穿梭其间。

麻袋人醒来时只觉得浑身疼。

"醒了？"床边有人说话。

"我的……"扮猫睁开眼睛，发现躺在棉被里的自己只穿着一套病号服，身上没有了用来遮掩的麻袋。

"你这么需要那破麻袋？死都不肯离开它。"马波坐在扮猫床边。他的头发被火燎焦了一块，脸上和手上也有些血渍。

"你，你看见我了？"扮猫用力地把棉被往头顶上扯，遮住脸。

"看见了。你没什么……"马波的语气里有怒气，"很普通！"

他的确生气了。扮猫已经快拉到头顶的棉被被马波一把扯下来。他的眼睛让扮猫觉得很害怕，血红棕色的眼睛让她辨不清瞳孔和眼白，像是正午太阳下的金属，刺眼得厉害。扮猫拼命回避。

"起来。你得去看看……"

马波抓住扮猫的胳膊。她挣扎着坐起来，被他半拖半拽地带到不远处的另一张地铺边。那张地铺上，全身被医用绷带缠满的煎蛋，不清不楚地嘟囔着什么。地铺周围匆忙来去的都是医生和护士，但没人为煎蛋停下一秒。说实话，这么严重的伤，也的确没什么治疗的必要了。他们就把他这么放在那儿"等着"。

"面……面……"煎蛋看见扮猫,还在努力说话。

马波凑近扮猫耳边:"跟他说几句话。"

扮猫哪还说得出话。她睁大眼睛,盯着煎蛋从棉被里露出来的一只手——那已经不是手,而是被烧成黑炭的枯骨。

"本来来得及把他从火里拉出来。可是他想捡你给他的面包,几根圆木从屋顶掉下来……"

"我……要死了?"煎蛋心里也很明白,"面包丢了……"

"不对!你不会死。现在,现在两面都被烤过了,再也没有生蛋黄会流出来。"扮猫哭了,眼泪滴到白色的地铺上,留下的却是黑色的痕迹。

"哦,全烤熟了……"煎蛋严重烧伤的嘴唇里还没来得及挤出最后一句话,就被几个负责收尸体的人盖上白色床单,抬出了临时病房。

马波松开扮猫的胳膊:"还想待在袋子里吗?"

"你有什么权利谴责我!你这杀人还会哭的……"

"闭嘴!"马波呵斥道。他扫了一眼四周,幸好没人听到。

"要我闭嘴?带我一起上洲际高速路!帮我找到那伙卡车司机。不然我就去告发你。"

"要挟我?!你以为警察能在烧得炭化的废墟里找到插着汤勺的尸体?他们才不干这么苦的差事。"马波不是能被要挟的人。

泪水的迷雾里,扮猫意识到自己只能说实话:"我不会开车,也不会打架……可是我想报仇!"

"想让我帮你报仇?你是说,你的手沾不了血,但我无所谓?"

"不是!如果我可以杀人的话,我会自己来的。可是我怕。我怕再见到他们,我还是会害怕,失去复仇的机会……"

这几句话起作用了。马波思考了几秒:"你还有钱吗?"

"我有。大部分放在房间里,烧掉了。不过,还有几笔没收的账……"

交易已经达成了。马波点了一下头:"好吧。我听说他们昨晚趁着火灾逃了。运货的卡车本来就停在旅馆外面，火灾以后都上了高速路。不过，没人知道方向。所以我没有找到他们的必然把握，只能随便决定路线，碰运气……"

"只要在高速路上，就一定会遇到他们！"扮猫心思很敏锐，"你打听那么多，你也想找到他们对吗？"

"只是为了防备，就像曼波总在她的床下面放把剪刀。"

"曼波？"

"我姐姐，咱们出去说。"马波把手伸给扮猫。这只苍白瘦削的手，像老虎钳子一样有力。

火灾后的紧急病区可以说是一片混乱。大多数所谓的"病患"并没被汽车旅馆的大火烧伤，只是趁着救援队的到来蹭点油水，领取免费的纱布药品和瓶装水等物资。护士和医生被不知道哪里冒出来的"灾民"弄得团团转。一位医生正给一个假装被火灾吓坏了的老妇人开镇静剂和心脏病的药，老妇人嘴里装神弄鬼地嘀咕着："我看见燃烧的麻袋人在火里咆哮……他在咆哮！"

马波把扮猫带到临时医院外面的空地上。原本白茫茫一片的雪地在大火熄灭后变成了藏青色。原来的汽车旅馆现在只剩下几根炭黑的木头柱。雪在黎明才刚刚停，天空也是青黑色，空气里带着清晨特有的寒气。

马波把这清寒凛冽的凉气深深吸进肺腔："现在空气比较干净。你在这儿等着，我去弄吃的。"

"去哪儿？"扮猫奇怪，这时候他能去哪儿找吃的？

"很快回来。"

马波果然回来得很快。多袋的厚帆布外衣被风吹得鼓鼓的，加上马波两条细长的腿，远看他像一只大跳蚤。

他们找了一块倒在雪地里的干燥木头。马波在上面铺上报纸，开始从衣兜里往外掏东西。前衣襟里有一个报纸包，掀开一层又一层的报纸，里面是几块烧焦的木炭，黑乎乎的还带着火星。木炭里面包裹着三四个热土豆，香味已经飘出来了。马波又从裤子后面的口袋里掏出一个铝罐。

"炭火烤土豆，还有鸡肉。"他把东西摆到扮猫和自己中间的木头上。

"哪儿来的？"

"后厨堆着大堆土豆，都被烤焦了。大火还烧死了旅馆养的鸡。有很多人在后院捡。"土豆被木炭火煨烤过，热得烫手，一拿起来，烧焦的皮就自然剥落，粉白色的肉异常松软，香味扑鼻。马波剥开一个递给扮猫。

"我不想吃。"

"食物也是记忆，每一口美味都满是感情！"

"仇恨也算感情吗？"

"算！仇恨是跟爱情一样的感情，只是方向不一样。"马波头也不抬地啃着炭火土豆，"为什么一定要跟我同路？你不怕我拿了钱就扔下你不管了？"

"你昨天没扔下我！其实，扔下我也正常。以前所有人都是这样的。所以……"

"所以，死了也无所谓？像昨天一样，你不在乎自己的命吗？"

"我的命？没什么可在乎的！你不明白。"扮猫狠狠地看了马波一眼。没人看得见她的痛苦。

马波没打算跟她争辩，只拿起罐子，仰头喝了一口汤："怎么能拿到你的钱？"

"我有个电话服务的客户在橘镇，离这里不远。客户是个老头，他欠我一两千通用币。说这几天橘子摘下来就给我结账。"

"正好！橘镇再往西有个二手车拍卖场。拿到钱，买辆便宜的二手车，上高速路往东去新城。

"还有，有件事你要答应我。别再套那麻袋了。"

马波把手里的汤杯放在地上，说话时并没看扮猫。

但她心中被什么东西猛然击中，整个身体不禁发抖。马波少言寡语，但是每次都能击中扮猫心里的要害，产生一种微妙的感觉。这种扮猫从来没体会过的微妙感觉，已经慢慢地在她心里生根发芽。

不远处，一块已经烧脆了的黑色木头被积雪的重量压得断裂了，发出爆竹一样的清脆声响。

同一天，橘镇。

几个孩子在橘镇的泥土路上追着一个异常高大的男人跑。外来人穿着一件长及脚踝的厚重宽松的棕色鹿皮绒大风衣，是只有古董店才能买到的老旧款式。大风衣上油渍斑斑，不知道是给什么人做的衣服，即便此人如此高大，穿起来还是极不合身。拖沓的大衣下面露出一双罕见的大鞋，只有从正面看才知道其实这是一双极旧的靴子，这靴子仍然跟风衣一样有着惊人的尺寸。他的头上戴着一顶磨光了边儿的褐色大礼帽，那帽子几乎完全遮住了他的脸，只能看见他粗犷浓密的络腮胡。无论孩子们如何嬉笑吵闹，他都自顾自地迈着大步前进。

"巨人，给我们看看箱子里是什么！"

孩子们用捡来的小树枝敲打着男人，他却似乎全然无觉，只自顾自地迈着缓慢的大步子前进。

外乡人背上用皮绳绑着一只用黄铜和木板做成的大箱子，走进一片橘林。

第四章
蒙眼天使

橘林深处有四棵粗大的橘树，枝丫弯曲着相互交织在一起，搭成一个小亭子。外乡人抬头看那亭子。冬日的空气冷得连呼吸都会结冰，这里的橘树却反季节地枝叶繁茂，血红色的橘子满满地挂着。橘树亭子正下方有一座真人那么高的白色大理石雕像——那是个蒙眼的女人雕像。四棵橘树像是温柔的大伞，密不透风地保护着她。

外乡人卸下沉重的木箱，在雕像宽大的圆形大理石底座上坐下休息。一个熟透的橘子恰好从树间掉落，砸在他的帽子的正中央。外乡人连脖子都没缩一下。他伸出大手摸摸帽顶———把血红色的烂酱！

"你完蛋了！"

"这是老头儿的血橘，吃了他的橘子会死！"

"你一屁股坐在坟墓上了！"

"这雕像是墓碑。"

孩子们笑着、叫着，一个跟着一个跑了。大个子回头看了看，雕像果然不寻常。蒙眼女人的嘴角微微上翘，也在笑话这个外乡人。

雕像所刻画的女人既憔悴又美丽，在她轮廓精致的脸上系着一块长布条，蒙住双眼。她的两只手分别向正前方和侧面伸开，向前伸直的右手手心托着个石头橘子，左臂则向左边略微抬起。脑后的长发凌乱地散落在肩膀上。这只是一座石雕，看起来却生动丰盈。即便她现在就从底座上走下来，也没人会觉得奇怪。真是一件精妙绝顶的作品！高大的外乡人还发现，雕像底座上刻着一行墓志铭一样的悲伤句子：谁说努力定有结果？

蒙眼雕像不远处的阳光下，一个拄着拐棍的老人朝他走过来。他应该就是孩子们跑掉的原因。

"小兔崽子们就会胡说！这叫血橘，颜色可怕了点，但营养非常丰富。哼，这群无知的崽子要是肯吃点，会比现在聪明！"

说话的老人连走路都费力，骂起人来却精力十足。他腰背都弯了，站着时和坐着的外乡人一样高，还留着一脸杂乱的灰白色胡子。他的头发乱蓬蓬地竖在头顶中央，两边却完全秃光，只留下中间的头发滑稽地竖着。

冬天的风从橘林间吹过，又有几个血橘夹着树叶从树梢间悄然落下，砸在并不坚硬的泥地里。

"应聘摘橘工的？这些血橘是该摘了，卖不出去也不能烂在土里。每天一百通用币，包吃住。你要尽量干得快些，我可不想被你活活吃穷。木屋的墙边有些竹筐。"

他说完就走，但又突然转身。

"你真没礼貌。都不自我介绍！"

"切·丹提。"

外乡人的回答浑厚而响亮。老人要是没站稳，准会被那洪钟一样的声音吓个跟跄。浑厚的声音让这个名姓有了些许庄重感，和他身上肮脏陈旧的衣服、邋邋打结的大胡子形成强烈反差。

"以后跟我说话小声点！"血橘林的主人不是个容易交往的雇主。

高大的外乡人还有话要问："什么时候付工钱？"

"摘完给你。"

"这么大的林子，起码要干两个星期。还有其他工人吗？"

"没有，就你一个。"

"那，请多给我一倍的工钱。"他虽然降低了音量，但低沉嗓音里的威慑力丝毫未减。

"跟我讨价还价？一个雇工，跟我讨价还价？！"古怪老头瞪圆了眼睛，胡子都立起来了，他的头发本来就是立着的，"让我的橘子烂在土里吧！我死也不会雇你这么难伺候的摘橘工！"

"那再见！"

叫切·丹提的外乡人二话没说，扛起他那只巨大的木箱，转身就走。

"等等！"古怪老头把手里拄着的拐杖插在泥土里，拧了个圈，"你刚才吃了我一个血橘。十币！"

"我没吃。"

"掉在你身上也算，我这血橘营养……"

"我没钱赔你。"

"那就摘一天橘子！打个折扣，今天给你结算一百五十币，橘子钱就不用赔了。"老头不容分说地擅自做了决定。

"为什么要答应你？我就这么走了，你也没办法。"

"你不会随便走的。你们丹提家的人，性格如此！"老头说这话时，露着些古怪的笑容，目光刺透了面前年轻人的脊背。

"你认识我家里的人？"

"哈，岂止啊……开始摘橘子吧，你还打算磨蹭到什么时候？"

又一阵大风呼啸着吹过橘林。

切·丹提猛然发现了这橘林的问题："这橘林真茂密。"

他的个子很高，只要轻松一抬手就能触碰到树上的叶片。这些叶片跟普通的橘树叶毫无差异，只是更加坚硬而厚实。正因为如此，风吹过时发出的声音也与众不同，不是通常的哗哗声，而是口哨一样的尖厉声响。

"哼，我本以为冬季的橘子会卖得更好，谁知所有人都害怕它的颜色，还谣传吃了反季节的橘子会死，真无知！"

"是地下水吗？这下面有温泉？"

"想洗澡？哪有什么温泉？你只管摘橘子就好了！我讨厌问题多的人！"

切·丹提想起了刚才孩子们说的话："这儿……真的是坟地？"

"什么坟地坟地的，那是蒙眼的天使。"老头很不高兴，"坟地里结出的橘子就不甜吗？"

"我没吃过。"

"那就吃一个！尝尝坟地里的橘子。吃吧，吃吧。这个我不要钱。反正也卖不出去！"

"为什么？"

"为什么？这附近的人都是穷光蛋！他们连买粮食的钱都不够，还奢望吃什么橘子！"老头骂得浑身发抖、双脚直跺，不知道是在跟谁生气。

切·丹提从地上捡了一个还算完好的橘子，剥开皮咬了一口，血浆一样的汁水顺着指缝流下。的确非常甜！老头看着他吃完橘子，居然舒展了眉头，露出笑容，跟几分钟前令人憎恶的老头子完全不是一个人。

"你现在站着的地方是座坟墓。一座伟大的坟墓！"他抬头看四棵弯曲的橘树，语气里无比自豪，一个人抬头望天地说起了毫不相关的话，"人太容易屈服于命运的安排，不敢反抗。其实，命运是个欺软怕硬的浑蛋！"这番感慨发完，老头立刻恢复令人厌恶的语气和表情，一如橘镇多变的天气，"赶快干，天都快黑了！时间不是拿来浪费的！我恨不得造一只每天有二十九个小时的钟，二十四个小时不够……"

切·丹提没再说话，立刻动手摘橘子。他很熟练，满是老茧的大手很适合干体力活儿。血橘摘到第九筐时，天色转暗。大风吹得他的风衣旗帜般飞起老高。树上的橘子比白天落得更厉害了，雨点一样密集地砸下来。切·丹提双手提着六只装得满满的大竹筐艰难地往木屋方向移动，顶着风，与纷纷落下的树叶和血橘做着对抗。幸好他的帽子有绳子拴着，不然早就被吹飞了。狂乱舞动的大帽檐下，切·丹提发现还有两个人也正努力朝着老人的小木屋走来。

"活见鬼！瓦肯镇刚下过大雪，这边却连树叶都是绿的。咱们走的路对吗？"马波的脚越来越重，混着血橘烂酱的泥土在他的帆布鞋底越积越厚，行走变得非常困难。他身边就是麻袋人，确切地说是扮猫。去掉了麻袋的扮猫，怎么看都只是一个极普通的十几岁女孩——不高的个子，普通到没有特点的脸庞。

"没错！电话聊天时，他总自称橘林主人。我也奇怪过，他的橘子为什么是冬天才摘？居然是真的，真怪！"

"我刚才还猜是地下温泉。但你看，面积也太大了。"

扮猫顺着马波的手指看去。好大的一片橘林！到处都枝繁叶茂，丝毫没有冬天的迹象。

"你们在电话里都聊些什么？"马波问完才想起扮猫做的是特殊电话服务，但问出的话收不回来了。

"其实也没说什么，他说的话我几乎听不明白。而且他年纪大了，有时候说着说着就睡着了。他很孤独。"

说到孤独这个词，马波看了眼身边貌不惊人的女孩儿："你会觉得孤独吗？"

"我一直觉得很孤独，但是现在没有这样的感觉了。"

"希望他不但付电话钱，还让咱们今晚借宿。"

他们说话间就到了小木屋的门前。站在门口的还有摘橘工——切·丹提。

橘林主人的屋子没给客人们留下任何友善的空间。木屋里砖砌的粗糙大壁炉烧得有些旺，烤得老人满面赤红。桌子上短短的残蜡虽没有点着，却几乎化成了蜡水。乍冷乍热的温差很容易让人感冒，马波努力忍着，还是打了几个喷嚏。本来就狭小的木屋因为三个外人的到来显得更加拥挤。一眼望去，屋子里几乎看不到地板，能堆东西的地方到处堆着东西，不能堆东西的地方也是东西。四面墙边一层一层地码着好几百幅画，墙上却没有挂起来一幅。画布全朝向墙，只能看到背面的画板。小屋中间的长条餐桌上铺满了画具、尺子、圆规这样的东西，还有很多稀奇古怪的木质模型，有些像建筑，有些又似乎是机械，有些有骨骼，有些有翅膀，还有些根本不知所以然。一卷卷蓝图一样的纸摊着、卷着，扔得到处都是，冒着烟雾或气泡的试管和量瓶随处可见。地板上杂乱地摞着一堆书，书堆中间还有一些其他杂物。根本无处下脚。身材娇小的扮猫即便非常小心地走路，还是碰倒了一个不知是什么的石膏像。马波和切·丹提虽然"进屋"很久，但还待在门口不敢移动。

"我可没准备这么多人的饭！你们三个里的一个就足够把我吃到破产！"橘林主人对债主的突然来访自然不愉悦。

"谢谢你让我们进来。风真大。"扮猫还在客套。

"别碰倒东西，笨手笨脚的女人！"老头不领情，皱着眉头搅和一锅汤面糊一样的东西。

"别理他。"马波总算看清楚地面上物品的分布，连躲带跳地移动到长桌边。

"这样的说话态度，对我根本不算什么。"扮猫已经把刚才的半身像扶起摆回原处了。

浑身沾满橘子汁和泥浆的切·丹提索性放弃，在那扇被屋外的狂风吹得不住晃动的木门边放下木箱，坐在上面清理络腮胡上挂着的橘皮和树叶，根本不往屋子深处走。他那双大脚只要稍微动动，地板上的书籍以及那些杂物一样的"艺术品"一定会像多米诺骨牌般接连倒下。

直到夜幕占据了整个夜空，老头才把饭做好："我做了饭，你们做了什么？白吃白喝就那么好？"

"他是要咱们给饭钱？"扮猫小声问马波。

"收拾桌子！快！"老头瞪圆眼睛大吼起来。地板上好几摞书轰然倒塌。

"看来不要钱。"

马波开始收拾桌子。在老人愤怒的指导下，他和扮猫终于在长桌上勉强清理出手帕那么大的一块空间。全部晚餐都在一口汤锅里，倒用不了多少地方，不过椅子上也堆满了书籍和稿纸，没有坐的地方。扮猫战战兢兢地坐在几本摞起来的厚书上，幸好老头没说什么。马波站着喝汤。老头倒没忘了给门口的切·丹提也送一份过去，中途又碰倒了好几堆东西。

"我欠你多少钱？"他突然问扮猫。

"可能……"扮猫也不太确定，火灾把她的账本也一起烧毁了。

"就给你一千币吧。"

"好像……不止……"听到老人说只给一千，扮猫很为难。

"我那几次电话睡着了，你不会也给我算钱了吧？！"

"算了，只要你占着线……"

"你听我打呼噜也收钱？那这么说，给你们煮的这顿饭，我也应该收钱！给我打个折扣。"

坐在大木箱上的切·丹提一直没说话，现在忍不住了："他这顿饭要多少就给他多少！别让他找借口少付电话服务的报酬。"

摘橘子大汉的建议掷地有声："商品可以打折，但人的劳动不能贱卖！"

这句话让马波对坐在门口木箱上的大个子心生敬佩。

"哼！不愧是丹提家的孙子！"老人把盛汤的勺当啷一声扔进铁锅，弯腰从地板上拾起一只旧袜子，哆哆嗦嗦地从里面摸出一大卷钱，从中抓了一把扔到门口，"喏！你今天的工钱。"

他把旧袜子里剩下的钱一股脑儿地倒在扮猫面前的汤碗旁边："自己数！我一共欠你两千三百二十七点五币。"

袜子里倒出来的东西除了通用币外，还有一个计时器，以及一张记录着时间、日期和钱数的纸片。老头把每次他和扮猫的通话时间以及费用都记录并且算出来了。

不知是怪老头的力气不够，还是他故意的，扔给切·丹提的那几张通用币没有飞到他面前，就落进了满地杂物的"丛林"里。刚说出过那样富有尊严感的话语的大块头，居然放下汤碗，趴在地上四处翻找、捡拾皱巴巴的通用币，还把它们放在膝盖上用手掌展平，然后一遍遍地仔细数着那几张实在不多的钱，这与他人高马大的伟岸外貌是如此不符。发现马波看着自己，"丹提家的大块头"很不好意思地把通用币塞进最里面的衣兜里。看出切·丹提的尴尬之意，马波连忙埋下头，帮扮猫清点桌面上的那堆钱。

怪老头没在乎这几个年轻人。他拖着步子离开餐桌，从壁炉台上的铜碗里取出一把金黄的大栗子握在手里。他把自己老迈的身体扔进了壁炉前的摇椅里，再把生栗子全部丢进炉火。最后，老头不知道从哪里捡起一根细长的铁钎，一圈一圈地拨弄火里的木炭。他那爬满皱纹的脸因为离火焰太近而被照得油光发亮，几粒汗珠从爬满皱纹的额头上滚落。

"切·丹提，你这新城老城主的孙子，干吗来我这儿摘橘子？"隔了许久，老人离开壁炉，哆哆嗦嗦地走了几步，又不知从哪儿捡了一块脏兮兮的布擦拭流汗的额头。

"你认识我们家的人？"

切·丹提没有得到回答。老头用一个问题替换了他的问题。

"你祖父还好吗？"

"他死了。"

这段对话让整个屋子陷入尴尬的沉默。只有栗子在火堆里爆炸发出噼啪噼啪的响声，清晰无比。

"丹提家？！"马波似乎想起什么，"新城老城主的姓。"

切·丹提出生的新城，是高速路沿线人口最多的移民城市。

那里的居民几乎都是从世界各城邦乔迁而来的移民。长期通婚和杂居让新城的人已经分不出种族疆域，无数种基因几代几代地掺杂在一起，往往一个人的身上就带有两到八种遗传特征。可也有极少数死守着纯种血脉，从来不与外族通婚的家族。时间长了，这些家族的基因产生了奇怪的变化。著名的丹提家就是新城最顽固家庭的代表。丹提家的祖父反倒因为这种固执和从不融融的个性被人们推举做了新城这座巨大移民城的第一任城主，但没多久，出于某些外界不知道的原因，他辞去了城主之位。高速路上一直有关于这个古老家族的传闻。老城主的曾孙——切·丹提十三岁时，发生了什么诡异可怕的事情。新政府成立并且决定修建连接各个城邦的高速路以后，没有人再知道这个家族的去向。

马波眼前这个叫切·丹提的高大男人，如同从诡异的纸面上托生出的墨黑色幽灵。

"我从没想过丹提家族的人是真实存在的。"马波说。

切·丹提摘下旧帽子，用干重活儿的粗糙大手捋了捋仍然潮湿的头发。

"听说你会幻术？"扮猫差点跳起来。

大个子没说话，站起身，弯腰打开他的大木箱。里面一个接一个地滚出几十个血橘，原本装满橘子的竹条筐现在空空如也。

"魔术而已，家族没落以后，为了挣钱，我在马戏团干过活儿。"他关上箱盖。

"祖父修建新城，孙子在马戏团打工？哦，还有摘橘工！不可思议的没落。"靠在椅背上摇摇晃晃的老人言语虽刻薄，却已潸然泪下，"真的已经破落到这个地步了吗？你要出来做苦工？"

"祖父去世后，家里已经很穷了。现在这个人人自危的艰难世界，没人会尊重和照顾别人，大画师。"

这声"大画师"，是继"切·丹提"之后，出现在小屋里的另外一枚重磅炸弹！

"大画师！"马波和扮猫几乎同时惊叫。

大画师是各城邦之间无人不晓的名人，他是最著名的城市设计师。

这个存在于小孩课本里和传说中的大人物居然坐在火炉边的摇椅上晃晃悠悠。设计了无数城市的大设计师，不仅同他们讨价还价，还说着刻薄话！

"你祖父什么时候去世的？"被叫作大画师的老人嘴唇颤抖着问道。

"前年，但祖母还活着。"

"你养活她？"

"是。我走了很多地方，什么样的工作都做过。"切·丹提的回答里带着坚定的意志。

被称作大画师的老人从摇椅上站起来，又弯腰在壁炉的炉膛里用铁钎拨弄几下，随后沉默不语地拣出几个烤好的裂口栗子。他拉过一个铜盘，慢吞吞地剥着栗子，刚从火里拣出来的栗子非常烫手，但老人不知不觉地剥完了所有栗壳。半天他才回过神来，吹吹烫得通红的双手，掸落掉在腿上的碎栗壳。

"破栗子！全烤黑了。"他突然把整盘剥好的栗子倒回了炉膛里。

老人的古怪举动被几个年轻人看在眼里，屋里的空气登时像冰块一样凝结起来。

"他走以前，留了什么话？你怎么知道我在这儿？"

"本来不知道，直到看到您的橘林，跟别人的不一样。您画的那幅橘树一直挂在我家客厅里，我每天吃饭都看它。跟这里的橘树一模一样。"

"那幅画现在在哪儿？"

"祖父下葬时实在没钱，只能把它卖了。"切·丹提老实地回答。这大个子男人是个不愿掩饰任何东西的人，即便那是一般人最难以启齿的——贫穷。

"哼！还置了副好棺材吧？"大画师抹抹老泪，坐回摇椅里，说起了胡话，"什么传奇人物！什么最伟大的发明家和城市设计师！别扣那么多帽子！我的老腰早就被这条高速路和城邦联合政府压弯了。不打色情电话就睡不着觉的大画师！种橘子却卖不出去的大画师！这才是我。"

　　"祖父去世前留了个东西，我看不明白，也许您知道。"切·丹提从大衣里掏出一张旧纸片，躬身想递给老人。

　　大画师瞟了一眼那张纸，没接过来。他的身体剧烈地抖动了一下，差点从带扶手的摇椅里摔出来。炉膛里又一颗大栗子爆炸了，啪地一响。

　　纸片上只画了一个三角形，还有歪歪扭扭的几个字。

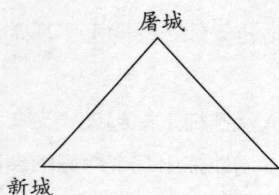

第五章
裂井三侠

即便是天使，也看不见人们心里的苦难。

"别把那东西往我面前拿！那不是我控制得了的！"

大画师对等边三角形十分愤怒。与其说是愤怒，倒不如说是裹着愤怒外衣的恐惧。愤怒可以在人前表现，恐惧却不可以。

"把它从我眼前移开！"老人摆着手，眼睛盯着炉子里跳动的火苗。

"对不起，我只是想弄清楚。"切·丹提把纸片收了起来。

他并没什么不得体的举动，但几秒钟后，疯疯癫癫的大画师对这个外表粗犷，言行举止却极其儒雅的年轻人大吼大叫起来。

"给我滚出去！滚！别回来！别问我问题！我跟蝼蚁人没瓜葛！"他甚至挥舞拐杖，要把切·丹提赶到屋外的寒风里。

"咱们也出去！"

看事情发展到这个地步，马波抓起桌上没数完的通用币胡乱塞给扮猫，又顺手从炉子边抓了几个罐子以及一个纸包揣在怀里。扮猫还没来得及思考，马波已经跟在切·丹提身后走出屋门，她也只好跟出去，关门时还尴尬地对瘫坐在摇椅里的古怪老人道谢："谢谢您做的晚餐。"

"不是晚餐，是垃圾！只有你们这群笨蛋才吃的垃圾！"

果然，需要电话服务的人都不怎么正常！扮猫心里想。

夜里的风比白天还要大，橘林里漆黑一片。扮猫刚走几步，就扑哧一声陷进个熟透的烂橘子里。

"抓住我的手！到这边来。"黑暗中，马波把苍白冰凉的手伸给扮猫。他握力很大，像个老虎钳子。

"咱们为什么要跟着他？"

"拉他入伙。"

"为什么？"扮猫并不想扩大她的复仇队伍。切·丹提对她来说，还只是个陌生人。

"我不能开车，交通灯在我眼睛里都是一个颜色。"

"什么？！"扮猫甩开马波的手，"你不能开车，还说要用这些钱去买二手车！打的什么主意？"

大风里，马波不知道是在笑，还是声音被风吹得失了真："骗你的。高速路上没有红绿灯。我需要一个人跟我替换着开，这样才能缩短时间，更快地到新城，也才有可能撑上卡车司机。再说，你的钱不够买二手车。"

"可你怎么知道他会跟我们去新城？"

"他家在那儿。"

"他不见得想回家。"

"不问怎么知道？"

不知在狂乱的大风里胡乱走了多久，马波和扮猫还是没走出一望无际的血橘林。风越吹越大，橘子落地的声音就像机关枪连射一样密集。这么多橘子落下，扮猫却没被其中任何一个砸到。血橘来袭时，马波就撑开自己的外套，像帐篷一样撑在她的头顶。

"谢谢。"扮猫说。

她的声音还没落下，马波说了跟她一样的话："谢谢。"

在他的头顶上方是切·丹提那件破旧的长风衣。高大的切·丹提用双臂撑开大风衣，自己却被树上掉下的橘子砸得睁不开眼睛。

三人相遇没多久，橘林里的狂风骤然止住，树叶也不再作响，四周一片死寂。马波和切·丹提收起各自的外套。他们正好站在四棵巨大橘树搭成的亭子下面，马波身边就是那座蒙眼雕像。对橘子冲击波本能的躲避，把三个年轻人带到了这里。

马波兜里有用来点烟的火柴，他划亮一根。

"就在这儿吧！这四棵橘树的橘子已经落得差不多了，就算再起风也没什么关系，总比到处溜达，反复挨砸好。"他说。

"等天亮才能看清楚，找到路从橘林出去。"切·丹提放下大木箱，在上面坐下。马波也把外套铺在雕像的底座上，让扮猫坐。火柴的微光里，他看了一眼铭文——"谁说努力定有结果？"

"让人难过的铭文……"火柴在马波手里燃尽，"大多数人都努力了一辈子，却什么也没得到。"

他又划亮了一根火柴，从怀里掏出从大画师家里偷出来的纸包和大口玻璃瓶。纸包里是些引火棉，马波把它们点着，雕像四周立刻有了光亮。夜风又起，弄得本来就弱的火苗忽忽闪闪，为了保护火焰，马波把大口空瓶子罩在火棉上。瓶口没有直接接触地面，而是用些小石块将瓶子垫起来。石头放得很稀疏，周围有空隙可以让空气钻进瓶身，所以火焰不会熄灭。

就连包引火棉的纸，马波也没浪费。他看了看扮猫的脚："把鞋脱下来给我。"

"干吗？"扮猫本能地把脚缩了回去。

"你给他吧。脚最需要保护。这么冷的夜，不垫点东西到鞋里，明天你就病倒了。"切·丹提也是到处打工的人，很清楚马波正在做的事。他们都有过在室外露宿过夜的经历。

扮猫只好脱下一只鞋递给马波。

"一只一只来。我垫完这只，你再脱另外一只。"接过扮猫的鞋子前，马波已经把纸搓揉了很多遍，确保它们已经很柔软了，才一层一层整齐地塞进扮猫的鞋里。

"没穿鞋的脚别放地上！踩我的肩膀。"他指指自己的肩，接过另一只鞋子。把脚放到一个男人的肩膀上？极少与人接触的扮猫实在无法照做。

"你想感冒吗？"马波单膝跪在地上，抓住扮猫的脚，扮猫皱起眉头，抽回了自己的脚。看到这些，就着玻璃瓶烤火的切·丹提站起来，把自己的大木箱推到扮猫脚边："脚放这儿。"他帮扮猫解围，"你们为什么出来找我？大画师没赶你们走。"

"我们明天想去运河那边的坦钉车场，买辆二手车。你要是愿意加点钱，也算你一份儿。她不会开车，咱俩换着开。"马波说话直截了当。

"你们的目的地是哪儿？"切·丹提问。

"往新城方向走。你呢？"

"我无所谓，能挣钱的地方就去。"

"买卖二手车本身就可以挣钱，比打工快。"马波进一步说服切·丹提入伙。

"二手车都不值钱，倒卖出去更不值钱。"切·丹提说的是基本常识。

"我可以挣到钱！把你的钱加到我们的钱里，到了新城，起码翻三倍。"马波在说服切·丹提。

"从没听说过二手车可以升值。不过反正我是该回新城了。"切·丹提垂下眼皮盯着火苗，"好吧！买车的钱我出。但说好了，到了新城，车归我。你们那点钱留着加油吃饭吧。"切·丹提这就算答应入伙了。

借着火光，马波看到了蒙眼雕像底座上的铭文。

"谁说努力一定会有结果？"

马波给扮猫和煎蛋讲的那个"故事"其实和丹提家的曾孙一样是真实存在过的。当年和无脸人过夜的妓女怀上了亲生哥哥的孩子，一个连他的爸爸妈妈都觉得不该出生的孩子。她来到一棵橘树下，即便在万物不生的严冬，树上也结满了成熟的橘子。橘子似乎是为她而成熟，怀孕的女人一直笑着那些橘子。她一直看，却不吃不喝，最后死在了橘树下。她和肚子里的孩子把血液注入橘树的根茎，自此，那片橘林都在冬天成熟，里面流出红色的血水。

大画师给这个没有名姓的妓女刻了墓碑，立起了蒙眼天使的雕像。然而，即便是天使，也看不见人们心里的苦难。

"这都是大画师的本事！血橘林是他培育的反季节植物。"切·丹提把手伸向取暖的玻璃瓶，"他喜欢做这种古怪的事情，只是为了把他的橘子卖个跟别人不一样的好价钱。他做什么都不能跟别人一样。这里离大运河很近，整个橘镇的地下都是他铺设的灌溉水管和加热系统。祖父说，大画师是一个充满愤怒和恐惧的天才！我觉得，那句铭文是说他自己。蒙眼天使的意思是：神也不长眼！"

"你问我为什么跟你出来。除了买车，我还对一件事情感兴趣——你那张纸。"马波指的是画着等边三角形的纸片。

"这个似乎是我永远弄不明白的事情。"切·丹提十指紧紧地交叉，支撑住下巴，"我从小被祖父母养大。前年祖父去世，在弥留之时把我叫到床边。他想说什么，可喉咙里只能发出些不清楚的喘气声。家人拿来纸笔，他就用最后的力气在白纸上画了这个等边三角形，三角的两角都写了字，一角是新城，另一角是屠城，还有一角……没来得及写完，祖父就闭上了眼睛，什么说明也没有。我猜它是个地图，也许还标志着什么东西的位置。我一边打工，一边沿着高速路旅行。可关于这张图的线索太少了，根本没头绪。"

"这张纸跟蝼蚁人有什么关系？我刚才听见那老头说蝼蚁人……"马波提出了最关心的问题。

切·丹提皱起眉头："我也不明白。祖父去世前的几天，有个神秘女人来家里拜访。我觉得她很美。与其说是美，不如说是怪异。她的眼睛深邃而漆黑，头发全白，皮肤苍白、毫无血色，她是个被抽去所有色素的女人，但笑起来有金属般耀眼的光泽。跟她在一起的还有一个像秃鹫般难看的男人，他走起路来双手垂在腿边，像断了一样，身上的皮肤也一块浅一块深，让人看了想吐。我觉得，他们就是人们所传说的蝼蚁人。"

如果换了别人说这些话，扮猫根本不会相信。谈论谁都没见过的蝼蚁人是人们枯燥生活里最常见的话题。高速路沿线每座城市的每个酒吧，每天都有类似的谈话：

"有些失踪的人，很多年后会浑身发白地突然出现在自家门口，变成了蝼蚁人，可怕极了！"

"不是说他们活不了多久就会死吗？"

"似乎是吧！那是一种病吗？皮肤一块块地变白。"

"有人说有什么蝼蚁城，他们只要离开那里就会死！"

"我才不信。蝼蚁人在哪儿啊？从来没人见过！"

"对了，有又是蝼蚁人又是鬼面人的吗？鬼面人满身文身，变白了什么样子？文身会变白吗？"

"笨蛋！文身怎么会变白？"

"那鬼面人的蝼蚁人不就认不出来了？"

"蝼蚁人到底是什么？看见会死吗？"

对蝼蚁人的恐惧成为人们共同的话题，甚至变成了父母恐吓贪玩孩子的口头禅。"别跑丢了，失踪的人大都会变成蝼蚁人！"他们都这么谈论蝼蚁人，但几乎没人真正见过蝼蚁人。传说蝼蚁人身上带着病毒，凡是见过他们的人都会死。而变成蝼蚁人的正常人也不会在人前露面。他们的存在方式就像是每个人人性里丑陋的一面，连自己都不想看到自己。

如果是其他什么人谈到蝼蚁人，马波也许不会相信，但切·丹提见过蝼蚁人的事情十分真实且令人信服。他对蝼蚁女人和男人的描述并不夸张，也不带着渲染的色彩。他说的每个字都坦然而不带任何情绪，即便是瀑布和激流都会被这样的男子阻住，这是一个真正勇敢、敢于正面直视贫穷和苦难的男人。

切·丹提的讲述仍在继续："祖父和他们在书房关上门谈话，不知为什么大声争吵起来。我在书房门外听到了只言片语——那女人说要送更多人去个什么地方，但祖父坚决反对。我从没见祖父那么生气和激动。他们离开我家没多久，祖父就感染了原因不明的病，所有医生都束手无策。他临终时，嗓子说不出话来。这张地图就是他想告诉我的事情，这和我见过的两个蝼蚁人有关。"切·丹提再次从衣服里掏出纸片，给马波和扮猫看，"屠城、新城，空白的这一点也应该是座城市！"

"我不知道有这座城市。"马波仔细想了想，"照距离算起来，这里应该是鬼面人原居地地区。听说早就没人烟了，更别说城市……"

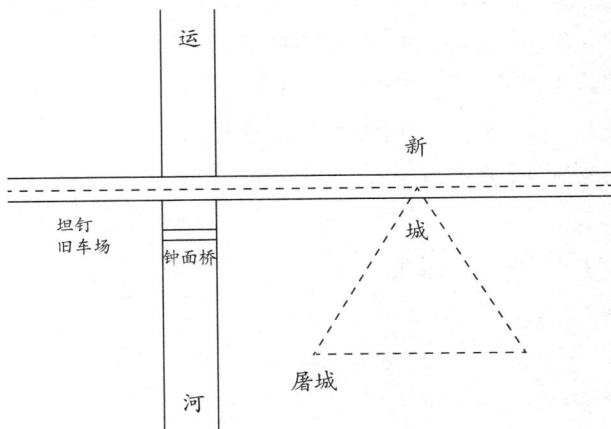

"不，不是一点！"切·丹提捡起取暖瓶旁的一根树枝，简单画了张示意图，"不只一个点。以新城和屠城为轴，能绘制出两个三角形。也就是说，落点应该有两个。还有一个在这里！"他用树枝点了一下橘镇的位置。

切·丹提画的三角形地图：

```
                    运

                              新

                         瓦
        坦钉         青   城
        旧车场   钟面桥  橘镇

                    屠城

                    河
```

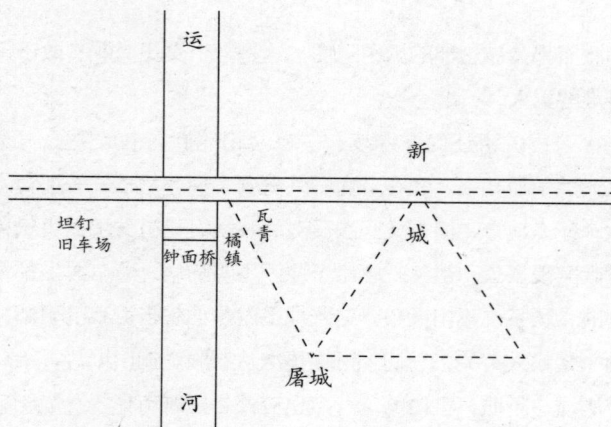

"所以你来橘镇？"

"早就该来了，只是路费不够，现在没有人肯让旅行的人搭车，所以我现在才走到橘镇。"切·丹提解释着。

马波也拣了一根树枝画了一个三角形。他在其中一条直线上写上"地平面"几个字："不只两个落点，是三个落点。"

马波画的三角形地图：

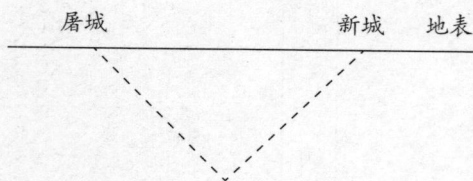

```
        屠城              新城   地表
```

"你是说……那地方……在地下！"扮猫猛然明白了马波的意思。

"只是猜想，也许在这条高速路下面，还有座城市。"

"你们知道什么是泥浆天使吗？"切·丹提突然说，"祖父是个有很多秘密的人，即便是对他最喜欢的孙子，他也不肯透露一点儿关于他在做什么事情的消息，祖母更是对此一无所知。可他去世前，我强烈地感觉到他想告诉我什么。也许是很重要的事情，但他什么都说不出来了。那天，两个蝼蚁人跟他吵架的时候，我还听到了几个字，泥浆天使。我不明白是什么人或者什么意思，如果能弄明白，也许就会明白祖父去世前想说什么。"

关于蝼蚁人和泥浆天使的讨论没再继续下去。玻璃瓶里的火焰反射出的影子在他们三人脸颊上跳动着，驱散了黑暗和寒冷。黎明前的黑暗，格外寒冷而寂寞。

早晨的天空并没辜负苦恼了一夜的几个年轻人，它为这些年轻旅人而艳阳高照。只是去坦钉的路，并没那么简单。

绵长的洲际高速路堪称这个时代最宏大的工程，它不仅贯穿了无数城市，甚至还横切了一条大运河。橘镇在运河东岸，而要想到达坦钉旧车场，则必须通过跨河大桥，再走上一段路。

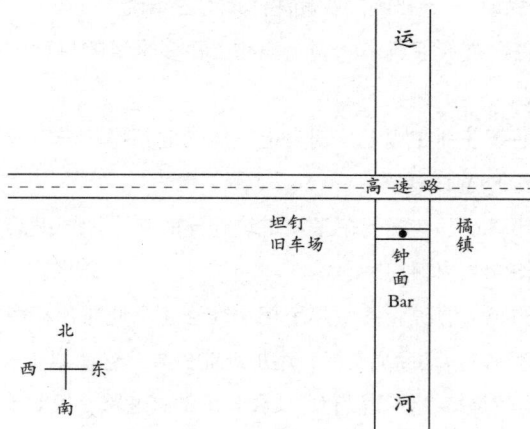

然而，早在血橘树还开着花的时候，运河西岸就变成了战场。

来自裂井的三个兄弟——大哥阿门农（Ameno），二哥多米诺（Domino）和三弟莱昂（Leon），像三头公牛一样背靠背地战斗，击退了一拨又一拨的城邦联军。

一切都要从两个月前，在一个距坦钉七百公里名为裂井的地方发生的事情说起。

叫裂井的地方真有口井，井台的石头裂开条大口子，裂井之名由此而得。这口几乎完全干涸的水井，对裂井的人和牲畜而言，如命根般宝贵——这是他们唯一的水源。

中午的骄阳下，三个壮汉并排坐在干裂的井台上。井底薄薄的水面反射出微弱的光，牛群在不远处徘徊，用尾巴驱赶着蚊虫。

三兄弟排行老二的多米诺，吹着首短调子，马靴后跟在黄土铺陈的路面上敲打着节拍。三弟莱昂额头上流下一滴汗水，滑过眉毛，滚到嘴边，他青蛙般迅速地伸出舌头，一下把汗珠舔进嘴里。就在这时，一只苍蝇又在他眼前飞来飞去，翅膀发出让人烦躁的声响。莱昂的眼球紧紧跟着苍蝇上下左右移动，他正准备再次伸出舌头，啪的一声脆响，苍蝇消失了，空气里只留下两道炸开的灰尘，在耀眼的阳光下慢慢消散。

"别吃苍蝇！"大哥阿门农懒洋洋地对三弟说。

只见那苍蝇被一根鞭子劈裂，掉在二哥多米诺的马靴边，一半身体还在挣扎爬动。

阿门农把鞭子别在腰上，朝尘土飞扬的地面啐了一口唾沫："又来了！又有新法令要宣布！"

带"城邦联军"字样的车子从坑坑洼洼的灰土地上颠簸着开来，在距离水井几米的地方停住。

不景气的经济情况让各城邦争相花钱修建贯通城邦和乡镇的超级高速路，指望这可以拉动商品交换，增加就业机会。这计划非常宏伟浩大。整个计划其实就是持续修建没有尽头和长度的高速路，只要能募到钱就一直修建下去。每修到一个城邦，这城邦就被收编为城邦联合政府的一部分。城主们定期在屠城的议会楼举行圆桌会议，商讨税收、军队等事宜。这里面也有个默认的规矩——只有城邦的城主才在议会楼有一席之地。镇再大也只是镇，没有权力，并且必须接受最近的一个城邦管辖。不愿被附近城邦收编的村镇，或者不具备收编价值的，高速路就不通过那里，那里的人就很难获得物资。裂井就是一个这样的村镇。这些贫困的村镇往往还要负担沉重的各项处罚和税收。大城邦都各自组织了军队"维护和平治安"，这些军队平时最重要的职能就是到各附属村镇征修路税，修路税越收越多，但高速路永远也无望修到裂井。

一路的颠簸把收税车弄得都是灰尘，无精打采。今天它还要跑很多路去宣告不受欢迎的消息。

车停稳后，一条腿伸出来，棕色牛皮靴配宝蓝色制服裤，一名"底层军官"握着卷纸下了车，他跟这辆车一样疲劳而口干舌燥。虽看见了裂井三兄弟，他连招呼也懒得打，径直走到井边，拉动拴木桶的绳子舀上些清水，拍在脸上。

"井水是喝的，不是洗脸的。"大哥阿门农往嘴里塞了一片橄榄叶，斜着眼看他。

裂井只是个小村子，只有稀稀落落的几家雇农住着。村里没有商店，没有医院，什么都没有。由于条件太恶劣，新政府根本不愿意费劲给他们修路。这里的人从未看到过高速路和汽车，他们知道的世界只是那口破井。那个底层军官也是被上司逼迫，才来跑一趟的。

用井水洗了把脸，底层军官这才想起三兄弟："怪不得你们这么穷。大白天这么悠闲，一群懒鬼！"

"托你这勤快人的福，我们的日子会越来越不好过。从我们父母那代就开始缴公路税，哪里看见这里有公路的影子了？"多米诺满脸不屑。与彪悍的阿门农和傻乎乎的三弟莱昂比起来，他算得上清秀英俊了。

"别把缴税这事儿怪在我身上！我只是个微不足道的小人物，城邦联军里最底层的军官。"他挤眉弄眼地挑衅着说，"觉得不合理？就到屠城议会楼去说！"

"呸！你以为我们不敢去吗？如果不打算给我们修路，我就要把全村几代人缴的所有该死的修路税都要回来！"阿门农把嚼碎的橄榄叶残渣一口吐在底层军官的靴子上。

小军官刚要发怒，突然意识到自己现在并不占优势。于是小军官假装轻蔑，清了清喉咙，爬上裂井井台，打开盖着红印章的纸卷高声宣读新税法。裂井周围除了三兄弟，又围过来一些人，大家对不断上涨的修路税议论纷纷。

"税又涨了！我们是在往空气里缴税。修路税，修路税，哪里来的路？根本就无路可走了！"一个老雇农抱怨起来，"哪天这口老裂井都要收税了。"

"你说得好！新政府正在拟定征收饮水税的方案，马上从井里打水也要交钱。有利于水资源的……嗯，合理……合理利用。"底层军官收起纸卷。

他不疼不痒的话如投在池塘里的炸弹，激起一波又一波咒骂的涟漪。不过不用担心，裂井人和其他地方的人一样，每次涨税的时候都边骂议论，然而议论完了、骂完了，他们仍然乖乖地低头工作缴税，大多数人不会反抗。税收得越多，他们会越努力工作，以求糊口。但总有例外，阿门农向底层军官走过去："税这么重，我们却从来没见过高速路！"

"我有什么办法？你真有本事，就自己去屠城把缴的修路税要回来！"底层军官讥讽十足地说，"聪明点。破坏税法被抓起来可不值得！我劝你认命。看在你傻弟弟的面上……"底层军官被阿门农揪住衣领，一把拎了起来，脚离地老高。

"你刚才说去屠城什么议会楼，就能把我们缴的税钱要回来？！"

"对！对！快把我放下来！"他被阿门农粗壮的大手掐得喘不过气来。只要能下来，阿门农问什么他都说"对"。

阿门农松开大手，扔下底层军官，对两个兄弟说："咱们今晚就出发，去屠城把钱要回来！"

"好的！哥哥！"多米诺和莱昂不假思索地一起答应。

阿门农的举动只得到了他那两个弟弟的认可。刚才抱怨税收高的雇农，现在却在斥责胆大包天又愚昧无知的三兄弟。

"别给裂井的好公民惹麻烦！"

"你们疯了吗？要干什么？！"

"这不是你可以管的事情！"

"阿门农，别去！"

刚才说过话的老雇农最激动："阿门农！你不能光想自己，也要为我们这些乡亲想想。如果因为你们做出什么鲁莽的事，让我们受牵连，怎么办……"

"我再也不把辛苦挣来的钱白给别人了。他们拿了咱们的钱就应该让咱们看见高速路，不然就退钱！"阿门农的决心丝毫没被动摇，两个弟弟已经在做出远门的准备。

"多米诺，莱昂，你们的哥哥要惹大祸了！"底层军官连滚带爬地上了收税车，最后甩下一句话。

傻莱昂哼唱着自编的歌谣，对底层军官的恐吓毫不在意。现在只剩下三兄弟，其他人早已散去，老实的农夫不愿卷入危险。缴税就缴税吧，只要还有苟活的可能，大多数人都不会惹是生非。

"三个笨蛋！野蛮的农夫能做什么？哥哥跟弟弟一样，都是浪费粮食的笨蛋！"

底层军官坐在车里嘀咕。然而，出乎他意料的是，接下来的几个月里，他每天都能在报纸上读到裂井三兄弟跟城邦联军冲突对抗的新闻。他没有想到，阿门农确实相信到了屠城议会楼就能把裂井人缴的赋税要回来。他简直不相信真的有那么蠢的人。

没过多久，缉拿公路恶匪三兄弟的逮捕令就颁发了。于是职位低得不能再低的小军官提起笔，把自己那天和裂井三兄弟的事情写成报告递交了上去。这份看起来很荒谬的报告在层层递交审查中没了音信，因此，整个城邦联军从上到下，都不知道裂井三兄弟到底为什么要赶着牛群在高速路上阻碍交通，与军队对抗。

从未见过高速路的三兄弟，踏上征途，屡屡与车辆发生冲突，沿着高速路寻找那个叫屠城的遥远地方。他们驱赶牛群，背着蜂箱沿洲际高速路走了四十九天，所到之处，交通阻塞，一片混乱。哪里有想阻挡牛群前进的城邦联军，哪里就是三兄弟的战场。沿线的居民称他们为——裂井三侠！一批批的城邦联军被派来对付他们，可到目前为止，三兄弟都所向披靡，战无不胜！

又一场新的战斗即将在坦钉旧车场和运河之间的空地上打响。

第六章
钟面酒吧

天边透出亮光，顺着枝叶的缝隙倾泻在四棵血橘树搭成的凉亭里。几个年轻人醒来时，地板上的一壶咖啡正嘶嘶地冒着热气，旁边还放着小半桶奶油、一把小刀和一大块葡萄干面包以及一截用金属丝缠着的大火腿。

"老头送来的？"马波饿坏了。昨晚大画师做的那碗清汤一样的粥他几乎没喝。今天早上这个，才算是一顿真正的饭，"东西还真不少。有火柴吗？咱们得吃一顿真正的饭再上路！"他搓搓手，准备用这些材料大干一场。

"有火柴，还有四个鸡蛋。"切·丹提在大木箱里翻找了一会儿，摸出一些随身带着的作料。扮猫拣了一些干燥的树枝做柴火。马波用装奶油的金属罐当锅，开始烹饪早餐。这顿早餐比起昨晚冷汤配面包卷的晚餐，简直可以说是艺术级的料理。他把金属丝小心地从火腿上拆下来，就着原来的形状弯成一圈圈箭靶形状的扁平支架，再把葡萄干面包切成厚厚的大片摊在上面，然后用昨晚取暖的玻璃瓶子，在里面点着火，做了一个无烟烧烤架。葡萄干面包稍微加热，再涂上新鲜的淡奶油。奶油发出生机勃勃的悦耳的嘶嘶声，慢慢地褪成了金黄色。马波又熟练地在空中打破四个鸡蛋，蛋黄分别落在快烤焦的奶油面包上，没有被完全烤熟的鸡蛋顺着厚切片面包粗大的缝隙流进里面，留在上层的蛋黄和着奶油慢慢膨胀开。简单的美餐就这样做好了，马波只撒了点盐作为收尾。

说实在的，这更让人想起煎蛋，但扮猫真是饿坏了！

"就用手拿着吃吧，别怕脏！"马波给了她一片。

"我不怕！"扮猫狼吞虎咽起来。

三个旅人瞬间把早餐一扫而光。上路以前，他们的肚子可以装下无数这样的美味。切·丹提最早吃完，然后用小刀把剩下的面包切成片，装进干净的小布袋做干粮。扮猫看着马波和切·丹提默默地干着这些事情，由衷地庆幸自己跟他们在一起。

"其实，那个大画师也许是个挺好的人。他还给咱们送早饭。"扮猫说。

"好人？他是希望我早点离开橘林。看这个！"面包下面，切·丹提发现了一张去坦钉旧车场的地图。

马波笑了，一边把沾在嘴边的面包渣全抹进嘴里，一边伸着懒腰从树上摘下昨夜大风后仅存的一个血橘，大咬了一口，血浆一样的汁液差点喷到扮猫头上。扮猫刚刚积攒起来的对他的好感瞬时荡然无存。

橘镇的面积远比想象的大，光走出老头的血橘林就花了他们两个多小时。橘镇乍看起来是个美丽平和的地方，随便走几步就可以看到漂亮精致的红砖小屋和嬉闹的孩子，小风车和风筝也随处可见。但要是细细留心，还是会在不为人注意的阴暗墙角和树丛周围发现几只脏兮兮的流浪猫和饿得皮包骨的弃狗。

"这些弃狗和野猫总是让我想起新城。"切·丹提故意把步子放慢，走在扮猫和马波身后，不然他们两个就完全淹没在他的高大身材和大木箱的阴影里了。

"新城不是高速路上最富有的城市吗？"马波在一般人里不算矮，但也只到切·丹提的肩膀。

"高速路把巨大的新城横切为上下城，下城穷，上城富。但即便是上城，也是个看不见希望的地方。"

"你祖父，和种橘子的臭脾气老头到底是……"其实马波昨晚就想问了，只是还不熟，唯恐不礼貌。

切·丹提倒落落大方，把什么都说了出来："大画师是最伟大的城市设计师和发明家，他年轻时给当时一个很有名且地位很高的设计师做学徒。祖父跟他一起师从这个有名的设计师。一次，老师让他们画画，题目是'大自然之美'。祖父画了一幅天神像，大画师画了几株血橘树。老师看了他们的作品，大赞那几棵鬼斧神工的血橘树！他说祖父画的神像固然好，但只能看见高超的画技，而在那些姿态古怪的血橘树上，他看到了真正的天赋。人的天赋即是'大自然之美'！从此，老师开始着重培养这个学徒，把我的祖父扔在了冷板凳上。在彻底冷落祖父这个没才华的学生前，那个老师还把血橘树的画送给我祖父，命令他挂在客厅里！我从小就是这样看着'大自然之美'，吃着祖父家的粗茶淡饭长大的。后来大画师设计了很多惊人的大工程，其中最著名的就是新城。但就在我的祖父辞去新城城主职位以后，大画师也突然隐姓埋名，退出了人们的视线，带着他所有伟大的设计蓝图隐居起来，不再接受任何委托。"

"你祖父恨大画师吗？"

对于马波的这个问题，切·丹提也不确定。他说话之前犹豫了："我本来也觉得他们不会喜欢彼此。我的祖父跟你们昨晚见到的大画师其实有点像，是个非常顽固的人。但新城每个人都知道，祖父能当上新城城主，跟新城的设计者大画师对他的推崇有很大关系……"

切·丹提话没说完，大运河的水汽就扑到了他们脸上。运河是人造的，河水自北向南汹涌地奔流着。运河与东西走向的洲际高速路垂直交叉。高速路的路面只比运河的河面高出几米。为了方便行人过河，人们在紧靠高速路的边上修了一座跨河桥。实际上，洲际高速路在这一段也可以说是一座巨大的跨河桥。时值涨水的季节，运河水面很高，已经贴近被架高的高速路路面。大块的云在高速路和运河上空低低地聚集起来，被一阵阵风护送着在天空飞驰。尽管没有下雨，水流湍急的河面还是升起一股强烈的潮气，像雾一样湿透了一切。因为跨河桥的桥面要比洲际高速路高出四五米，从大桥北边的扶手上可以清楚地看到北面河岸东西两边各有高高的一个栈桥。河水的雾气中，有些钓鱼的人倚着栏杆从跨河桥上放下长线鱼竿垂钓。

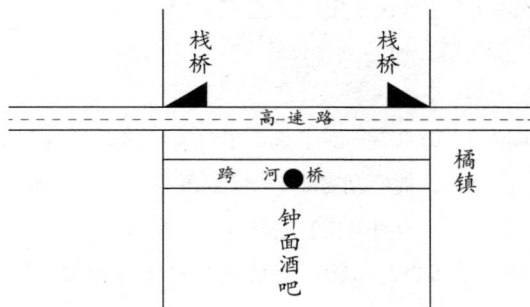

马波他们跑上满是水雾的跨河大桥，手扶栏杆，隔着冬季起着冷雾的运河，眺望不远处与桥平行的高速路。

"这条高速路，让人们远离故乡和亲人。"大桥的水雾里，马波衬衣领上系着的短皮带被强风吹得不停摆动，血红的眼睛望着没有车辆的高速路出神。此时的他，比所有人都孤独。

空旷的桥面上已经结满浓浓的水雾，冷得让人们不得不竖起衣领，躲进桥上面唯一的遮掩处。跨河桥的中央依稀可见一座红砖小屋，小屋方向传来军鼓声和征兵歌谣。桥上一个钓鱼人的鱼上钩了，鱼竿和鱼线向空中抽起，一条灰色的大鱼被重重甩在桥面上。钓鱼人从钩上解下它，随手就丢在一边。那条鱼可没因被钓上来就认命。它在桥面上不住地翻腾，几下就跳到了切·丹提那皮子都磨亮了的旧靴子边。

"你们几个，别碰我的鱼！"钓鱼人头都懒得回地对三个年轻人喊了一声，便忙着换饵重新甩竿。

　　鱼还在跳，不懈地努力挣扎。切·丹提低下头，一脚把它从桥栏杆的缝隙里踢下桥面。鱼飞身落下，跌进河水里。

　　"快跑！"马波笑着对还在发愣的扮猫喊道。

　　钓鱼人闻声，转头抓肇事者。马波早跑没影了，扮猫也跟着跑了。只有切·丹提站在原地没动，等着钓鱼人来抓。钓鱼人火冒三丈，想揪住他的衣领，但切·丹提实在太高，所以钓鱼人只能凑合揪住他的大衣纽扣死不撒手。

　　"他怎么办？"扮猫一边跑，一边问。

　　"放心！没问题。"

　　"真不管他吗？"

　　"他能解决。"马波完全无所谓的语气让扮猫觉得很冷漠，但又没什么理由勉强马波回去。他们回去能干什么？帮切·丹提打架吗？切·丹提做的事诚然是善举，却也有失礼的地方。

　　"怎么了？还在想？"扮猫的心事被马波看出来。他一边倒退着跑，一边点上一根烟，"他一定想好了解决方法，才做那件事。"

　　本来想说什么，扮猫最后还是放弃了。无奈，她只能一边跟着马波跑，一边回头张望。抛开对切·丹提的担心，有件事倒很新鲜，桥面上建房子，扮猫还是第一次见到！

　　跨河桥正中央的红砖屋子其实是个叫"钟面酒吧"的地方。和所有地方一样，禁酒令颁布后，这里只能卖水一样清淡的所谓"淡啤酒"。

　　小小的酒屋给冬季的运河和跨河桥带来很多活气。整座跨河桥只被一根桥柱稳稳地架在水面之上，钟面酒吧的位置正好就在桥柱部分的正上方，从远处看，这所有尖屋顶的小平房就像是下面的桥柱扎穿桥面冒出来的一个铅笔头。跨河大桥是橘镇的"入口和出口"。钟面酒吧东、西两边各有一扇门，西门出去是坦钉方向，东边的门则朝着橘镇。

　　本来这只是一座不起眼的建筑，但在小红砖屋的屋顶正中间不明缘由地伸出一根粗大的水泥柱子，柱子顶端放射出十几根粗大的铸铁桥索，桥索拉住了东边桥面两侧的栏杆。

"是因为桥体太重吗？可为什么所有的桥索只撒向东面，西面一根铁索也没有？"马波站在门口没进去，纳闷地琢磨着。

清早的雾气让桥面上越来越冷。现在又起了风，桥面上已经待不住人。征兵的顺口溜和军鼓声仍在继续。酒吧门口的砖墙上贴着一张坦钉旧车拍卖场的广告。广告正中央是一个男人的照片，他那粉白的大脸上写满狡猾，嘴角的谎言仿佛随时会伴着假笑溢出。海报周围有些旧汽车图片以及每辆车的起标价，下方有行字：每日正午开拍！

马波从海报下面的自取资料小筐里拿了一份车辆图鉴，一边走，一边低头看，直到酒吧里的光线已经暗得看不见字，才把图鉴折好塞进外套口袋。

钟面酒吧内非常拥挤，原本站在桥面上的人现在都聚集在这小屋内。他们大多是囊中羞涩的过路农夫以及马波他们这种一路找工作的旅人。人们全站着，没有看到椅子和桌子。女招待把托盘举得高过头顶，以免啤酒被碰洒。即便这样，那些女招待还是像跳芭蕾般，一边走，一边把一条腿抬高。扮猫在她们抬腿的地方发现了两根粗大的铸铁棍子，上面布满铁锈，毫无道理地出现在地板上。这就是女招待走仙鹤步的原因，她们要躲避铸铁棍。但因为人太多，扮猫看不清棍子的全貌。

钟面酒吧的布局也有些奇怪，吧台是固定在墙壁上的，四个很小的大理石正方形吧台分别设置在四方屋子的墙角，每个迷你吧台内都站着一个酒保。中间是个大大的圆形空地，地面上横着两根奇怪的铸铁棍子。因为透过屋子北面的玻璃窗可以观赏高速路，所以靠窗放置了一个立式望远镜，南面墙上的窗则是观河窗，但没有望远镜。马波从望远镜里看了看，正好可以看到高速路那边的两座栈桥。

女招待与酒保之间不停地相互喊话，酒保从吧台上把一瓶瓶廉价啤酒推给等在吧台外的女招待，同时高喊："三点的先生，五瓶啤酒！注意那边的小孩儿，童子军不能喝酒。"女招待便训练有素地接住从大理石吧台上滑过来的啤酒瓶，迈着奇怪的步伐送给客人，敲征兵鼓的童子军不满意地对他们做鬼脸。当酒保喊"七点，两瓶啤酒"，女招待也一样毫无差错地迈着仙鹤般的步伐把马波和扮猫买的啤酒送到他们手里。

"她们靠时钟来确定方向，真厉害。"扮猫觉得看送酒比喝啤酒还有趣。

"瞧地板！"马波的"连裤帆布鞋"踏了踏地面。扮猫才注意到地板上画着一格一格的钟表刻度，而他们现在的位置正好是七点十一分。怪不得这里叫"钟面酒吧"！原来整个地板是一个大钟表盘，女招待躲避的就应该是地板上巨大的铸铁钟表指针。分针和时针缓慢地在地板上移动，所以人们必须站着，酒吧里也不能摆放家具。

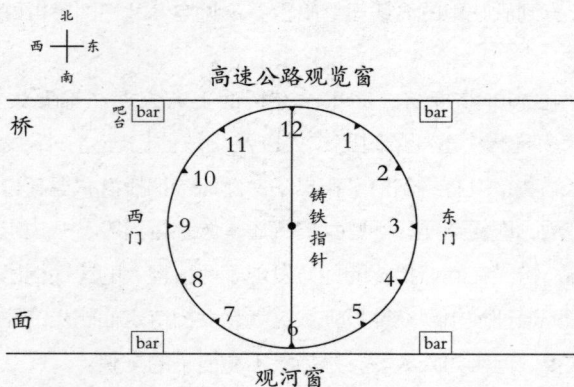

"三点，破衣烂衫的大家伙，一瓶啤酒。"东边小吧台里的酒保喊道。

切·丹提刚解决完与钓鱼人的纠纷，胡子上挂着水珠，大衣的几颗扣子摇摇欲坠。因为他努力要挤进酒吧，门口的人群被推得骚乱起来，一拨一拨地转到屋子最里面。钟面酒吧里满满都是人，任何人想动一下都会引起极大的不满和骚动。人们相互拥挤着，还要护住手里的酒瓶酒杯，抱怨和谩骂之声不绝于耳，间或还有玻璃碰撞的声音。马波和扮猫被这拥挤的人潮挤得站不稳。切·丹提尽管已经非常努力，但还有半个身体留在酒吧外面。拥挤造成的空间争夺战和其他战场一样有强势和弱势之分，扮猫不幸就是弱势，她只会一味地避让，躲开所有"赶到"她面前的胳膊肘和膝盖，给别人腾出地方。摘了麻袋的麻袋人还是尽量不和别人有"接触"。实在连退都退不了的时候，她宁愿抱紧双臂，把自己原本就不怎么占地方的身体缩得更小。这一切马波都看在眼里，却什么也没做，一如他从不问扮猫，为什么要藏在麻袋里。用什么样的方式活着是她的自由。但马波也很清楚，扮猫这么软弱而善良的人，在高速路上只有死路一条。终于，她连最基本的立足空间也丧失了。

"野猪，根瘤蚜，药西瓜，先天痴呆的圆白菜，雪人弃婴，化粪池凶手，阴阳失调的狒狒，被卡车压过的河马，蠢货！你踩到我的脚了！湿毛巾捂，粘面浇，马尿泡……死……你，公牛屎把你贴墙上活活憋死！你还踩着……我！"

"对不起！"扮猫根本没弄明白怎么回事，甚至没弄明白那人骂的都是些什么，就连忙道歉。

"你这狗娘养的垃圾人，退化的旧洗衣机，能思考的扫把，整……坨……大……粪……啊——"一个酒糟鼻子的邋遢醉汉把最后几个脏字拖得很长。他的怒骂却以一个痛苦无比的"啊"作为收尾。

"该骂够了！她已经道过歉了！"不出扮猫所料，这声"啊"又是马波的杰作。

为了止住醉汉喋喋不休的谩骂，马波把手里的空酒瓶打碎，插进了他的破皮鞋中！血水顿时涌出，一块亮晶晶的绿玻璃像植物一样立在他的脚上，可见那瓶子插得很深。这真是个腾出空间的好办法！周围的人群立刻井然有序，甚至不再喧闹。几秒钟内，拥挤的人们自动组成了适合围观而又安全的圆圈。圆圈最里面，面对肇事者的是一些兴趣大胆子也大的家伙；离得远的，是胆子小的人；被围观圈挡得最远的，是服务员和酒保。他们倒也习以为常，这种斗殴时常发生，已经有人去取扫把扫地上的玻璃了。现在，圆形空地里只剩下马波、扮猫和那骂人的家伙。

"看样子要打！"

"红眼小子不善！下手太狠。"

"那个女的是他老婆？不够漂亮。"

"打起来，你说谁能赢？"

有几个站得最靠前的开始商量押注，赌一把。

"非要这样吗？"扮猫拉着马波的衣袖，还对骂人那家伙感到抱歉，"是我不小心踩到他的。"

"没你的错！"围观的人群里伸出一只大手，切·丹提把不知所措的扮猫拉了出来。

"那男的老婆跑了！"

"三角恋仇杀？"

人们议论纷纷，却没人想要做什么。

"不管他吗？"扮猫站在切·丹提身边。

"先不用。他一定是想好了后果才这么做的。"切·丹提说的话和马波如出一辙。

"你刚才没事吧，鱼……"

"我赔他钱了。"

"你早就想好要赔钱？"

"嗯。每一步都必须想好，不然早就完蛋了！"

扮猫看着站在骂人的家伙对面的马波。他也是什么都想好了才做的所有事情吗，包括在瓦肯镇大火里的行为都不是冲动之举？

切·丹提指了指马波对面的人："这家伙骂人厉害，却不敢真动手。红眼小子就不一样了！"切·丹提这几句话瞬间成了人群里很多人的理论。

"红眼那家伙是行动派！"

"打啊，绝对能赢！"

"变成被狗撒过尿的口香糖！胶状的鳗鱼……"

骂人醉汉并没像切·丹提预计的那样。他真被脚上的玻璃片激怒了，一边怒骂，一边挥拳头向马波扑过来。

"来吧！粪坑嘴！"马波卷好袖子。

　　围观的人群喧闹沸腾起来，气氛热闹得像是在过节。

　　砰！一声枪响瞬时把钟面酒吧里的热闹空气冻结起来，也把马波和骂人的醉汉牢牢钉在原地！

　　"粪坑嘴"的拳头停在半空，梦魇般念叨着："半个上校……"

第七章
半个对三个

刚才那枪射穿了酒馆的天花板。没人敢再说话，几个靠近门口的人悄不作声地溜进了酒吧外的水雾里。两名穿灰色军装的士兵抬着一块木板，上面"坐着"一个留翘胡子的男人，他手里的左轮枪还冒着烟，肩上的军徽显示出上校军衔。他是个货真价实的上校，但只是半个，因为上校臀部以下的身体全没了！

"想打架？这里地方不够大！"

士兵把载着上校的木板放在大理石吧台上，酒保恭敬地慢慢滑过去一瓶开了盖的淡啤酒。上校把手枪放在载着自己的木板上，利落地接住滑过来的酒瓶，仰头喝了一口。他用一双似乎永远睡不醒的眼睛扫了眼两人："参军吧！你们这样的人渣才配去战场送死！把他们抓起来。我的队伍里需要这些有力气没处用的无赖！"

早有几个士兵站在他们身边，一得到上校的命令，便立刻把马波的胳膊往背后拧，骂人的家伙也是一样的命运。

"子弹飞弹忍不住飞，手榴弹炸爆头，不用绑，我自愿参军！能进半个上校的部队是我的荣耀！"骂人狂把胸挺了挺，没忘把所有人都拖下水，"那女的！也是血眼小子一伙儿的！"

上校又灌了一口酒，挥了挥手："也绑上！都去坦钉。"

"我也是一伙的！"看同伴被绑走，切·丹提干脆也加入其中。反正都去坦钉。

"绑上！"

"我们找机会逃。"马波在两三个士兵中间挣扎着。

"想逃就别说话！"上校的满嘴酒气喷到几个"囚徒"脸上，他肯定不只喝了淡啤酒而已。

"这帮狗娘养的猪爪、沼泽鳄鱼想逃跑。上校！不用绑我，我自愿参加！我梦里都想当您的兵！"骂人狂用力从士兵手里挣出右手，歪歪斜斜地对上校行了一个军礼。

上校大笑起来，震得抬他的木板都晃动起来："真是一群好看的家伙！放在毫无生气的军队里也算是个装饰，都给我带到战场上去！"

军礼并没让骂人的家伙得到什么特殊待遇。四个人的手腕上都紧紧绑上了粗麻绳，被串成一串带出酒馆。士兵把他们夹在行进的军队中。一匹高大漂亮的黑战马上，半个上校稳坐马鞍。他拽着缰绳路过队伍，对四个"新兵"行了一个真正的军礼："欢迎被迫参军！"

"我是自愿的，自愿的！"骂人狂多少有些情绪激动。

马波却对上校的酒气非常疑惑："这家伙喝的什么？不是犯法吗？"

"还管这些！当兵就是去送命。清醒的人，谁会去送命！"押解马波他们的一个士兵插进谈话。

"哈哈，你说得好！"骂人狂想跟小兵套近乎。

"上校是好人。他看不得士兵受伤。可有什么办法？所以每次出征前，他都从大城邦的黑市弄些'红'给我们喝。他说，喝了烈酒，就算受伤也不疼，死的时候都是笑着的。醉生梦死比较容易。"

士兵所说的"红"其实指的是一种颜色发红的烈酒。禁酒令颁布后，有人可以从不为人知的渠道弄到禁酒，而这些人往往都是新政府里的。这是个看不见希望的时代，即便是城邦联军也没什么希望，包括骂人狂在内的所有人都闭嘴了。黑战马上，上校本来可笑的半截身体，却非常挺直而威武。

"为什么是半个？"扮猫打破沉默。

"你居然不知道赫赫有名的达利上校？！绳子真紧，帮我松松。"无论骂人狂怎么跟士兵套近乎，都是水泼玻璃墙，怎么来的怎么挡回去。无奈，他只能跟"囚友"聊天。"半个上校是真正的战场英雄！今天老天高兴了，你们运气好，能见到达利上校。"

"这么见他？"马波抬了抬绑手的绳子，又招来一连串谩骂。

"土豆挖眼，一把粉打在后脖颈，夏天卖不掉的臭奶油，你，懂，个，屁！上校姓达利，知道吗？他那下半身……不是在战场上丢的，说起来却足够让人佩服！"骂人狂胡子拉碴的脸上刻意变出一个神秘无比的表情。

马波不敢张嘴问，免得再招骂。切·丹提替他问了："怎么回事？"

讲下去的欲望令骂人狂的嗓子瘙痒难忍。他就是卖个关子，一发现有人感兴趣，便迫不及待地滔滔开讲，还没忘了要渲染一下情绪："唉……说起来是个悲剧。上校的家庭很破落，还没出生的时候父亲破产了，家里就断了收入来源。万幸的是，上校的母亲是个非常贤良的女子。这位夫人独自经营着一点儿小生意，非常辛苦，只能勉强生活。但她丈夫受不了破屋粗饭，离开妻儿出走了。几年后，他居然带回一个从良的妓女。妓女靠卖春存了很多钱，一到达利家，达利父亲就劝说她把所有积蓄投进自己妻子的生意里，并说只有这样，才让她留下一起生活。虽说妓女不情愿，但小生意有了本钱，再加上努力经营，从此她和达利的父亲及原配，居然一起过上了丰衣足食的生活。随后，儿子出生。可直到今天，也没人弄得清楚这个独生子，达利上校，到底是哪个妈妈生的……"发现马波也听得聚精会神，骂人狂自鸣得意地闭上嘴，不再说话。可他没得意多久，马波便在他那只插着玻璃的鞋上用力跺了一脚。

"啊！妈……妈……的。"

"谁让你卖关子！接着讲就对了！"刚才说话的士兵也在听他们说话。

"土豆发芽，蓝莴笋！！没人弄得清楚他到底是哪个妈妈的孩子……是因为……"骂人狂痛得眼泪和鼻涕一起流，但故事至少可以继续进行下去了，"因为，这孩子对两个妈妈都一样好。任何人问起，他都只是说两个妈妈都是自己的亲生母亲。外人根本揣测不出这孩子到底是谁生的。其实她们能和平相处，也是因为有心胸无比宽大的儿子。女人们本来关系不好，两个女人共有一个丈夫，理应是仇人，尤其是她们的丈夫死了以后，完全是因为有这么个儿子才继续住在一起。又过了几年，其中一个妈妈得病死了。上校从军队里回家，跳到铡草的大铡刀里，把自己从大腿处铡成两半。大家这时才知道两个女人和平相处的秘密：孩子自懂事开始就成日目睹女人间无休止的争斗，却无力劝阻。一天，两个女人为了一件事情争执，互相拔出刀子威胁对方。看在眼里的儿子对女人们说：'两位妈妈的命运其实一样，注定今生只能拥有半个男人。我这个你们的儿子，也各有一半属于两个母亲。无论你们中的谁逝去，儿子就割下一半身体由她带去！'从此，两个女人停止了争吵，共同尽心竭力地爱护共有的这个儿子。因为她们都知道，达利不是开玩笑。果然，一位母亲下葬后，达利兑现了自己为两个母亲立下的誓言，平分感情和身体！"

"真有这种说一不二的男子汉！"切·丹提感叹。

"当然有！"骂人狂的脸上露出无限崇拜的神情，"达利上校虽然是残障，但凭着高超的战术和聪明的头脑，还是当上了军官。了不起的人，注定不平凡！"

说话间，士兵的队伍缓慢向前移动。大多数兵士都麻木而沉默。无论受伤与否，无论活着与否，在坦钉等着他们的战争，其实都与他们无关。

快到中午，刻意缓慢行军的队伍才接近坦钉。整支队伍忽然停住，达利上校掉转马头，举起一只对战场来说过于华丽的水晶玻璃酒杯，里面注满了鲜红的违禁液体。他将酒杯对着士兵高高举起。队伍里也有人给大家分发酒杯，倒酒。马波和骂人狂等人手腕上的绳子都被解开。他们分到一个军用水壶，里面盛满了酒。不是小酒馆卖的那种水一样的啤酒，而是真正上等的烈酒！这很明显是打仗之前的壮军酒。

半个上校将酒杯高举过头顶，只有一半的身躯在马背上挺得笔直："其实连我也不知道为什么要来这里，甚至不知道为什么要战斗！凡是战斗都是一场灾难！灾难从不给人时间准备，说来就来！即便前面等着我们的是死亡，也只有战斗这一条路。看不清意义的人生也必须战斗！"

上校率先将杯中的烈酒一饮而尽，几乎所有兵士都跟着他喝下了手里的那口酒。酒精让骂人狂顿时满面通红，他激动得用力抹了把嘴角。马波却一点儿都没碰那些酒，只把杯子放在了满是尘土的地上。

这一举动被达利上校看在眼里："如果有人选择清醒着，我称他为勇士。因为那会很痛苦！"上校掉转马头，继续对全体士兵训话，"法令规定犯罪的人可以抓来充军。这不是好差事！在毫无意义的战斗中死去的人不计其数，可只要活下来就是强者。无论是自愿还是被迫，人注定要孤独作战！"

很多士兵都不由自主地流了眼泪，骂人狂泪流满面，扮猫的眼睛也有些模糊，她很清楚这几句话的意思。无论有多少人聚集在周围，当残忍的命运真正降临时，永远，永远只有你自己！

上校再次举起喝空的酒杯："先前被派过来的部队伤亡惨重。裂井三侠非常凶狠善战。如果这是我们人生中的最后一杯酒，它必须是杯好的烈酒！"说完这话，上校用力将玻璃杯砸在地上，玻璃杯瞬时碎裂开。几乎与此同时，达利上校背后的土地发出恐怖的轰鸣，尘烟四起。几千头奔跑的公牛黑压压地朝军队方向迫近。扬鞭手阿门农骑在其中一头牛上，响亮地挥动长鞭驱赶它们。大多数士兵并没有做好准备，甚至还没饮尽手里的酒，有些人还在左顾右盼，不知道空杯子应该还给谁。这场殊死搏斗来得太快了！

士兵还没来得及反应，上校已策马向牛群奔去。

公牛在阿门农长鞭的驱赶下猛冲。一些牛健硕的尖角上还挂着破布和深褐色的腐败干燥的血肉块——那是前几次战斗留下的痕迹，散发着刺鼻的恶臭！上千头公牛黑色的鼻孔里喷出白色的粗气，它们睁着苍白的大眼睛，坚硬的犄角向上翻起，强壮而充满蛮力的胸膛完全挡住了腹部，全力奔跑时四蹄的力量仿佛可以转动地球。跟它们比起来，人类是如此无力而渺小。军队里一片混乱，士兵震惊了，战马的缰绳也拽不住，逃命般的奔跑和尖叫声是士兵唯一可以做的事情。

只片刻，牛群便已接近上校的部队。面对如此令人生畏的敌阵，上校勇敢的黑战马毫无畏惧，反而在上校的鞭策下冲向牛群。

为首的一头公牛略微低下头，依靠自身的力量和速度，用头部的尖角麻利地把迎面而来的黑战马顶翻。战马四蹄朝天地翻滚在地上。马倒下的一瞬间，上校一跃而起，一只手抓住奔驰的公牛的犄角，如体操运动员般用力把半个身躯借着惯性悠到牛背上。公牛还没来得及抬高后蹄和臀部把他甩下来，军刀已经垂直插入牛两角中间的头盖骨，顿时一股鲜血喷涌而出。巨大的公牛滑倒在尘土中，空洞的白色大眼睛仍然凝视着最后看见的东西。跟公牛一起摔倒在地上的上校再次挥起军刀削断了另外一头冲过来的牛的前蹄。勇敢的黑色战马在这几秒钟内，也从摔倒的地方挣扎着站了起来，奔向它的主人。上校拉着马脖子上的缰绳重新坐回马鞍上，被砍断了腿的公牛哀鸣着，倒在他和战马旁边。

看见同类被杀并痛苦地哀号，公牛们绕开尸体，本来锐不可当的完整牛群编队被一分为二，向左右略微分开，以更快的速度冲向往四周奔逃的士兵，反倒是没来得及逃跑的四个"囚徒"，因为站在上校的正后方，处在了分开的牛群中间并不宽裕的"安全地带"。

这一切都归功于上校选择了"向前"的路，而没有像其他人一样逃避或者后退。有时候看似已没有的路，反而是最好的路！

"我的上校！战斗英雄！了不起的勇士！"骂人狂像河水中的顽石，夹在往后逃跑的人群中激动高喊，丝毫没有想逃的意思！

　　押解马波等人的士兵早就扔掉绑着他们的麻绳而不知去向。马波和切·丹提迅速相互给对方松开绑扣，再帮扮猫。

　　刚才被上校砍断腿的公牛倒在血泊里发出凄凉绝望的哀鸣。已经被解开绳索的切·丹提默默走过去，用一只手扶住它粗大的脖子，另一只手扳住犄角。一滴接着一滴的眼泪从这只领头公牛的大眼睛里滚出来。切·丹提不再迟疑，两只手配合着朝相反方向猛地一用力，牛脖颈咔嚓一声，它的痛苦被永远终结。

　　牛群冲过，后面露出三头公牛，背上的裂井三兄弟稳稳排成一排。他们面前孤零零的黑马上，只有半个身体的上校声音洪亮地喊道："阿门农，投降吧！"

　　"我还是第一次听城邦军队说这么勇敢而可笑的话。"大哥阿门农用手里的赶牛鞭指了一下半个上校身后，达利上校背后已完全没有军队可言。

　　"你凭什么让我们投降？让开路！我们要去屠城。"

　　"你们真觉得去了屠城就能解决赋税问题吗？还没到屠城，你们就都完蛋了。那些叫你们裂井三侠的人，不会为你们的死感到一丝悲哀。他们会继续老老实实地纳税。"

　　"一！哥哥，只有一个。"智商不全的傻弟弟掰着手指头数了数，面前只有上校一人。

　　"不对，莱昂。是半个！只能算半个。"面目清秀的多米诺说话也清朗好听。

　　上校抬起额头，直视三兄弟："我这半个就足够了！"他脱下军官外套，扔到身后，"有本事别用那些可怜的畜生。就你们三个来！我要跟人战斗。"

　　裂井三侠只想赢得胜利。他们一起冲了过去。毫无畏惧的黑战马也埋头向前，达利上校挥起了手中的军刀。

　　大哥阿门农的武器是赶牛鞭，长长的鞭绳用整张水牛皮卷成，柔韧而牢固。长牛鞭赶在上校的军刀之前就挥打在了黑战马的背部，战马瞬间皮开肉绽，鲜血从油亮漆黑的皮肤里直冒出来，染红了一大片马背。如果换了别的战马，早就惊得尥蹄甩鞍，但黑战马不愧是上校的坐骑，比公牛体形瘦好几圈的它甚至连退都没退半步，大而美丽如同女人眼睛的马眼在长长的睫毛下与公牛对视，勇敢得如同一个军人。

"好马！"阿门农赞叹着收起了长鞭。他绝对不会再对这匹马挥动一鞭。即便是外行人，都看得出这匹马非同寻常！它有着比一般纯种马更修长优美的脖颈，弧线雅致的后背还有精心修剪的马尾马鬃，强健的四蹄无处不显示着它优良的种质。与一般的马不同，黑马有十七根肋骨、五根腰骨和十六根尾椎骨，这种身体比例结构赋予了它极大的耐力和奔跑力！它跑动时，四肢仿佛是悬浮在空中；而当它激动和鼓起勇气时，头颈很自然地就表现出高雅的特质；当它潜在的力量爆发时，胸部的肌肉就会鼓起。黑战马曾经载着它的主人连续行军四千一百五十二公里，八十四天马不停蹄！

阿门农收起鞭子，二哥多米诺的鞭子却缠住了黑战马的脖颈。一头牛和一匹马较力，一般的马根本不可能坚持到一分钟，但黑战马顽强地梗住被牛皮鞭缠绕的脖颈，尽力维持着四肢的平衡，不让主人在自己倒下的时候摔下来。然而，这样坚持了一会儿，它最终还是被拉得四蹄跪倒在地上。即便是倒下，黑战马的身体也不偏不倚，让马鞍上的上校平平稳稳的。多米诺的鞭子一部分已深深嵌进了马头颈的皮肉里。

"别再伤那马！"傻弟弟莱昂对二哥喊。他对马起了爱怜之心，但对上校丝毫没手软，学着哥哥们挥起鞭子，直抽上校头顶。那鞭子跟前两鞭一样狠，不同的是没有再落在战马身上，而是落在了上校的手里。鞭子落下的一瞬间，上校用没拿军刀的手牢牢抓住了鞭子，鲜血顺着手掌流到了衬衣袖子里。然而，这一抓把没来得及放手的莱昂从牛背上扯了下来，摔在战马身边的泥土里。上校迅速夺过莱昂手里的鞭子。他伤口里的血顺着鞭子浸湿了皮面。

上校现在的位置比较低，他一刀刺入莱昂骑着的牛的脖子大动脉，血浆立刻喷出，浇在战马头上。多米诺为了救莱昂，已经跳下牛背。马背上的上校用夺来的鞭子在多米诺和莱昂之间甩出了一道分界线，手里的军刀架在了莱昂的脖子上。

"你们现在知道了吗？！我觉得我能赢，就是因为你们是三个！弟弟的命对你很重要吧，多米诺？我这半个，会绝命战斗！"

"够了，多米诺！开始吧！"阿门农大吼。

多米诺看了一眼莱昂，再次爬上牛背："莱昂！等着哥哥们。"

阿门农所说的"开始"，带着一阵花香和风。那风却不是自然的凉风。本来凝固的空气里，突然发出翅膀高频率扇动而造成的嗡嗡声。多米诺用一顶大帽子和白色的防蜂纱罩住了全身，阿门农也戴上了防蜜蜂的围巾。两兄弟从后排的牛背上卸下几只大蜂箱，数以万计的蜜蜂扇动翅膀，形成黑黄色的龙卷风。蜂群比公牛更令人生畏，不远处刚刚停止躁动的牛群，蜜蜂再次将它们激怒！

"糟糕！阿门农是放牛的，多米诺原来是养蜂的！"站在上校身后不远处的马波等人，刚刚为自己松绑，便目睹了一场激烈的恶斗。大家甚至还没来得及决定自己的立场，蜂群的威胁就已经到了眼前。

"快在地上打滚！"切·丹提个子高，最先看清情况。

他双手把马波和扮猫按在脚下脏兮兮的土地里。外围的士兵也有人效仿起来，抓起大把脏乎乎的黑泥抹在脸上。被牛群践踏的泥土和牛粪混在了一起，味道难闻，可是大家已经顾不得臭，纷纷满地打滚涂上黑黑的泥浆以保护自己。随着蜂群的逐渐临近，牛群再次狂躁异常。

上校再勇敢也挡不住蜜蜂的袭击，黑战马成了蜜蜂的攻击目标，被骚乱的牛群和人群惹急了的离巢蜜蜂竟然钻进了战马的伤口里。它猛地从地上站起来，发疯一样跑起来。

公牛群和蜜蜂群，这就是裂井三侠始终能与公路军队对抗，且能战无不胜的法宝！

上校抓住黑马的鬃毛，纵身上马。黑战马再也受不了疼痛，拖着上校，惊跑出了战场。本应有机会借机脱逃的莱昂，却被转身奔逃的战马一脚踢在后脑勺上。

他晃悠了一下，重重地摔倒在地上，再也没能爬起来。

"莱昂！"阿门农喊叫起来，连忙从牛背上跳下来抱住弟弟。

不受控制的牛群再次踩踏着战场，没来得及逃开的士兵被踩得血肉模糊，哀号声不绝于耳。

然而，也有人被排除在这可怕的袭击外。扮猫无比吃惊地发现蜜蜂并不追击他们。也许是异味所致？奇怪的是，追着士兵满地乱滚的公牛也根本不理他们，使他们得以避免致命的踩踏。"新城幻术师"切·丹提走在前面，他们几个就不用像其他士兵那样在公牛疯狂的踩踏中挣扎呻吟着四处奔逃。虽然在逃跑，他们却是从容不迫的。

战场上的情形越来越惨烈。受惊的黑战马载着半个上校被蜂群赶得没了踪影。大多数士兵来不及发出一枪一弹就受了重伤，少数跑得快的到了运河西岸边，顾不得冬天河水冰凉刺骨，一个接一个跳进河水里躲避蜜蜂，运河的浅滩上满是惨叫的士兵。

马波等人离开战场，一路跑到高速路边，在一个枯草坡上停下。不远处的高速路上根本没有经过的车辆，只有零星几只蜜蜂跟过来，已构不成太大的威胁。草坡顶上有一棵粗大的面包树，枝干粗壮，在冬天反常地绿叶繁茂。毫无生气的大片枯草和绿叶充裕的大树显得无比奇怪，如同衰老的躯干上长了一颗婴儿的头颅。

"这地方奇怪的事情真多！"扮猫望着面包树，百思不得其解，"切·丹提，是不是因为你，蜜蜂才不追我们？"

"我用的不是幻术！"切·丹提伸出右手，袖子上沾了大片血液，"我杀了垂死的领头牛，身上沾了它的味道。牛群会回避这味道。"切·丹提的理由并不能解释蜜蜂为什么也不叮咬他们，但这时候，没人顾得上多想。一阵熟悉的怒骂声使他们不得不关注新的情况。

"你们这两个啄树的木头鸟，空高没用的木桩！我是士兵！"

"你跟过来干什么？！"马波手上还没完全解开的麻绳另一端还连着"响当当"的骂人狂。

这句话引来他一口浓浓的唾沫："呸！要不是你们这群逃命的地

鼠，一直拖着绳子疯跑，我现在还留在战场上……土鳖养的瘪丝瓜。我要找达利上校……"

骂人狂一边骂，一边还不忘再啐出一口唾沫，幸好马波闪开了。两人开始了另一轮的斗争，马波对骂人狂踢一脚，骂人狂就啐一口唾沫，看谁躲得快。当然，其间还夹杂了相互谩骂。骂人狂虽然老到，马波也丝毫不输给他。几个回合以后，骂人狂被马波的一脚跺得几乎全身瘫软，插着玻璃片的那只脚疼得发抖。他突然瞪眼狂叫起来："达利上校，我的达利上校啊！"

"叫谁都没用。我非把你这骂人的臭嘴好好……"

"是上校！"扮猫也看见了。

不远处冲过来一匹黑战马，后面还跟着一头发了疯的公牛！

第八章
弟弟

离面包树大约一百米，一头被白脸大公牛追逐的黑战马快速地朝这边跑来。马鬃迎风飘舞，上校手里的缰绳完全失去了控制，战马的速度极快，如果撞在大树上，很可能连人带马都折断脖子。

就在黑战马和白脸公牛冲过四人身边的一刹那，发生了很多事情：马波手疾眼快地抓住了战马的缰绳；切·丹提卸下背后的大木箱，并把箱子立在疾驰的公牛的正前方，公牛根本来不及回避，砰的一声撞了上去，只听轰的一声，公牛庞大的身躯停在了原地，一只牛角瞬间崩裂折断。扮猫还没来得及做出任何反应，一切就已结束，切·丹提和马波是如何在这么短的时间内做出如此有计划的反应的，她完全想象不到！

切·丹提用粗麻绳把安静下来的白脸公牛拴在树干上，拍了拍它的背。被硬生生折断角的公牛委屈地哼了几声，似乎在替不会说话的自己解释——它发狂地袭击战马，也只是因为被蜜蜂蜇怕了。

被救下来的上校拍了拍落在脸上和头上的尘土，马波帮助他坐到面包树下。

"谢谢，你们在战场上果然比在酒吧里更有用！"

"你们难道不知道要对付的是公牛和蜜蜂？至少也该给士兵准备防护衣。"切·丹提想起河岸边上满地哀号的伤兵。

"政府不喜欢军人问问题，我们从来不知道自己的对手是谁，没人搜集这样的情报，原本说好了要支援我们的一支军队也没来，如果人多点的话，情况不会那么糟。"

"为什么会这样？"

"新政府只是个联合政府，表面上统一，但其实每个城邦都有自己的利益。城邦联军也根本不是一个整体，各有各的军服，各有各的上司，这样的军队当然各自为政，混乱无章。在我们之前来的几支军队据说也是孤立无援地作战，最后全部溃败，要支援他们的其他军队，根本不知道跑到哪里去了。也难怪，没人想打跟自己无关的仗。"

"那你们为什么要来？"

"我们是屠城的军队，裂井三侠的目标是屠城，把他们阻击在屠城外面是最好的办法。"

"上校，请带我回屠城，我想跟随您。"骂人狂把手握在胸口，激动地说。

"先别急，这场仗得打到底，我得回战场上去。"

"我跟您回去，我不怕蜜蜂，还可以帮着救伤员。"扮猫虽已褪下麻袋，但总是习惯性地随身带着一个，她那麻袋人的装束现在倒可以派上用场。

"忘了要去旧车场吗？"马波抬头看天，已近正午，坦钉旧车场快要开拍了。

"你带上钱去买车，我也回战场上，战争结束我们再碰面。"切·丹提说。看来他和扮猫主意已定。

"好吧，我对战争不感兴趣，我去买车。"马波回应道。

"我也……"骂人狂本想表现得跟扮猫和切·丹提一样勇敢，但还是缺几分胆量。

黑战马嘶叫着舞动前蹄，急欲跟随主人重回战场，这匹马实在是异常勇敢，望着主人的大眼睛里饱含了深深的感情。

"黑马，你这样还要去吗？"上校心疼地看着它颈部和背部的伤口。

马波见状说："上校，如果你不介意，我可以把战马送到旧车场附近的镇子涂药治伤。它的伤口得赶快治疗，要不一化脓就不好办了。"

"也好，那就把它交给你了。"上校把缰绳递给马波。黑马有些不情愿，打着响鼻对上校表示不满。

"战马怎么能随便……"骂人狂想表示不满，但上校已经同意了，他也说不出什么。

马波拉紧缰绳，翻身骑到黑战马的背上。

"嘿，红灯眼！让我也上去，得有个军人保证上校的坐骑平安归来。"

虽然不知道骂人狂的葫芦里在卖什么药，马波还是允许他爬上马背，坐在身后。

"听着！扁虱，我是有名有姓的瓦有名，你别想对上校的马要什么鬼招儿！"他露出满口黄牙，贴着马波耳朵边说。

"我看你是不敢回战场！"马波试着操纵黑马，先让马转了个小弯儿，再轻轻拍拍它。

"别那么大声，你这自以为是的葫芦！"

"我会把车买回来，到时候见。"马波跟同伴和上校道别。

"快走吧，甘蓝菜！""有名有姓的瓦有名"不耐烦了。

马波拉紧缰绳，双腿夹紧马肚子，瓦有名的两条腿也没闲着，四条腿一齐拍马肚子，黑战马奔跑起来。

"我讨厌战争，从小就很讨厌！"达利上校望着逐渐消失在视野里的战马，缓缓地说道。他捡起地上的一根粗麻绳，麻利地做了一个绳套，甩到断了一只角的公牛脖子上，再收紧，"大家伙，我要用用你。"他抓住牛角，稳稳地坐在了它的背上，又把粗麻绳当成缰绳来用。

动物是否惧怕或屈服于其他生物，很大程度上取决于它们所感受到的气场。恶狗只咬那些恐惧它的人，对凶悍的人则会翻出柔软的肚子。上校的气场能让白脸公牛俯首帖耳，马波也同样令高傲的战马迅速接受了自己。

"我想你不会拒绝跟我一起骑牛。"达利上校弯腰伸出手臂，扮猫本想推辞，切·丹提却从背后拎起她将她放到牛背上。

"这是行军，我们可没时间等你慢慢走路。"他说。

"莱昂，莱昂！说话啊，傻弟弟，唱歌啊！"阿门农抱着莱昂，如一头受伤的野兽般号叫。多米诺摘下防蜂纱帘，用手掌轻轻擦去莱昂嘴角边的白沫。他们的弟弟已经停止了呼吸。

十五年前，裂井。

十岁的多米诺好不容易从干裂的水井里舀上来一瓢水，刚要灌进跟裂井一样干涸的嘴里，却停了手。他眯眼看着一个外乡人朝井边走来，裂井这个地方鲜有外乡人，而这个外乡人尤为怪异，他从头到脚都紧紧裹着一个防风沙的斗篷。

"借用一下你的木瓢好吗？"外乡男人的声音苍老而疲惫。

多米诺无言地舀了半瓢水，递给那个外乡男人。外乡男人感激地接过水瓢，却没自己喝，他小心翼翼地掀开裹在身上的斗篷，里面有一个婴儿。男人把木瓢悬到孩子的嘴唇上方，略微倾斜，水一滴滴地落进婴儿的嘴里，那婴儿便傻乎乎地咧嘴笑起来。

"这不是你的孩子吧？"

"你怎么知道？"外乡人用清澈深邃的眼睛盯着多米诺。

"你太老了，婴儿应该喝奶，而不是喝井水。他妈妈呢？"

"她把命给了这傻婴儿……"男人喂完婴儿，把剩下的水全部倒进自己嘴里，腾出拿水瓢的手，从大斗篷里摸出一个橘子，递给多米诺，"谢谢你借我水瓢。"

他重新将婴儿用大斗篷包好，离开了。多米诺把手指放到嘴里，吹了一声匪哨，不远处的一块石头后面，十五岁的阿门农嚼着一片薄荷叶走出来。

"这老头身上有钱，他掏橘子的时候，我看见一个鼓鼓的钱袋。"多米诺对哥哥说。

"老笨蛋！今天晚上咱们有饭吃了。"阿门农咧嘴笑。

他倚在一头牛犊背上，牛犊眼神温和地回头看着衣服破旧的主人，它是去世的父母给兄弟二人留下的唯一财产，哥哥负责喂养牛犊，弟弟多米诺用妈妈留下的纱网罩去打一些蜂窝来卖钱。除此以外，兄弟俩偶尔也会干些偷鸡摸狗的事情，以填饱肚子。

那个异乡男人走了没多久，就听见身后有四蹄动物的脚步声。他回头发现一个陌生男孩儿正牵着牛犊追上来。

"嘿！老头儿，别光给婴儿喝井水，买点牛奶吧！"阿门农尽量装得天真无邪，"我父母是养牛的，家里有很多牛奶。"

老人停下脚步，仔细打量阿门农牵着的瘦牛犊以及他身上破烂得难以遮体的衣服："是吗？那太好了！怎么卖？"

"先给我看看你有没有钱，要是真有钱，我就带你回家取牛奶。我妈妈今早挤的，用冰块冻着，冰冰凉凉的一大罐鲜奶！"阿门农添油加醋地描述着。

老人摇了摇怀里的婴儿，那婴儿只会咻咻傻笑，口水顺着嘴角流到了老人的斗篷上。

"你的这个孩子再不喝奶就死了。我有牛犊，家里当然有产奶的母牛，让我看看你有没有钱！"阿门农有些心急，就又补上两句，他假装踮脚看婴儿，其实是想看斗篷里面有没有钱袋。

老人伸手在怀里摸了一会儿，果然掏出一个钱袋。他打开系着黄色绳子的钱袋，里面滚出满满一把通用币。阿门农的手无法克制地朝钱币伸了过去。

"等等！"老人突然收紧钱袋，"你的牛奶到底怎么卖？每十块通用币能买多少牛奶？"

"笨蛋，这么多钱别说买牛奶了，买一头牛都没问题！"阿门农已经等不及了，一把夺过老人手里的金币袋，转身就跑，甚至都忘了牵上父母留给他的牛犊。一口气跑回家的阿门农关上简陋房屋的木头门，背靠在上面喘气，心仍狂跳不止。很小就失去父母的他，手里第一次攥着这么多钱，他抖着身体把钱袋举到眼前，一张一张地数起来：一、二、三、四、五……二十、二十一、二十二……五十一、五十二……一共五百七十块通用币！阿门农惊呆了，稍微镇定后，他又数了一遍，然后又一遍，再一遍……仿佛只要停止数数，通用币就会一块一块地消失在空气里。像是被鬼附了身一般，阿门农借着木门缝隙的光线机械地一遍遍数钱，眼泪也不自觉地流了出来：如果早拿到这样一袋子通用币，父母大概就不会因为劳累而离开他和弟弟，多米诺也不用跟着他一起饿肚子。见鬼去吧！钱，才是活下去的唯一可能。

"阿门农，开门！"门缝里传来的声音是多米诺的。

阿门农忙把金币全部掖在怀里，透过门缝往外看，确认门外是弟弟后，他才小心地把木门打开一道仅够多米诺钻进来的缝。

"多米诺，咱们有钱了！"阿门农一把抱住刚进门的弟弟。

奇怪的是，弟弟脸上却一丝高兴的情绪都没有："你抢的那个老头儿说，你欠他五十头牛和一大桶冰牛奶。"

"他在哪儿？哦，对，你看见我的牛犊了吗？"十五岁的阿门农惊慌起来。

弟弟没说话，把木屋门打开，牛犊回来了，只是它背上多了一个木质的小摇篮，被一个皮马鞍牢牢地固定着。小牛似乎很喜欢它的工作，体贴地慢慢走着，脖子上的铃铛和摇篮一起晃动，那个只知道笑的婴儿在摇篮里傻笑。阿门农像见了魔鬼般看着婴儿，愣了一会儿，扑向摇篮，费了九牛二虎之力要把摇篮从牛背上解下来，牛犊倔强地到处跑躲避着，温柔的眼睛里带着雌性动物特有的善良。

"浑蛋！那老头儿呢？"阿门农大叫。

"他用一下午在树林里做了这个摇篮，把牛犊牵给我就走了。哥哥，咱们好像惹了个麻烦，我觉得那老家伙就是想把这孩子扔给咱们！"

"我们也没法喂这孩子，你该把他扔到裂井里，都是你的错！"阿门农指着摇篮和牛犊道。

牛犊叫了一声表示不满，似乎在告诉阿门农自己很快就会有牛奶。

"不行，这孩子不能进屋！"阿门农用力扯着自己的头发。

夜晚降临，阿门农和多米诺的家门一直紧闭着，偶尔可以听到门外的牛叫。

"阿门农，把金币还给老头儿吧，孩子也还给他。"多米诺看着痛苦不已的哥哥。

阿门农的眼睛一直没离开过木门，手里的钱袋越攥越紧："不，不还！我再也不想挨饿了！我也不想让你再去掏蜂窝！"阿门农看着多米诺，弟弟胳膊上全是被蜜蜂叮咬的伤痕，原本俊俏可爱的面庞总是红红肿肿的。

"可是……那孩子不喝奶，会饿死在咱们家门口……"

"把他扔到裂井里。"

"别开玩笑了，阿门农，我不杀人！"

"那就养他！"

只有十五岁的阿门农站起来，揭开灶台上的锅盖，往里面注了一些清水，再把火烧旺，锅里的一小块剩米饭被煮成稀稀的米汤。他舀起一瓢，用嘴吹凉，递给多米诺："用这个喂他，你生下来时妈妈也没奶，就是这么把你喂大的。明天天一亮，我就去镇上买牛奶和一头公牛，咱们家的母牛犊过一段时间就能产奶了。"

第二天，阿门农果然去镇上了，中午刚过，他就赶着用抢来的钱买的公牛从集市上回来了。

只见昨天那异乡老头儿就在裂井边等他，他看见年轻的阿门农手里提着一大罐冰牛奶，居然大笑起来："你还真倔，比起还我钱袋，你宁愿养一个孩子吗？"

　　"别让我还钱！我替你养这孩子，我和弟弟没有父母，但我们很想活下来！"

　　听到阿门农涨红脸说的话，老人慎重地说道："我本来也要花钱托人抚养这个孩子。不过，我要告诉你一些事，这孩子长大后会跟常人不一样——他有天生残障。"老人用手指了指脑袋。

　　"残障？"

　　"他是个不该出生的孩子，他母亲是妓女。"

　　这几句话，把胆子一向很大的阿门农吓了一个哆嗦："那你为什么……"

　　"为什么要养这孩子？我就是想看看，想看看生命到底有多顽强！那女人本来想带着肚里的孩子自杀，却被我劝住了。我收留了她，最终她难产去世。"

　　"老疯子！呸！变态！"阿门农斜眼啐了老头一口。

　　"你骂我？哼，我的确喜欢观察人生，跟命运对抗挺有意思的！不过，这傻孩子能活到现在，跟我没关系，是他自己很想活下来，非常想！这婴儿有跟你一样顽强的生命力，也许你比其他人家更适合养育他。"

　　阿门农看着老人的眼睛，认真地说："他喝了我家的米汤，就是我弟弟。"

　　"那我倒想看看两个小流氓扮的父母，能给这个傻孩子怎样的人生。"怪老头说完这句话，就离开了裂井。

　　"哥哥，咱们给了莱昂怎样的人生？"

　　多米诺的一句话把阿门农的思绪拉回到现实里。阿门农用力把弟弟抱住，站起来："咱们给了他一个名字，咱们叫他弟弟，咱们让他喝了家里的米汤，咱们给了莱昂一个跟所有人都不一样的人生！"阿门农把莱昂的尸体放在牛背上。

　　"还要去屠城吗？"夕阳下，多米诺问。

　　"要去！"

　　"为什么？"

"咱们的父母到死以前都老老实实缴税，但我，绝不再像父母那样生活！"

上校他们赶到战场上时，已找不到裂井兄弟，只剩下满地伤兵和零星几头没跟上牛群的牛。

"报告上校！裂井三侠已经占领钟面酒吧，还赶着牛群过了跨河大桥！"

"还有多少士兵可以去追他们？"

"已，已经不能追了！"报信的士兵突然变得不知道该怎么说话了。

"怎么了？"

"出了怪事……"他伸手指着跨河大桥，"大桥少了一半！"

士兵指的就是钟面酒吧上的大桥。由于附近刚刚发生了大战，酒吧里的人全逃走了，只有几个避难的伤兵歪歪斜斜地靠在里面，两只不知道从哪儿跑来的野狗正舔舐地板上残留的啤酒。不知什么原因，钟面酒吧东西向的门板都被卸掉了，可以从桥这边毫无阻碍地看见桥那边。而现在，正如士兵所说，桥的"那边"没了！

这座桥真正的名字叫尖叫桥，也是大画师的作品。双方刚刚开始大战的时候，大画师就得到了消息，他砍倒了罩住天使雕像的四棵橘树，冬日里的阳光洒向蒙眼的天使。蒙眼天使的转动让尖叫桥改变了方向，却没救得了妓女生下的傻孩子莱昂。河对岸的大画师目睹了无比血腥的牛群之战。命运就是如此作弄人，爱开玩笑的大画师觉得自己彻彻底底被嘲弄了，而且毫无还手之力。

第九章
无赖胜

钟面酒吧的东门通往橘镇的那部分大桥，整整一半不见了！

"怎么回事？！"扮猫呆住了。

"真没法追了，没有桥，人过不了运河。"达利上校说。

桥虽不见了，但牛群特有的声音还能听见。洲际高速路在运河这段与跨河大桥平行，可以说，高速公路本身就是给车辆修建的跨河桥。在它北边修着两座水泥栈桥，而裂井兄弟的牛群就出现在高速公路东北面的栈桥那里。除此之外，高速公路上也是一片骚乱，很多辆车撞在了一起，喇叭声响成一片！"不可能！"达利上校皱起眉头。

按时间和空间常识，这的确不可能！先不提跨河桥少了一半，已经没办法通往橘镇，就算能去橘镇，牛群也必须横穿高速路，才可以到达现在的位置，这是不可能在短时间内实现的事情。裂井兄弟的脱逃太不可思议了，达利上校已经不可能追上他们。

坦钉距离战场并没多远，黑战马速度又很快，马波和瓦有名没一会儿工夫，就能看见坦钉巨大的旧车市场了。

旧车拍卖场这几年可以说是蓬勃发展，扩张速度远远超出了其他行业。这是由于新政府成立以后，逐渐控制所有的汽车厂商，同意被收编的汽车厂可以得到经营权和资金，不愿被收编的汽车厂则处于政府的对立面，各种名目的税收和压榨让独立汽车生产商无法生存，最后不得不被并购或者倒闭。然而几年后，新政府就遇到了一个棘手的问题——大企业批量生产的新汽车越来越多，而销量越来越低。日益增多的税收掏光了人们手里的钱，也榨光了购买力，人们买不起新车，只能买旧车，民间的二手车市场借着这股风头，野草般蓬勃发展。坦钉旧车场就是个很有名的二手车交易地，二手车场一般被狡猾的商业组织甚至可以说是犯罪组织控制和管理。面对这种局面，新政府只能这样放任其不断恶性发展，毫无办法！民众之间流传着很多说法，其中一个说法是坦钉旧车场的幕后大老板是个蝼蚁人，这个说法没有太多人相信，因为众所周知的是，蝼蚁人只有三年寿命，而坦钉旧车场至少繁盛四五年了。大家信服的一个说法是，车场主人是新城的澡堂大亨，一个叫作"急王"的贫民区商业天才。

所谓著名的坦钉旧车拍卖场，其实就是一个硕大的废旧汽车停车场。好几千平方米的水泥场子中整齐地停放着许多二手车，如同一个汽车的历史展览馆一样，各种年份、各个品牌生产的汽车都可以在这里找到。它也是洲际高速沿线最大的汽车交易场之一，很多人选择在这里换掉或者卖掉自己的车。正午开拍以前，很多人在一排排旧车之间穿行，他们中有一些穿黑色或蓝色套装的家伙，手里拿着一本本评估车子状况的文件，这些人不是买家，而是车辆评估员。评估表格一般做两份：一份表格用来在买进的时候压低车的进场价，这份表格会极其苛刻地评价车况，列出所有利于压价的细节；另外一份则是卖车时用的，极尽吹嘘之能地把一辆破车伪装成"只是款式有些许过时"的超值好车。很多买车人都被这些具备话剧演员天赋和政治家口才的评估员"注射"了"迷幻药"，糊里糊涂地用高价买走破车。

洲际高速路刚完工时，汽车需求量激增，汽车产量也相应增多。而几年后，情况急转直下，高速路带来的副作用是原油开采得越来越多，剩下的储备油就越来越少，汽油价格暴涨，这就使得一些人逐渐放弃公路旅行，纷纷卖掉自己的车。新车的购买率降低，而旧车的购买更受影响，因为无论新车还是旧车，用的都是一样价格的油。有钱的人买新车，没钱的人买不起车，二手车就成了冷落的弃物。

新城的商业天才急王则想到了刺激消费的另类做法，虽然急王早已不知去向，但坦钉等各个旧车场每周仍在沿用他发明的反弹拍卖法。

一般的拍卖是由拍卖师给出底价，然后竞买者往上喊价，最后落槌的是价格最高的出价，但坦钉这里的拍卖规则恰好相反！先给出一个最高的起拍价，再由拍卖师逐渐往下喊价，竞买者可以在价格下落的过程中，喊出一个高于下落价的"反弹竞价"，拍卖师就会立即落槌把车卖给出价者，这被称作反弹拍卖。

举个例子。如果一辆车的起拍价是十万通用币，开拍后，拍卖师一次一次往下喊价，当价格降到两万五千通用币时，突然有个竞拍者给出三万币的竞价，拍卖师就必须立刻落槌，将车卖给第一个反弹的竞价者。这辆车最后的成交价即为三万币。

由于有这样的拍卖规则，一辆旧车最后的成交价格完全取决于什么时候反弹，这是个对车辆价值的评估能力和竞拍者心理素质的较量。如果所有竞拍者都很冷静，价格是可以一路下跌到非常低的，但万一其中有一个人沉不住气反弹，拍卖就随之终结。理想的状态是所有人都等着拍价降到最低再出价，但是人心难测，价格到了中间总有着急的人出现，竞买者都怕别人突然出反弹价买到车子，所以反弹拍卖的历史里出现过只用两百通用币拍到车的奇迹，也出现过价格刚到九万五千币就急忙反弹的蠢事。

坦钉的旧车拍卖场也不像别的拍卖场似的来来回回地竞价，一件物品只要有一个出价者就落槌，所以拍卖速度很快，往往一天就可以卖出很多车。拍卖师会给出一个非常高的起拍价，为了不让竞买者根据起拍价评估车子的优劣，坦钉车场统一把所有二手车的起拍价定为十万通用币，这个价位是一部上好新车的价格。

离拍卖场还有一小段距离，马波却拉缰下马，望着旧车场方向点燃一支烟。

"也给我一根！"瓦有名没下马。

马波放开手里的缰绳，把仅有的一包烟和火柴一并递给他。

"这地方，就是比谁有钱，这个世界的所有事情都是比谁有钱！有钱就能得到想要的东西，穷人只能干看着，呸！"瓦有名往地上啐了一口痰，吸着马波的烟，斜眼说，"小子，你有多少钱？"

"一共八千四百币。"

这其实全是切·丹提的钱，马波和扮猫的那点钱，得留着去新城的路上吃饭加油。

"哼，扁猴儿，我知道你在琢磨什么！"骂人狂瓦有名笑着吐烟圈，"你这个鳄鱼娃娃，想把上校的马抵押了，对吧？"

马波低头吸烟，没否认。

"恶心丝瓜，别跟我装蒜！西红柿人，别以为瓦有名会像上校那么轻信你，别跟我说你不知道！拍卖场也能用估过价格的货物或牲畜当竞价本金，用这匹好战马换辆破车太亏！"瓦有名拍拍黑战马的脖子，战马打着响鼻躲开他的手，他露出一个狡猾的微笑，"嘿嘿，我可不笨，别以为我不知道这马值多少！"

听着瓦有名的话，马波沉默不语。没办法，他们三人凑起来就只有这么点钱，很可能拍不到车。要想开到新城，必须有一辆状况好些的车，权当赌一把吧！

"呸！大便小流氓，我，瓦有名是不会把缰绳给你的。咱们走着瞧！"骂人狂说着话，一拉马缰，扔下马波跑了，只不过，他骑马跑去的方向仍是拍卖场！

黑战马一甩尾巴，打掉了马波手指里夹着的烟。他想再点一根，摸摸口袋才意识到瓦有名把烟盒也带走了。正午的大太阳下，马波只能顶着烈日，徒步走去坦钉旧车场。

等马波走到的时候，巨大的停车场里已有不少拿着汽车图鉴的人，都想在拍卖前观察一下车况。这群人里最扎眼的就是马波的熟人——瓦有名！他骑在高头大马上风光的样子，不像是在看车，更像是国王巡游，英武的黑战马在窄窄的停车道之间小步走动，人们避之不及。瓦有名猛然发现水泥车道的缝隙里开着一丛鹅黄色的小野花，便策马过去，他本想下马摘，却唯恐有人抢马，只能伸长胳膊从马肚子上滑下上半身，狼狈地摘下一朵小花，陶醉地举在鼻边。黑战马转身时踏碎了其余的花朵，周围的人咒骂着他，他也回骂。马波哭笑不得地避开，来到一辆车前，站住了，没错，这就是他需要的车！这是一辆设计古怪的大型箱式旅行房车，也叫罐头旅行车。这种房车是从早期移民用的大篷车演变而来，专门用来旅行。许多房车先驱受到野营时用的帐篷启发，开始制造和丰富车轮上的家。他们在自家的后院里用木头制作简单的房屋，然后再把房屋固定到汽车T形的底盘上。洲际高速路的修建带动了旅游的发展和移民数量的扩大，房车的价格一路攀升，房车业也随之繁荣起来，有些拖挂型的房车已经由原来自制的小型罐装房车发展到好几平方米的叠层"豪华别墅"，甚至有些特别讲究的房车开始借鉴飞机的构造，而且已经装了床和餐桌椅，并且具备供电、供水的功能。但大多数开房车的旅行者是不可能负担得起那么多装备支出的，高速路上最常见的还是条件简陋、空间狭小的破旧的拖挂式房车，而开着这种车子旅行的人喝的是凉水，吃的是用汽油炉加热的罐装食品，他们被称作"罐头旅行者"。因而，他们的房车也就称作罐头旅行车。

罐头旅行车虽然算不上豪华，但与一般的旅行房车截然不同。它的拖车房设计得别具匠心，采用多边形的结构，外部看上去不是浑然的一个整体，而是类似天然水晶般的很多个不规则多边形组成的多面体，像极了一个正在分裂的细胞。这辆庞大而古怪的车子唯一的缺点就是费油，这是石油危机以前的款式。然而，这辆车的外观十分梦幻，从外面就可以清楚看到"多细胞"立体空间结构，它还拥有六个车轮，在车身后部装有一块巨大的一人高的挡风玻璃，如同房间里的落地窗一样，坐在车厢里的人只要拉开遮挡阳光的大窗帘，随时可以一览路面上的景色。

"先生，您可以进去看看……"一个销售人员看出马波有兴趣。

罐头车的里面果然如马波预料的那样，空间很大，即便对舒适程度要求很高的人来说也没有任何可以挑剔的地方。车里除了两组双层单人床，还有一个小巧的厨房，厨房里有一些简单电器，足够应付在公路旅行的过程中制作一些简单饭食的需求。最棒的是它还备有一个很小的洗澡间以及桑拿房，可以用来缓解旅途的疲劳，车厢顶部还装有一个太阳能的热水系统。太阳能的蓄电池具有储存功能，只要车一发动就开始接收和储存太阳能烧水，多余的太阳能会被储存起来用作调节车内温度的能量，以及在蓄电池不够时供给厨房的需要。有了这个能量储存器，可以保证马波他们在夜里和阴天的时候都能洗热水澡，这样的能源不但清洁干净，还免除了昂贵的汽油花费，实在太完美了！

"太棒了！"马波禁不住赞叹。

"您再摸摸这个，上好的材料！"

不知道什么时候跟进来的销售员把马波的手拉到一张床上，让他摸配套的枕头和被褥，纯白色的棉被和枕头松软且带着清爽的香气。两张双层床，一共四张床，每个床头都有可调节明暗的台灯和一个可以从床头翻出来也可以折叠收起的小桌板。最下面的一个小桌板上，放着一个球形的透明小花瓶，里面插着一小束蓝色的野花，淡淡的香味从那里飘出来，溢满了车厢。

"它今天参加拍卖吗？"

"只要有一位客人想买，我们都会把车子公开拍卖！有更多的人竞价，会给车子一个更好的归宿。如果您决定了，我们就把它拉到拍卖大厅去。"销售员指着一幢白色的圆形房子，"就在那里，我带您去筹码走廊换筹码，请问您准备……"

"哦，我的钱不多。"马波知道销售员在问他准备为这辆车花多少钱。

"岂止是钱不多？破洞袜子，臭家伙，你买得起这辆车的一个轱辘？我倒可以试试。"瓦有名拍马过来，阴阳怪气地讽刺了马波一番。

销售员听见这些话，抬了抬眉毛，吐出一口充斥着失望、轻蔑、冷漠等各种感情的冷气之后，就在马波的视线里消失了，他转而去招呼高头大马上的瓦有名："先生，先生，您有没有喜欢的车？"

马波只好自己顺着他指的方向去准备参加拍卖。

反弹拍卖会在旧车场正中间的白色圆形尖顶大房子里举行。白房前面的小广场上有一块很大的屏幕，上面轮番介绍着今天要拍卖的车。马波等了没多久，大屏幕上就出现了那辆罐头车，它被放在一个巨大的转盘上展示，还配了不搭调的音乐。一个女人的声音从停车场各处的喇叭里传出："四十分钟后拍卖开始，感兴趣的各位请到拍卖大厅准备竞价……"

拍卖大厅的门口设有一个十米左右的带篷的玻璃通道，这就是所谓的"筹码走廊"。进入拍卖大厅前，管理人员会让来客把用来竞买的现金兑换成汽车形状的筹码，这些可爱的筹码分别代表着一万币、一千币，最低的筹码是一百币。一万通用币的筹码是个手掌那么大的金色汽车图形，一千币只是手指肚那么大的橡胶轮胎图形，而一百币的筹码明显是出于讽刺地做成了一只仅仅两厘米左右的小鞋。马波拿到了八个轮胎和四只鞋子，换筹码的管理员毫无顾忌地显露出鄙视："这点钱只能穿上破鞋走着回去，手里没有个金车，就买不来车子。"他也嫌马波钱太少，看来，不足一万币根本拍不到车，更不要说理想中的那辆。

换取筹码的规矩是为了避免有人胡乱喊反弹价，拍下来后又没钱付款。只要一进入拍卖大厅，身上有再多现金也没用，那儿只接受筹码竞价，用不完的筹码可以在外面换回现金。

如瓦有名所说，物品和牲畜也可以换成这种拍卖场专用的筹码，但事先要经过评估师的苛刻审核，给出远低于市场价的"评估价"。

瓦有名进入筹码走廊时，评估员对他非常客气，或者说，对黑战马的主人非常客气。

"瞧瞧我这匹马值多少钱?"

"身上有伤,不过抹点药膏,再饮点水……"评估师毕恭毕敬地查看着这匹绝世宝马。

评估师心里暗笑,这马至少价值二十万通用币,而他只准备给瓦有名五万币的报价,谁让瓦有名看起来就是个缺心眼又好骗的农夫,这马说不定是偷来的!

"怎么不说话?我这马是匹宝马,经历过很多大战!"

"我觉得……"评估师刚开口。

"不能比一万两千通用币少!"瓦有名自信地叉起双手,打断他道。

评估师摘下眼镜,擦擦被瓦有名嘴里的哈气蒙住的镜片,笑了:"最多九千通用币。"

另外几个评估师和管理员强忍住笑,被憋得腰都快要折断了。瓦有名斜斜地看了一眼评估师:"好吧,臭泥鳅!给我一万的筹码,咱们成交!"

评估师使出吃奶的力气抑制着大笑,立刻把筹码拿给瓦有名,却被他制止了:"慢着!别当我是傻瓜,你现在就给我一万币的筹码,如果我没拍到合适的车,这筹码……"

"这您不用担心,跟现金换取的筹码不一样,这算是抵押置换。您看,我给您的不是别人手里拿着的汽车筹码,而是一块白色的牌子,上面写着您的货品值多少钱。我给您写上黑色良种战马,价值一万币,这样的牌子在出来的时候可以换回抵押的货品,而不是现金。我们是绝对公平的,这儿有份协议,您可以看看再签署,另外您的马会得到妥善照顾,只是抵押,马现在还是您的。但如果您把这一万币花出去了,那战马就是我们的了,白牌子是换回战马的唯一凭证。快点来人,把……对不起,先生,您的名字?"

"我是有名有姓的瓦有名!记住了,烂坐垫!"

"把有名有姓的瓦有名先生的良种马牵过去饮水、上药,好好照顾！"评估师再次暗笑，这马过一会儿就不再是瓦有名的了！白色的牌子只能举起一次，一举起来就是一万元的反弹价，破车归你，比任何二手车都贵的马就算是拍卖场的了。

"这听起来像胡椒在茶杯里跳舞一样复杂！反正就是白牌子换车也可以，换马也可以，对吧？"瓦有名签署了协议，把印着字的大木牌举在胸前，上面写着"一万币"。

他刚走，评估员就小声嘱咐一个管理员："把那举着一万币白牌子的傻瓜引到离拍卖台最近的贵宾区，告诉拍卖师，这就是今天的肥鹅！"

"才一万币就让他坐贵宾席？！"管理员有点奇怪。

"别问那么多，伺候他过去，听我的，必须让他拍下一辆车！"

骂人狂瓦有名就这样受到了至尊贵宾待遇，虽然他的白牌子是贵宾席里面币值最小的。

高速路沿线这些年发生战乱和纷争以来，有很多非法渠道得来的财物都被拿到旧车拍卖场销赃。坦钉旧车场现在是联邦政府的产业，一般的小赃物根本不会被检查，赃物换取的二手车是合法的，旧车场也乐于做这样的事情，这给拍卖场带来了额外的利益，所以经常可以看到珠光宝气的贵妇用首饰出价买车这样的怪事。坦钉旧车场对客户的隐私是从来不查问的，管你是偷来的还是抢来的东西，只要是通用币就可以换成筹码，只要是值钱物品就可以抵押。拍卖大厅为这些客户专门设立了贵宾座，保证他们可以享受跟一般客人不同的待遇。白色建筑里的座位呈阶梯状排列，类似歌剧院的看客座，贵宾席的皮沙发被安置在最接近拍卖台的位置，放射性地向外排开的还有很多木头座位。人们按换取筹码的总金额入座，每排座椅都标着通用币数额，钱越少的人坐得离中心拍卖台越远，马波坐的那排座位基本是最后一排。

瓦有名坐的贵宾座简直华丽宽敞得吓人，高档红色皮沙发边上还有茶几，摆着各色点心饮料，最好吃的是坦钉特产冰糖冻梨糕以及当地峡谷水滋养的美味葡萄榨的汁。一排服务员站在边上随时待命，坦钉旧车场的服务设想得非常周到，远道赶来的贵宾一定会感到劳累，为保证他们在竞价时不会睡着，车场甚至安排了按摩师和护士给他们服务，甚至还有擦鞋工拿着细致的丝绸布为客人拂去旅途上的劳尘。

瓦有名坐舒服以后，伸出穿着破烂皮裤的双腿，一名擦鞋工走过来，双膝跪在他脚前，掏出白布盯着骂人狂的鞋看了半天，却无从下手。瓦有名左脚破旧开裂的皮鞋上插着一块玻璃……

“发什么愣，快擦！”瓦有名跷起二郎腿，一边说话，一边往嘴里塞了一大块冻梨糕。他没用银盘子里的叉子，用的是他那肮脏的手。

“这个，玻璃，先生，玻璃……”

“把玻璃也擦干净，笨蛋！”瓦有名咧嘴笑了，露出两排黄牙。

“是，先生！”擦鞋工努力擦起来，心里琢磨着，这家伙一定是一个很厉害的人物，刚刚经历过一场恶战，气概豪迈。

“我们村子也有一个擦鞋的……”瓦有名一边大把大把地往嘴里塞冻梨糕，一边还不忘跟旁边座位上的浓妆女人搭话。那女人用粘着假睫毛的眼睛饶有兴致地打量瓦有名，他也对她挤眉弄眼，送去秋波。

但当骂人狂发现马波坐在最后面的木椅上，便对贵妇失去了兴趣，转身咧嘴大叫：“嘿！血眼小子，看这儿！多好的座椅和梨糕，你怎么坐得那么靠后？”

“你怎么来了？上校的马呢？”马波回嘴。

“机会难得啊！我在村子里生活四十多年了，从没来过坦钉车场，机会难得啊！”他从口袋里掏出马波那包烟，抽出一根叼在嘴里，立刻有个服务员一个箭步过来为他点燃烟，“这么高档的享受，我一辈子也就体验一次，说不定我也拍下一辆车，上洲际高速路旅行去……”

瓦有名刚说完这句想改变人生的话，拍卖大厅中间的圆形台子就拉开了帷幕。与其说那是拍卖台，不如说是舞台，帷幕下一队穿假钻石舞裙的舞女跟着音乐节拍从左右两边鱼贯而出，最前面的两个人手里举着巨大的鸵鸟毛扇。两个舞女相遇时，毛扇贝壳般合在一起，轻微抖动，急促的鼓点之后，浓烟从羽毛扇下方喷出，舞女们散开，一个梳着背头鬈发、穿着缀珠宝亮片燕尾服的男人从烟雾后出现，他就是跨河桥海报上的那个家伙。跟海报照片不同的是，他头发上不但抹了更多亮油，油腻的头发里还撒了银粉，但他那装模作样的微笑，却跟海报一模一样！

看着这家伙，马波回想起跨河桥上印着他大脸的海报，想起自己看了海报，和扮猫一起跑进钟面酒吧，他们跑过了一根根粗大的铁索……想到这里，马波拿出车场图鉴撕下空白的边缘，找了一根短铅笔在上面快速地涂画起来。

"女士们，先生们！"鬈发背头拿起拍卖槌，人们可以看到他的袖子上还缀满了繁复的褶皱花边。这个拍卖师用手按下落槌台中间的红色控制键，第一辆拍品车从圆形舞台的地板下旋转着升起。

"十年前生产的家用车，始拍价十万通用币！"鬈发背头一千币一千币地往下喊，"九万九千、九万八千……"

每喊一次，他会停几秒钟，看看有没有人举牌反弹。价格落到五万两千通用币时，突然有人喊价五万两千一百通用币。鬈发背头迅速落槌，车售出。

"祝贺这位幸运的王子！""祝贺这位美丽的公主！"鬈发背头每落槌一次都要大声叫喊着祝福人家。那些"王子""公主"大多并不领情，咒骂着鬈发背头的做作表演，离场去付款提车。

"这就是高档的生活。"瓦有名心里想着。

这些场面马波只偶尔抬头看看，他注意看座位席，而不是拍卖台。其余的时间他都思考别的问题，而不是全神贯注地关注拍卖。他还一直在一张纸片上涂画着什么。

"可是，启动开关的地方在哪里呢？"马波自言自语，满脑子都是那座尖叫桥和上面的钟面酒吧。

拍卖师的手再次按下控制键，又一辆车从舞台底旋转升起，就是马波看上的那辆罐头车！他收起正在涂画的纸片，收回注意力，抬头往舞台中间看去。

"起拍价十万币！"油头粉面的拍卖师像跳舞一样扭着屁股在圆形舞台上来回走动，价格也随之一次次以一千币为单位直线下降。

这辆车的竞买者不是太多，马波观察四周，对它感兴趣的加上自己也不过三四个人。停车场上那么多车，大多数人进入拍卖场还在等待竞拍自己看上的车。当拍价降到六万三千币时，有个坐在中间的大胡子男人站起来又坐下，似乎要出反弹价，又似乎在犹豫。马波并不担心他，这个大胡子和另外几个家伙明显是托儿。经过前几辆车的拍卖，马波已经看出车场安排了不少托儿，前面几辆车基本都在拍价落到五万或者六万币时被忙不迭地拍走，其实这些买家冷静下来后会发现他们的车实际也就值两万或至多三万通用币。

马波在车被评估员送入拍卖场时就发现了问题。照理说，反弹拍卖只对买家有利，只要有客人选中的车子都会参加拍卖，现在坐在拍卖场里的这些人应该每人都已经有一辆心仪的车，只需沉住气等着车价降到自己的预期就行了。看到别的车而临时改变主意的可能不是没有，但"移情别恋"在概率上不应该超过百分之二十，再算上有百分之二十左右的人根本没有看好的车子就换筹码进场，如瓦有名，除去这些可变概率，应该有百分之五十到百分之六十的人是有专属目标的，而卖车场里的人数应该与以上概率相符，也就是说，如果今天要拍卖出五十辆旧车，拍卖厅里该有一百多个人。然而，坐满两百人的大厅里，今天只会拍出总共三十多辆车，人数远远不对！进入大厅是很麻烦的事，要经过筹码走廊详细盘查，只是进来看看热闹的人应该不会太多，很明显，里面的"演员"大大多于真正的买车人。经过前面十多辆车的竞拍，马波已经发现"站起来再坐下"或者"抬起胳膊，欲言又止"这几种招数是托儿给真正的竞拍者施加压力的一种方法。人们已经相中的车自然是志在必得，如果发现有威胁，买家鲁莽出价的可能性就会增大，大多数人是倾囊而出地买回"喜欢的旧车"。真是狡猾的拍卖，如果把人们"已经喜欢"的东西放入竞争环境，给点威胁，大多数人很容易就会付出比预期更高的价格！这就像当一个男人喜欢上一个女人时，情敌横空出现，本来男人还想认真考量的心情完全被打乱，钻戒会在一天之内套上女友的无名指，这只是为了不丢掉机会。动荡的世界里大多数人都觉得机会稀少得可怜，危机感是自信最大的敌人，它会导致人们做出错误的判断，甚至是疯狂的举动。

这就是反弹拍卖的奥妙所在。拍卖大厅里活跃着数量庞大的托儿，再加上紧密合作的拍卖师和评估员，所有的设置，为的只是榨干那几十个真正的买家。

马波想到，为了给这个反弹拍卖设计出一个卖家永远不赔的"保险"，设计者还必须设计一个环节，就是当该车已经低于实际价格后，托儿中便会有人马上出反弹价，将它"拍"下来。然后隔段时间，车稍微"改头换面"，就又是一辆"崭新的"抢手旧车了。因为只有这样做，才是一个全赢的赌局。

说实话，马波本来的如意算盘就是将上校的宝马作为抵押，来换取目前对自己最重要的汽车。这不能算是不择手段，因为马波救了上校的命。有的时候，一些事情的发生会瞬间改变人与人之间的关系，几个小时前他们还是军官与囚犯的关系，但马波和同伴于危险中将上校拯救下来时，他们之间的关系也瞬间发生了变化。

"上校，我救了你的命，现在我需要你的马！"

无论马波跟上校说的是什么，这才是马波真正的意思。达利上校也完全明白自己面前站着的是一个怎样的"朋友"，所以才违反常理地将自己宝贵的战马交给刚认识的马波。

然而，世事难料，完全没被马波计算进来的瓦有名一跃成了黑战马的拥有者。马波想到这里，不觉冷笑了一下，算是对自己的嘲讽。他仍选择进入拍卖场，就是想通过自己的观察，研究出这个被一个天才精心设计出的拍卖场赌局中，是否有破绽可寻。这样，他和伙伴下次再来的时候，也许可以击破这个赌局，买到自己想要的车。

马波正想着，拍价落到了五万通用币。突然间，包厢里一直在大吃冻梨糕、猛灌好酒的瓦有名站起来大喊："这就是我喜欢的车！我是不会让你买到的，兔子眼睛的穷小子，你这该上绞架的啤酒瓶杀手……"他又喝醉了。

鬈发背头的拍卖师和托儿们也因这突发情况吃了一惊，按照常规，他们本来已经打算在这辆车的价格下降到五万通用币以下时就出手"终止"这个拍卖，因为这辆车的真实价格应该是不低于五万通用币的，但是……

"那尊贵的王子，您……"鬈发背头笑容满面地看着瓦有名。

"哦，油蛐蛐，我先等等……"瓦有名低头看了看自己一万币的牌子，坐下了。

本应像之前一样齐心协力"煽动"气氛的托儿们突然变得出奇安静，他们不想刺激到其他人，利益的驱使加上长期站在赢家地位的自大心态，使他们越过了急王设计的完美赌局的安全线。竞拍价格迅速下降到四万、三万、二万通用币。油头拍卖师此时明显加快了下降价格的速度，他和现场所有的托儿都在迫不及待地等待价格迅速下降到一万通用币，他们认为自己对人心的判断已经到了炉火纯青的地步，眼前的瓦有名很快便会是他们今天拍卖中最大的"业绩"。

此时，马波的脑子像是被巨大的物体撞到一样，既有些晕，但又很兴奋。"根本没有真正完美的赌局，只要是用人来管理的赌局就不可能完美，因为人是最不完美的。"他身体略微自在地仰了仰。

骂人狂瓦有名吃掉五盘冻梨糕，喝下了三瓶半峡谷葡萄汁，拍价落至九千通用币，现在是时候了！全场鸦雀无声，占全场总人数三分之二的托儿此时似乎忘了自己正在工作，全屏住呼吸，注视着"土财主"瓦有名，但他们没有得到回应。

其实此时，如果有一个托儿能发现异常，马上反弹价格，还是能挽回胜局的，但这些职业车托儿也有一颗赌徒的心，到了这个地步，他们都不会回头！

"那位尊贵的、正在吃点心的王子，九千币，九千币！"现在只剩下鬈发背头的拍卖师独自干着急了，他内心的贪婪早已吞食尽他的全部理智，慌得忘记了自己是庄家！

"八千币，八千币，先生们，八千币！"他竭尽全力地给瓦有名留机会，有名有姓的瓦有名扔掉吃了半块的冻梨糕，高高举起一根手指："再上一盘梨糕饼！"

"八千四百币！我出八千四百币。"马波抓住机会紧跟着喊价，干脆利落！

"哦啊！"拍卖师迫不得已地落槌，他的虚假笑容和绝望的哀号不可思议地结合在一起，车售出了！

傍晚时分，马波驾着极其惹眼的罐头车踏上回战场的路。

"嘿，血眼小子，其实你只报八千一百币就够了。"瓦有名没坐车，仍得意扬扬地骑在黑战马背上。

罐头车的车身很高，骑在马上的瓦有名和驾驶室里的马波高度相当。

"这车的实际价值远远不止我的出价，可惜我只有八千四百币，否则我愿意出更多钱，也算是对好车和好设计的尊重！"马波拍了一下手里漂亮的银质方向盘，这真是个极其美丽的宝贝，每个细节都充满了设计感！

"你也够无赖的，小子！真准备卖掉上校的马。"瓦有名又说话了。

"那帮车托儿难道不是无赖吗？你难道不是吗？"

"嗯，哈哈，算是！无赖对无赖，无赖胜！哈哈哈，贵宾席真不错，有上好的糕点，以后加入上校的队伍，大概就没这样的好日子了。"

"干吗还要参军？"

"嘿，小子！难道我的命就是做一辈子无赖吗？能遇到达利上校是人生的奇迹！能吃到这么好的点心，还不是托战马的福！机会难得啊，红眼猴子！上天给我这样的人的机会可不多。哪怕这吝啬的世界只赐我一根线，我也要顺着它爬上天堂！"他猛地一拍黑战马的屁股，向战场飞奔而去。

第十章
屠城

"这是怎么回事？"达利上校弄不清楚为何半座桥会突然消失。

"这事好像跟他有关，这老头儿……"士兵意识到说得有些粗鲁，马上改口，"不，这位老先生，刚才说了很多不明白的话。"

"我才不明白！你们抓着我干什么？不知好歹！你是什么？骑马的半个人？我要跟人头马说话吗？"大画师依然古怪傲慢。

破损不堪的钟面酒吧里，原本躺在地上哼哼唧唧的伤兵突然不作声了，有几个士兵忍不住笑了起来。

"现在是半人半牛。"达利上校倒不生气，比起生气，他更想弄明白跨河桥怎么了。

"我说最后一次，这座桥就这样了，不会再复原了，那样的移动只会有一次。这就是设计的最高境界，不可复制。"

"上校，您看，我们谁都听不懂这老头儿说的话，我想他一定是被牛吓丢了魂的老百姓……"士兵说。

"你才是丢了魂的老百姓！"大画师大吼起来，底气很足，气愤的唾沫喷了那士兵满脸。

"他不是老百姓，他是隐居在橘镇的大画师。"切·丹提当然认得这老头儿。

"大画师？就是传说中著名的城市设计师？！"上校立刻对老头儿行了一个军礼。

"不用对我行礼，只要放了我就可以。怎么？你们吓丢了魂？"

"你们为什么抓他？"上校询问士兵。

"刚才，这老头儿……不，这位老先生，疏散了钟面酒吧和桥上的所有人。他说桥面要转向，接着桥面就开始移动……"士兵的描述让人越听越糊涂。

此时，马波正好赶到钟面酒吧残破的墙外，他把罐头车停在稍远的地方，三步并作两步跑进门都没了的酒吧，这里正好有他想见的人，疯老头是唯一能给他答案的人！

"桥是一座大钟，对吗？大画师？"他一进门就喊，语气里透着难以克制的兴奋。一直在马波脑子里转着的那个事情实在太迷人了，就连本来应该第一时间让切·丹提和扮猫看看的罐头车都被他暂时抛在了脑后。

"请告诉我，是不是这样？"他从口袋里掏出在拍卖场涂画的纸片，众人不明所以地静默，大画师皱着眉头，走到马波身边看纸片。

"这老头儿是谁？"

"大画师是什么人？"

军士也都凑过来，各种议论和感叹声此起彼伏，几个士兵羞怯地偷偷凑近这位传说中的老者。

"种血橘的老头儿，今年收成好吗？"瓦有名倒是橘镇的熟人。

"眼看就要全烂在林子里了，摘橘工不卖力！"

"他们叫你画师，你还卖画？我一直以为你是专业农民。"瓦有名得意地当着众人跟画师攀谈，但这两个问题后，大画师就连看都不看他一眼了。

"这座桥是您设计的吗？"马波上前一步，恭敬地把手里的图交给老人。

"哼，总算有个脑子不太笨的。"尽管言语仍然刻薄，但是怪老头儿满意地笑了。

"设计这个干吗？"

"玩！本来我以为它永远用不上，听说打仗，我就过来看看热闹，结果用上了。"大画师语气里有着不可察觉的悲伤。莱昂的死如同一把重锤撞击着他衰老的心灵。

"到底怎么回事？倒是说说看！"有的士兵着急了，等不了马波和大画师之间心领神会地打哑谜。

"根本打不了仗的军队，性子倒很急！"大画师看着满地的伤兵道。

"他说话总是那么伤人！"扮猫有点看不下去。

马波干脆先开始解释："您设计了一座能移动的桥，它可以像钟的指针那样改变方向对吗？"

他这句话一出，四周立刻寂静得吓人，连几只未回巢的蜜蜂都不敢再扇动翅膀。

"你胡蒙，还真蒙对了！这座桥本来就不叫什么跨河大桥，我才不会起这么没想象力的名字，它原本叫尖叫桥！"画师抚摸着酒吧的石头墙面，"酒吧倒沿用了我起的名字，钟面酒吧，我本以为这座桥最大的特点已被忽略遗忘。人们总是依照常理想事情，桥只能为过河而修，条条框框禁锢着思维和心灵，可是我的设计居然被一个眼睛有病的穷小子看出来，真是羞辱我！"

画师"赞扬"完马波敏锐大胆的直觉，把纸片放在大理石吧台上，让上校和所有人都可以看见纸上画的桥面图。

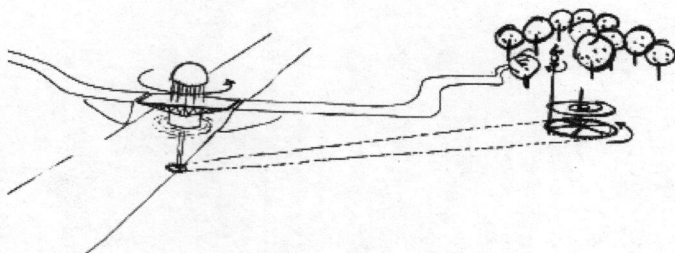

　　"以钟面酒吧为中心，跨河桥的两半如同表盘上的时针和分针，以桥柱为支撑点，桥的两头是可以移动的！东西侧桥面可以分别转动。经过精确的距离测算，东西两端桥头分别接触运河东西两岸的时候，如同时针和分针在表面上指出9点15分（刻度9和刻度3）的位置，但是如果桥面转到9点10分，那两个桥头分别连接的就是运河西岸与洲际高速路北面的栈桥。也就是说，从桥的西边（河西岸）可以跨越高速路到达高速路北边。尖叫桥旋转后，可以当作过河以及横跨高速路的立交桥，配合西边的栈桥，可以把人从河西岸直接送到高速路北，也就是河的东岸。"他解释道。

　　桥体居然可以分成两半，像钟的指针那样转动。

　　马波凭借准确的目测发现钟面酒吧到栈桥正好有半座桥那么远，他一看到这么高的栈桥就在心里默默测算。同理，如果西边桥面转动和东栈桥接上，则可以从橘镇直接到高速路南面，也就是河的西岸。

　　大画师继续解释自己天马行空的设计："但是我们都知道真正的钟表指针是重叠的，也就是说，要是让钟表转动，就需要指针末端一个搽在另一个上面，才可以实现三百六十度的转动。于是，我在桥柱也就是钟表的中心设计了这个酒吧，酒吧没有任何能移动的家具，就是这个目的。当桥面转动开始时，酒吧的地面会升高，没有绳索牵引的那半边桥面保持静止，而另一端靠绳索牵引着的桥面会向上升起，使得这一侧的桥身高于另一侧。"

　　画师只是言简意赅地讲解尖叫桥的原理，因为全讲明白太耽误时间，其实马波是通过对钟面酒吧建筑细节及细致的观察才做出桥是可以转动的猜测。现在他仔细想想，这座桥真是个富有幽默感的设计，与一般的桥不同，这座桥需要解决几个工程学问题。

首先是酒吧上半部分建筑的承重问题，建筑的屋顶、外墙和地面之间没有固定连接（出于可以转动的缘故，它们只能通过滑槽联系），但是，屋顶、外墙和中间的轴之间可以构成一个体系，所以钟面酒吧的半径不能太大。

桥身部分的设计很重要，桥身有悬挑出去的部分，那么，当它的最远端没有搭在高速公路或者河岸上时，怎么保持稳定？一般来说，有几种办法。一是在桥身下方加梁支撑，梁必须和中心的柱连接才可以把力转移，但是那样就会使这根分针高于另一部分（地板）太多。二是利用拉索保持平衡——这是画师用的办法。桥由索连接传力，这就是从酒吧的屋顶到一段桥面出现了古怪的粗铁索的缘故。

马波过桥时，对整座桥只有一个桥柱产生了疑问，看到两边桥面上的铁索，又受到钟面酒吧里指针的启发，通过观察和假想推断出了桥的秘密。

人们总是觉得寻找灵感的过程像大海捞针一般困难，殊不知，要想在浩瀚的海洋里捞到智慧之针，很多时候需要的是一种与生俱来的假想能力。跟马波猜测出桥的原理一样，很多伟大的科学家都是先提出一个假想，再去验证，敢于猜想才能体会创造的真谛。

"您为什么要造这么一座桥？"达利上校对这个古怪的老人充满敬意。

"既然要造，就造一座有个性的桥，设计应该有设计的个性，建筑也该独特。我只是觉得造一座能让人尖叫的桥，会很好玩，但是人们都太无趣，叫它跨河桥，毫无生气可言。也有叫尖叫桥的，我还是觉得叫'尖叫桥'更好。比起平庸，我宁愿搞砸！"

"啊……"

"啊？"

"啊！"

时隔多年，人们终于为尖叫桥发出了惊叹！

"你们只要往桥下面看，就知道另外那半截桥体在哪里了。"大画师说。

士兵纷纷走向西边，也就是通往坦钉的那半截桥面上，抓着栏杆往下看，果然，本来应该在钟面酒吧东边的桥面重合在了西边的桥面下。现在，如果按时钟的刻度看，是9点45分（两根指针都在9的位置）。

"发条在哪里？每只钟都有一个转动它的发条。"马波问。

"哼！"画师摇头，"我以为你有多聪明，看来你也就这点本事。尖叫桥就是个水力发动的大钟。橘镇的地下满布着管道，它们组成了钟的发条，那个雕像就是开关。这些管道除了带动远处的大桥，还可以输送和加热运河水，在泥土下面灌溉植物。所以你们看，树上都是绿叶，可草是枯黄的，因为树根扎得深，但是草根浅。蒙眼的天使一旦吸收阳光里足够的热能，就会开始转动，像自行车的原理一样带动桥的转动。"大画师颇为得意地说，却完全没有人在意。人们都还抓着栏杆，弯腰往下看桥面呢。

"大画师先生，为什么要帮裂井三侠？"上校问了必须问的问题，协助逃犯可是大罪！

"我倒要质问你，为什么要杀莱昂？！"老人神色大变，表情甚至凶狠起来，"他们不过想去屠城，屠城特意派军队来绞杀三个农夫，就那么害怕他们吗？他们充其量不就是三个孩子和一群牛吗？跟我当年见到时没什么区别，还是那么顽固、执拗……"大画师出人意料地哽咽起来，气得直发抖。

"所以你就帮他们离屠城更近了一些？他们本来没法轻易越过高速路，无论再往前走多远，都有阻击的关卡设在高速路上等他们。你帮了他们，为什么？"

"老人难道不应该帮助孩子吗？想逮捕我？我连监狱里用的换洗衣裤都随身带好了。"

"监狱里不让穿自己的衣服。"一个士兵说。大画师给了他一个白眼。

上校丝毫没有要逮捕老人的意思："您的智慧阻止了更多的伤亡，我应该向您致敬。"

除了上校，这里还有一个找到了自己偶像的人。瓦有名牵过上校的黑战马："无论您去哪儿，我都跟着！我要做军人，石头那么硬邦邦的军人！"

黑战马在坦钉车场已经得到休息并治疗了伤口，再次见到主人，它的精神很好。

"达利上校，你是第一个知道怎么结束战争的军人，争斗永远是最无奈的解决办法。"这句话从大画师嘴里吐出来，已算是极致的夸奖。

实际上，如果大画师不及时出现在多米诺和阿门农眼前，改变桥的走向，催促他们逃走，上校与他们不可避免地还会有一场恶战。

"嘿，血眼小子，也谢谢你们。"上校一边跟马波等人道谢，一边在士兵的帮助下骑上黑战马。瓦有名则爬上了断角大公牛，把它当作自己的坐骑。

作战时无比英勇的达利上校对已基本集结起来的部队下令："三日后撤回屠城。因为后援部队没到，我们也只能中途放弃作战追击。"

他之所以要军队休整三日，一是因为要让被蜜蜂和牛群折磨得够呛的士兵休息治疗，二是因为上校不想追击那两兄弟，故意贻误战机。

"士兵瓦有名！"达利上校这一句"士兵"算是承认了瓦有名的军籍。

骂人狂激动不已，左右手一起亢奋地翻动手掌举到了眉前："在！"

与此同时，远在千里之外的屠城，有个人再也不愿等待，以致屠城发生了一件自建城以来最严重的灾难。

屠城的冬天既阴郁又寒冷，只要往玻璃窗上哈气，就会有一层薄薄的冰霜，随便一个石块的尖角或铸铁块的边缘都可以把冻得脆脆的皮肤划破。人们能不外出就不外出，因为在石头路面上站的时间稍长，就会冻掉脚指头。

然而，大多数屠城居民都不知道，在他们那快要冻僵的脚下，还生活着一群不见天日的劳工——他们就是人们谈之色变的蝼蚁人。

蝼蚁城纺织厂的温度和地表完全不同，那里热得让人窒息。几台大机器日夜运转，从不停工。白炽灯管低低地挂在女工的头顶，蒸烤着没有太多通风设备的狭小工区。这些无论白天黑夜从不熄灭的灯管，从安上那天开始就没熄灭过。在这里工作的女工也和灯管一样，一旦开始工作，就没有停息的时候，直至生命完全耗尽！

车间内无数辆纺车和缝纫机发出嗡嗡的噪声，皮肤上有块块白斑的女工穿梭其间。车间内的空气潮湿闷热，她们却忙得连擦汗的时间都没有。她们的衣服和头发被汗水完全黏在皮肤上，完全发白的皮肤附着汗水的盐渍现出水晶般的细碎光亮。大多数女工都只穿一件背心和一条白色粗棉布的短衬裙，说是衬裙都有些勉强，其实那只是裹在腰间的一块白色粗麻布，走动时大腿处会隐约露出一截皮肤。这个装束简略到了极致，只是勉强遮体而已。据说以前也有人穿各种颜色的衣服，但因为车间内温度太高，流汗太多，一些深色的衣料会沾染到她们身上，时间长了，渗进皮肤里怎么洗都洗不掉。

女工里有一个人格外显眼，并不是因为她很美丽，她那样一副容貌，已不能单纯用美丽或者丑陋来形容。她长得很"怪"，那是一种摄人魂魄的怪！这个来历不明的瘦削女人叫曼波，她的皮肤毫无血色地泛着极不健康的白光，脸上的一双眉毛被全部剃掉，瞳孔漆黑的大眼睛格外显眼，其他的五官都被这双黑色的大瞳孔淡化到几乎可以忽略的地步，似乎其他的五官都没有了，只有这双黑色的大眼睛突兀而古怪地挂在小女孩儿一样尖尖的脸上。

两个工头模样、皮肤半白的中年蝼蚁女人负责监工，每次曼波走过时，她们都看着她议论。很明显，曼波并不受两个工头的喜欢。

曼波走到一排织布机的后面，那里有一个全白的女工等着她。虽然都是全白的蝼蚁人，这个女工似乎跟曼波完全不一样，连皮肤的白色都不太一样。如果说曼波的肤色是崭新的白瓷，那这个女人的肤色完全似穿旧了的白衬衣，显得无精打采。与曼波不同的是，她时刻为自己蝼蚁人的身体感到羞耻，穿得也比一般女工多，能用布包起来的部分她全包起来了，这是那些还渴望正常生活的蝼蚁人最令人悲伤的无奈表现。在她们这些蝼蚁女工心里，有着很多绝望的希望，想跟丈夫、孩子见面几乎是不可能的，因为上到地面去，她们只有死路一条，但即便知道如此，也会有人愿意冒险去尝试。

"你真的是泥浆天使？你答应我的，真的可以吗？"女工的手在哆嗦。

"嗯！"曼波在她面前张开手掌。

那女工哆嗦着把手里的小盒子递给曼波，又追问一句："我真的能见到我的孩子？"

"你必须先活着从这里出去！"曼波的声音里带着威慑力，这时候的她是不容置疑的。

拿到那小盒东西，曼波立即放下手里的活儿，抄起一卷卫生纸飞快地走起来。

"你干什么去？"一个工头模样的中年女人大声质问。这个工头个子矮胖，白白的像团棉花，在瘦削的女工中很容易找到，她手里还提着一个装满了酒的瓶子，在蝼蚁城里，水有限制，酒却是敞开供应的。很多蝼蚁人不喜欢玻璃，她们把酒瓶用油漆或其他涂料弄脏，以免喝酒时照到自己的脸。

"撒尿。"曼波看都没看她一眼，脚步不停。

"五分钟尿一次，你还想不想干了？！"工头的骂声跟着曼波走进洗手间。

工头发现了躲在一堆布料后面发抖的那个女工："你在这儿等我，我处理了那个，就回来收拾你，我会回来的！"她把酒瓶塞给女工，就去追曼波了。

洗手间里，曼波把马桶盖放下，坐在上面喘着气，思考了一会儿。她把抽水马桶的水箱盖扳开，用手在水箱底部摸了半天，捞出一把湿布包着的弹簧刀。曼波把棉布衬裙掀起来，将刀插在内裤松紧带上，快步从洗手间里走出来，迅速打开女工给她的盒子，从里边抽出一把火柴，一边走路，一边划着，扔在一卷布料上。由于布料上有油胶，火焰腾地蔓延开来，女工们纷纷尖叫着往门外逃跑。

曼波加快脚步，向火焰中的白胖工头冲过去，一边跑，一边拔出弹簧刀……工头抓着自己流血的脖子倒在一堆马上就会烧起来的布料里，眼睛瞪得特别大，另一只手挣扎着，到处乱抓。

"回来的人是我！"曼波找到已经被大火吓软了脚的女工，一把抓起她手里的酒瓶，往嘴里灌了一口，就把酒瓶整个扔到后面。火烧过来了，曼波的长发有几根被火焰燎到，她想都没想就连根拔下整撮头发，又用包刀子的湿布捂住嘴巴和鼻子。

"救救我，曼波！"女工在喊叫，她的衣服烧了一半，头发也起火了。

"你只能在梦里见到你的孩子了。"曼波找准出口，飞快地跑了过去，那女人周围只剩一片火海。

几分钟后，地下纺织厂的大火冲天般烧出地面，救火车还没开过来，街道上满是围观的人和警车。哀号漫天，人们却不知道是从哪里传出的，这是蝼蚁城对地面世界发出的第一个宣言。几个从地下管道井盖里冲上来的蝼蚁女工满身是火地倒在屠城的街道上，从她们被烧黑炭化的尸体上仍然能看到一块块煞白的蝼蚁人才有的肤色。

纺织厂像个燃料充足的大火炉，火势越来越大，地表的砖被烤裂，金属井盖因为高温的作用一个个从地面飞向天空，紧跟着它们的是寻找空气的火焰。大半个屠城都被火光照亮，每座楼的居民都打开窗户观看大火，室外围观的人也越聚越多，道路被观火的车辆堵得水泄不通，警察增援的车辆和消防车根本无法开进城里，所有人都不知道这场大火到底从何而来。

地下的火焰逐渐开始在城市中肆虐，一阵夜风将火焰吹进几条遍是木屋的狭窄街道，然后蔓延到屠城护城河北岸的仓库，仓库里储存的燃料让大火越烧越大。大火所到之处，一切都被焚毁，建筑物开始崩塌，到处都有轰隆隆的沉闷响声，整个屠城的北面已经无法控制，人们这才意识到不是看热闹的时候了，一片混乱，要想扑灭护城河北岸的大火已经不可能了。屠城的军队当机立断：所有军警和市民都撤离护城河北面，驻城军队全部调来推倒南边的建筑物，拆掉房屋，借助城内河形成一条火焰不能穿越的隔离带。这个所谓的决定，其实就是以放弃半个屠城的代价来求得另一半城的生存，平日生活得优哉游哉的屠城人万万想不到，在他们脚下还有如此恐怖的情景，很多人直到好几个月以后，还把那场毁城大火当作一个梦！

但对一些人来说，那晚完全不是梦。于勒是个年轻的实习警察，那天是他第一天以警察的身份上班，就遇到了这样的事情。一些警察被分配到一座红色砖楼的后院搜索生还者，于勒和另外两个警察分别从不同的方向搜索。听到一些声音后，他一个人循着声响绕到楼后的小街，漆黑的后街有几个绿色的大垃圾桶，一只纯黑的野猫叼着半块饼趴在矮围墙上，它不仅不怕大火，反而暖和得直伸懒腰。

于勒注意到，一道火光从后院的铁垃圾桶后面蹿出来，那是个女人。曼波还穿着那条棉布白色衬裙，白皮肤下的蓝色血管清晰可见，她手里握着一把滴血的弹簧刀。她停下来，喘着粗气，舌头舔着两片干裂的嘴唇，异常漆黑明亮的眼瞳中未透出丝毫恐惧。于勒从没见过这样的女孩儿，更没见过蝼蚁人，曼波的脸把凶悍和单纯融合得如此完美，使她看起来只有十六七岁，宛如一个长了成年人身体的女童。在火光的映衬下，她的身体接近完全透明，那些围绕着她的腰腿的火光倒像是这个女人驯养的宠物。

"女士……"于勒想说话。

"你们现在知道有蝼蚁人了吧，这是第一个警告！"

曼波扑过去，一只手搂住他的脖子。于勒无法动弹，曼波的身体却在发抖。轻柔如丝般温暖的呼吸从她的喉咙里吐出，痒痒地碰到于勒的脖子，曼波柔软光滑的小臂上有细细的汗珠。

于勒有些窒息，甚至有些迷醉，但冰凉的刀刃毫不迟疑，深深地刺进了他的胃部。

"女士，我会帮你。"这句话卡在于勒的嘴里没有吐出来，他被那奇怪而美丽的容颜吸引着，根本没看见曼波手里的凶器。

于勒很快被警察同伴发现了，曼波跑得再快也没用，更何况街道上的碎玻璃和小石头还划伤了她的脚，眼瞅着警察已经围了过来，曼波一纵身就跃入湍急的内河水中。其实她没必要冒这样的险，因为一分钟后，警察就会接到命令撤离河岸。

内河表面的水被大火烤得炙热，不能在河面上浮游，曼波只能选择往水下沉，而水下是无底的深渊，水里的光线越来越弱，她的呼吸越来越困难，一口带着盐味的河水呛进她的喉咙，曼波闭上眼睛，一切似又回到了九年前。

曼波抹了把眼泪，眼前是马波用双手抚在她脸上，替她挤出鬼脸一样的笑容的画面。

防火线挽救了南边的半个屠城和无数居民，屠城北岸的大火却持续燃烧了两个月之久。北边河岸上，一个走路像秃鹫般难看的蝼蚁人，顺着河岸搜索，却什么都没有找到。

第十一章
扮猫和马波

屠城大火的消息见报，再传遍整个高速路，已经是几天后的事情了。这条爆炸性的新闻完全淹没了本该是头条的坦钉之战和裂井三侠的报道。

尖叫桥的桥面恢复以后，人们继续平常地生活，和往日没什么两样，该过桥的继续过桥，还没有安装木门的钟面酒吧又于傍晚再次营业。酒保和客人聊天讲故事，坦钉之战、大画师、裂井三侠什么的似乎完全没存在过。

今天只是大多数人的又一个普通的日子。很多不普通的事，对于普普通通的老百姓来说就是不痛不痒的谈资。上校的队伍离开后，马波才带着切·丹提和扮猫看了新买的罐头车。

"我还以为见识了尖叫桥后，我不会再对什么东西感到惊奇了。"扮猫这样评价眼前这辆白色多厢罐头房车，不规则的造型让它看起来如此独特！

"驾驶室和后面的车厢有伸缩拉门，有餐桌，还有洗浴室，最棒的是，驾驶室有两排座位，上面还有玻璃天窗……"切·丹提围着八千四百币买来的罐头车，来来回回地不知道转了多少圈。

"这车有两个缺点，一是耗油量大，一就是太漂亮！"马波虽很高兴，但最冷静。他就是这样一个人，永远跟周围人的情绪不一样。别人沮丧时，他亢奋；别人一兴奋，他就会异常冷静。这种性格就好像是值班的警卫，保护着他和周围的人。他永远不会像切·丹提一样，因为喜欢什么就整颗心都热起来。

漂亮不好吗？马波没多解释，这条高速路并不太平。像"多细胞"这样外形奇特、过分漂亮的车辆往往会成为车匪路霸的目标——因为它太"招眼"。买车前，马波就考虑到了这些，但他要的就是这个效果，俗话说，什么人配什么车。这辆可能会招来事端的旅行车，无论是对马波、扮猫，还是对切·丹提，都再合适不过！

"咱们早点上路吧。"他对两个同伴说。

当"多细胞"还不属于马波的时候，跨河大桥上演了极其壮观的景象。先是跨河大桥的桥面像钟摆一样移动成四十五度角，不少运河上的渔船和渡轮都停下来驻足观看。接下来便是更加惊人的牛群过桥，黑压压的几千头公牛驮着两个男人和一具尸体，在渔民的头顶发出震耳欲聋的响声，浩浩荡荡地走到北面去。

"简直是活见鬼！"

"怎么可能这样横穿高速路？！"

人们惊叹着，在本不该停车的高速路上停下车，争相观看这不可能的情景。

"那牛背上好像是个死人！"

也有眼尖的人不敢多看，关上车门，一溜烟开走了。

与橘镇人的漠不关心不同，裂井三侠横穿高速路的事情立刻被来往于各城市间的车辆传开，人们的心绪被这奇妙的景象激活了。当一件不可能的事变为可能，这个世界上便多了一个希望，而这个希望也许会演变为更多的希望，进而让更多的不可能变成可能。

日落时分，红彤彤的光线让天地之间的距离变得很短。牛群像一支从地狱来的铁骑，发出低沉的鸣叫，连大地都仿佛配合它们壮观的迁徙，不住地震动。人们不断从各处拥来观看这景象，裂井兄弟没有埋葬也没有抛弃莱昂的尸体，他们固执地进行着他们的长征，如中古斗士般坚忍不拔。

阿门农看着身边牛背上"躺着的"莱昂，他就是当年在小母牛背上熟睡的那个弃婴。

"同一个老头儿，对吗？"他问弟弟。

"嗯，十五年前就是他！"多米诺点头。

从橘镇出发后，"多细胞"没多久就开过了瓦肯镇。他们甚至没有从窗口往外看一眼，也许是没人愿意往外看——那里有扮猫不可忘却的记忆。

"你喜欢什么？"副驾驶座上的扮猫为了转移注意力，问正在开车的马波。

"我喜欢在高速路上开车，就像现在这样，感觉自由。"

高速路这一段的车辆很少，景色却十分秀美，和风温暖地吹着，本来前途莫测的旅行凭空增添了度假的气氛。他们离开大运河后，一切都格外平静。马波和切·丹提轮流驾驶，扮猫总是坐在副驾驶座上。

"你姐姐，曼波到底是个什么样的人？"

"是个满嘴谎话的女人。"马波的手扶在方向盘上，他往窗外看了一眼，又回过头来直视前方，"她用谎言来掩盖太多的痛苦。"

不远处有一个加油站，马波把车开上辅路。在到达下一个城镇前，"多细胞"需要加足油。

编号为5的加油站建在一大块平地的中央，还设有商店和咖啡屋。

城邦联合政府为了给长途旅行的人一些优惠，鼓励人口流动，限定了汽油的价格。在油价飞涨的情况下，加油站卖的汽油要比城镇里便宜很多，所以住在城镇里的人宁愿周末把车开出城，来加油站加满油。今天是个周末，加油的车子排成一条长龙。不耗上一个小时，马波他们根本无望排到加油口。

"你和切·丹提下车活动活动吧。"马波觉得没必要让所有人跟自己一起闷在车里排队。

"依路为生"是新政府赋予这个时代的新口号。人们既然周末都要出城来加油，等待的间歇就可以顺便置办生活必需品。城外的土地本来就比较便宜，于是原先很小的加油站商店为了满足需求，扩建得越来越大，逐渐演变成平价日用品百货公司，里面的货品算得上全面，但大都比较便宜，偶尔也有公路客带来放在商店里寄卖的异国产品，于是这些百货公司现在比城里的商店还受欢迎。

百货公司里面为公路客准备的东西一应俱全——药箱子、毛巾、饮用水、防蚊水、魔方、带报警灯的手电筒等。扮猫甚至还发现了一只红章鱼，仔细看，却是一把做成章鱼样子的八面刷，刷子的把手是圆嘟嘟的红色章鱼头，两只夸张的眼睛则是用黑色玻璃球做成的，按一下，两个玻璃球就会从章鱼头上弹射出来，露出后面的弹簧，章鱼的八只脚分别是八把白色硬刷毛的细长刷子，它是一支拥有八个刷头的——牙刷！

突然发现的可笑牙刷把扮猫路过瓦肯镇时的忧郁一扫而光，她站在货架前，摆弄着牙刷，笑了起来。

"买吧。"切·丹提站在她身后。

"太贵了。"扮猫犹豫了一下，还是把章鱼牙刷放回了货架上，他们的钱并不多，找到沌蛇以前还会有一段漫长的旅程。

切·丹提和扮猫只买了一些最基本的必需品，就到约定好的咖啡屋去等马波。加油站的咖啡并不算好喝，但咖啡屋外的景色有些意思。从一面大玻璃墙看出去，满眼都是排队的车子，一些小孩子甩着腿坐在大玻璃那边的椅子上，数着一辆辆的汽车。这个下午真悠闲，悠闲得让才经历过战斗的切·丹提和扮猫，朦朦胧胧地觉得不真实。

不到两秒钟，这种难得的不真实感，被砰的一声打碎了！

一辆灰蓝色的老款轿车撞碎了咖啡厅的大玻璃，在半个车身冲进咖啡屋后才刹住。车的前挡风玻璃全部碎裂，一个前灯没了，另一个前大灯像是章鱼刷子的玻璃球眼珠，垂头丧气地掉了出来。坐在里面的司机疯疯癫癫地又哭又笑。扮猫和几个孩子来不及躲闪，连人带椅被撞飞在满是碎玻璃的地板上。

几秒钟前，这辆车像喝醉酒一样打着转儿，左碰右撞地"袭击了"停在加油站附近的好几辆车，才最终"停进"咖啡屋。

"地面上流着血，用血液和黑色尸体修筑的高速公路……"车门已被撞得变形，居然还可以从里面打开，一个喝醉了的男人摇摇晃晃地走出来，嘴里不清不楚地自语着。咖啡屋后厨应声跑出几个服务员和一个经理模样的人。

"又是他！上个月刚撞坏了三辆路过的车子。"那经理带着服务员和厨师把醉汉五花大绑起来。

"你们都被蒙在鼓里吗？这条路的路基是用腐烂的人肉铺成的！车轮下翻滚的，都是坏血……"那人在服务员的胳膊中不停地挣扎喊叫，嘴里喷出浓浓的违禁酒的气息。这个事故发生后，本就缓慢前进的加油车队完全停滞了，人们都从车里出来，想看个究竟。马波也熄了火，锁上车门，赶往咖啡屋。

"还没喝到咖啡，咖啡屋就完蛋了？"他大步穿过围观的人群。

幸好没什么人受伤，扮猫在切·丹提的帮助下从地板上爬起来。肇事疯子的眼睛直勾勾的，几个人都拉不动他。神志不清的家伙那丧失希望的脸上写满了惊恐："你们马上就会看见蝼蚁人！接着就是死亡，会死！"

幸好醉汉现在手脚都被人绑着，不然不知道会做出什么举动。及时赶到的警察把醉汉连拖带拉地塞进了门口的警车。没有人留意他的满嘴胡言，只盘问他在哪儿弄到的酒。

"没事吧？"马波好不容易挤过围观人群。

"那人说……"

"别管他说什么，这人精神不正常。尽管他能弄到禁酒，但至于什么蝼蚁人，他可未必见过。他三天两头因为撞坏别人的车被警察带走，他都成警察的老熟人了。真没办法！"正在扫玻璃碎片的服务员加入他们的对话。

他说得有道理，但扮猫脑子里不知道为什么全是"蝼蚁人"这几个字，以及流淌在高速路下面的败坏的血液和死亡。她眼前一黑，晕了过去。

咖啡屋后面经理办公室的沙发上，扮猫受到了礼貌的招待。有人给扮猫拿了一个冰袋来。

"实在是让你们受惊吓了。那醉汉的话实在不必在意，他精神受过刺激，爱胡说八道。"和善的中年经理在扮猫对面的椅子上坐下来，也给自己倒了一杯咖啡。扮猫不接话，经理只好一个人继续往下说，"唉，也难怪。去年，这人带着新婚的妻子上高速路去度蜜月。谁知路上出了车祸，一辆卡车迎面撞过去……真可怜啊！他年纪也不小了，人到中年，好不容易攒钱买了一辆体面的车，娶了一个漂亮老婆，以为以后的日子会很美好，新娘就这么死了，唉……"经理很有感触地对着咖啡杯叹气，"侥幸生还的他后来完全丧失了理智，每隔一段时间就失常一次，他的驾照早被吊销了，还非要开车，每次都撞坏别人的车。这次居然撞到屋子里来了，他似乎在寻死。"

扮猫的注意力被经理成功地用醉汉的故事转移开，脸上的疼痛也消失了不少。经理从咖啡杯的水雾上移开视线，抬头问扮猫："你知不知道有个规律。当遇上迎面过来的车辆，坐在驾驶座上的司机会本能地往自己这一侧打方向盘躲闪，这就使得副驾驶一侧成为接受撞击的一方，这种瞬间的本能反应会让驾驶员拥有更大的生存概率，而副驾驶座上的人往往必死无疑。车祸中死亡概率最大的是副驾驶座位那侧的人，司机反而相对安全。"

"怪不得他自责，亲手害死了自己的新婚妻子……"扮猫说。

经理拼命摇头："实际上，车祸发生时正在驾车的是新娘。她在生死抉择的时刻居然违背人的本能，向副驾驶一侧转方向盘，把自己暴露给撞过来的卡车。"

经理讲完故事，扮猫手里的冰袋已经化成一袋水。

这只是一个陌生人的故事，却刻在了扮猫心里最深的地方！小时候没人教给她的东西，在这个故事里都有了，那个词，其实很俗。

天已经黑了，扮猫借着路灯在加油站停车场里寻找同伴。她最担心的是马波和切·丹提扔下自己开车走了。而切·丹提和马波并没有丢下他们的同伴。"多细胞"里的这几个人如同一个家庭，少言寡语，却保护着受过伤的彼此。

都说车会慢慢变得像开车的人，外表奇异的罐头车注定像富有特点的新买主一样多灾多难。从加油站重新开上高速路没多久，车子就发出奇怪的声音：嗵，嗵，嗵，唑唑……嗵，唑唑……

"切·丹提，停车。"在上铺睡觉的马波揭开毯子坐了起来。

"高速路上突然停车太危险，一会儿有驿站再停。"切·丹提不同意停车。

马波刚要裹上毯子准备重新躺回去，汽车再次发出嗵，唑的声音，整个车体振动起来。他干脆扔掉了毯子："刹车吧，我下去看看。"

"在刹车……"切·丹提的确早就踩下刹车，但根本没效果！

车头向着高速路护栏冲去，切·丹提用力扳着方向盘，马波从后车厢冲向前座，扮猫也早就过去了。三个人紧张地卡在"多细胞"的驾驶室里。

"都坐到后面去，别加重车头重量。"切·丹提还在奋力踩刹车，试图控制住方向盘。尽管罐头车的车厢部分占的比例很大，但总重量还是没有满是机械的车头大。

"到后座去！"马波自己没动，倒命令扮猫。

"我过不去！"

扮猫说得对，的确来不及了，失控的车子冲坏了高速路护栏，终于转着圈儿停下了，但是驾驶室通往后车厢的隔离门自动关闭了，怎么都打不开，驾驶室的车门也一样自动锁上了，他们三个被困在驾驶室里。马波拉开驾驶室车窗向外看了一眼，护栏的半米外就是一道峭壁。峭壁下什么都看不见，深陷的地面像是宽阔的干枯河床，如果沉重的车头刚才冲下去，一切就都完了！

切·丹提定了定神，从方向盘下的格子里摸出一个水烟壶，点上猛吸了几口，又递给马波："你现在可以下去了。"

马波把驾驶室的车窗玻璃摇到最低，把自己的身体从里面伸了出去，他几乎就落在悬崖边上。现在的"多细胞"是一动不能动，无论是转弯还是掉头，都会把他们扔下高速路护栏外的悬崖。

"只能先把车放在这儿。"马波看了看道。

"我打开后面和前面的车灯，也许很快就有人帮忙。"

"也许咱们就要在这儿过夜。"马波望着空荡荡的高速路。夜晚的气温直线下降。所有车门仍然打不开，马波披着条毯子一个人站在车外。他一只手扶着打开的前车盖，将一根细铁棍伸到油箱里，"不是油的问题。"

"我，我觉得整个车矮了一截……"扮猫觉得自己说的话很荒谬，但看马波和切·丹提迟迟找不出原因，也只好涨红脸说了出来。

听到这话，马波一松手，合上车前盖，叼着手电筒爬进车轮下面。他再次站起来时，手里举着一个铁钉，那是个"多枚四角钢制铁钉"，铁钉分别有四个钉头连接在一块共有的方形底座上。

"可恶！"切·丹提气得络腮胡子都飘了起来，还没骂完，马波就又趴在地上了。"多细胞"的轮胎上有好几处都扎上了四角铁钉。再向着刚才车停下的地方望过去，铁灰色的四角铁钉撒满了路面，"多细胞"的六个轮胎都被扎破了，车里只有一个备用轮胎，即便用千斤顶换上也无济于事。他们唯一能做的就是拦车等待救援，但夜里的高速路没有其他车辆经过，也许这一等就要等到天亮。后半夜站在外面实在太冷，马波顺着车窗钻进了"多细胞"，幸好发动机和暖气还能工作，三个人挤在一起还可以勉强过夜。马波让开了一夜车的切·丹提到车厢的床上睡觉，他和扮猫坐在驾驶座及副驾驶座上守夜，等待别人救援。他打开前车窗把切·丹提的水烟味放出去。扮猫侧脸看着马波，他那两只红棕色的眼睛本来十分可怕，在寒冷的夜里却流露出些许温暖感。

"为什么要把鞋和裤子缝在一起？"她主动和马波说话，就像他们一起去煎蛋家的那个晚上。回想起来，从瓦肯镇到这里也是一段不短的路了，可她对自己的旅伴还一无所知，他们一路只忙着活命！

"穿和脱都很快，穿上裤子，再穿鞋太麻烦。"

"脖子上的皮带呢？"

"从一条流浪狗身上捡的，很有用，也暖和。"

"狗呢？"

"死了。"

"你埋了它？"

"没有，扔垃圾堆里了。"

扮猫闭上嘴，一时半会儿说不出来话。

马波转过头来看了她一眼才说："我尽力救过它，竭尽全力，但它死了，我做什么也是徒劳的。"

"你确定曼波还活着吗？"

"她比流浪狗都顽强，曼波是我见过的最有生命力的女人。"

"你也很坚强，你只在杀人的时候哭。"

"我不会哭！从很小的时候开始，我和曼波就不会哭。父亲对我挥皮带，我就很想笑。非常伤心的时候，我哭不出来，完全不伤心的时候，眼泪反倒会流出来。"马波把双肘撑在方向盘上，"后来曼波犯了错，从家里跑了。她走的那天，我很伤心，但哭不出来。爸爸妈妈根本没哭，都上班去了，家里只剩下我一个人。我用力地在墙上撞头，最后眼眶里流出一种液体。"

"血？"

"管他是什么，曼波离开家那天，得有个人为她哭泣。即便她是个十恶不赦的恶棍，也该有人为她哭。"

接下来是让扮猫难以忍受的沉默。马波突然说："讲个故事给你听吧。"

"好。"

"曼波离家后的那几年，我经常独自去我们以前常去的地方。我去了她说过的跑龟市看日出最好的地方。她告诉我，那个地方在跑龟市的皇城旧城墙墙头，但她从不肯带我去。她跟我说，在那里可以看见地平线上初升的太阳。我照她说的那样，早上五点迎着风爬上高高的残墙头，景色很美！可我发现眼前有一座小山挡住视线，完全看不到地平线，我在城墙上呆坐了很久，一直等到日升中天，看到的还只是太阳射在山背上的一点点光亮，我一直等到夜幕降临才离开。曼波骗了我！"

"她为什么要骗你？"

"现实对她太残酷，那些谎话都是她的期待。她跟我说的时候，自己也觉得是真的。"马波低下头。

扮猫可以清楚地看见他的睫毛，可怕的眼睛再次古怪地显得温柔。

扮猫默默地听着，马波却话锋一转："再讲另外一个吧，音管游侠的故事。

"有个骑侠总在腰上别着一根音管，当马走动时，音管就会唱一首老歌：'硬币两面，人有两面。好的一面，坏的一面。看你要哪面。你要哪面就哪面，一切随你所愿。'这个音管要付钱才能演唱。游侠每次行侠仗义前，都会对要惩罚的坏人说：'扔个硬币。如果落下的硬币是正面，我就不杀你。如果是反面，这硬币和你的命就都归我。'每次落下的硬币都是反面，因为游侠拔枪速度极快，会在硬币还在空中时击中它和被杀者。枪响后，他就把那枚硬币捡起来，塞到音管里。当音管唱起那首老歌，他们才离开。"

"应该是他一个人离开吧，不是他们。"扮猫忍不住插嘴。

"是他们，不只一个人。"马波继续讲。

"音管游侠身后尾随着很多人——他的仇家，据说有七百五十人，这些人没有一个不是以取他性命为目的。最初只有一个仇家，他每个白天、每个黑夜都想杀了音管，可始终不成功，他就尾随着游侠到处旅行，像游侠的影子一样。随着音管游侠杀掉的匪徒强盗越来越多，跟着他的仇家人数也越来越多。闲余时，几个人会坐在一起商量怎么刺杀游侠。每天中午游侠休息时，仇家就和着音管的音乐开会，当所有的招数都用尽还没杀死游侠时，他们开会的时候也就不那么认真了，有时候还会讲些笑话，分享一袋烟草。刺杀游侠的计划从未停止过，有时候一天多达十几次，不过游侠从来没让影子仇人得逞。后来影子仇家的队伍里甚至加进了女人，男仇家和女仇家一起旅行。他们彼此成了朋友，然后是夫妻，几年后还生了孩子。复仇者遇到节假日还会庆祝跳舞，甚至有时候会分给游侠一碗酒。游侠从来不喝，他知道那是毒酒，但他可以欣赏歌舞。随着时间的推移，音管游侠和他身后的影子复仇队成了一大景观，他们一次次地较量，老音管还是会响起来，但游侠永远立于不败之地。直到有一天，游侠意识到自己老了，停下来，发现仇人中有些人有了自己的孩子，有些以前见过的面孔已经不在了。这一天，游侠决定面对他的命运，他转过身，对跟在身后的七百五十个影子仇人说：'你们都拿出一个硬币。如果有硬币正面落地，我就由你们处置。'七百五十个硬币从天而降……"

"后来呢？"扮猫着急地追问。

马波笑着打开车窗，点了一根烟："没人知道。"

"为什么？"

"这故事是我编的。"

扮猫愣住了，马波却笑了起来："对了，刚才还骗了你一次，再高的山也挡不住日出的光辉，我在中午看到了日出！"

"中午的太阳不叫日出！你几分钟就骗了我两次，这故事怎么听都不合逻辑。虽然算是一个好故事，但只是骗小孩儿的程度！"

"如果是那样，请让我直到死，都是一个被骗的孩子。"这句话是真话，他望着高速路远处，那里还是一片漆黑。

天还没亮，马波靠在车窗上睡着了，扮猫却一点儿睡意都没有。她缩在副驾驶座里想着，这是马波给她讲的第一个快乐的故事！

自从达利上校的军队离开，大画师就一直彻夜难安。这个早上，他穿着皱巴巴的睡衣踱出屋，穿过橘林，来到运河边的河堤上。坦钉之战以后，所有人都认识了这位尖叫桥的设计者，桥上的酒吧很快重新营业，裂井三侠和大画师的事被酒客当作下酒的故事，越传越广。每次酒保一开始讲这个故事，听众里即便混杂了个把蝼蚁人，也都不会引起注意。虽然血橘依然卖不出去，但每个人都对种橘子的怪老头儿客客气气。

几个渔夫刚出船归来，正停靠在岸边，分拣网来的鱼。他们一边抱怨收成不好，一边把个头儿小的鱼虾丢回河里。

"这都是什么杂鱼？以前完全没见过，像样的鱼越来越少了。"

大画师倒饶有兴趣："为什么把小鱼放回去？"

"这种小鱼秧难吃又卖不出去，不如扔回去等它们长大。"渔夫说着，把一条硕大的鱼丢到船甲板上，"这条真大，有些年头了！"大鱼在甲板上挣扎着。

"这条应该放生。"画师说。

"说什么呢？今天捕到的就这条最大。"

"这条大鱼侥幸逃过了多少渔网才活到今天。"老人看着翻腾的大鱼感叹。

"哪儿来的疯老头儿……别理他。"渔夫继续拣着网里的鱼虾，那条大鱼因为离开水太久而逐渐失去活力，不再翻跃，无法闭上的大眼睛瞪着天空，嘴巴一张一合的。

"把它卖给我！"大画师哆嗦着在睡衣口袋里摸索。

"那要好几百通用币。"一个渔夫不以为然。

大画师伸出满是皱纹的手，把一大把通用币递给渔夫。渔夫聚在一起数钱，大画师抄起木水瓢浇了点河水淋在大鱼背上，鱼儿感激地动了一下。

"在睡衣口袋里放那么多钱？！"渔夫虽不理解大画师，却很老实地说，"钱太多了，老头儿，这些都够买我们的船了。"

"不多，我还有个事情委托你，请马上出船，把这条鱼活着送回它原来的水域，并且保证以后不要再捕它。遇上这条老鱼，就放它一条生路。老鱼肉质粗老，在鱼市上也未必卖得了好价钱。"

"好吧，"渔夫说，"谁让你给了那么多钱。"

渔夫遵照老人的吩咐把大鱼放进船舱的水箱，准备开船去放生。老人走下码头，用手舀起一捧河水，皱着眉头喝了一大口。

"喝生河水会生病！"渔夫一边开船，一边大喊。

"你们发现河水变咸了吗？"

"这水脏，什么怪味都有！别喝。"

天气很好，船经过尖叫桥时，渔夫又看见了老者。他独自靠在钟面酒吧外的护栏上欣赏河水，时间还早，酒吧还没开张，也没什么过路人。

"老先生，为什么要放了那鱼？买回家吃了不好吗？"纯朴的渔夫问。

"鱼类也有文化传承，经年的老鱼会传给鱼群一些技巧。没了它，小鱼会不知所措。"

"什么技巧？"

"活下来的技巧。"大画师直起腰。

这几天他一直在思索那个被自己回避的错误，那个致命的错误！

"我得让人知道，知道那个世界。我这条老鱼还能活多久？我要把图交出去。"他失语般嘟囔着。

第十二章
阑尾镇

高速路远处的地平线上露出微弱亮光，太阳在凉意丝丝的晨雾里初露头角。从梦中惊醒，马波才发现头靠着的玻璃上已经结了冰霜。昨天夜里下了一场雪，虽然没积下什么雪花，但气温骤降。一群粉白色的大鸟沿着地平线上那丝水汽向西飞去。

马波伸了伸懒腰，从车窗里钻出来，活动双臂和腿脚："这儿也能看见日出。"

稍远的地方依稀有个车影，马波立刻伸出大拇指。这招很管用，那车看到他便停了下来，是一辆面包车。先下来的是一个吃着热腾腾鸡蛋饼的胖子，跟着他下来的是一个穿黑色皮衣、戴银钉的少年，面包车车体上用奇怪的字体五颜六色地漆着"水街乐队"。

扮猫也准备从车窗里钻出去看看，可马波打了个手势让她留在车里，于是扮猫赶紧跑去车厢把仍在熟睡的切·丹提摇醒。

"总算来了！"切·丹提看了一眼窗外。

"什么总算来了？"

　　从车厢的玻璃窗里，扮猫可以看见马波跟胖子及皮衣少年握手。随后，一胖一瘦两个陌生人走到"多细胞"边上，弯下腰看了半天，又拍着车身啧啧叹了几声。

　　皮衣男孩儿倚在"多细胞"上对马波说："我们试试帮你把车拖出来，扎成这样只能换轮胎了。前面不远处是阑尾镇，就帮你们把车拖到那儿找地方修，我们正好带着拖绳。"这是一个无法拒绝的建议，马波暂时也想不出别的办法。

　　"你们这是要去哪儿？"胖子在一边插嘴，说话声因为嘴里的食物而含混不清。他的这种习惯实在非常恶心，由于一边咀嚼食物一边说话，他嘴里带着唾液的食物残渣掉出来，沾在衣服上，胖子又用粗肥的手指把它们捡起来，塞进嘴里。

　　"新城。"马波回答。

　　"几个人？"穿皮衣的少年往车厢里探脑袋。

　　这个简单的问题居然让马波犹豫了一下："三个人，车门打不开了。"

　　"哦，没事。"皮衣少年已经看见扮猫，"早上好，我叫水听，我们是支乐队。我是吉他手，这胖子叫Guru，鼓手。"他用力拍了一下胖子的背，隔着玻璃跟扮猫打招呼，胖子被他拍得咕咚一声咽下了卡在嗓子里的饼。

　　"我叫马波。这是切·丹提和扮猫。"马波也介绍自己这边的人。

　　"咱们赶快把车连上，不快点走，中午都到不了阑尾镇。"

　　"等等，阑尾镇？"切·丹提已经坐到驾驶座，打开车窗问道。他在新城和周边城市之间已经不知道往返多少次，却从未听说过这么个地方。

　　水听对切·丹提的疑问根本没有解释的耐心，倒突然想起另一件事情："哦，对了，先把路面的钉子清理掉，不然别的车也会被扎胎。"

　　话还没说完，果然又开来一辆车，招摇的红色敞篷跑车，一看就价格不菲。开车的是一个架着超大墨镜、披着猎豹花纹大衣的黑皮肤女人。她一边转动精致的银色方向盘，一边大声唱歌，歌声浑厚而悦耳。车后座上躺着一个高个子男人，像是睡着了，副驾驶座上还有个中年人，也穿着豹纹外套，戴着茶色眼镜，表情庸俗而不可一世。那女人的车开得非常有技术，停车的水准更是惊人，车轮撩起一阵清尘，利索地插到水街乐队的面包车和"多细胞"中间并不大的空间里。

"你们来干吗？"水听皱着眉头对刚停车的女人说。

"来通知你排练，"黑皮肤女人从车上走下来，凑近"多细胞"，摘下大墨镜，用手指着罐头车，"这破玩意儿是什么？"

水听把她抬起的手按下去，并对马波等人道歉："她说话就这样，别在意。"

摘了墨镜的黑皮肤女人脸庞很小，五官看起来十分清秀，骨骼细致，身材高挑，绝对算得上是美女，她被水听推搡着回到了红跑车里。跑车里的另外两个人根本就没打算出来。

"别，别，别耽误时间！要，要，要演出呢。有闲心？还，还，还帮别人拖车，自己屁，屁，屁股都擦不干净。"戴茶色眼镜的中年男人猛地拍了一下车门，睡在后座的高个儿男人吓得打着嗝醒来。

"就不能让贝司多睡会儿吗？"水听摆了一下手去清理路面，胖子Guru和马波把牵引绳一端拴在"多细胞"的保险杠上，另外一端连在他们的面包车后面。讨人嫌的中年人一边结结巴巴地说话，一边贼溜溜地上下打量马波："这，这，这，什，什，什么破车……"

"他是我们的经纪人，女的叫泰卡，是主唱，车里那个是贝司手。"水听不耐烦而无奈地介绍。马波并没回答结巴经纪人提的问题，"多细胞"被牵引绳拉着从撞坏的护栏边出来，门又恢复了使用功能。

"看来这门是液压门，要是车头和车厢达到一定的倾斜度，就会自动上锁！"水听倒很懂车。他的经纪人却轻蔑地笑了，"多细胞"这样的罐头车明显不符合他的审美。

"我帮他们拖到修车厂，然后就去排练。"水听对红跑车里的人说。

"那个水听看来是个好人，挺热情的。"扮猫看着外面发生的事情。

"没有无缘无故的热情。"切·丹提尝试发动引擎。

"多细胞"在水街乐队面包车的牵引下缓缓开动。由于车轮不同程度地破损和漏气，车体颠簸得非常厉害。切·丹提努力地保持车距，以免面包车急刹车时两辆车撞在一起。

"你们不相信这些人？"扮猫问刚上车的马波。

"看看再说，不跟他们走也没别的办法，总要找地方修车。"

"这附近哪有什么阑尾镇？"切·丹提说。

"地图上连个黑点都没有！"扮猫膝盖上放着一张最新版的高速路地图，在加油站的商店里买的。

"喂，兄弟，咱们要去的地方叫什么来着？"马波从车窗探出头。

水街乐队的面包车除了前挡风玻璃、左右侧窗外，在车尾部靠上的地方还有一扇可以从里向外掀开的玻璃窗。胖子Guru用一根铁棍把它支起来，趴在窗框上对马波傻笑："阑尾镇！我们晚上在那儿演出。"他手里挥着一张五颜六色的纸，一不小心，纸就被风掠走了，正好糊在"多细胞"的前挡风玻璃上。

五颜六色的纸原来是一张印刷粗糙的地图，上面的地名用的是跟"水街乐队"一样滑稽的圆乎乎字体。由东向西的是宽阔的洲际高速路，再往西才到新城。而在笔直的高速路上，奇奇怪怪地伸出来一个枝丫旁叉，像一截没用的阑尾斜生在高速路上。照地图上的标注，这根旁叉距他们的所在地大概就十公里。

洲

际

高

速

路

阑尾镇

大盐海

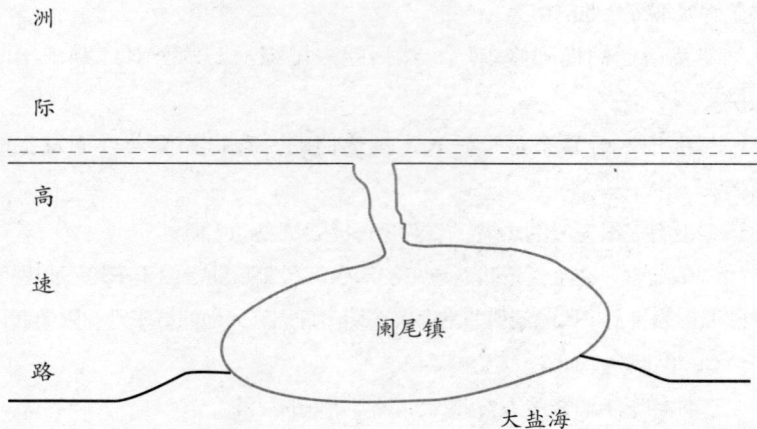

"看这个。"马波对同伴们说。

"阑尾镇……这是什么地图？我买的地图……"扮猫弄不明白了。

"马上就看见了！"胖子不知道什么时候又拿了一瓶牛奶趴在窗口喝起来，沾在嘴边的白色液体在风中吹散，"修建洲际高速路时，修着修着，突然遇到一个内陆海。于是高速路只好改向，原来的那条路就变成了废路，公路往别的方向修去，这段死路就留在这儿了，后来一些走错路的移民定居下来，发展出一个小镇。阑尾是个没用的器官，去那儿的也都是没用的人，所以就叫阑尾镇。城邦联合政府画公路地图时都没把它收纳进去，那个地方就成了没有地图显示的幽灵城。"

修路突然遇到内陆海？走错路的居民？这样的说法在扮猫和切·丹提听来，怎么都太牵强。

马波倒来了精神："以前难道不知道这里是内陆海？去看看，说不定挺有意思。"

然而，好奇归好奇，马波的脑子里有一个很大的疑惑，这让他多少有点不安，但他又不能在扮猫面前表露。马波知道，他的这个不安如果传达给扮猫，只会给她造成恐惧。

精力旺盛的Guru喝完牛奶，见红色跑车开到了面包车旁边，喊道：

"猜个谜。五个字，圆的、红的，每天早上从地平线上升起，是什么？泰卡别猜，这个，只有你爸爸，咱们的经纪人才能猜到。"

经纪人认真思索了一下这个给自己定制的谜语。"太，太，太，太阳？"他说。所有人都笑了起来，后座上的贝司醒了，泰卡手里的跑车方向盘一转，差点撞上"多细胞"，Guru大笑着，关上了面包车后面的窗户。

三辆车一起来到了一个标示着公里数的巨大标志牌边，红色跑车先停下，牵引着"多细胞"的水街乐队的面包车也小心而缓慢地靠在旁边。

水听走下车，用紧紧裹着黑色皮裤的瘦腿踢了一脚标志牌下的金属护栏。高速路的护栏一半是半米高的银色金属，但这段有七八米宽的护栏被改成了粗陋的黑铁丝网，歪歪斜斜的铁丝网像是废弃了很久的墓地大门。黑铁丝"城门"发着咯吱咯吱的声响打开，红跑车发动引擎冲了过去，结巴经纪人在副驾驶座位上大叫："开，开，开这么快！想，想，想弄死我吗？"泰卡没说话，但车速比刚才更快了，一会儿就消失在马波等人的视线里。

通往阑尾镇的路面质量跟高速路比起来完全是业余水准，路面坑坑洼洼，高高低低，有些地段甚至还没完工。即便如此，这段旅程却是令人愉悦的，车窗里飘进咸咸的海水味道，和缓干燥的海风里带着令人心旷神怡的盐分，短而颠簸的路面周遭全被淹没在细细的海岸沙砾里。远处沙滩上，间或还能看到几个穿着短裤或泳装的黝黑身影，沙地上竖着排球网，漏了气的彩色皮球不知被谁遗弃在和城门一样破旧的排球网旁边。

眨眼间，他们就到了阑尾镇，那是一个在沙滩上建立的小镇，连最基本的关卡和围墙都没有。看到几幢乳白色和彩色的建筑物时，他们才意识到已经进镇子了。阑尾镇大部分路面都是沙土硬地，拥挤且狭窄。临近海边的路上到处摆着小吃和烧烤摊位，还有打气球、套圈这样的娱乐小贩。水街乐队的面包车拖着"多细胞"招摇经过，行人只能侧身行走。

因为阑尾镇只是修路过程中出现的意外结果，这个多余的镇自然也没加入新政府。在这个被政府忽略的镇里，人们过着没有赋税的轻松生活。虽然天气仍然很冷，但海水不会结冰，人口极少的阑尾镇似乎是现实生活中的世外桃源。高速路上的冷漠和压抑在这里很难看到，这里的人们无论是表情，还是穿着，都是那么自由。

悠闲且毫无压力的情景深深地吸引了切·丹提，他甚至趁车辆堵在狭窄的路面上时，离开驾驶座，在卖烤肉的摊位边站了半天，却只是看看人们烤肉而已。

"那大个儿挺有意思的。"红跑车里的泰卡注意到切·丹提，就从车里探出头来，"想吃吗？我请你！"

"请，请，请个屁！盐，盐，盐和作料会毁了嗓子！不，不，不许吃！"被经纪人这一吼，道路倒又通畅起来了。

要说这个小地方的人都很自由，那就必须排除泰卡还有水听，他俩似乎被什么无形的绳索束缚着，难以挣脱。

没多久，红跑车就和拖着"多细胞"的面包车分了道。

"他们先去看晚上演出的场地，我带你们去修车。"水听一边开车，一边从车窗里对"多细胞"里的人喊。

两辆车东绕西拐，在一排灰砖平房前停下，修车厂的大门向上拉起，让两辆车驶入。

"修车厂后面还有个旅店，你们今晚可以住在那儿。"水听笑着帮切·丹提把牵引绳从多细胞上取下来，把车里的三个人带到修车厂里面。

"臭小子，今天又是什么生意？"一个粗胖的女人从柜台后面走出来，腰上挂着一条油迹斑斑的围裙，她斜着眼睛打量"多细胞"，"我们最近根本忙不过来，前几天刚来了好几辆卡车，还没修完。那些人真难伺候，真的！谁叫这是阑尾镇唯一的修车厂呢。哟，轮胎扎成这样，补不了了，换胎吧。你这罐头车的轮胎不好找，要花些时间……"

"需要等几天？最近有很多车来这里？"马波问，胖女人无意的话让他那不祥的预感不只是预感了！

"我的伙计要去附近的大城市才能给你们找到替换轮胎，起码要等上两天。可我这里最近很忙，这几天来了那么多……"

胖老板娘的话没说完，就被水听打断："正好！后面海滩上有个汽车旅店可以住下，晚上看我们演出！"水听自说自话地替他们安排着。

"我们要住这儿吗？"马波问切·丹提和扮猫。

粗胖老板娘从鼻子里哼了一声，走到一个圆形吧台桌里，后面的墙壁上挂着一串串钥匙："就剩最后两个房间了，两百通用币一晚，要不要？没有比我这儿更便宜的住处了。有钱的话，可以走上十几公里，去远处的创城，住海滨酒店！"

汽车旅店两百通用币一晚，怎么看都实在太贵，老板娘是坐地涨价，但她完全不担心客源，这小小的海滨城镇能提供给外乡人住的地方，真就只有她这里。这是唯一的修车厂，唯一的旅店，马波他们别无选择！

老板娘看几个人没反应，不耐烦地把本来已从钥匙板上取下的钥匙又挂了回去，低头翻她的账本，连眼皮都懒得再抬。

"车在这里修，你们住在这儿也好。快中午了，你们就算走路去创城，也过了入城时间了。"水听跟老板娘讨回钥匙。

"就住这儿吧，我们没钱住海滨酒店。"马波从水听手里拿过两把旧钥匙。

"交钱，八百！"

"不是每晚两百吗？两个房间应该是四百。"

"房租四百，押金四百！让你们住，我一个女人是要担风险的，如果你们是坏人怎么办？这路上的小偷和骗子那么多！"母夜叉般可怕的老板娘拍拍胸脯，瞪着眼叫了起来，仿佛这几个年轻人已经偷了她的什么东西似的。

"旅店在哪儿？"切·丹提问。

"水听带你们去，他也住斜屋。"收完钱的老板娘立刻就失去了刚才的精气神，打着哈欠，用肮脏的围裙擦眼泪。

水听带他们来到车场后面的沙滩上，旷阔的沙滩地上有一座倾斜的圆柱形灰色建筑物。从空气里的湿度就可以判断出，这里不远处便是海，人们已经可以清晰地听到海浪声。

"我知道你们觉得这小镇古怪，可这海更古怪，叫大盐海。其实就是个内陆湖，湖中间还有一座死火山。"

"怎么是内陆湖？不是叫大盐海吗？"马波问。

"我也搞不清楚，听别人说这湖以前是淡水，这几年才慢慢变咸。嘿，管他呢！这个世界上弄不明白的事情太多了。"

"你没想过弄明白吗？"扮猫很小声地问。

"没有！"

叫斜屋的建筑跟阑尾镇的其他东西一样古怪，它一共有七层，带着一个圆柱形的尖顶，像一个粗壮的砖瓦蘑菇，倾斜着从沙滩里长出来。除了最顶上一圈，它的其他地方完全没有窗子。它的门，说那是门实在有点牵强，因为那不过就是在砖墙上挖出的大洞而已。从墙洞门进入里面，马波他们发现那建筑物果然就像从沙滩里长出来的一样，不仅地上有七层，深扎在地下的还有五层，楼里有两座交叉的黑铸铁双螺旋楼梯连通上下。

"你们运气好，拿到的是上面的房间，我们都住在底下。"水听说。

扮猫看着灰色的砖墙，恍然大悟："这是个灯塔？！"

"这是废弃的灯塔，有一半深陷在沙地下。有几个从新城来的画院学生在墙壁上开了个洞，把这里当成什么秘密项目的设计室。阑尾镇人多起来以后，这里就成了便宜旅店。你们的运气真好，房间在顶层！"

水听领着他们，顺着螺旋楼梯上到了两间有简陋木门的房间前。灯塔里住满了人，每一层的螺旋楼梯铁栏杆上都搭着洗过的衣服、滴着水的裤子。还有几个小孩儿在楼梯上跑上跑下，有个小男孩儿甚至钻到了切·丹提的大风衣下面。

"水听，今晚你们演出吗？"他撩起切·丹提的风衣的一角，露出脑袋。

"演！在搞笑魔术后面。"一起上来的Guru无奈地笑。

"你如果唱歌，一定会有很多人看。"扮猫再次小声说，自从进了阑尾镇，她就心事重重，这是她第二次主动和水听说话了。

"他们想看的是泰卡，不是我，我不唱歌。"水听的声音里全是沮丧，但他猛然吃惊起来，"怎么？你看过我的演出？！"

"我听到过。"扮猫强调"听"字，她真的只是听到过，那是她无比熟悉的歌声，她模仿水听的声音唱了几句。

"我都没听过这歌。"Guru嘴里的面包掉出来一块。

"那是最初的时候……"水听满脸惊讶，"我刚刚离开家，沿高速路旅行，在各城镇的公园和路边弹吉他演唱赚钱。那时还没认识你和贝司，这是我创作的第一首歌！你怎么……"

扮猫没说话，低下了头，满脸绯红："你今晚会唱这首歌吗？"

"不唱，我的嗓子坏了，泰卡唱得……更好。"水听想避开这话题，低着头快步跳上几级台阶，"这就是你们的房间。虽然不大，却是名副其实的超级海景房！"

一扇老旧的木门吱吱呀呀地被水听推开，里面是一个小得出奇的房间，充其量只有普通过道那么宽，房间里塞进一张单人床后便无一寸剩余，屋子里根本没有阳光，天花板上悬着的黄色小灯泡是仅有的光线来源。借着微弱的光线，马波发现最里面的那面墙是一块木板。

"这房间是壁橱改的吗？"切·丹提个子高，他弯着腰，侧着身，才能进去半个身体，"海景房？没窗户还海景房？！"

Guru脸上带着诡异的微笑，笨拙地爬上屋里仅有的那张单人床，伸出肉肉的手，推了一把最里面的木板墙壁，只听砰的一声，墙壁整个向外倒去，而最下面的边缘牢牢地连在地板上，于是，整个木板墙壁颤颤巍巍地变成了一块跳水板！木板让出来的地方可以清楚地看到外面的海水，甚至能看到很远处露出水面的火山口！

"可以直接跳进海里的房间，太棒了！"马波兴奋得叫起来。

"血眼小子，有没有胆量从这儿跳下去？"Guru挑衅。

马波笑着脱掉上衣，跑着冲过单人床，踏了一下墙壁变成的跳板，纵身跃进海水里，落水时溅起一朵巨大的白水花。海水清凉无比，立刻激醒了马波的头脑，他迅速浮上海面。

　　一定有什么事情不对！抹了把脸上的海水，马波看见不远处的礁石缝里有个东西。那东西一半卡在礁石缝里，一半在海水里漂浮，还不时淌出一些红色的血液。

　　马波充满了血红色的眼睛越来越清楚地看到那是一具尸体，而那具尸体，他认识！

第十三章
胎记

那是一个名为大拉链的强壮卡车司机的尸体，尸体的一条胳膊卡在黑漆漆的礁石夹缝里。

马波没有冒险爬上礁石群，而是迅速游开并找了一块海滩上岸。他必须尽快找到切·丹提，把他和扮猫在瓦肯镇经历的事情都告诉切·丹提，现在伙伴越多越好，因为沌蛇已经开始了他的计划和杀戮！

多年前，奥城医院的病房。

初夏，和风从窗口吹进屋里，医院病房外的树梢上停着一只小鸟。一个小女孩儿抬起缠满纱布的脸。窗外遥远的市中心花园广场上，清晰明亮的歌声每天准时飞进病房的玻璃窗。在枯燥无聊的住院生活中，这个男孩儿的音乐是她唯一的快乐。每天这个时候，歌声一定会飘进病房，虽然她看不见人，但歌声是陪伴她的伙伴，无论刮风还是下雨！她也开始学着唱，并发现自己居然可以把男人的歌声学得惟妙惟肖，于是她也开始尝试偷听穿梭在走廊里的护士的聊天，然后一句一句模仿。

她出生时，面部的大部分肌肤被黑色的胎记覆盖，脸上唯一还算可以看的地方，就只有两片粉红色的小嘴唇。

胎记经常成为别的小孩儿取笑她的理由，她的胎记甚至被编成各种歌谣，在同年龄的小孩儿之间传唱。有人说她是一个洗不干净的脏猪，有人说那块胎记是罪恶的惩罚，也有人说那块胎记是皮肤病的前兆，还有人说她比蝼蚁人还难看。大人们包括她的父母，不断地谈论胎记，喋喋不休。任何看到这孩子的人都会用各种口吻谈论胎记，有些带着怜悯，大多数是讥讽和嘲笑。但所有谈论背后，都包含了一个共同的意思：幸好这么倒霉的事情没发生在我自己身上！

她的母亲对这块胎记的态度最难拿捏。一方面，她自责给了女儿这样一张滑稽丑陋的脸；另一方面，她尽量表现得冷淡和若无其事，好像这其实也没什么大不了的。她经常故作轻松地用开玩笑的口气谈起扮猫脸上的这一大块黑色胎记，还说，这多好玩啊，是独特的标志。大概这是母亲为自己找到的唯一解脱的办法吧。

父母努力去忽略胎记的同时，顺带忽略了女儿，尤其在这家的第二个女儿出生后，一个没有任何胎记、面部清秀的女儿彻底帮父母忘记了大女儿的问题。从那时开始，胎记的烦恼就只属于扮猫一个人，她居然发现自己的缺陷可以给大家带来安慰。无论长得多丑的人，只要看到她，就会忘却自己的不足，胎记让女孩儿变得受欢迎起来，但她仍没朋友。

如果不是奇迹发生，丑女孩儿觉得自己一辈子就将这样度过，和占据她面颊及心灵的阴影一起度过。

奇迹就是那只流浪猫的出现。女孩儿看见垃圾桶里钻出一只野猫，野猫脸部的三分之一都被一大块黑斑占据了，唯一幸免的只有粉红色的小嘴。他们那么像，真是奇迹！女孩儿把猫视作上天赐予自己的唯一伙伴，从此，她再也不觉得孤独了。她和它，谁都不会笑话谁。女孩儿给流浪猫起名为"扮猫"。

流浪猫很难养，扮猫不但身上有跳蚤，还时常叼回半只死老鼠或者一条发霉长蛆的鱼。即便女孩儿用自己的饭喂饱它，不停地清扫它抖下来的猫毛，情况也没多少好转。女孩儿的妈妈十分讨厌这只动物，这只猫的存在让全家人想起那件最不愿想起的事情，家人几次试图把扮猫赶走，但女孩儿每次都能把它找回。再到后来，不用女孩儿去找，扮猫自己都知道怎么回家了，回那个并不欢迎它的家。

扮猫听到病房门外有人走动，才把思绪拉回来，重新钻进被子里装睡。她听力非常好，门外两个护士的说话声在她听来很清楚。

"你知道吗？我都不想给这孩子送药，她简直是个魔鬼！"一个护士说。

"嘘……小声点，别瞎说！"另一个护士制止她。

"怕什么？"

"你就不怕她给你下咒吗？像对她父母那样。"

"这样的孩子，真是！生出来干什么？就不应该容忍她活着。"

"也不见得就是真的，毕竟是场事故。"

"事故？有那么凑巧吗？在她诅咒她亲生妈妈的第二天就出车祸了？哼，还有那只死猫，长得跟她一模一样！你不知道那猫的尸体多可怕，或许猫也是被她杀的！"护士的声音激动起来，"她继承遗产后，第一件事就是给自己整容……"

"行了，别说了，她也许醒了。"

"我才不管，我讨厌照顾这样的小孩儿！人小心恶，咒死了养育自己的父母……"护士推门进了病房，粗鲁地把药瓶子放在病床边的桌子上。

扮猫一直闭着眼睛假装睡着，眼角淌出的泪水却慢慢地浸透纱布。是的，她是个坏女孩儿。出车祸死去的父母刚刚入土，她就迫不及待地拿着他们的遗产来医院换皮。遗产律师和医生、护士没有一个人对她的态度是好的，城里的人都在议论这个心地"邪恶"的女孩儿。她做完手术的这段时间，医生和护士也只是看在钱的分儿上，对她做最基本的护理。所有人都指责女孩儿令她的父母死去，除了因为她本来就是个不受欢迎的丑陋之人，还因为在出事前一天，很多人听到她大声地诅咒自己的妈妈。

"你们都死了吧！你们最好都被车撞死！"她的确这样大声喊叫过。夜幕落下，医生、护士都没再来过。女孩儿被泪水打湿的纱布已经干了很多次，又湿了很多次。

第二天，熟悉的歌声没从窗口飘进来，戴着口罩的医生推开门，把一张纸放在她床边。

"这是你的账单，这是个很大的手术，连眼睛周围的皮肤都要换，只能一小块一小块地移植新皮。手术已经进行了这么多年，你的账户里没钱了。"女孩儿躺在床上，连个身都没翻，静静地等医生把话说完。

"明天一早你就得从医院搬出去，自己回家休养。"医生说完，关上了房门。

"妈妈，扮猫呢？"

"它跑了，那脏猫不是总到外面去捡脏东西吃吗？"妈妈背对着女儿，一边不耐烦地说，一边往小女儿嘴里喂饭，"快去上学！"

女孩儿有些不放心，她明明听到了猫叫，却怎么都找不到扮猫。他们家住在一栋高高的塔楼里，这栋楼里住着许多人。丑女孩儿像往日一样，沿着长得似乎无尽头的楼梯走下楼去，一路上有坐在楼梯上洗衣的妇人，有三三两两嬉笑的男孩子。女孩儿走过时，他们会对着她的背扔石头，这一切她都习以为常，只是那不绝于耳的猫叫声让她心神不宁。那是个潮湿的阴天，天和楼都有一种闷得透不过气的灰色。

"你看到我的猫了吗？脸跟我一样的猫。"在人们的嘲笑声中，女孩儿指着自己的脸，挨家挨户地询问。

猫的叫声那么近，它应该就在附近，但女孩儿怎么都找不到它。女孩儿走到塔楼下面，猫的叫声越来越大，越来越凄厉。她顺着叫声抬头，一个扎紧口的麻袋从她头顶的天空落下，离地面越来越近。女孩儿看见了阳台上弯腰的妈妈那张干净而惊恐的脸，她没想到女儿还没去上学。女孩儿再低头时，那个捆紧的麻袋咚的一声落在灰色的水泥地面上，血水四溅。她捂住耳朵，尖叫起来！

只有她和她的妈妈知道麻袋里面是什么。

"我要杀了你！"女孩儿撕心裂肺地喊，"你们都死了吧！你们最好都被车撞死！"

如她所愿，父母还有三岁的妹妹第二天便在一场车祸里去世了，只有她幸免于难。人们都说，是这女孩儿咒死了自己的家人。她不想争辩，也无法让人们相信，她能活下来只是因为家里人去哪儿都不想带上她。

人们只知道一件事，那个家里最丑的孩子是这次事故的唯一受益者，昂贵的整容手术花光了父母留给她的所有遗产。

医生走了很久，女孩儿才从床上坐起来，不用等到明天，今晚她就会从这儿走，离开医院，离开这座城市，这里没人愿意看到她。她回到空无一人的家里，收拾起行李，从大衣柜下面拉出一捆麻袋和几根麻绳。昏暗的光线下，她慢慢地打开脸上的纱布，镜子里浮现出一张干净而无比熟悉的脸，女孩儿大叫着坐在地上，几年前的情景再次上演。

屋里所有的灯都被关上了，镜子里的那张脸她见过，在扮猫死的那天；妈妈从阳台上露出来的那张脸，干净而无情。没了胎记，她长得其实很像妈妈。

"不！不！我不要这张脸，不要像她，只要不像她就可以！"她抽出一个麻袋把自己包扎起来，因为那些麻袋跟妈妈用来包裹扮猫的麻袋一样，从此以后，她便叫自己扮猫。

"为什么不唱了？"扮猫鼓足勇气又问了水听一次。

"因为钱。大家都喜欢泰卡，她唱，来看的人就多，而且面包车、乐器，包括泰卡穿的二手裙子，都不是我们的，是用我我我先生的钱买的。"

"我我我先生？"

"就是我们的经，经，经纪人。"水听冷笑着嘲讽自己，"当年觉得自己可以做音乐，就一个人沿着公路旅行，后来遇到Guru和贝司。因为喜欢音乐，我们组成乐队，可是乐队一直没有起色，好不容易凑够了录第一张唱片的钱，我却病倒了。这时候我我我先生出现，向我们提了一个条件：他出钱给我治病，但乐队所有的歌曲版权，包括乐队都必须归他所有，他要给自己的女儿泰卡组个乐队。"

"他很爱泰卡吗？"

"泰卡也不过是他挣钱的工具，乐队的钱全在他一个人手里。他最大的爱好就是数钱，还老跟我们抱怨乐队开销大，总是克扣我们那少得可怜的劳务费。我们表面上是乐手，其实不过是为了钱什么都做的小流氓。音乐早就离我而去，快乐日子已经一去不复返。而且，我也很多年没唱歌了，也许根本没人爱听。"水听对唱歌感到沮丧而恐惧。

"试着唱唱呢？我住在医院的时候听过你唱歌，我想为你做些什么，如果你不敢一个人唱，我可以模仿你，在后台替你唱！就算没人爱听，也是我的声音，你不用感觉不好。"

对于扮猫诚挚的请求，水听只摇了摇头："我要去地下排练室了，你们好好休息吧。"说着，他就和Guru一起走了。

"扮猫，这人不值得信任。"切·丹提很少对人发表评论，但他看着水听的背影，认真地说。

"我知道，你和马波怀疑是他们在路上撒的钉子扎轮胎，再从修理厂拿回扣，我也这么认为。但他有才华，还有梦想。"扮猫争辩。

切·丹提没有再说什么，背起形影不离的大木箱踱进了隔壁的房间，他和马波住一间房，扮猫自己住一间。

与此同时，灯塔地下的排练室里，泰卡焦躁不安道："那叫不出声的公鸭嗓子上哪儿去了？"

"要不是他叫不出声，根本就没你什么事儿。"贝司不耐烦地拨弄着琴弦。

"住嘴吧，要不是水听为了给自己治嗓子，把整个乐队卖给我爸，你们今天也不会跟着他倒霉。"

"我从没觉得水听是什么好东西，可他做的是属于自己的音乐。而你，泰卡小姐，你的所有东西都是二手的，爸爸给你买别人的歌，爸爸给你买别人穿过的红裙子……"他扯起泰卡的裙角放到鼻子边闻起来，"好香的二手味道！我我我先生对咱们都很不错，看这排练室，是最廉价的，他女儿在里面憋得连骂人的力气都没有。可只要一上台，你就能给他赚来滚滚钞票，哦，钞票不是二手的！"贝司这几句话戳到了泰卡的痛处，她满脸通红地冲出地下室，跟迎面而来的切·丹提撞了个满怀。

"你是堵墙吗？！怎么都躲不开。"

也不怪泰卡发脾气，对切·丹提来说，"一堵墙"的比喻很恰当。本可以并排出入两人的斜屋入口被切·丹提一个人就封得密不透风，他收腹侧身闪着让开了一道空隙给泰卡。切·丹提的心情并没因泰卡对他发脾气而变坏，他离开斜屋，在沙滩上一边抽烟，一边四处转悠。切·丹提在离他们不远处的一块石头上坐下，脱下大皮靴，让脚底接触到被下午的阳光烤得异常温暖的沙滩。

"嘿，一堵墙！"泰卡也光着脚，把手里提着的旧高跟鞋往切·丹提坐着的大石头上一扔，"哼！这个小破地方真让人厌烦，只不过来了一个打气球的摊子，大家就能兴奋好几天，我可不想窝在这破地方。"

"那你想去哪儿？"

"新城！我想在那儿开演唱会。一堵墙，你去过新城吗？"

"去过，我不喜欢那儿。"

"你还有资格不喜欢新城？哈哈哈。"泰卡看着破衣烂衫的切·丹提，不禁笑出来。

"嗯，我也觉得奇怪。马波和扮猫都要到新城去，很多在高速路上旅行的人的目的地都是新城，我却老想离开那儿。"不知道是因为暖和的沙滩，还是宜人的海风，切·丹提的话比平时多了一倍，尤其是对泰卡这个几乎不算认识的陌生人。

"为什么？"

"小时候父母不想继续抚养我，就把我送给祖父、祖母养。几年前，祖父去世，我只能出门赚钱养活祖母，虽然不该那么想，但是我实在觉得责任太重，太累了。"切·丹提搓搓满是老茧的粗壮大手。

"那如果没有养活祖母的责任……你会做什么？"

"不知道。"

"怎么可能不知道？你有很想做的事情吗？"

"没有。"

"你没有梦想？就是很想做、不做就活不下去的事情，或者很想成为什么人的那种感觉。"

"我没有。"

泰卡皱起眉头："怎么会有你这种人？！真无聊。"她拎着高跟鞋站起来，拍拍裙子上的沙粒，走了几步又转过头，"对了，一堵墙，你叫什么名字？"

"切·丹提。"

"我在新城开演唱会的时候，给你寄门票！"

她走向远处，头发在海风中飞舞。看着她一扭一扭的背影，切·丹提笑了。

切·丹提的不远处有一个打气球的摊子，正如泰卡所说，一个气球摊就吸引了好多人围观。这时，一个人高声问道："摊主呢？摊主在哪儿？你这儿怎么没有打气球的气枪？这木头玩意儿是什么？"

"是弩。"摊主应声从挂满气球的黑布后面走出来招呼。

那几个客人一见到摊主，立马扔下弩，跑开不玩了！这也难怪，身材魁梧的摊主面相不太和善，五颜六色的文身完完全全覆盖了他的五官、他的脖子、甚至本应长头发的头部都满是各种颜色的文身。从远处看，他就是一颗长出了强壮身体和四肢的彩蛋。从那些文身可以看出他是个鬼面人，那可是凶狠得出了名的蛮夷民族。

"弩真漂亮！"刚从海里上来的马波身上的衣服还是湿的。

"你识货，这把弩用船脊的木料做成，还装饰了鲨鱼和水蛇的皮。"鬼面人摊主很高兴。

马波接过弩，试了一下："不愧是鬼面人做的弩，力道果然不一样！"

"你还知道鬼面人？一般人只叫我文身大叔。"

"以前我曾和一个鬼面人一起打工，羽毛箭也是你自己做的？"

"当然！大雁羽毛箭，十通用币五次，来玩吧。"

"给我五支。"马波把弩还给摊主，只接过几支羽毛箭，掂了掂。

"不用弩吗？"

"不习惯，你的箭分量重，可以直接当飞镖用。"他退后一小步，瞄准一个黄色的气球投出箭，气球啪地就碎了。接着，蓝色、绿色、紫色、红色，五支箭准确地刺破了五个气球。

摊主鼓起掌来："了不起！"

"羽毛箭卖吗？"

"卖，要几支？"

"一支就够了，多少钱？"

"送你了！没多少钱，当是刚才的奖品。"摊主豪爽地递给马波一支箭。

"谢谢，这箭做得真好！"他接过箭，放在膝盖上咔嚓一声将其撅断，扔掉了带有羽毛的那段，只留下金属头和手指那么长的一小截木杆。

"你这小子……"摊主被马波的举动惊呆了。

"你的箭头磨得太考究，比一般的小刀都锋利，装上羽毛反而不好用。"马波把箭头攥在手里就走了。

"这小子很懂武器！"摊主看着马波的背影感叹。

斜屋靠近礁石的地方突然有人尖叫起来，大拉链的尸体被人发现了。几个小时前，大拉链还瑟瑟发抖地站在屋外抽烟。跟其他同伴不一样，自从离开瓦肯镇，他就一直感到良心不安。卡车司机沿着高速路一路东逃，在阑尾镇，他们听说了坦钉之战。沌蛇不知道为什么，突然让大家在这个别扭扭的小镇上暂时住下来。大拉链以为他们最多休整几天就会离开，但是沌蛇似乎不这么想，他除了每天和修车厂的肥胖女老板打情骂俏，几乎什么都不做。他们中的很多人都在斜屋住烦了。直到昨晚，沌蛇才向大家抛出了他的计划。

"那血红眼睛的小子不是个肯轻易罢休的人，你们还记得他杀了咱们的兄弟吗？只因为咱们想稍微拿那个麻袋开个玩笑。他是个可怕的杀人犯，但是也许他自己不这么想，我觉得他在找咱们！"沌蛇的声音有些发抖，似乎连他都很畏惧马波。

卡车司机们没有一个人说话，瓦肯镇的那场大火并不在他们的计划中。那场大火以后，他们中的许多人一直生活在懊悔和恐惧里。

"我可不想有瘟神跟在身后，你们有谁跟我一样，每天都睡不好觉？瓦肯镇的大火是场事故，是那麻袋的错，是她把蜡烛台撞倒才起火的！但是……"他停了一会儿，才又道，"但是那帮疯子，那红眼睛可不见得那么认为，他会认为是咱们的错！我听说拿着面包的疯子被大火烧死了。他们对我们穷追不舍，一定是想复仇。"

其实沌蛇早就听说了煎蛋的死，别的卡车司机只顾从瓦肯镇的麻烦事里逃亡，沌蛇则一路都在留意跟旅客打听消息。他不但不害怕，还在心里暗暗算计着新的罪恶计划，这时才抛出煎蛋的死讯，为的是让卡车司机们更加惊恐，使司机们感觉到无论他们是有意还是无意，他们都杀了人！

"没退路了，不是他死就是咱们亡！那杀人狂——血眼小子正在到处找咱们。"

"咱们躲在这么个破地方，地图上都没有。他们也许……"一个卡车司机还心存侥幸。

"没有也许！最好的自卫就是攻击，我调查到他们在坦钉买了一辆车，还加了一个同伙。算日子，明天他们该到了。咱们得做好准备，就在这里，一了百了。"沌蛇谈论这事儿的时候，就像在谈论天气。

"可是他们一定会在这里停下吗？如果他们不停……"

"一定会停！我从来不靠运气，什么都得安排好。他们不但会来，还会住这家旅店。"沌蛇瞟了一眼正在擦汗的大拉链，笑了起来，知道是时候给这帮"打手"一些行凶的信心了，"咱们人多，解决那小子问题不大。只要把他们分散开，一个个干掉就可以。这是个没人管的地方，出现个把尸体也不会有问题，没有城邦军队会管这里。"

谁也不清楚沌蛇的全盘计划到底是什么，他从来不会将其全部告诉别人。他虽然要利用别人，但其实也瞧不起他们，至于沌蛇怎么把马波"引"到这里来，更是没人知道。愚蠢无知的卡车司机只知道马波在"穷追不舍"地索他们的命！而他们，这些"不幸碰巧杀了人"的卡车司机才是真正的受害人。

沌蛇和水听只在漆黑的排练室里见了几次面，就把事情都安排好了。水街乐队是拙劣的演员，但这也是沌蛇需要的，水听只要负责把"多细胞"拖进阑尾镇就够了。他在撒钉子的事上露了很多马脚，但这反而更好，马波等人会误以为水听是扎轮胎赚钱。一桩轻罪完全可以掩盖后面更险恶的阴谋，这就是沌蛇的厉害之处，水听和其他卡车司机不到最后绝对不会明白他们究竟犯了多大的错误。沌蛇只要说几句话，便可以完全颠倒正义和邪恶！

其实大拉链才是每天都睡不好觉的人，瓦肯镇大火中他听到了尖叫声，现在住的这个斜屋更让他噩梦连连。狭小的房间里，他经常梦到在烛台间来回滚动的麻袋人。在瓦肯镇汽车旅馆的草坪上，那天中午他曾嘲笑过麻袋人。他尝试过脱离沌蛇的团体，但没那么容易，他的这种情绪藏得并不隐秘，沌蛇早就开始注意他了。沌蛇最讨厌大拉链这种犹豫不决的人，队伍里有一个对他们要做的事，确切地说对沌蛇要做的事充满了怀疑的人，才最是碍事的！一不做二不休，沌蛇必须拔掉结构里松动的螺丝钉，这倒是包括大拉链本人在内，所有人都知道的事情。

大拉链被其他卡车司机冷落一旁，只有沌蛇仍像以前一样跟他说话，甚至经常把他带在身边。

"兄弟。"沌蛇在大拉链的背上拍了一下，"记得当时是谁要撕开麻袋的吗？还有是谁把怪物拖上桌子，让她在烛台里打滚……"

"我……"大拉链慌得直发抖。

　　"你没忘，他们也不会忘。他们沿着高速路到了这儿，就住在这儿！那眼睛像鬼一样的小子是个近距离格斗高手，上次要不是两个疯子拖累了他，咱们占不到那么多便宜。"

　　大拉链干咽了一口唾沫。

　　"他要是遇到咱们，第一个对付的就是你！这个旅店，你不能待！"沌蛇体贴地说。

　　"怎么办？"大拉链现在只剩跟沌蛇求救了。

　　"我们今晚解决他们。"沌蛇的眼睛里流露出杀人的凶狠，"不过为了安全，你得先躲起来。他们太容易认出你。"沌蛇指了指大拉链脸上长长的伤疤，"你先到海边的礁石坡去避避。别告诉其他人，就你一个人去，知道你在那儿的人越少越好。"

　　沌蛇的凝视让大拉链无比害怕，但他心里居然生出一种侥幸。也许沌蛇会干掉马波和扮猫他们，彻底除去他的担忧；或者沌蛇被马波干掉，对自己来说也是好事。他的确不能在斜屋或热闹的街道上露面，必须赶快走。大拉链忙不迭地收拾了一点点东西，就一头钻进了夜风中。看着他跑出旅馆，沌蛇大臂上那条丑陋的大蛇吐着芯子从皮肤下爬出。

　　很多人站在礁石上看海里的尸体，海浪冲刷着他脸上那条拉链状的伤疤。在这个没人管的阑尾镇，连为他收尸的人都没有。

　　大拉链现在躺在海水里，什么都干不了，唯一的用处就是传达清晰的恐怖感。

第十四章
蝼蚁人

海边礁石上发现的尸体迅速驱散了本来在沙滩上享受下午阳光的人群。

"切·丹提，我有话跟你说。"马波简短说明了他和扮猫在瓦肯镇的遭遇，最后说，"这事儿跟你无关，但希望你可以帮我和扮猫。如果你不愿意卷进这事儿，我也明白。"

"我好像没选择，他们要对付你们的话，也不会放过我。麻烦的是，我没见过他们，不知道该提防谁。"切·丹提很明白。

马波于是也不回避重点："扮猫的长相他们以前也不知道，但我觉得在那个修车厂的时候，就已经有人确认过咱们了。"

"他们会怎么办？"

"不清楚，其实我也不记得那天所有人的长相。这个给你，把它交给扮猫，让她藏在袖子里。"马波把手里的箭头递给切·丹提，那东西又小又轻，而且锋利。

"很适合女孩儿的武器。"切·丹提掂量着箭头。

"你需要武器吗？"

"这就是我的武器。"切·丹提举起他宽大且强而有力的右手。

"拜托你找到扮猫。"

"你要去哪儿？"

"我得单独行动，最好在他们下手以前我就能引出几个，抢先下手。"

"你说的下手……"一阵海风把地上的沙子吹到切·丹提没穿鞋的脚背上。他意识到了马波说的是什么。

"动手就不能手软！因为他们也不会手软。"马波说。

"别跟着我！"

曼波双手揣在带拉链的外套口袋里，快步走着。幼小的马波没说话，低着头默不作声地跟在她身后，小拳头攥得紧紧的。

曼波在一张石头乒乓球桌前停下来，喘着气从口袋里掏出一个乒乓球，还有个球拍。她把球高高地抛向空中，又落在她那焦红色的球拍上。

"马上要下雪了。"弟弟说。

"让你回家去！"姐姐背对弟弟，反复拍打着白白的乒乓球。

马波就是不走，她终于停下手里的球拍，走过去推搡他："快走！别碍事！"

"我怎么碍事了？"

"打架不能手软！要把他们打到爬不起来，喘不了气！"曼波喊道，"你要是没有杀人的决心，就别看我打架。"

切·丹提在乐队晚上演出的舞台附近找到了扮猫："他让我把这个给你。"切·丹提把箭头递给她。

扮猫盯着箭头看了半天："我不知道怎么用它。"

"放在衣服口袋里，今晚咱们别分开，待在人多的地方。"

扮猫不明白切·丹提在说什么，但还是照他的话做了。

夜幕正缓缓降临阑尾镇，沙滩边围了很多看夜里演出的人。大拉链的尸体还泡在海水里，但已经不影响人们的兴致了。舞台上正在准备，贝司和Guru都来了，却不见水听，泰卡和结巴经纪人也没到。

"爸爸，今晚之后我需要一笔钱。"泰卡手把方向盘，眼睛直视前方。

"我，我，我女儿，要，要，要什么钱？"

"我不想在阑尾镇唱了，唱累了。"

"哼。你，你，你知道什，什，什么累？"经纪人父亲满不在乎地抽着雪茄。

"我想离开这小地方，去新城看看。"

"看，看，看什么看？在，在，在这里，陪，陪，陪着我！"

"我想有自己的人生……"泰卡把车停下，眼睛仍然盯着挡风玻璃。她对这样的结果已有心理准备，跟贝司说的一样！

"你是个笨，笨，笨女儿，你懂个屁……"

"我需要自己的生活，把我这几年唱歌赚的钱给我一部分，一部分就可以。"她在做最后的努力。

"都，都，都花了！你，没，没赚多少钱。是我，我，我在贴补你。"我我我先生总算意识到女儿不是在开玩笑，他气急败坏地扔掉了烟。

"别想再控制我了！即便没钱，我也会离开，爸爸！"这声最后的爸爸，泰卡喊得非常重。

"你，你，你清醒点！你妈死、死得早。我把你、你养大。水听他们也在新城混过。狗，狗，狗屁不是！一分钱也没赚到，还得了病。而且你那，那么笨，根，根，根本做不好任何事。"

泰卡已经意识到这次谈话是徒劳的："我真的笨吗？你一直在说我笨，我已经不想听了！"她熄灭车，推开门。

"别，别，别想拿走一分钱！那是，我，我，我的钱！你都是我，我，我的！"经纪人父亲突然变得盛气凌人，说到钱这个字时，一点都不结巴：

"滚！滚！你下车！这，这，车也是我的。"经纪人满脸通红地咒骂。

"车是你的，可你连车都不会开！"

泰卡的眼泪带着厚重的粉底顺着两颊往下淌。她走了几步，双手紧紧抓着二手红裙子大笑起来，这样也好，她可以去新城了，像孤儿般无牵无挂。

马波仔细地回忆在修车厂里见过的人与瓦肯镇那天的面孔一一得对号入座。

"沌蛇说得没错！这小子是个麻烦，居然自己找到这里来了。怎么样？喜欢这地方吗？"为首一个家伙用铁棍敲了一下地面。

"你们有个同伴死了，知道吗？"

"大拉链那是咎由自取，他想一个人逃走，结果失足落进海里了。"

"不是失足。"

"关你屁事！真好笑，你不在乎自己的命吗？"卡车司机大笑起来。

马波有很多理由相信修车厂和整件事情是串在一起的。他在海水里发现了大拉链的尸体，但在二十分钟就可以走遍的阑尾镇里，居然一个活着的卡车司机都没有！灯塔斜屋里没有，沙滩上也没有，只能在这里了，修车厂是卡车司机最好的总部。水听把他们带来的时候，他们立刻认出了扮猫的脸。

但一定不只是他们，设计整个事情的定然不是眼前这些家伙。他们可不像什么聪明人。

"哎！你们花了多少钱雇的撒钉子的乐队？身上还剩钱吗？开卡车这点工资……"马波挑衅着说。

拿棍子的家伙最先被惹怒，脸都涨红了。他的金属棍子连着敲了好几下地面："别跟他废话了，上！"

其他的卡车司机也不耐烦了，急着封住马波的嘴。

沙滩舞台上光芒璀璨，各色霓虹灯照得夜空明亮如白昼。即便没有泰卡，演出也一样开始。

我我我经纪人被女儿扔在了车里，又不会开车，只能嘴里嘟嘟囔囔地骂着走下车："给你个屁钱！去，去，去了大城市又能怎么样？"一根带刺的植物划破他的裤腿，他啐了一大口唾沫，"呸！钱，钱，钱和女儿谁重要？呸！问我这种话，给我，我，我滚！都给我，我，我滚蛋！"

远处水听的歌声无比清晰地传到他的耳朵里，他吃惊地停止了咒骂。

看台上的演出极具激情，没人记得泰卡不在。贝司和Guru很高兴，水听再次唱歌意味着他们可以演出赚钱，不用再窝在这个小地方听我我我先生的摆布。同样高兴的还有扮猫，当年医院里那熟悉的歌声再次在阑尾镇的夜空中飘荡。人群里，雕像般站着的切·丹提着急地四处张望着找扮猫。

"你要去哪儿？"刚才切·丹提制止过她。

"去洗手间，马上就回来。"扮猫不知道自己正在犯致命错误。

"马波让你在第三首歌结束时，到那边的小树林里等他。"水听在后台对扮猫说。

"是他说的吗？"

"是，他好像在生我的气，因为我跟你说了很多话。他觉得我不是好人，我想他是急着保护你，他是你的情人？"情人这个词让扮猫耳朵根都红了。

"真的不用我帮你唱吗？我一会儿可以在后面帮你唱。"

"不，我早晚得靠自己。谢谢你今天的那番话，有这个心意，我已经很感动了。我想试试自己来，好久没用过这嗓子了。"

扮猫善良地笑了。

斜屋那边的人很少，所有人都被水听的歌声吸引到舞台那边去了。海浪声越来越大，一片黑黑的树林在路灯下露出来。扮猫的脚踩在矮树林边湿乎乎的泥土里，非常不舒服，但水听告诉她，马波会在这儿等她。

"你就是麻袋里那玩意儿吧，我在火里见过你的脸，那时候还缠着绷带……"沌蛇的声音像是湿泥一样黏腻腻、冷飕飕的，怎么都甩不掉。

　　扮猫还没回过神，一拳已重重地击在她的腹部，她疼得站不起来，接着又是一脚，似乎踢裂了她的五脏六腑，血水从扮猫的嘴角流出。

　　"你还是戴上麻袋好看，丑女人！"

　　扮猫的意识越来越模糊，但是仍可以听到水听的歌声，以及歌迷狂热的喝彩。

　　泰卡把那个她叫作爸爸的人扔在车里，自己在树林边上抹眼泪。水听的歌声在一阵欢呼后再次响起，他的嗓子已经完全好了。今晚是水街乐队的晚上，跟她没关系，他们全要摆脱我我先生了。

　　树林边上似乎还有人，泰卡迟疑地慢慢靠近，看到沌蛇和满身是血的扮猫，尖叫起来。这一声不愧是泰卡叫出来的，音调高而清晰，把扮猫从昏迷中惊醒。

　　"快跑！去找人！"扮猫用尽力气喊道。她虽然受伤，但是脑子没糊涂，知道两个女人根本干不过沌蛇。

　　泰卡的反应很快，拔腿就跑。沌蛇在犹豫是不是应该追泰卡，就在这几秒里，扮猫拖着身体从泥土里抓过掉落的羽毛箭头，把铁质箭头紧紧握在手里。这是她唯一的武器。

　　"想干什么？"沌蛇看着在泥和血水中挣扎的扮猫。

　　"弄死我之前，告诉我，你怎么知道我在这儿？"扮猫大叫。

　　扮猫当然已经知道是水听骗了自己。其实答案是什么并不重要，她必须拖长沌蛇折磨自己的时间，好让泰卡逃走，同时也给自己的获救增加一丝可能性。

　　"去问你那会唱歌的小情人儿。"沌蛇冷笑着，"世界上有一百个人就有一百种爱，瓦肯镇以后，我魂牵梦绕地想着你，没想到袋子里的你那么普通，不如我想的有特色，我才是最爱你的人！"沌蛇一把把扮猫从泥地里拎起来，虎口紧紧地卡着她的脖子，扮猫逐渐失去力量，本来已抓住的羽毛箭从手里滑落。

切·丹提在沙滩上的人群里到处寻找扮猫，他的大身体在拥挤的人群里移动起来非常困难。又是几声女人的尖叫响起，没人再有闲心听水街乐队的演唱了，人群散开，形成一个通道，直通海边。海浪和海岸相接的地方，一个白花花的东西在挣扎着移动。那是一个真正的蝼蚁人，他从海水里爬上来，蹒跚着走了几步，便倒在沙滩上，人们远远看着，没人敢靠近。

"救救我，救救我，我要回家。"蝼蚁人躺在沙滩上。

切·丹提想起在5号加油站那个撞车的家伙所说的话：凡是看过《恶棍》这本书的人，就会见到蝼蚁人。切·丹提向他走了过去。

人群里又有人尖叫："别过去！那东西真恶心。"

"你们难道听不见他说话吗？他是人，来帮帮他。"切·丹提扶起蝼蚁人，蝼蚁人雪白的皮肤在黑夜里非常明显。

"回家……"从冰冷的海水里爬上来的蝼蚁人浑身发抖，嘴唇变成了紫色，肚子鼓鼓的，一口口吐着海水。

切·丹提把他抱起来，想走回斜屋旅馆。因为如果不赶快让他取暖的话，这个刚从冬天的海里爬上来的蝼蚁人一定会被冻死，而切·丹提面对的却是一道拿着鱼叉、铁铲的人墙："滚开！不许把蝼蚁人带到这里来！"

人们对这外乡大个子触碰蝼蚁人的事情感到愤怒和恐惧。切·丹提臂弯里湿乎乎的蝼蚁人的确很丑陋，他发白的身体像一条翻肚死鱼，若他闭上眼睛，脸上就没有什么明显可见的五官。蝼蚁人不住地发抖，切·丹提只能先把他放在地上的沙子上，再把自己身上的衣服脱下来盖在他身上。

镇上民众的恐惧很快导致了进一步的行动，一些人开始向切·丹提和蝼蚁人投掷火把，只有把"带病菌的蝼蚁人"和触碰过他的切·丹提一起烧毁，他们才能完全放心。切·丹提转过身，背对着向他投掷火把和石头的人，用自己的身体保护着蝼蚁人。

"谢谢，谢谢……你没必要这么做，为什么？"切·丹提臂弯里的蝼蚁人虚弱地问。

"因为你说要回家。"切·丹提回答。

"我看,我是回不去了。"蝼蚁人笑了,说话语无伦次,"我在天梯上爬了整整二十四个小时才上来……上来才发现是个笑话,一座在海里的孤岛,什么都看不见。可我还是游过来了,天梯下面全是尸体,那些尸体不知道天梯就是个笑话!爬了天梯也是死路一条,没用!"

"天梯是什么?"

切·丹提宽大的后背挨了几记石块,但并不是太重。人们憎恨的毕竟是蝼蚁人,对切·丹提下手没那么狠。大多数的火把只是威胁,并没有真正扔到他身上,落在沙滩上不一会儿就熄灭了。

"那是全世界最长的梯子,爬上去需要二十四个小时。"蝼蚁人流着泪,捶着自己的胸膛,"我是最强的,但火山口根本没有他们说的小船。我从那里游过来……还不让我上岸,我只想活着……"

切·丹提也知道这个蝼蚁人快不行了,他身上没有一个关节不在颤抖。切·丹提的衣服并不暖和,而且那蝼蚁人因为极度饥渴还喝了很多致命的咸海水。也许他二十四个小时以前的确是个很强的蝼蚁人,但现在仅存一丝游气。

"你都爬上天梯了,回家吧。"切·丹提把满是老茧的大手覆在他惨白的眼皮上。蝼蚁人合上眼睛,嘴角往上翘了一下,就咽了气。

又有一个卡车司机倒下,他手里的铁棍也掉在地上,司机捂着自己的手,痛苦不堪。此外,还有四五个带着铁棍的大汉呻吟着叫救命。马波的帆布鞋底在地上浓稠的血浆里慢慢抬起,他的眼睛和沾满鲜血的地面的颜色完全统一。

马波气喘吁吁地看着满地翻滚呻吟的卡车司机,用外套一角擦了擦满是鲜血的刮胡刀,半蹲着,拎起其中一个司机:"你们快说!我可以让人送你们去医院,不然你们的血就会流干。"

"让乐队来引诱你们,还有那麻袋,都是沌蛇的主意……"

"你们就这些人吗？"

"就这些，还有一个叫大拉链的，我们都不知道他怎么就……沌蛇，我不知道他去哪儿了，他什么都不让我们知道，求求你给我止血！"

"他干什么去了？"

"我真不知道，求求你给我止血。"壮汉哭了起来，"他本该跟我们在一起，可不知怎么就没了。他从来不让人知道他想去哪儿、在想什么、要干什么……"

马波扔掉那人站起来，一言不发地走出修车厂，留下在鲜血里恐惧而痛苦地叫喊着的卡车司机。他快步走到修车厂前面的圆形柜台里，抽出老板娘嘴里塞着的抹布："送他们去医院。"

胖老板娘看见一地血水，头一偏，晕倒在马波的手臂上。

"起来，别装！他们的死活就看你了。"马波拍了拍她满是油光的脸。

老板娘睁开眼睛，往马波脸上啐了一口唾沫，挽起袖子往停车场里走去，边走边咒骂血水里的卡车司机。

望着她的背影，马波的眼前血红一片，他闭了一会儿眼睛，又立刻睁开，他知道他现在必须赶快去找扮猫和切·丹提。

"危险，她有危险，快去救她！有个男人在打她，你还愣着干什么？"泰卡站在后台对水听大叫。

"我还有安可……"水听用暧昧不明的口气说。

"安可？根本没观众，什么狗屁安可？！她会被活活打死！"泰卡看着水听犹豫不决的脸吼道。

她脱掉高跟鞋，飞快向海边跑起来，必须找人帮忙才行！她在一个打气球的游戏摊里跌倒，磕破了膝盖上的皮，一只脚上的鞋也摔没了，她只能一瘸一拐地呼救，但人们最担心的是蟑蚁人，没人把她的求救当回事。

"快去救那女孩儿，救人啊，救人！她快死了！你们这些就知道逃避的废物，今天你们不救她，早晚有一天你们遭难也没人帮忙！这个镇上的所有人都该死！全死掉！"

泰卡在围观蝼蚁人的人群里喊叫着，眼泪从化满浓妆的咖啡色面颊上流下来，变成一道道黑色的痕迹，"一堵墙！"她扯开脖子大叫起来。

扮猫的脖子被沌蛇满是硬茧的大手紧紧掐着。这还不是最难受的，沌蛇的笑声更让她无法忍受，那是一种比死去还让人难受的笑声……这声音挤进扮猫的耳膜，敲击着她每根脆弱的神经，她能够呼吸到的空气越来越少，那根折断了的铁箭头深深地插在泥地上沌蛇的大脚印里。

"放开她！"一个厚重的男声同时传进扮猫和沌蛇的耳朵。

摆气球摊的文脸大叔把弩瞄准沌蛇，羽毛箭从弩里射出，沌蛇伸出一只手去挡箭。如果只是一般的箭，大概能被沌蛇挡住或拨偏，可鬼面人制造出的箭果然厉害，尖锐锋利的箭头扑哧一声，插进了沌蛇的喉咙里。

"别杀我，我真不知道扮猫在哪儿……"水听发出一声惨叫。

马波动了动绕在他脖子上的吉他琴弦，他们已经站在小树林边上很久了，确切地说是马波站着，水听跪着，那根琴弦就像牵狗的绳子般套在水听的脖子上，勒得他呼吸不畅。

"找！闻也得给我闻出他们现在在哪里。"马波脚踩在水听的后背上，收紧手中的琴弦。

"我在这儿。"扮猫和救她命的文脸大叔发现了马波和他带着的"搜索犬"，水听脖子上的琴弦已经有一小部分镶进了肉里。

"放了他吧。"扮猫说。

"走吧！"马波解开琴弦，一脚踢在水听的屁股上。

水听没敢站起来，一直趴在地上，看马波等人走远了，才连滚带爬地哭着跑出树林。

马波、扮猫以及鬼面人大叔没走多远就遇上了"多细胞"，车的轮胎已经全部换好，切·丹提和泰卡坐在上面。

"我能搭你们的车吗？"鬼面人大叔背着满满一后背的打气球用具。

"你去哪儿？"

"无所谓，到哪座城市都摆摊卖货。我叫古戎，鬼面人。"虽然他不说，众人也看得出来，不过他还是自我介绍了一下。

"这次好像不只一个搭车客。"马波望着停在他们身边的"多细胞"。

看到扮猫，切·丹提焦急地跑下车，副驾驶座上的泰卡也下了车，她扔掉拎着的鞋，一把抱住扮猫。

决定要同行后，古戎把自己的行李搬上了"多细胞"。他从包裹里抽出一把弩，递给扮猫："这个送给你，你得学会保护自己。"

这把弩就是刚才他用来射沌蛇的那把，放羽箭的位置已经空了，刚才那支在沌蛇身上。扮猫望着弩，犹豫不决，摸摸衣兜，里面已经没有了马波给她的那个铁质箭头。

"拿着它！别人怎么欺负你的，你就要加倍还给他！"

"我……我还是……"

"还想再受伤害吗？这样的伤害对一个女孩子来说足够了，下次我可就不一定……"古戎看了看马波和切·丹提，"我们可就都不一定在你身边了。"

"古戎大叔，请让扮猫自己决定，这是她自己的事情。"马波插嘴。

看到古戎没把递到扮猫面前的弩收回来，马波再次说："是不是要拿武器，她自己决定！"

两人的寸步不让令泰卡和切·丹提都有些尴尬。

"我，我还不能拿武器，我下不了手。即便拿了，也跟那箭头一样，一点用都没有。"扮猫望着自己的一双手，这双手沾满了泥浆，但它们从没沾过血！

"好吧，"古戎轻笑一声，收起弩，"没武器怎么防身？更不要说报仇……"

"我做她的武器！"马波说。

　　沌蛇捂着伤口走在泥泞的林地里，凭着强壮的身体，他尽可能快地逃了。那男人守着扮猫，暂时没追过来。可如果血一直这样流下去，他还是会有危险。

　　树林里传来树叶的沙沙声，这不是夜风导致的，只见几棵小树边上，我我我经纪人正看着脖子淌血的大汉，吓得体如筛糠。

　　"车是你的？"沌蛇的声音已经不似人声了。

　　"是。"我我我经纪人这次没结巴。

　　"钥匙。"

　　沌蛇伸出手，满身是血的他，对我我我经纪人咧嘴笑起来。

第十五章
对不起

　　屠城北边的大火还没熄灭。隔离带虽然有效地保护了半个城市，但火势已经大到人力无法控制，另外的半个城市只能这样眼睁睁地等着被烧光。消防队和军队都已奉命撤离。大火蔓延的地方不时传来建筑物倒塌的声响，护城河里的水仿佛煮沸一般翻腾，嘈杂而奇怪的风声里似乎夹带着恐怖的嘶喊，黑烟灰带着恶臭四处飘散。地狱般的情景就这样一天天持续着，人们毫无办法。

　　隔离带南边的人们已分不清白天和黑夜、活着和死亡。即便是夜晚，仍在燃烧的大火把屠城的南边也照得如同白昼。有一小部分人不堪忍受这种状况，举家离开了屠城。但大多数人不愿离开屠城，能在房价昂贵的屠城买一栋住宅是不小的成就，有时甚至是一家好几代人的成就。屠城的住宅象征的不仅仅是财富，还有尊严和地位。人们宁愿日以继夜地忍受地狱烈火般的炙烤，也不愿放弃所拥有的东西。

　　从停尸房开出的救护车驶进屠城南边一排紧邻隔离带的房子。车里钻出一个穿白色制服的人，横抱着装尸体的大袋子，敲响了一户人家的房门。

"来了？"开门的是个表情疲惫的中年男人。

"来了！你最喜欢的！"穿医院制服的人说。

中年男人看了他一眼，用发抖的手打开尸体袋上面的拉锁，里面露出一个女人的面孔，惨白的皮肤薄得透明。

"蝼蚁人！"他喜悦得惊叫起来，"太好了！真是好标本。"

送尸体的人却有些不悦："标本？她可是活的！我给她注射了麻醉针，已经申报死亡。她是你的了，无论解剖还是做什么，都随你。这个，已经是个'死人'！"

"不会出问题吧？"

"放心！据说是从护城河里捞上来的，我估计是北城那边的。现在失踪一两个人，还有人管吗？"穿医院制服的人指指漫天火光，"放在医院占床位，不如送给教授你。"

"谢谢。"那个教授哆嗦着把一卷钱塞给了他。

尸体袋被搬进屋里以后，屠城大学的教授便迅速关上房门。

"好好享用吧，变态！"送尸体的人转身回了救护车。

曼波醒来时，双手被绑着，下半身仍然被套在尸体袋里。她看看周围，似乎像个实验室。桌子上横七竖八地放着福尔马林瓶，里面泡着各种颜色、尺寸各异的器官，还有一些泡着畸形儿。离她不远的地方有口玻璃棺材，里面有一具没有嘴唇的干女尸，女尸的脚和双手被细心地套上了蕾丝边黑色短丝袜和同花色的真丝手套。

"别怕，我是医学教授，这些都是标本。"教授端着一杯水走近曼波，饶有兴趣地望着她。

曼波睁大漆黑的眼睛，与他对视。

"皮肤白得透明，每一根毛发都是中空的管子，里面没有色素，眉毛和睫毛完全脱落。"曼波的一撮头发被教授拔下来，放在嘴里咀嚼。他表情幸福地咽下头发，取过剃头的工具，看着曼波。

"对我说'对不起'！"医生突然给了她一记耳光。

"对不起。"曼波笑着说，嘴角被医生的指甲划破一道血痕。

过了大概一个星期，教授才把剃光头发、一丝不挂的曼波从绑着她的实验台上放下来，带她走进宽大的厨房。

在这之前，他无数次地掌掴曼波，每次曼波都要重复医生最喜欢的那句"对不起"。

"给你看看。"教授弯腰把几块地板移开，一个个以胎儿姿势蜷缩着的女人裸体露了出来。她们跟曼波一样没有头发，嘴里塞着布，手脚都被粗大的麻绳绑着，侧躺在地板下的一个个浅坑里。每个坑里除了无比瘦削的女人，就是她们的排泄物和尿液。

"我把她们放在地板下面这么久，也不见变白多少。你比她们都漂亮，你是一个真正的蝼蚁女人。"

教授开始用手抚摸曼波的裸体。教授表情猥琐地摸够了，从炉子上端下一锅香气扑鼻的热肉馅，把曼波的头按进滚烫的锅里。

"吃！"

曼波用力抬起脖子，但顺从地用手在锅里抓了一把肉馅，也不怕烫，塞进嘴里，笑着咀嚼起来。

"你怎么用手吃？"教授吼叫道。

"对不起。"她说，脸上依然带着顺从的微笑。

电话铃响了，教授走到客厅去接电话。曼波嚼着热肉，看那些女人。地板下面一共有三个浅坑，每个坑里面都蜷缩着一个惊恐的女人。她逐一和她们对视，第一个女人把头扭开了，第二个女人眼里满是泪水，第三个女人明显最强壮，也最勇敢。她与曼波对视，并传递着求生的信号。她也是三个女人里最精神的一个，应该是被关进浅坑里时间最短的一个。

接完电话，教授摆弄着一把弹簧刀回到厨房。

"吃饱了吗？"他问曼波。

"嗯。"

"那你来喂她们。"他用小刀抵住曼波的脖子。

曼波抱起锅，走到浅坑前，摘下堵着女人们的嘴的破布，把肉馅填进她们嘴里。她和她们都知道，那些肉馅是人肉，可饥饿比恐惧更容易让人死亡。

三天过去了，眼睛里都是泪水的那个女人因为一直拒绝曼波喂给她的肉馅，死在了属于她的那个浅坑中。

教授盯着空出的坑洞，今天他没把肉馅煮好交给曼波。

"想进去吗？我不在家的时候你好像不太安静，邻居说有声响。"

"对不起。"曼波说，她知道这是她唯一能对教授说的话。

果然，教授听完又笑了。他再次把满是肉馅的铁锅递给她，自己到别的房间去了。曼波像以往一样往自己嘴里拼命塞肉馅，然后给地板下仍然活着的两个女人喂食。她们都知道这锅肉馅是用谁的肉做的，而填补那个空着的浅坑的人，也许就是曼波。

"听好了，你们要帮我！要想活命，就把命拼上！"曼波大把大把地把肉馅塞进比较强壮的女人的嘴里。她也用力咀嚼，对曼波点头。

"没用的，你逃不了！以前也有个女人试过，结果被做成饲料了。"曾经避开曼波眼睛的女人半哭半笑地说，曼波立刻把布条塞进她嘴里。

教授回来时，曼波还跪在地板上。她放下铁锅，用手解开教授的裤子，顺着他的大腿向上抚摸。

"等等！"教授提起裤子，拿了一个玻璃杯从洗手池接了点水递给她，"你还没漱口，跟我说对不起。"

"对不起，我错了。"

曼波接过玻璃杯，用两片薄薄的嘴唇轻轻咬着。咔嚓，杯子里的水流了出来，一口碎玻璃被曼波含在嘴里。她站起来，漆黑的眼睛里满是杀气，与地下纺织厂那晚的眼神一模一样。教授往后退，抓住一个抽屉，把手伸进里面，摸索那把弹簧刀。还没等他的手触到刀，曼波的嘴唇已紧紧贴上了教授的咽喉。这就是她的武器，一口金属牙齿！

特意削尖的一口金属牙齿像啃黄瓜一样，轻松咬下了变态教授脖子上的一大块肉，人肉的滋味对曼波来说已经习以为常。

教授倒在地板上，身边满是鲜血和碎玻璃。曼波吐掉嘴里的血肉，又上去咬了一口，这一口她要咬破动脉，直到他完全不能呼吸。

教授毕竟是个男人，力气在曼波之上。曼波不但要在最快的时间内让他窒息，还要避开他拼命反抗的强壮双臂。教授本能地想掐住曼波的脖子，浅坑里比较强壮的那个女人吐掉嘴里的布条——曼波曾有意不给她塞得那么紧，她用力蠕动着，从坑里"蹭"出来。虽然她的手脚被绑着，但嘴和牙齿能派上用场，她学着曼波的动作，一口咬住了教授的一只胳臂。曼波抓准这时机，用尽全力把钢牙插进了教授的脖颈深处。登时，教授动脉里喷出的血溅出好几米远！尽管教授仍神经性地不住挣扎，但他已经是个死人了。

曼波帮咬住教授胳膊的女人解开绑住她手脚的绳子。女人被绑的时间太长，四肢的肌肉已经失去了行动能力，她跌跌撞撞地站起来，走了几步又摔倒在地。

"起来，你可以走路！咱们得离开这儿。"曼波说。

另一个"小白鼠"也吐掉了塞在嘴里的布条。教授被曼波咬死的时候，不光是布条，她连胆汁都吐出来了。

"也救救我。"她看着曼波，希望曼波也给她松绑。

裸体的曼波走到她的浅坑前蹲下。

"你腿上的肌肉已经萎缩了，解开绳子也站不起来。要是你能活到有人来这儿的时候，告诉他们，是蝼蚁人干的。"

曼波指着教授被撕咬过的尸体，伸手扶起竭力想走路的那个女人，在她和自己身上披了几件衣服，丢下还在坑里的女人，开门就走了。

"你不救她吗？"被曼波扶着的女人问。

"她不救自己，"曼波面无表情地说，"我以后就叫你'浅坑'吧。"

那女人的身体不禁抖了一下。曼波倒笑了，只是她那古怪的笑容怎么也算不上笑容，这让浅坑觉得自己似乎并没获救。

两个嘴边还沾着血渍的裸体女人互相搀扶着，蹒跚地走到一条后街上。那里，一个长相难看得像只秃鹫一样的男人慢慢悠悠地迎了过来。

"你来晚了，我差点死了！"曼波对那丑男人咬牙切齿地说。

"我就知道你死不了，曼波。"莫莫笑着说，"所有的蝼蚁人都死了，你也不会死。所有的人都死了，你还是不会死。"

浅坑看着莫莫目瞪口呆："你们，你们是蝼蚁人？"

这个身体强壮、皮肤发黑的妓女每天都看着曼波，但是直到这时，她才开始相信真的有蝼蚁人。那些真相就在身边，但人们选择视而不见，尤其是女人。

曼波一把抓住浅坑的胳膊，这女人已经惊慌得流出了眼泪。曼波和莫莫又笑了。

"别跑了，跑也没用。屠城大火只是警告，早晚，你们都会知道。"

"知道什么？"浅坑的胳膊被曼波抓得很疼。

曼波和莫莫相互看了一眼，笑了。

"结果怎么样，莫莫？"曼波问那个丑陋的蝼蚁男人。

"城邦联合政府答应谈判，但要等你点的那场大火灭了以后。我看他们没什么诚意。蝼蚁人死得太快，地上私酒的买卖却做得太好。人手又不够了，你还烧了一个咱们自己的纺织厂。"莫莫一边说，一边弯腰从怀里掏出一把还带着标签和线头的布片。

曼波放开浅坑，把那些布片一块块裹在身体、脖颈和头发上，只露出一双又黑又大、没有眼白的眼睛。浅坑虽已被曼波松开，但她已无力逃走。曼波扔了一块布到她身上。

"咱们就等火灭。这之前，让'闪亮脸'去跟大画师问个好。"

"那个让咱们变成蝼蚁人的刽子手，隐姓埋名那么多年，居然在坦钉出现了。"莫莫说。

"年纪大了，反倒容易冒失。"曼波再次抓住浅坑的胳膊，"跟我走吧，我给你一份比当妓女有意思的工作。"

说是上路也好，说是逃跑也好，"多细胞"在天还没亮的时候就开上了高速路。阑尾镇已经不能再待，海风里多多少少都可以闻到血腥的气味。

鬼面人古戎大叔有个皮质水囊，里面满是烈酒的气息。他视如珍宝地抱着，从不离身，所以马波和切·丹提也没考虑过让他来轮换开车。泰卡倒一直兴致勃勃地挤在驾驶室里，刚才她还在后面的车厢内，把想睡觉的扮猫闹得根本合不上眼。

"车太棒了！"她挤在切·丹提和马波中间，"哎！还有天窗，干什么用的？"

"不知道。"副驾驶座上的切·丹提说。

"我觉得可以晾衣服和在车顶聚会。"泰卡没开玩笑，没过多久，她的内衣、内裤和裙子都已经串在长绳上，挂在了"多细胞"凹凸不平的车顶上。

"上来吧，上来一起喝酒。古戎大叔这酒可不普通，比'码头老鼠'还好喝。"泰卡热情地邀请。只要泰卡一喊"码头老鼠"，古戎就只能爬上"多细胞"的车顶，在她晾晒的衣服下面"慷慨"地打开自己的宝贝酒囊。

自从泰卡加入他们的队伍以来，聚在"多细胞"的车顶上喝酒吃饭，已经成了大家的习惯。只有开车的那人不能喝酒。简单的午饭被风吹凉了，大家也觉得很有意思，就连扮猫都比以前开朗了很多。

"文脸大叔，你的宝贝都被我们喝没了。"一天，泰卡说道。

"没关系，新城有个鬼面人能给我补给，到时候我请你们每人喝一杯好的！"古戎大叔很大方豪爽。

"鬼面人到底是怎么回事？"泰卡有些醉了，说话大大咧咧。其实马波和切·丹提特意没在古戎面前提"鬼面人"几个字，这在高速路上可不是什么轻松的称呼。

"我们本来是生活在雪顶火山脚下的原住民。鬼面人体力强悍，高速路刚开始修建时极度缺乏修路工，很多路段，尤其是条件恶劣的路段都是鬼面人修的。这条高速路史无前例地长，原来的工人不到一年就都累死了，根本没人能干这么苦的工作。新政府以修路占地，需要我们搬迁为由，派军队半利诱半逼迫地让鬼面人整个族群成为修路工。为修这条路，死了很多人，所以有人说，这是一条用鲜血和尸体铺成的公路。修路的鬼面人死了，裹上一条席子或者毛毯什么的就被埋葬在铺路的沥青下面。有些人还说，这样修成的路面很结实。"古戎看了一眼马波，"你也许做过很多工作，可一定没修过路。没人受得了那样的苦。我们这一支系的鬼面人几乎全死在修路上了，只有我侥幸活了下来。修路工的合同一年一签，我们这些活过一年期限的鬼面人失去了所有的家人和朋友，再也无法回到以前的生活里，只能在高速路上云游，出卖各种手艺。"

"有人叫这条公路为坏血之路，就是这意思吗？"马波想起加油站遇到的醉鬼。

"说法很多，叫什么的都有，血雨之路、鬼坡等传说也随之流传。"古戎大叔解释，"血雨之路指的是高速路有些路段被车轮碾压后，会有道道血水渗出，鬼坡则是车辆会自己移动的坡道。这些稀奇古怪的事情其实都没什么根据，但高速路欠了很多人命是真的。"

"满身文身，看起来就像是个陶瓷瓶，你们可真特殊！"泰卡有些醉了，靠在刚爬上车顶的切·丹提的肩膀上，弄得本来想吃饭的切·丹提胳膊都不敢抬。

"特殊？大多数人都觉得我们很讨厌，我们受到的待遇也就比那些来历不明的蝼蚁人好一点点，而且我们这个种族的人数会越来越少——鬼面人中的女人很少，男女比例大概是十比一，大多数鬼面男人终身不娶。"

一件突如其来的事打断了他们的聊天。奔驰在高速路上的墨绿色特急邮车亮着闪烁的车灯，放着吵闹的音乐追上了"多细胞"。

"哎！你们的特急邮件！"

"给谁的？"泰卡问，喷了邮递员一脸酒气。

他别开脸："不知道，就说送给开多细胞罐头车的！"

"也许是我的族人，他们说要在新城给我找份工作，不知道这个是不是。"古戎放下酒囊，准备接信。

"接着！"特急邮政车里的邮递员扔过来一个被染红了的信封，上面绑着一个烂橘子。

"血橘林那怪老头儿！"马波伸手慢了，古戎已经稳稳地将包裹接住。

"谢谢！"泰卡弯着腰对邮政车喊。

"别谢了！这破橘子把我们的制服都染红了。什么人哪，花那么多钱送个烂橘子给你们！"

古戎把信封拆开："啊！对不起，不是给我的！真对不起。"他不好意思地把被血橘染红了的信递给马波。

"也不是给我的，应该是给切·丹提的。"

信纸在车顶的风里被吹得哗哗作响。

"我懒得看。你帮我读吧，看看里面有没有欠我的工钱。"切·丹提对大画师的橘子炸弹不以为然。他爬下"多细胞"去驾驶室里发动车子，下一段轮到他开。

"切·丹提！停车！"马波看着信喊道。

这声"停车"太突然，刹车差点把泰卡和扮猫从"多细胞"车顶甩出去，幸好古戎一把抓住一个女孩儿，再一次英雄救美。只是泰卡的二手裙子从挂钩上脱落，飞出去老远。

"多细胞"在辅路边停下，泰卡跑去捡裙子。裙子上有黑乎乎的一大道油印，不知道哪辆车漏了柴油，现在和着泥土黏在了二手裙子的裙摆上。

"怎么办？"她气愤地把裙子摔到切·丹提的大胡子上，"这是我去新城要穿的衣服！我只有这一件能穿的衣服！"

她说的是真的，我我我先生什么都没给泰卡，没让她脱掉身上的衣服再离开已经算仁慈了。一路上换洗的衣服都是扮猫借给泰卡穿的，所以她的上衣和裤子都短了一截。

"这二手裙子本来就不怎么新，凑合还能看。晚上看凑合，白天看就有点破破烂烂的。现在它也完了，我怎么办？！你赔我！"她嘴里这样说着，还是把裙子从切·丹提手里一把抢回来，自己拿到车厢的水池边，一边抹眼泪，一边洗。

"精力真旺盛，刚才还那么高兴，现在发这么大脾气。"古戎往嘴里灌了一口酒。

"切·丹提，打算怎么办？咱们要去这个什么玫瑰角吗？这上面说很重要。"马波举着信问切·丹提。

刚被泰卡发了一顿脾气的切·丹提半天没回过神来："哦，不用去，疯老头儿不知道又想开什么玩笑。从这里掉头要开好几个小时，天黑才能到玫瑰角，何必为了这封信走回头路。再说……"

"再说什么？"

"再说，玫瑰角是个妓院！"

"特急的邮费很贵，那吝啬的老头儿怎么舍得给你寄那么贵的特快专递？"扮猫有不同的意见。她说得很对。

那个在玫瑰角的不寻常的夜晚是这么开始的。一辆红轱辘的出租车沿着两旁全是砖窑和荒地的巷子颠簸而来。裹着斗篷的老人挂着拐杖，不声不响地下了车。

紫色丁香花的味道和妓女用来遮掩狐臭的浓重香水味道弥漫在夜晚凉飕飕的空气里。即便是寒夜，妓女身上都暖洋洋的，这个唯一给高速路上寂寞的旅人带来些"温暖"的地方可以说是什么都有。玫瑰角的门口已经聚集了一些流氓无赖，一个艺人在拉小提琴。

身材瘦小的闪亮脸也在其中，但他不与妓女厮混，也不喝啤酒，只是一个人坐在玫瑰角门口的台阶上，像女人一样将双脚陷入泥土里。

妓女也不去和他搭讪。谁都知道闪亮脸是个心狠手辣、会使刀子的家伙，他出现在这里准是又要找人拼命。

"好漂亮的鞋子！"他低着头看大画师的皮靴。

"你是谁？"

"闪亮脸。"

他伸出女人一样纤细柔软、涂满指甲油的小手在下巴上比画了一下。他的声音也很温柔。他的穿着很是滑稽，白色丝绸的七分裤紧巴巴地贴在屁股和大腿上，女人式样的大开领紧身衣露出锁骨和大半个胸部。

"哼！娘娘腔，还戴头纱。"大画师轻蔑地看了一眼坐在泥地里的闪亮脸。

"不是头纱，是四层镶嵌了珠宝的白色丝绸。"

"四层？"

"四，我的吉利数字。"

闪亮脸是个极度惨白的蝼蚁人，脸部五官淡得都看不清。与其他蝼蚁人硕大的黑眼瞳不同，他的眼球很小，颜色也浅。他用银白色丝绸裹住头发，这反而衬得他的面部像月亮般散发着光亮。

"我可不是无名之辈哦。幸福短暂，痛苦永恒。"他说着，右手从袖管里摸出一把明晃晃的刀子。周围推推搡搡的妓女、嫖客立刻让出地方，鸦雀无声地瞅着他俩，甚至那个拉小提琴的瞎眼艺人也转过脸，冲他们所在的方向张大了嘴。

"多细胞"赶到玫瑰角时，那里像什么都没发生过，一切依旧。只有马波和切·丹提两个人从车上下来，古戎保护两个姑娘留在车厢里，毕竟这不是什么好地方。

此处有漫无边际的夜空、打瞌睡的瞎眼艺人、墙脚下流淌的泥水和砖窑。屋里一片嘈杂，风中飘来金银花的香味。夜色很美，但他们根本无心欣赏。屋里传出的音乐荡气回肠，但妓女们没精打采，一句话也不说。

"我们要找一个老人，橘镇来的。"切·丹提问。

"你们来得真晚，他在里面，一直在等你们。"一个妓女顺手一指。

马波和切·丹提进去时，大画师似乎已经喝了好几杯，苍老的右手搂着一个脸色发青、很不情愿的妓女。

"真好！正宗走私货，不是白水一样的破酒。"他又喝干一杯，放下杯子，用那只手一把揪住切·丹提的风衣。这个动作老头儿做起来很费力，差点把自己和怀里搂着的妓女带一个跟头。

"丹提家的，你来得太晚了，蓝图被他们拿走了。不过我可以告诉你一些，离我近点。"

"臭老头儿！你该躺着了，你本来是具尸体。"妓女从脖子上把怪老头儿的胳膊搬下来，扔开。

老头儿居然应声倒在地板上，把切·丹提也拉得双膝跪在他身边。马波这才发现，他胸口有一道很深的伤口，穿在外套里的马甲已经被血染成了黑色。刚才那个妓女拿来一瓶违禁烈酒和白布，准备给他包扎。

"笨婆娘！还包什么，把酒给我！"躺在地板上的大画师推开纱布。

"给你，你这该死的！"妓女把烈酒瓶子塞给他，"这老头儿，还真是副硬骨头！捅他的人手腕也够硬的。"

"丹提家的，你听着！我……我和你祖父做了一件所有庸才和笨蛋都弄不明白的伟大好事……"

他刚说到这里，刚才塞酒给他的妓女插嘴了："我才是做好事的，你喝了那么半天酒都没给酒钱，我现在还给你……"

"酒钱，我们会给。"切·丹提说。

那个妓女撇了一下嘴，又拿来一卷纱布，不顾大画师的反对，给他包扎伤口。虽然所有人都知道那只是徒劳。那妓女也知道这是徒劳，她只是希望做点什么，如同当年自己彻夜挽救流浪狗一样。她徒劳的救治只是想做点什么，就像一个送走生命的仪式。浓妆艳抹的妓女面对一个垂死的人，脸上居然没有一丝轻佻："虽然你这老头儿不给酒钱，但是也不至于让你死啊！"她一边认真包扎着汩汩渗血的伤口，一边嘟囔着。

玫瑰角的妓女都看见了向大画师开枪的人，但没人会说出来——这不是她们可以管的事情。这条高速路上的妓女，已经是食物链的最下层，她们只比死人好一点而已。

马波知道，妓女这么做是为了让这老头儿的血慢点流干。"如果这老头儿能活到自己把仇家说出来，就是你们的运气。"

而大画师丝毫没有珍惜死亡前的最后几分钟："你们这帮妓女都觉得我吝啬？丹提家的，你听好，没有吝啬就没有慷慨，你那慷慨的祖父和吝啬的我，用了很多年，直到胡子都白了，才明白这个世间的真谛。"

"你到底想说什么？"切·丹提不明白这些废话有什么真谛。

大画师已经离死不远，说话越来越费劲。切·丹提想起了祖父去世时竭力想告诉他什么又什么都说不出来的样子。

"这就是世间的真谛！永远要有反的一面，永远要有制衡的力量存在。有邪恶才有正义，没有邪恶就没有正义存在。你明白吗？丹提家的孩子，他们想要释放那股可怕的力量。"他几乎用尽了最后的力气。

切·丹提仍然不明白垂死的老人究竟想说什么。

"我留了人的反面，人的反面在这里！"大画师攥住拳头，用力敲击地板。那股力量完全不似来自一个垂死的老朽，而像是个血气方刚的年轻人。给他包扎的妓女停下来，她知道大画师没有几秒钟的生命了，这是死亡前最后的那口气。

马波抓住机会问了最后的问题："谁杀的你？"

"这不重要，一些怕我说话的人。"大画师再也支持不住了。死神已经降临，但是他仍充满傲气，不想让人们看到他临死时的惨状，于是拼凑起身体里那一点点活气，抓住切·丹提的手腕，"别愣在那儿，等我给你发工资吗？替……替我把脸蒙上。"

切·丹提把头顶上的大呢帽摘下来，大画师在他的呢帽下断了气，没发出一声呻吟。当他的胸部不再起伏时，妓女壮着胆摘下帽子，大画师的脸上是死人通常有的倦怠神情。

"活人总有一死。"人群里一个妓女说。

另一个妓女也若有所思："再怎么了不起的人，到头来还不是招苍蝇。"

曾经创造过无数奇迹的大画师就这样死了，连他的最后一句刻薄话也随着生命的终结而烟消云散。

第十六章
上下城

切·丹提一行人在玫瑰角的妓女那儿问不出任何关于杀手的信息。大画师为什么要找他们，又为什么要在玫瑰角说那些事情，他们都不得而知。祖父和大画师都匆匆死去，留下只言片语和无数谜团，这让切·丹提十分烦恼。疲于维持生计、养活祖母的他，哪里还有精力管这些！

马波和切·丹提从玫瑰角回来以后什么都没说，开车的人换成了泰卡。切·丹提长时间一个人坐在床铺上发愣，过了很久，他才对站在身边的马波说："我不明白他在说什么。那些事情、蝼蚁人，跟我有什么关系？"然后，他闷头从外衣兜里掏出一卷皱巴巴的通用币，一张张展平，仔细地数起来。玫瑰角的妓女虽然什么有用的信息都不告诉他们，但是也执意不要他们替大画师偿付酒钱。

"我们虽然已经够倒霉了，可还有谁能比这死人更倒霉？"她们这样说着，把切·丹提和马波凑出来的通用币还给了两个年轻人。

切·丹提就把大画师身上稍微值钱的饰品、衣物都交给了妓女们，拜托她们找人把老人的尸体送回橘镇安葬。在那里，人们将这个设计过巧夺天工的尖叫桥的老人埋在了蒙眼天使雕像的脚下。大画师已经在雕像下面安葬了一个远乡的妓女，现在再由远方的妓女把大画师安葬在那里，真不知这是巧合还是宿命。或许命运跟这个疯老头儿一样爱开玩笑。

为了夜里开车的时候不睡着，"多细胞"的驾驶室里除了有人开车，副驾驶上总有个人负责跟开车的人聊天。上半夜是泰卡和扮猫一组，下半夜，根本没睡觉的马波去替换泰卡开车，本该替换扮猫的古戎大叔喝多了酒怎么也叫不醒，就只好再由扮猫继续值副驾驶的班。切·丹提一直把自己关在盥洗室里不出来。

"我白天是不是说重了？裙子的事情……"离开驾驶室时，泰卡犹豫着问。

"其实……不是他的错，你也没错。"扮猫发现会模仿多种声音的自己在该说句让人放心的话时，居然如此词穷。

"算了，没事。我睡觉去了，开车真累。"泰卡摆了一下手，自己也知道这问题没答案。

"大画师死了，被人杀了。"泰卡离开后，马波觉得应该把这消息告诉扮猫。

"什么？谁干的？"扮猫睁圆眼睛看着他。

"不知道。"马波本来还想说什么，但嘴唇动了好几次也没说出来。

"多细胞"前的高速路漆黑一片，连最后一盏可以给几个年轻人指路的灯都熄灭了。他们只能靠着两盏车灯发出的那点亮光，在黑夜里不断向前。

泰卡还想再洗一遍脏了的二手裙子，但她翻遍了床铺也没找到那裙子。她闻到亮灯的盥洗室里飘出一股浓浓的汽油味。

"怎么回事？！"泰卡一把推开门。切·丹提在里面，他面前的熨衣板上铺着裙子。

"水洗不掉，得用汽油洗。"切·丹提熟练地用着熨斗。

"你一直在干这个？"

"我算了一下钱，不够赔你一条新裙子的。这车虽然说好了归我，但到新城得卖掉，给我祖母生活费……"

"谁真要你赔钱了！"泰卡一把抢过裙子，原本皱巴巴、脏兮兮的二手裙子已经洗得干干净净，熨烫得平平整整，比在阑尾镇的时候似乎还新了很多。泰卡仔细一看，裙边和肩带以前磨旧的部分都重新纳过线，裙摆处洗毛了的地方已被细心地修剪过。

"你有这本事？"

"我跟着贫困的祖父母长大，什么事情都做。"

"你父母哪儿去了？"

"你知道有个翻滚巴巴吗？"说到父亲，切·丹提居然笑了起来。很少跟别人展露心扉的他，今晚不知道为什么突然很想跟谁说说话，大画师的去世让这个夜有些冷。

"知道！就是那个不喜欢用双腿的圣人。"泰卡也笑起来。

"他想用前滚翻翻完整个洲际高速路。那时候我才六岁，有一次我在高速路上看到他，都没有人替他清除地面上的石头和玻璃碎片。人们都知道他是个苦修的圣人，他长着长发、长胡子，看得见肋骨的身体不停在路面上翻滚。可是没人真正理解他，都把他当笑话，他就是我父亲。"

他们就这么在狭小的盥洗室聊了整整一晚，没有丝毫困意。

泰卡从没想到跟沉默寡言的切·丹提聊天会这么有意思："真恨不得今天有二十九个小时！"

黎明的光线露出时，切·丹提的话题也突然现实起来："到了新城，你去上城还是下城？"

"什么上城下城？"泰卡对阑尾镇以外的事情都知之甚少。

"新城是高速路上最大的移民城市，随着居住在那里的人越来越多，整个城市也像石子在湖面上激起的水波一样，不断地向外扩张，形成了一圈一圈靶子形状的结构。洲际高速路横穿其中，把圆形的城市拦腰劈成两半，变成了高速路南和高速路北两个大半圆，称为上下城。北边的是上城，南边的则是下城。"

"我就一直奇怪，为什么要在城市中间开高速路，哪有一大条高速路横穿城市的？这是什么设计？修路一般是绕过城市的……"

"新城的扩张是抑制不住的，楼宇会像从地里冒出来的植物一样不断增多，城市面积也会随之不断增大。大画师设计的时候就预料到这些，所以根本就没想让高速路绕过这座无限大的城池。不如就让高速路劈开城市，这样也有上下两个入口可以进入新城，直接把物资和人流很平均地输入城市。但是上城和下城的发展极不平衡，有人说上城是有钱人的天堂，下城则是穷人的地狱！"

"那你去上城还是下城？"

"我家在上城。"

"丹提少爷，带我看看天堂什么样。"泰卡说。

"我要去下城，下城能买到这个！"古戎大叔碰巧经过，听到他们的谈话就拍拍酒囊，"跟我去下城，我把你养肥！"

天亮没多久，马波就看到了新城入城的路标。泰卡换上了那条裙子，并且特地在头发上插了一朵奶黄色的石竹花，几枚精致的蛋白石戒指在她纤巧细长的手指上发着白光。

新城入城口在眼前清晰可见。

"多细胞"稍微开近。如切·丹提所说，位于高速路南北两边的新城上城和下城差别之大已经显而易见。左边是辉煌的高楼林立，右边却破烂不堪，没有一栋超过三层高的建筑物。

"好！要去地狱的人，跟我下车走路入城吧。"古戎冲马波笑笑，"准备好了吗？下城可比上城好玩多了！"

马波要去下城，直觉告诉他，找到曼波的地方不会是上城。

"要在这儿分开了。"切·丹提把"多细胞"稳稳地停在公路边。

"嗯，"马波点了一下头，"照以前说好的，车归你。"

古戎大叔一边收拾背在身上的打气球摊，一边插话："这么好的罐头车开到上城去才能卖好价钱。下城人别说付不起钱，把它偷走都是情理之中的事。"

"真就这么分开了吗？"泰卡似乎刚刚意识到愉快的伙伴关系即将结束，她迷茫地看着扮猫。其实做个选择就是那么快的事情。

"我大概应该多想几分钟，选择做得太快了。"泰卡皱眉，摇了一下头。

"再给你更多时间，你还是会做这个选择。切·丹提，'多细胞'就拜托你了，开到上城去吧。"马波说。

去下城的几个人没用多久就收拾好了背包。马波的行李更是早就准备好了，放在双层床的上面，他下车后就没有再回过头。古戎一直往嘴巴里灌酒，直到酒壶空空如也。

"泰卡、切·丹提，谢谢你们。"扮猫用惯常的小音量简单道别后，也快步跟上了前面的两人。

"为什么是谢谢？应该说再见。难道不想再见了吗？这几个人！"泰卡趴在"多细胞"的车窗上咬着牙，两行眼泪顺着脸颊滚了下来。虽然她嘴里骂，但心里一点儿都不生他们的气。自从上了"多细胞"，自认为"入伙"了的泰卡就听马波说过曼波的那些故事，所以他们没浪费过时间和友谊。几个人把每天都当作在一起的最后一天那样珍惜着，所以今天的分别在他们看来并不突然。她抹干眼泪，切·丹提发动"多细胞"开往新城上城的入城口。

在下城的入城口工作可不是舒服的职业，但毕竟也是份公差。两个警察从入城口的小屋里不耐烦地看着一排排等待入城的车辆和旅人。

"放吧，放吧，快八点了。"一个警察盯着墙上的钟。

"还要检查呢。"另外一个大概早上没睡够，现在还打着哈欠。

"检查？！检查出一个走私酒的泥浆天使又有什么好？那时候咱们的小命也玩完了，睁只眼闭只眼得了，或者双眼都闭上。"

"嗯，嗯，那就放吧！"没睡够的警察闭着眼睛对外面喊，"入城了！遵守秩序，行人当心车辆……"

"还没到放行入城的时间吧。"马波笑着说。

古戎大叔掏出怀表："哈哈，下城特色！听说这个入城口，不是比上城那个开得晚就是早，从没准时过。"

"你不是第一次来新城？"

"很多鬼面人都在下城工作。"果然，如古戎大叔所说，入城口有很多鬼面人，满身满脸的各色文身标志着他们的身份。这些没有面目的人的确没审核的必要，两个警察看着他们满是文身的证件照片就不耐烦。

"鬼面人都长一个样子！"没睡醒的警察眼都看花了。

"要是你懂那些文身，就会知道鬼面人的分支很多。听说有一个身材特别黑瘦的分支文身是大朵荷花，他们喜欢将整张人皮做成标本。"另一个警察还算有知识。刚才还很困的警察被这些话吓醒了，索性完全不看照片，一律放行，免得看见荷花文身。

马波怕扮猫在争先恐后入城的人群里被挤倒，于是把手伸给她。

"古戎大叔！"

不远处有一辆拉干草的驴车，赶车的是个有荷花文身的黑瘦鬼面人。

"哈哈，接我的人来了。哎！"古戎大声回应，"让我们上车！"

因为赶车人的文身，马波等人毫无障碍地进入了下城。

下城到处散发着萧条的绝望气息，连这里溜着墙边跑路的老鼠都瘦得皮包骨头，大多数时候它们连带油腥的食品包装纸和面包屑都找不到，只能喝流淌在街道上的污水存活。满街的污水是下城唯一不匮乏的资源，那些经营不善的温泉浴室不停地往街道上排放洗澡水。

下城的中心有家小理发店，这时，理发店的师徒俩已经在做开业准备。他们把门口的理发店转轮擦得亮晶晶的，这是这家师傅很在意的事情——他总是毫无道理地认为，只要门口的招牌亮一点就能招揽到客人。然而，转轮擦褪了色，客人仍然寥寥无几，但师傅的这个想法从来没改变过。他总是埋怨学徒擦转轮擦得不够认真，把没有客人的怨气都发在了这个孩子身上。

这对师徒其实是父子。父亲觉得，在这个物价疯涨的艰辛年月里供儿子上学，不如教给他一门可以勉强糊口的手艺。那孩子今年只有八岁，虽然他心里也渴望着能和其他孩子一样上学念书，但他知道这样的奢望跟父亲说没用。父亲只希望他活下来，而不是作为一个会写字的人被饿死。

"爸爸，他又来了！"孩子端着水盆站在理发馆窄小的木门前对里面喊道。

"叫我师傅！客人来的时候要叫我师傅！"

作为师傅的父亲只要一听有客人来，就会殷勤到紧张。他连忙扔下手上的活儿，系上理发用的围裙，毕恭毕敬地站到门前鞠躬，还用力把小学徒扒拉到身后去。

父亲可怜巴巴的殷勤令小男孩儿很不悦，况且一大清早就光临的只是这样一个从来不给钱的客人！

招人讨厌的常客长得脸宽脖子粗，肥胖得冒油的身体和下城人整体的营养不良完全不协调。他整个人极富个性，从里到外、从头到脚都是上城和下城的混合体，是那种寒酸的铺张，下贱的富贵。他虽然浑身散发着久不洗澡的气味，胡子和头发的形状却精心打理过，他身上的衣料虽是上城才出售的好绸缎，却带着下城的阴沟味。从他身上散发出的感觉来看，他更像下城人，他也更喜欢下城，或者说，他是唯一愿意生活在下城的有钱人，一个下城的真正的有钱人！

整个下城恐怕也只有这位客人，能把棕色油纸包着的鸡腿当早餐吃。他已经把硕大油腻的一只鸡腿啃残了大半部分，精瘦的下城耗子寻味而来，他却小心地把吃不完的鸡腿重新包裹起来，低头对可怜巴巴的耗子们说："对不起，我的东西要用在更有用的地方！"随后，他竟然把这包剩鸡腿揣进了锦缎的衣兜里。这就是昂贵的锦缎外衣油迹斑斑的原因。

如果理发师傅有权选择客人，他是怎么都不愿为这样的人服务的。然而，理发店的生意已经冷清到这种地步，让他觉得即便是不付钱的常客也要竭尽全力地维护住，所以师傅总是打起精神迎接他。

"早上好，急王先生。"

"这里还真是一如既往没有生意啊，好！我就喜欢安静。"叫急王的客人挥着油花花的胖手打招呼。

"还没营业，你来得太早了。"小学徒用尽全身的力气挥舞已经秃了毛的扫把，用它在地上刷出难听而杂乱的声响，宣泄被师傅压制的怒气。

"哈哈，小兔崽子，你怎么不去上学？这家冷清的店只需要你父亲一个人就绰绰有余了，根本没客人嘛……"

这话把学徒彻底激怒，他把长扫把扔到地上，跑出理发店，幸好有师傅及时接住扫把，才没有砸到腆着肚子的急王身上。

"真……真是太对不起了，这孩子最近缺管教！"理发师不知道该怎么道歉才好，脸红一阵白一阵，"请坐到椅子上，咱们开始吧。"

"哼！你自己教育不了他，怎么不让他上学受点教育？"急王笨拙地把硕大的身体挪到理发椅上。

"穷人家的孩子上学有什么用，没认字都这么大脾气，读了书哪还会听我这个父亲的话？"

急王轻蔑地从鼻子里又哼了一声，挣扎着脱下外套，却没递给已经恭敬地伸出手的理发师，反而自己把它挂在镜子边的挂钩上。他把穿着牛皮靴子的双脚舒舒服服地架在脚凳上，这才闭上眼睛躺在理发椅背上准备洗头。洗完，理发师把急王的头极其轻柔地扶起来，待他睁开眼睛并打了一个哈欠，才把干净的毛巾小心地搭在他的肩膀上，准备理发。

"今天只刮胡子，不用理发。"急王望着镜子里的自己，面颊红彤彤的。

"洗头五通用币，刮胡子十通用币，先付钱。"小学徒不知什么时候回的屋，端了一个收银的铜盘子走到急王身边。

"快滚开！"

理发师严厉而小声地呵斥，但孩子一直在急王身边戳着，不肯走。

"好，好，哈哈，好。"

急王从挂在镜子边的锦缎外套里摸出几个硬币丢进盘子。

"还差……"

"别不知好歹！"理发师推了儿子一把，男孩儿没站稳，一屁股坐在地上。

"滚！"理发师看着地板上的儿子，又补了一句，板着脸开始给急王刮胡子。他站的位置正好隔开儿子，不让他再靠近急王身边。急王只从眼睛里瞟了一眼这情景，便抬起下巴，眯着眼睛接受服务。

理发师的活儿做得干脆利落，胡子很快刮完，头发也干了。急王用胖手摸摸下巴，从椅子里站起来，伴着轻微的撕裂声奋力穿外套。他瞥见镜子里有一张挂泪的小脸恶狠狠地瞪着自己，这倒让他笑了起来。他几大步走到收银台，从铜盘子里取回刚才扔进去的几枚硬币，放在手里掂了掂，又揣回了自己的口袋。

"还给我！"男孩儿冲了过来，一把扯住急王的锦缎外套口袋。但他毕竟太瘦弱，几下就被急王推到一边。那师傅吓得体如筛糠，看着儿子和急王混战在一起，完全不知该怎么办好。

"你从来不给钱，你赖账！"

"这钱得有更好的用处，我急王从来不赖账！"

"你放屁！"

男孩儿使出吃奶的力气，大叫着扑向锦缎外套。愤怒即便是从一个从没吃饱过的下城小学徒身体里迸发出来，也有很惊人的力量。嚓的一声，锦缎外套的口袋被撕成一片布料。鸡腿纸包、硬币和一色杂物，稀里哗啦地掉落在地上。

"天哪！急王先生，急王先生！天哪，对不起！"理发师像个女人般失魂落魄地惊叫起来，还扑到地上捡东西，这对他来说犹如灭顶之灾。对下城最有钱的急王如此无礼，是诚惶诚恐的理发师做梦都没想过的事情。他更想不到的是，在他满地爬着捡拾急王的物品时，小男孩儿也捡了几样东西。

"小无赖，把照片还给我！"只几下推搡就让身体肥胖的急王气喘吁吁。他根本没理会理发师颤抖着递过来的东西，只用力揪住小学徒的衣领。

"凭什么说这照片是你的？这破照片上根本没有你！"小学徒从急王的胖手里挣脱。

啪！一记响亮的耳光让小学徒停止了喊叫。

"你打他干什么？！"这个耳光让本来激动得脸发黑的急王都惊得瞪大了眼睛，木讷地望着理发师。

"急王先生，对不起，对不起……"理发师还在跟急王道歉。

男孩儿捂着被打肿的脸扔下照片，再次跑出理发店。

"你这孬种理发的，打儿子不计后果？！"急王困难地弯下腰，捡起照片和鸡腿等杂物，迈腿走出了窄小的木门。

"小崽子，这上面有我！"急王气冲冲地在街上边走边用手把照片展平，小心地放回没被撕破的衣兜里，情绪似乎也平复了很多。

他的身后，理发师对着空屋子歇斯底里地大叫："你还要怎么样？你应该感谢急王没让我们赔那件贵重的外套！"

"他不会再回来了，破理发店！"

急王喘着粗气在下城肮脏的小巷里蹒跚而漫无目的地走着。脂肪过剩的身体让他的步伐显得跟跄跄跄，路边的人看见他都背过脸，把中间宽敞的路留出来给横冲直撞的他。

"无知的小崽子，我的东西必须有更好的用处！"他嘟囔着把那包烤鸡腿残骸和几个硬币扔给路边躺着的一个乞丐，"懒虫！找份工作！"

急王施舍的硬币还没来得及落地，这个乞丐便伸出跟下城街道一样肮脏的手，风一样迅速地接住它们。鸡腿周围虽然迅速聚集了满满好几圈瘦耗子，但乞丐连油纸都没给它们，尽数将其塞进了嘴里。这也是他没有像一般的乞丐那样对施舍人说一句谢谢的原因，要在下城活下去，就不能浪费时间！做了好事也没得到一声谢谢的急王继续费力地走到后街一扇小门前。这是一扇没挂任何招牌的洋铁门，跟刚才理发店那陈旧却讨好的门脸相比，这扇门显得不那么好客。红铜色的小门上只挂着一个破旧的自行车轮胎。然而，这里，是下城生意最好的地方！

急王忙不迭地推开铁门："给我来一杯！"

　　"现在不营业。"吧台后面一个胡子拉碴、鼻梁很高的男人答道。他是个很特殊的鬼面人，有种颓废的英俊气质，他的面部没有文身，脖子上一只飞鹰的翅膀伸展了一点点到他右边的脸颊上。

　　"不营业就别开着门！"急王从一张桌子边拉过椅子，一屁股坐下，顿时，椅子上的木片发出断裂声。他用粗手指把锦缎外套里的照片小心地拿出来平放在桌上，用衣袖抹了抹，然后目不转睛地盯着那泛黄卷边的照片。

　　照片里，上、中、下三排坐着一二十个衣着整齐的小学生，都仿若理发店学徒的年纪，他们中间还坐着三个老师模样的人。

　　急王环起双臂，把照片围在里面，像是在保护臂弯里的婴儿。

第十七章
下城往事

似乎任何事都无法引起急王的注意，他眼神茫然地盯着旧照片，嘴唇半张着却没发出任何声音。身材挺拔的酒保把一杯温热的白水轻轻放在他手边。

时钟嘀嗒嘀嗒地又过了半个小时，酒保用白麻布仔仔细细地擦亮了所有玻璃杯，再把它们一个一个倒吊着悬挂起来。他用手指轻敲亮晶晶的杯子，杯壁发出清脆的声音。玻璃杯的余音一过，大座钟就敲响了，一共八响。急王胳膊旁边的那杯白水仍然丝毫未动，酒保也不去打搅他，自顾自地整理吧台。急王没有再要求上什么，每隔一会儿，酒保就静悄悄地走到急王身边把凉了的白水倒掉，换成温水。

又过了一些时候，两人之间默契的寂静终于被打破。屋后传来车辆和驴子的声音，酒保迈开长腿走向吧台后门。满载非法饮料的驴车已稳稳泊在他的后院，除了赶车的，平板车的大草垛上还跳下来三个人。酒保抄着手，靠在门框上对古戎吹口哨。

"该换换这些盖酒的稻草，已经酒气熏天了！我这老酒鬼倒当是蒸汽浴，可我的客人受不了啊，铁酋长老弟。"古戎把摆气球摊的道具、行李和酒囊扔在地上。他伸了一个懒腰，然后把手插进稻草里，几下就摸出一个脏兮兮的旧酒瓶。

"我自己也很奇怪，这么酒气熏天地运进城，怎么就从来没被警察查过？这些稻草不知道用了多久，上面都要开酒花了，委屈你带来的客人了。"被古戎唤作铁酋长的酒保玩世不恭地笑着。

他跟马波一样，有着凶狠的眼神，但整个人看起来很清纯。下巴和上嘴唇的胡子楂儿并不邋遢，还给他轮廓分明的脸颊添上了些暖色，修饰了他那薄而紧闭的嘴唇。

"这是我在公路上一起搭车旅行的两个朋友，马波和扮猫。我说过要招待他们到轻松池来喝一杯。"

"没问题！大家请。不过，你们可不是唯一的大清早就来喝酒的客人。"铁酋长推开通往酒吧的后门，顺便跟马波握了个手。

扮猫敏感地察觉到他没跟自己握手。酒保很微妙地表露着亲疏——古戎是他的旧相识，所以只有他们之间很随便，对初次见面的马波和扮猫，酒保也分别对待。他对马波礼貌而不亲热，这是熟人的朋友的待遇，要比古戎差一个级别，而对扮猫，显得有些冷淡。

"别介意，鬼面人的男人就这样。我们的青年男人都很暴力和血性，也不跟女人有太多接触。"

"没关系，我反而比较习惯冷淡。"扮猫小声回答古戎，不愿意让自己的救命恩人替别人道歉。

这一路上他们和古戎谈论过不少关于公路、鬼面人甚至蝼蚁人的事情。据古戎所说，鬼面人的男人和女人的比例是十比一，大多数男子一辈子不结婚，也不接触女人。本来人数就很少的他们，被强迫成为修建高速路的工人后，人数就更少了，但即便这样，他们似乎也不打算改变生活方式。散落在高速路各城市的男性鬼面人从不考虑与外族女人通婚，也不愿放弃战士的身份。

比起阳光初洒的后院，小酒吧里面简直昏暗得如同黑夜，和"轻松池"这个名字一点都不相称。大早上整间小屋还弥漫着尘土气息，酒吧里只有急王一个客人。

马波他们围着吧台坐好，铁酋长动作敏捷地从吧台抽出一个细颈瓶，用白布旋转着，轻巧地拧开木塞，浓郁的苹果香气瞬间顺着瓶口流出。他又取过一个大玻璃扎，抵着瓶口横过来，丰厚的泡沫裹着香醇的苹果酒滚进了扎里。扎抬起来时，里面已注得满满的，瓶子里则一滴不剩，连个酒花儿都没浪费。

"好技术！"马波赞叹。

"请用。"苹果酒被轻轻推到扮猫面前。

"谢谢。"这是扮猫今天跟铁酋长唯一的交流。即便把酒推给她，铁酋长也没看过扮猫一眼。他真是个标准的鬼面人男人。

"哼！别用这种女人酒糊弄我！拿好的出来，老头儿我经得起点陈年老货……"

古戎其实不用说这话，因为铁酋长早有准备。他微笑着取下两个细高脚杯，又从吧台最下面摸出一个木头盒子。

"沉船！"古戎眼睛都瞪圆了！

"只有请你喝，我才舍得拿出来。"铁酋长用尖头工具撬开木盒，里面躺着一个扁圆形的瓶子，磨砂瓶体里流淌着暗色的液体。黑市上，每种酒都有相应的代称："黄"指的是高度数啤酒，"红"则是葡萄酒，所谓的"沉船"就是老朗姆酒。叫它"沉船"，一是因为这以前是船员用来驱寒的酒，另外一个原因则源于一个故事——禁酒令颁发时，有个贩酒的大商人带着一大船老朗姆酒正好开进屠城的内河。城邦联军等在码头上查抄他的船，想把他当作第一只杀给猴看的鸡。酒商得知消息，没有照指示将船停进码头，而是下令连船带酒沉向内河底！他本人是肚子里灌满了朗姆酒死在船舱里的，而那些被沉下去的酒也因这故事价值连城。

"这真的是屠城那艘沉船里捞出来的，不是冒牌货。"铁酋长意味深长地瞟了一眼古戎。

"真正的'沉船'啊！有幸喝到禁酒令之前最后一批老朗姆酒，看来故事并不是虚的啊。"古戎已被酒香迷得沉醉其中。

"嘿，酋长，给我也来杯这个！"飘满屋子的酒香还激活了另一个人。

铁酋长不紧不慢地倒了半杯沉船，送到急王的桌上："这个不卖，今天我请你。"

"请人喝就只有半杯？多贵我都付得起！麻烦你多倒点。"急王鼻子里哼了一声，把细酒杯放到嘴边一口喝光，胖脸立刻就涨红。

铁酋长收起细酒杯回到吧台边，开了一瓶普通大麦啤酒，倒进刚才的杯子里。他一抬眼就看见吧台前古戎的表情，笑着说："这家伙是下城名人，经常来。我知道他，爱喝又不怎么能喝，一喝就醉。现在的他，根本尝不出是什么酒了。"

"那怎么算钱？这么好的酒你打算卖他多少钱？这杯啤酒也按'沉船'价格卖给他吗？"古戎没舍得把杯子里的"沉船"喝完，倒了一半在酒囊里。

"哈，卖给急王？你别听他说多贵都买，他从没结过账。我开始还给他记账，现在干脆就请他喝。"

"嘿！铁酋长，'沉船'来！过来，过来。"急王又用大手拍起桌子，看来第二杯酒已经等得不耐烦了。

"等我一下。"铁酋长端着盛满假冒"沉船"的杯子走到急王身边。

"别走，你看看，看这里面，有我没有？"急王扯住鬼面人衬衣的袖子不放手。

铁酋长只好弯下腰盯着照片看了一会儿，然后站直身体说："肯定有你！但都是小学生，实在认不出到底哪一个是你。"这句话他说得圆滑讨巧，等于什么都没说。急王却笑了，抓起酒杯再次一饮而尽。

他们说这些话的时候，刚才赶运草车的鬼面人不断地往陈旧的木吧台后面搬运一个个沉重的木箱，里面不时传出酒瓶相互碰撞的声音。铁酋长从急王身边回到吧台时，运酒的抓住机会问："我车上还有'珍珠红'，你要不要来几箱？"

"那酒太贵，又不烈，下城没人买。你自己留着偷运到上城吧。"铁酋长挥挥手，又给急王倒了一杯假"沉船"。

"买了！有几箱买几箱，'珍珠红'在下城一定赚钱！先算我账上。"喝醉的急王，吆喝起贩私酒的人来，"先进货，等卖出去了再给你算钱。去！搬进来，搬进来！"

"等等……"铁酋长想阻止，已经来不及了，荷花文身的鬼面人酒贩子像得了军令，迅速蹿到外面搬酒去了。要是在轻松池可以把货卸光，他就省得再冒险运到上城去，上城的入城关卡和三不管的下城完全是两码事。

"小子，做生意不能目光短浅，我的钱总是有好用处的。'珍珠红'在一个星期内绝对卖光，到时候我要你利润的百分之五十。"

"如果卖不掉呢？"

"剩多少我喝多少。"急王打了一个酒嗝，收起照片，蹒跚着出了轻松池。铁酋长望着急王的背影苦笑。

"这光说话不给钱的家伙到底是什么人？叫急王？名字还真精神！"本来只专注于酒的古戎被急王肥胖蹒跚的背影吸引了。急王的确是个无论在哪里都不会被忽视的人，尤其是在所有人都面黄肌瘦、毫无生气的下城。

"看见街上那些破败的浴室了吗？以前都是他的产业……"铁酋长一边说话，一边又用新的杯子倒了两杯"珍珠红"，递给马波和古戎，照例没给扮猫。

"这个给你。"马波把自己那杯弥漫着葡萄香味的"珍珠红"让给扮猫。

"不要，没事。"

"尝一口吧。"马波说这话的时候，看了一眼铁酋长，他对马波笑了。

扮猫接过酒喝了一口，周身顿时暖和起来，刚在阴冷潮湿的街道上沾染的湿寒全部被驱散。

"是好酒，能驱湿寒，怪不得那急王说能卖光！"古戎已灌下整杯酒，布满面部的文身都放出红光。

铁酋长也给自己倒了一杯，继续说急王的事情："这老头子是贫民区诞生的商业天才，可惜生在了下城的破街上。他再怎么有才能也没用，最终头脑还是输给了权力！我还没出生的时候，下城就有很多地下温泉，温热的泉水多到随时可以从地下喷涌而出，大小的浴室到处都有，但急王是第一个想到把这个当商业去经营的人。他从自家经营的温泉浴室开始，逐渐投资翻新老旧的浴室，设计和使用豪华的沐浴设备。普通的洗澡被他变成了极致的娱乐，在他皇宫般华丽的浴池里，人们可以吃饭住宿。浴池边上种满葡萄藤蔓，挂满果实的枝丫一直垂到水面，洗澡的客人一张嘴就可以咬到新鲜水果。其实那哪里是什么藤蔓上结出来的葡萄，是急王让工人买了挂上去的。他就是这样的人，把所有的人都当傻瓜的聪明人。人们即便知道，也乐意在他构建的虚假美好世界里当傻瓜。急王说，这就叫娱乐！但是，因为靠地热太近，藤蔓的根早就坏死了。没人看得见浴池下面悲伤的现实，都只享受表面的甜美，尤其是上城来的有钱人，他们似乎就这么心甘情愿地被急王耍弄着。后来浴室又产生出很多的产业，急王还资助了很多新发明，听说就连大画师的作品里也有很大一部分是为急王的产业特殊设计的。"

铁酋长停了一下，把酒杯放到吧台上："靠制造梦幻一样的浴室，急王的钱越赚越多，那时候真是好时代！我对那时的辉煌还有点印象。我记得不光这条街，整个下城满是生意红火的浴室，每天早上等着进下城的车辆比现在去上城的还多，就连远在屠城的有钱人都络绎不绝地来到这里。不只浴室，其他的生意都跟着红火起来。急王还在下城中心修建了宫殿那么大的舞场，他甚至自己写了首歌，叫'癫狂世界'。那曲子二十四小时不间断地演奏，所有人都聚在一起尽情欢乐，歌舞升平。"

铁酋长大概喝多了，不停地给马波和古戎倒酒："那时候下城根本就没有穷人！"

"怎么会变成现在这样？"马波接过酒。

"下城成了高速路上的度假胜地，急王的野心永不休止，他要往上城扩张。他申请了很多次，希望上城那些保守的家伙接纳他，把生意做到那边去。"铁酋长伸长胳膊，为了找到上城的方向，他的身体在屋里转了一个二百七十度的圈，最终对准古戎的鼻子，"那边，他要到那边去！"

"我们都知道上城在哪儿！"古戎把铁酋长差点戳到他鼻子上的手指按了下去。

"他甚至在屠城权贵洗澡时往他们的脖子上挂金项链，贿赂他们，最后总算买通了议会楼的大部分官员，还捐了很多钱，他们终于颁发给急王一个特许进入新城上城的许可证。可急王的野心岂止去一趟上城那么简单，他要把上城也变成自己的世界！第一天进入上城，急王就携带了一个世界上最强大的武器，我那时候也是他武器里的一员，有幸去了上城。"

"你？"古戎醉得趴在了吧台上。

"对，我！作为新城最好的少年调酒师，我跟着急王一起进入了穷人禁止进入的上城，大量的技师、花艺师、美容师和乐师，我们这些看起来似乎没用的人，被急王作为最强的武器携带进城。没几天，那些急需欢乐的上城人就发现他们的钱都被赚走了，于是他们着急了。他们发现我们租下了上城的房屋，开设酒馆、花店，还有做鞋的作坊。每天每晚的笙歌艳舞磨坏了他们所有的鞋，他们继承来的房产和花园也不得不用来租赁，好维持高昂的娱乐花费。急王几个月之间成了所有那些高傲的人的债主，他们得学着对急王卑躬屈膝，请他来组织舞会。整座新城，上城和下城都成了急王和我们的！"

"你说的真是刚才那个穿脏衣服的酒胖子？"古戎是真喝醉了，笑了几声，就倒在吧台上打起了呼噜。

"我不是说他们着急了吗？一些反对娱乐的人就站出来，说服了对自由娱乐充满恐惧感的屠城议会，没收了急王的所有产业。就那么一条法令，使急王拼命经营的所有，一下就都没有了，什么都不再属于他。你看看现在的浴室，哪里还是浴室大亨时代的样子？它们现在肮脏冷清，没人愿意多看一眼，只能当作老鼠取暖喝水的地方，跟以前的金碧辉煌比起来……哼！"

"急王就这么看着自己的所有产业充公？"不知是因为急王的故事还是酒精，马波觉得血脉偾张。

"这个最好笑了。新政府决定没收急王所有的财产，军队也来了，可他们没找到人，急王消失了！等他再次出现在下城时，已经是好几年以后了。他什么都没了，变成了现在这个到处赊账的胖子，没人知道他那几年去了哪里。"

"消失？"

"对，消失，就像水珠一样，噗，蒸发，然后又噗一声出现在不再属于他的浴室里。人们问他去了哪里，他只说疯话。也难怪，那么久奋斗来的所有财产都被没收，他受的刺激太大——谁接受得了呢？说收走就被收走……"

"那些疯话是什么？"扮猫也觉得有些醉，但还硬撑着。

"他说，他说……"铁酋长一边说话，一边也灌了好几杯"红"，看来也有点喝醉了，皱着眉头，张了半天嘴，却一个整句子也没拼出来。

扮猫很奇怪，所有人都醉了，只有马波似乎还很清醒。他从吧台椅上下来，取过外套。

"你去哪儿？"扮猫问。

马波默默穿上外套，转头看扮猫："咱们走吧。"

他那血红的眼睛，平日里扮猫很熟悉，今天却感觉那么陌生。

"现在就走？"

她犹豫地看了一眼趴在吧台上的铁酋长和古戎。

"对！现在。"

扮猫只能也套上外套，拿起不多的行李，跟在马波身后走出轻松池。门在身后关上，这关门的声音，让扮猫觉得浑身寒冷而难受。而这种可怕的感觉一直在后面的日子里持续。

昏暗的酒吧里现在只剩下既是酒保又是店长的醉男人，还有趴在台子上睡觉的大叔，瓶子和杯子的声音在充满灰尘的空气里回响。古戎的醉意却瞬间消失。

"这儿怎么叫轻松池？给我调点解酒药。"古戎摇摇头，又开始灌酒。

"这里以前也是个浴室，你不是真醉了吧？"

"醉？一半是真的。没想到你会跟他们说那么多，你可不是话多的人。"

"我看人说话，这红眼睛小子一定能用吗？"

"能用，是个下手狠毒的家伙，你真该看看阑尾镇修车厂那摊血。"古戎摇了摇头。

"会失控吗？"

"不会，这孩子的好身手是从小自己在街上混出来的，却从不乱来。他很懂道儿！从底层泥浆天使做起来没问题。"

"那双眼睛会不会瞎？"铁酋长漫不经心地用搅拌棍混合各种酒精，这是他调制解酒药的办法。

"不知道，瞎了就废浆吧！"古戎大叔笑了，"泥浆天使的规矩，一个看着一个，没用了就废浆。你要是犯了错，杀你的人可能就是我。"

铁酋长冷笑了一声，给古戎倒上所谓的解酒药："血眼小子有弱点吗？"

"女人。"

"女人？刚才他带着那个？"

"嗯，大概吧。还有一个什么失散了很多年的姐姐，其他我就不知道了。"古戎一口饮尽手边的酒，"我还要去趟码头。"

"你去找闪亮脸？"铁酋长英俊的脸上流露出厌恶之色，"那坨狗屎，我能少看他一眼就少看一眼！"

"他倒很欣赏你，老说你是最帅的泥浆天使。"古戎大叔从怀里掏出皮囊，拿着"沉船"的酒瓶就往里灌。

铁酋长没说话，把桌上没喝完的"沉船"从古戎大叔手里一把夺过来。古戎大叔笑着背起打气球的工具。

"找闪亮脸是什么事？"

"我这趟也物色了一个好人选给他，在码头上帮帮忙。"

"比血眼小子好？"

"不一样，凶狠程度差不多，我还真说不准谁更胜一筹。他们就像狮子和老虎，不放在一起打一架，谁能说谁更厉害？"

"为什么给我这个，不给我那个？"古戎本要走开，听铁茴长这么问，便转身说，"我为泥浆天使物色人选这么多年，最知道一件事，什么人和什么人会脾气相投。你是鲜花，所以我给你只蜜蜂，码头上那坨狗屎，我就得配只苍蝇，对不对？"

下城和马波刚去过的玫瑰角有很多相似之处。不同的是，玫瑰角除了野蛮和贫穷，还弥漫着迷醉的香艳，而下城到处可见的只有赤裸裸的贫穷。

新城把上城所有的加工厂和垃圾处理厂都转移到了这里。下城甚至还不如火灾以后的半壁屠城。被烧毁的半个屠城已经被抛弃，但新城的下城还时刻处在被蹂躏和糟蹋的痛苦中。古戎称这里是人间地狱，并不过分。

马波他们找住处这件事进行得很不顺利，所有的旅店都可以说是黑店。马波他们手里这点钱干什么都不够。下城虽贫穷，但消费不比上城便宜多少。在上城容易看到的物资，在下城要卖个走私货的价格，这里只有违禁的烈性酒精是"平价品"。满大街衣衫褴褛的人手里都攥着一瓶不知道是什么的呛鼻液体。因为从别的城邦运进的新鲜牛奶只供应给上城，所以偷运或者从别的渠道弄出来的，少量能供给下城的，卖的都是天价。一些没有奶水的年轻妈妈甚至用工业酒精来喂养婴儿，打着酒嗝的孩子随处可见。有些被酒精毒死的婴儿，被随手扔在小山一样的垃圾堆里。

"你打算怎么找你姐姐？"扮猫问。

"没什么头绪。"

马波自己都不知道自己到底在说什么，这些话只是为了敷衍扮猫的。马波自从看到铁酋长，就知道自己来对地方了！这一路上，马波从没回避任何危险和冲突，目的只有一个，吸引注意。他成功了，古戎就是那个他一直期盼的人。如同想当演员的人会精心打扮地出入电影公司门口等待星探一样，马波也不隐瞒自己的凶狠身手——他知道，果断和凶狠很合曼波的胃口。她会找到他。而现在，再把扮猫和任何伙伴带在身边都是危险的，会给他们带来杀身之祸。

"说实话，我讨厌这里！"扮猫第一次表达强烈的情感。

傍晚时分。他们前面是下城喧闹的鱼肉市，人声鼎沸而嘈杂。从大运河地区运来的活鱼被卖鱼的商人放在一排一排的案板上剔除内脏，带着鲜血和污水的鱼鳞流淌了一地。来自上城的商人衣冠楚楚地捂着鼻子，穿梭在灌木丛一样的摊贩之间，比画着商谈价格。别看这集市如此繁忙，不会有半条鱼留在下城。它们全会被运到新城上城或屠城的高级餐厅里。就连现在扔在地板上的鱼杂下水也会有专门的人收集起来，送到不远处的罐头加工厂，加工成宠物食品送到上城或屠城的高档宠物商店里。只有过期的宠物罐头会卖给下城居民，但它们不是拿来喂宠物，而是给居民吃的。下城人没有宠物。

马波用身上仅有的钱给扮猫买了一份路边小吃，扮猫是真饿了，只撒了点盐的油腻炸物吃起来也津津有味。他们一起坐在一把木头长椅上，但只占了一半长椅，另一半蜷缩着睡了一个喝醉的流浪汉。

"就在这里分开吧。以前就说好了，终点是新城。我不会为了你，或者其他任何人改变方向。找到曼波才是我最重要的事情。我算了一下，剩下的钱还够你一个人找个地方住，都给你，本来也是你的本钱。"

马波说了扮猫最害怕的话。他说得很平静，平静得令扮猫浑身发冷。扮猫不停地低头吃早已冰凉的食物，努力忍着泪水。

这些话虽冷漠，却完全合情合理。他们之间并没有必然的纽带。这一路上，他们只是暂时的旅伴。

"你接下来怎么办？"她问。

"这附近全是工厂，先找个库房或空的集装箱免费睡一觉，明天再找活儿干。"马波望着满是烟囱和烟雾的下城工厂区。

"在集装箱睡觉？！"

"我以前就这么睡。不是每天晚上都能睡在"多细胞"那么舒服的车厢里。谢谢你和切·丹提，没有你们的钱，我买不了车，很有可能睡在卡车或货车的货物箱里就到新城了。"

他这么一说，扮猫才意识到"多细胞"这么豪华的罐头旅行车对他们的旅途来说，是近乎不现实的奢侈，一切就像是做了一场梦。

"买车是为了照顾我这个女孩儿？"

"嗯，有这个原因。但最主要的原因是我希望显眼的"多细胞"可以把沌蛇引出来。瓦肯镇那件事发生以后，咱们想找他，他也一定想找咱们，那么招摇的罐头车就是给他的诱饵。路上行驶的大货车司机都是他的眼线，我们会很容易被他们确定方位和行踪。可惜他太狡猾，没被抓住。"

"万一他再来找我……"

"大城市找人不那么容易，如果他也到了新城，我会先找到他！我答应做你的武器，放心。"马波说完，站起来，把手伸给扮猫，一如他在瓦肯镇第一次遇到扮猫时那样。

"就在这儿分开吧。"他再次说。

扮猫也把手伸给他。马波把她拉起来，又把手放开，取了各自的行李。就这么简单，两个曾一起旅行、曾一起经历过很多事情的人就这样分开了。分离的来临只在小说里显得不现实，在生活里却显得那么必然而顺理成章。

"谢谢你。"扮猫对着马波离开的背影大声喊，"谢谢你夸奖我！"她仍然记得马波在瓦肯镇夸奖她没用的能力。

"扮猫，你很了不起！"

马波笑着转过身，对扮猫大声喊。第一次听到这句话时，扮猫无比快乐，这次却让她悄然心碎。

门被轻松地推开，铁酋长从吧台后面直起腰。

"有工作可以给我吗？我想古戎大叔带我来是这个意思。"马波问。

下城码头，闪亮脸蹲在一排集装箱上，古戎坐着，喝着皮囊里的酒。

"这个人现在还不能用，他被我的箭刺了一下喉咙，不过伤不会太深。去阑尾镇附近的医院找，那脖子上的箭伤就是我给他打的记号。"古戎说。

闪亮脸打着哈欠，点了点头。

第十八章
加油，泰卡！

　　与那个连耗子都会饿死的下城不同，上城从入城口开始就彰显着豪华和阔气。入城口的检察官员也都衣冠楚楚、彬彬有礼。"多细胞"入城没有任何阻碍——即便是在上城的诸多昂贵好车里，"多细胞"也绝对算吸引眼球的车。自从他们开始在"车河"里排队以来，周围的罐头车和普通汽车里时常钻出无数发着啧啧赞叹声的脑袋。

　　"入城查什么？"泰卡已经换上唯一的一套演出服，那件二手红色长裙和一双半旧不新的高跟鞋。

　　"就是看看居民证，检索一下是不是罪犯。"

　　"要是真有罪犯，他们也能检查出来吗？"

　　"似乎从来没在新城的上城抓到过罪犯。"

　　"请出示证件。"

　　入城检察官说话时，切·丹提不知从大衣的哪个角落里摸出了自己的证件。这张证件和别人出示的证件截然不同：它不是方形的薄片，而是一个镶嵌着贵重金属花边的紫绸卷轴，十厘米长的赤金卷轴上一层层地缠绕着写满名号的厚丝绸，这是属于权贵家族的独特证件。那上面用金银丝线绣着的不光是切·丹提的名字，还有他那位当过城主的祖父的名字。

检察官愣了几秒钟，道过谢后才用双手毕恭毕敬地接过卷轴。他调整了一下鼻子上挂着的眼镜，小心翼翼地打开卷轴，极其认真地看了起来。要在这么多人名的卷轴里找到切·丹提，大概是很麻烦的事情。

直到后面的车辆不耐烦地按了喇叭，他才满腹狐疑地抬头："您，您是老丹提市长的孙子？可以把车辆归属证给我看看吗？"

切·丹提又递过去车辆证，入城检察官再次审查了好一阵，还叫来另一个入城检察官。

"这位小姐？"

"我是丹提家请来的客人！"泰卡并没有可供出示的证件，她从阑尾镇跑出来时真的什么都没带在身边。

"放他们过去吧，丹提家是有名望的。"被叫过来的入城检察官明显通融许多，似乎也是丹提沉重昂贵的金属身份证起了作用。

"哦，好吧。女士，请拿好这张临时入城证。请注意，如果没有居住地，您只能在这座城市停留三天。三天不离城，城邦警察将对您采取强制……"

"知道了！"泰卡从"多细胞"的车窗里冒出大半个身体，一把抢过刚刚盖过章的临时入城证。因为抢得太快，证件上的红色印章被她的手指抹坏了一大片，"外来人"这三个字倒印在了泰卡的手掌心上。

"该死的红字，怎么就死活擦不掉！"泰卡几乎把手掌搓出血来，印章上的字样却无法消退，她气鼓鼓地坐到切·丹提边上的副驾驶座里。

"是特殊颜料，水洗不掉。"

"那怎么办？你们上城人真吝啬！才给我三天。"

"如果我是你，一天都不在这里待。"

"新城不是很好吗？高速路上最富有的城市……"泰卡不服气。

"多细胞"进入上城，周围的景色和建筑已经让泰卡目不暇接，还印在手上的红字她已经满不在乎了。泰卡打开车窗，一股清新宜人的香风就飘了进来，那是一种独特的气息。上城的街道上到处弥漫着这样的气息，这似乎就是所谓"新"的气息。名副其实的新城里所有东西都是崭新的！商店货架上摆着最新的产品，满街行人穿着簇新的时髦衣服，这股好闻的味道充斥在空气里，腐败和陈旧这两个词似乎从来没有在这里存在过。

"真好闻！"泰卡吸了一大口上城的空气，"真不明白你为什么想离开这儿，我赖都会赖在这里。这里才有梦想的味道。"

"多细胞"果然在上城的车场卖了个好价钱，比马波预计的数目还要多，赚回当初买价的十倍不止。

"就这么结束了？都忘了计算咱们到底在它里面睡过几晚了。"泰卡多少有些舍不得和扮猫、马波以及古戎相伴了这么多个日夜的罐头车。有伙伴的日子总是那么令人难忘。

"在高速路上旅行时，只要一有太阳，我就爬到车顶上去晒衣服、唱歌。我只喜欢白天上去，马波却喜欢夜里坐在上面看星星，谁知道他到底看没看。有时候扮猫也上去。你倒很少上车顶，总是在开车……"泰卡说着说着，才发现切·丹提已不在身边。

他脱下大风衣，跟车场的人借了橡皮管，认真地清洗起"多细胞"。其实他不必那么做，车场的人自会做清洁。

"我也来。"泰卡拍拍被切·丹提手中的皮管冲刷干净的车体，从水桶里摸出一块抹布，"最后给你洗一个干净澡，让你变得漂漂亮亮的，让所有人都喜欢你。在新城得有个好卖相。"这句话说完，泰卡的眼眶有些湿。

"没结束，泰卡。"切·丹提一边继续手上的工作，一边说，"你就要在新城开始属于你的生活了。"

泰卡也没放下手上的工作。承载了那么多梦想和友谊的"多细胞"在新城的阳光下格外洁白漂亮，引得所有人都驻足观看。

早晨的空气里仍然带着凉意，泰卡看着一遍遍数那几张通用币的丹提三世。直到现在，她都难以想象切·丹提这样的人会有钱的烦恼。

"我要去把这些钱交给祖母。"

"我跟你一起去！反正现在还早，我未来的东家还没上班呢。"

"随你。不过，你不会喜欢的。"切·丹提站起来，重新把脏兮兮的大风衣披在身上。"多细胞"换得的一卷钞票则被他塞进最里面的衣兜。

"上城的所有地方我都喜欢！"说着这话的泰卡，完全预料不到后面的事情。

丹提家住在新城里最靠近高速路的破旧住宅区。一长排灰黑色的高楼阻挡着上城和高速路，只要有大型车辆经过高速路，这里就激起一片扬尘。外面环境虽然喧闹异常，但这几栋高楼像被抛弃了的水泥蚁穴，荒凉而破旧。很多窗户都没有玻璃，到处弥漫着灰尘和垃圾的腐败气息。最糟糕的是，泰卡刚刚换上的高跟鞋踩到了一团什么东西，那团东西黏黏软软的，还很滑。

"啊！真恶心！"黏在她鞋底的是一只死老鼠，泰卡抬起头，看到了更令人无法想象的情景。久未清理的水泥楼宇间到处都是血淋淋的老鼠，有的已经死了，有的拖着烂肉还在尖叫呻吟。

"这是什么地方！"

"这就是下城人想来的上城。"切·丹提伸手指了一下不远处。十几米外满是扬尘，但还是清楚可见一排高大黑粗的铁丝网。

"下城太穷了，没有入城许可的人和老鼠时常冒着危险穿越高速路，想跑到上城来。新政府就铺设了这些电网，它们即便跑过来，也只有死路一条。"

"你说它们？人和老鼠？"

泰卡难以接受把人和老鼠并列放在一起谈论。让她更难以接受的是，眼前的电网上挂着丝丝烤煳的血肉。小块带着毛烧焦的是老鼠，往稍微高一些的地方看，那边的血肉上还沾着衣服的碎片……

泰卡喉咙里涌出一股酸水，五脏六腑似都顶到了嗓子眼。她忍不住弯下腰，捂住嘴，尽量不吐出来："这是什么鬼地方！"

"这是真正的新城，就像一个家伙穿着破内裤和高档外套。破内裤才是真正的他，高档外衣却不是。"

"为什么？"

"外衣是给别人看的，当然就不是真的。家里的钱都被祖父和父亲花光了，所以我小时候就只能搬来这地方，这是给上城穷人和外来人住的廉价房。"切·丹提领着泰卡，进入一座几乎不见阳光的高楼。

"外来人……"泰卡在轰隆作响的狭小电梯里看着自己手掌上的红字。

新城上城的丑恶将从这座几乎要垮塌的危楼里蔓延，展开，慢慢淹没掉她对上城的所有好感。

这层楼上有十几户人家，被一条长得看不见尽头的走廊连接。家家户户都是绿铁防盗门，都是屋门紧闭。切·丹提在一扇绿铁门前停下，从大木箱里摸出一把钥匙。

"你笑什么？"他转头直起身，问泰卡。

"你居然还能找到家门钥匙，我一直以为你会把钥匙藏在你那络腮胡子里。"泰卡克制不住，笑起来。

切·丹提也跟着她一起笑，络腮胡子随之抖动。

"别吵了！混账，你怎么没被车轧死！"铁门里面传来烦躁的咒骂和敲击声，丹提家的祖母用拐杖敲着破旧的屋门。门一打开，拐杖就落在了切·丹提的身上。

"住手！他是你孙子！"泰卡上去拦拐杖，却差点被抡了一下。

"我没有这样的孙子。我白养了！跟你爸爸和爷爷一样，都不是好东西，吃我的，喝我的！你们都是忘恩负义的王八蛋！"

胖老太太的腰已经驼成九十度，但这丝毫不阻碍她胡乱挥舞手里的拐杖。因为怕泰卡被祖母的拐杖误伤，切·丹提一直拦在她身前，拐杖好几下打在了切·丹提的身上。老太太的力气不大，对人高马大的切·丹提来说不算什么。他默默地挨着祖母的拐杖，既不躲，也不争辩。

"她真是你祖母吗？"泰卡实在忍不住了，伸出手一把抓住了咆哮老太婆的拐杖，"别打了！他是给你送钱来的。"

不知道是泰卡这句话，还是切·丹提从衣服里摸出的通用币，让老太婆的情绪稍微缓和下来，泰卡这才有机会定睛看看老太太。她脑袋上的头发灰白且稀疏，可以看见肮脏的头皮，整个身上散发着一股难闻的味道。

"你有多久没洗澡了？"切·丹提的大手轻轻地把气味难闻的祖母扶进里屋一张几乎和祖母年纪一样大的沙发里。

她陷进沙发里，眼睛还是直勾勾地盯着泰卡，并不友好。

"你这女人！看上丹提家的男人了？"看了一会儿，胖祖母用长而弯曲的手指指着泰卡的鼻子，"丹提家的男人都不是好东西，但你也不配！呸！外来人！"她对泰卡啐了一口唾沫。

"切·丹提！你在哪儿？我要走了！"泰卡叫起来。不是受不了丹提祖母的羞辱，而是她实在不想看到切·丹提站在疯老太婆面前的样子。她没法承认，这就是切·丹提一直沿着高速路辛苦打工赚钱想养活的人。切·丹提这个顶天立地的男人，在佝偻老太太的面前低头哈腰，毫无自尊。

"你叫他有屁用！那个忘恩负义的东西吃我的，穿我的……"

"现在是你吃他的，穿他的！他为了给你赚钱……"

"放屁！他从来没给过我一分钱！"

"你走吧。"切·丹提再次出现在客厅里时，手里端着一个巨大的木水盆。

"你要给她洗澡？"

"嗯。"

"可是你……"

"照顾她的人嫌钱少，只管做饭，不给她洗澡。我出门多久，她就多久不洗澡。别人越来越讨厌她，她也越来越讨厌自己和别人，脾气越变越怪。"切·丹提把木盆放在地上，挽起袖子，把满嘴骂骂咧咧的祖母小心地从旧沙发里搀扶出来。

"对不起，切·丹提，我实在看不下去。"

"走吧。"他说。

泰卡出门时还能听见泼水的声音。她其实很舍不得切·丹提。她不是无法回头去看丹提祖母那身枯干树皮一样的皮肤，而是不想看到切·丹提蹲在他祖母面前。她知道，切·丹提也一样不希望她看到。心里想着这些，泰卡没有坐电梯，几乎是一路冲下楼去的。可在楼下，她停住了脚步。

"切·丹提！切·丹提！你还没跟我说加油！你得跟我说加油！"她对着没有玻璃的窗户大喊，"切·丹提！跟我说加油！"

任凭她怎么喊，可她既听不到泼水声，也听不见切·丹提的"加油"。是啊，是自己要走的，凭什么那么自私，还要听到他的祝福呢？泰卡深呼吸，快步走向通往中央舞台的方向。据说那里有很多经纪公司，这个时候他们应该已经在面试了，她要去试试音乐经纪公司的面试，她得去看看中央舞台！

"加油！泰卡。"她对自己说。父亲不会这么对她说，到现在泰卡都记得父亲嘲讽的表情。可连切·丹提也没说……

"加油！泰卡。"她再次对自己说，再次深呼吸。

切·丹提并没有生泰卡的气。他也不是没听见泰卡的声音，不但听到了，他还放下手里的搓澡巾从祖母的小屋里追了出去。他可以全然不顾祖母的咒骂，毕竟已经习惯了。从很小的时候，切·丹提就是这样背负着祖父和父亲留给他的责任，照顾着这个一直咒骂他的亲人。

"你这忘恩负义的小杂种！吃我的，花我……"

可那句已经反复说了无数遍的咒骂伴着水盆翻倒的声音，还有什么东西倒在地板上的沉闷声音，重重地击在切·丹提背上！

安静了，世界顿时安静下来，剩下的只有绿荫下小鸟的叫声。

泰卡的所有面试无一例外地失败，大多数公司连试唱的机会都没给她。连公司门口的秘书都穿得比泰卡体面。这条二手红裙子在阑尾镇还凑合，在上城却显得破旧难看。

"就连铺路的石头都比我新。"她用鞋尖点了点鹅卵石路面。

新城中心公园宽大的鹅卵石走道是新铺的，每粒圆石子都干净明亮，在下午太阳的光辉里反射着鲜艳的颜色。泰卡不知道，这些铺设公园路面的鹅卵石并不是真的，而是彩色水泥浇筑成的人工鹅卵石，每一粒都差不多大，只有白、红、蓝、绿四种颜色。没有让人不快的黑色鹅卵石，即便这种颜色是自然里最常见的。

一低头，泰卡还发现了更倒霉的事情。她仅有的旧高跟鞋鞋跟也快断了，真对不起这一天的奔波。旧鞋跑断，可毫无所获。

中心公园是上城最美丽的地方。这个占地面积巨大、拥有所有种类植被和暖房的园林是急王当年进驻上城时，送给新政府的礼物。现在当然也被征收了，不过他遗留的生活方式还在，娱乐歌声依然润色着这半个城市。一座白色大理石舞台镶嵌在可以用任何华丽辞藻形容的园林里，明媚的立柱式露天舞台两边典雅地栽种着一排箭竹，舞台的背后有一条人工溪流，正对面是个空旷而巨大的广场，供观众站立。白天没有演出，几只白信鸽悠闲蹀步，一点儿都不怕人。这些白鸽子是专门饲养，用来给演唱会放飞的。它们的羽毛修剪得很美，却找不到一丝野生物的活气，一如这座城市。

对，野生物！今天那个秘书就是用这样的眼神打量泰卡的："对不起，我们这里不接受自己报名。"

"那你们怎么选人呢？我唱得真的很不错，你听听……"

"小姐，请别在这儿唱！"秘书恐慌地举手阻止，生怕泰卡在前台就唱起来。

"如果你们不接受自己报名的人，会错过很多好的……"

"我们这儿只签已经有市场影响力的歌手。"

"那新人怎么办？"

"除非新人自己有赞助人。营利才是公司的目的，公司宁愿花很多钱去做已经有价值的歌手。谁愿意随便把钱浪费在没价值的人身上？"她瞥了一眼泰卡的二手裙子，这就是所谓没价值的东西吧！

"你这样的，连试唱都没戏。"她又补了一句。

"请告诉我到底怎样才能得到试唱机会？"

"有人推荐你就可以。"

"可我谁都不认识。对了，我认识你！"泰卡伸出手，"我叫泰卡，你叫什么？"

而这样的努力没有丝毫效果。没钱根本敲不开新城的门，起码要有买一件好衣服的钱。现在的她只能踏着一双摇摇欲坠的旧鞋不停地在林荫道上踱步，不知道自己到底在等待什么。

她吃惊地看见一个巨大身影："切·丹提？！"

独自坐在林荫道边一张石椅上的切·丹提闻声站起。再见到切·丹提，是泰卡倒霉的一天里最值得高兴的事情了，他是她在上城唯一的朋友。

"我正在找你。"切·丹提说。

"找我干吗？"

"加油，泰卡。"切·丹提的这句加油来得太晚了，但是仍然很令人高兴！

"我已经要放弃了，也许还是先到其他地方去挣点钱再来。没钱，梦想的路是封死的。我以前以为没有梦想很可怜，现在才知道，没钱但有梦才最倒霉！"

"给。"切·丹提宽大的手掌里握着的不是什么温馨礼物，而是一大沓通用币，还有把钥匙。

泰卡认得这钥匙："你家的钥匙吗？"

"你总要有个住的地方，不然三天以后会被驱逐出上城。"

"你没听我说话吗？我要离开这里了，再说我也不会跟你祖母……"

"她死了。"切·丹提像往常一样冷静，那只握着通用币和钥匙的手仍然伸展在泰卡面前，"她从浴盆里走出来的时候滑倒了。"

泰卡自己都不明白眼泪为什么要流出来，为了那个只见过一次，还揍了她一拐杖的老太婆？

"你怎么不哭，你还是不是人啊？"她说。

"我哭过了。"切·丹提说，他那件从来没换过的外套上的确又多了一些痕迹。

"你们家都是什么人啊！"

"拿着吧，这是个需要钱来敲门的地方。我太熟悉新城的规矩了，如果以后有人问你赞助人是谁，就说是老城主丹提家！"那沓钱不是卖掉"多细胞"得到的皱巴巴的通用币，而是一沓干干净净的新币。

"可你哪来的钱？"泰卡有不好的预感。

"这个地方已经没什么让我继续待下去的理由了。修路工程在招人，合约一年，工资预付。"

"修路？你疯了吗？古戎说连鬼面人都坚持不了一年！那是用命换钱！"

"谁不是在用命换钱？别的工作就是死得慢点，挣的钱还没这么多。我这是快速换钱。"切·丹提说的笑话并不好笑。

泰卡越来越着急："切·丹提，你终于自由了！你这辈子第一次可以不用再为别人活着了，现在可以选择自己的人生了！"

"你，就是我的选择！"

"把钱退了！我不用你选择我，我能自己挣钱。"泰卡从切·丹提身边跑开。除了不想让切·丹提去修路，她也有自己放不下的傲气。

林荫道两旁的草地上，孩子们追跑着玩乐。宜人的天气让泰卡觉得心里更难受了，她的希望被现实封得死死的。父亲讽刺而自私的诅咒跟着旧裙子和旧鞋一起随她来到了新城。

空旷的白色大理石演出台在光线下发出诱人的光，如果晚上周围的射灯都打开，想必会更美，再加上围绕在四周的观众，绝对是一幅梦里才有的美景。这是每个歌手的梦。

"别再想了！"她皱着眉头对自己说。不知哪里传来的哭声让泰卡有理由把视线从中央舞台上移开，那哭声简直太及时了。

"我就要那个！上面那个！"

"挂树上的旧气球有什么好？我给你买新的不好吗？"

"旧的好！旧的是气泡气球。"

"我也不够高，够不着。"

林荫道上的一棵橡树下，穿花裙子的小女孩儿向天举起小手指，哭着跟只比自己大一点点的哥哥要气球。泰卡抬头看，那棵橡树树梢上的确挂着个泛着彩光的透明气球。所谓的气泡气球，就是用特殊材料制作的气球，这种看似透明的气球，会在阳光照射下反射出彩虹般五彩缤纷的色泽，像吹到空中的肥皂泡，虽然好看但易破。

"大姐姐，你帮我把它取下来好吗？"小女孩儿看自己的哥哥不帮忙，转而求助泰卡。

在现在心情并不好的泰卡看来，这个气球上的彩色就像漂浮在水面上的油脂，并不令她喜悦："我帮你，谁会帮我？！"

虽然嘴上埋怨，泰卡还是举起手来帮她够气球，她举着手跳了几下，才发现距离实在太远。

"我也没办法了，根本够不着，你还是死心吧！"她终于放弃努力，扭头看快要断掉的鞋跟。

"我就是要！"

"讨厌，你还真不怕麻烦别人！"泰卡索性脱下那只要断掉鞋跟的高跟鞋，举在手里准备做最后一次努力。

"等等！你把鞋扔上去，气球就破了，我妹妹可不要一个破气球。"年幼的哥哥说话了。

这让刚要扔鞋的泰卡哭笑不得："你们新城人还真自以为是啊！"她把鞋穿回脚上，"不管你们了！有本事自己够它，没本事就放弃！"

泰卡这话不知道是说给面前这两个素不相识的小孩子听的，还是说给自己的。她气呼呼地离开挂着气球的大橡树，她那该死的旧鞋跟马上就要断了。"断了就断了吧，妈的！老娘也不想再因为没钱遭人白眼了！"

"别哭了，到我肩膀上来。"年幼的哥哥见泰卡走了，就这样对妹妹说。

泰卡回头时，刚擦干眼泪的妹妹正骑上小哥哥的肩膀。两个小孩子摇摇晃晃地寻找着气球的位置。

"笨蛋！你们摞起来也够不到，真是笨！"她走回去，蹲在小男孩面前，"上来，到我肩膀上来。"

泰卡没想到两个小孩子加起来有那么重，她咬着牙站起来："臭孩子，重死了！你们可一定要给我够到那气球！"

"听见了吗，妹妹？一定要够到！"小哥哥也给妹妹打气。

妹妹努力朝树顶伸出小手。就在这时，泰卡那脆弱的高跟鞋鞋跟终于折断了，这让三人塔的高度整体往下降了几厘米。泰卡努力平衡着已经被压得酸疼的肩膀，甩掉右脚那只坏了的高跟鞋。她像跳单脚的芭蕾舞那样踮起脚，保持着平衡和高度。但人塔最顶上的妹妹还是哭了起来，无论她，无论哥哥和泰卡怎么努力，美丽的气泡气球还是那么高、那么遥远，她的小手就是够不到。

"泰卡，骑到我的肩膀上来。"高大的切·丹提弯下身，跪在泰卡面前。他的肩膀宽阔而坚实。

"妹妹，你在这么多人的肩膀上，这次一定可以够到！"小哥哥再次对妹妹喊。

高大的切·丹提站起来，泰卡、小哥哥和妹妹便一起往满是阳光的树顶升起。小女孩儿轻而易举地拿到了彩色肥皂泡一样的气球，泰卡的眼泪却顺着长长的睫毛滴到了切·丹提旧大衣的领子上。

接近黄昏，林荫道上玩耍的孩子们都回家了，阳光的退去让气温急速下降。

"拿着吧，你有我没有的梦想。"切·丹提再次把钥匙和钱塞进泰卡沾着红色字迹的手心里。这次泰卡没再把钱还给切·丹提，而是紧紧地攥在了手里。

"这太不公平了！对你，太不公平了。"泰卡拼命地在切·丹提的胸前摇头。

　　"公平这东西，根本不存在。在新城，公平是人造的！如果能用这钱去买个公平，就买吧。时间不早了，我得去修路工队报到。"

　　"我一定会出名！"泰卡对着切·丹提的背喊道。

　　破落老城主丹提家的孙子却没回头，他也有他的骄傲！

　　夕阳已占据上城的天空。中央舞台对面的经纪公司门口，泰卡脱下已经折断了鞋跟的高跟鞋，赤脚大步地走到报名台前，把手里的钱拍在女秘书的桌子上。

　　"你怎么不穿鞋？"秘书先看了一眼通用币，又瞥了一眼泰卡。

　　"有屁关系？你不就认钱吗？不穿鞋我站得更稳！让我进去唱歌！"泰卡刚才落下的泪珠，在切·丹提旧风衣的领口上留下了几点永远不会褪去的痕迹。夕阳下的高速路旁，新近招募来的修路工排着长队。

第十九章
泥浆天使

扮猫和马波分开后，又在下城做起了在瓦肯镇做过的电话聊天生意。她靠多变的声音和不同的人交谈，就这样，冬去春来，一过就是两年。

两年时间里，扮猫身边风平浪静，似乎什么都没有发生过，日子如同下城贫穷肮脏的街道一样毫无变化。两年前一起旅行过的同伴，除了泰卡，全部杳无音信。切·丹提和马波不知去向，古戎大叔在下城待了不到一个月，又开始了到处游走摆气球摊的日子。

"看来鬼面人还是不适合窝在一个地方。我真不知道铁酋长是怎么在这鬼地方开店那么久的，我得出去走走。"他这么说着自己离开的理由。临走前，文脸大叔再次尝试送一把亲手做的弩给扮猫。

她仍然不肯接受："马波说过，他会做我的武器。"

"他在哪儿呢？就那么相信他对你说过的话吗？现在这个世界上已经没什么可信了。"

"这是他的承诺，我相信。"

扮猫倒经常可以在一些上城区的演出海报里看到泰卡的名字。她只被印在伴唱人员的名单里，字被印得非常小，但扮猫每次都能找到。扮猫从没去看过任何一场演唱会，但总会在那之后给泰卡打个电话，简单聊上两句。

她再次套上了麻袋，不是所有时候，只在去轻松池喝酒的晚上。这地方没有女人去，所以扮猫披上麻袋更容易被接纳。新城跟瓦肯镇不一样，下城区的怪人很多，麻袋人对他们来说只是又一个爱好奇装异服的家伙。扮猫每星期都套上麻袋去一两次轻松池，点的总是最便宜的淡啤酒，从不喝"红"或"水手黑"这些烈性酒。

分开的第一年，每次推开轻松池生锈的铁门，她都期待着里面吧台上坐着她的伙伴——哪个都可以，切·丹提、古戎或者泰卡。当然，她最希望见到的人是马波。

第二年，扮猫还是每星期去轻松池，推开门以后仍然看不到以前的同伴，留给她就着淡啤酒饮下的，只是难以忘怀的记忆以及从小便伴随着她的孤独感。与第一年不同的是，她没有那么多期待了。即便看看轻松池越来越旧的木头桌椅，偶尔光顾的急王，总是板着脸站在吧台后面擦杯子、对所有顾客都冷漠的铁酋长，扮猫也会觉得多多少少像回到了分别的那天。

铁酋长对麻袋人见怪不怪，每次都像对待急王那样，一言不发地在她面前摆上一杯淡啤酒。现在扮猫的生活也就是一杯淡啤酒，所有那些刺激而美妙的滋味都融化在"多细胞"的车顶上，而不是这里。说实话，扮猫不喜欢淡啤酒，但又不得不喝，她有时候想，急王这样的有钱人真好，每次都可以要一杯铁酋长新进的烈酒，但为什么他老是看着发黄的照片一个人喝？要是有马波和切·丹提这样的同伴在，扮猫一定掏大钱喝上一杯烈酒！

就这样，每周到轻松池来已经成了扮猫的习惯。她在麻袋里听着周围男人七嘴八舌的谈话——哪里又发生了一起血案，哪家又有人神秘失踪。高速路上的各种怪事和新政府毫无办法的"案件"常规性地一年四季发生着。有时候，人们会猜测这件或者那件是不是蝼蚁人做的。可是，什么都只是猜测罢了，蝼蚁人已经逐渐变成爱吹牛和讲八卦的人嘴边的口头禅。最近，他们讨论得最激烈的一个词，叫"泥浆天使"。

"听说泥浆天使不但杀蝼蚁人，也杀普通人。"

"杀普通人干吗？"

"就是杀手呗，一群杀手！"

"那些事情真的都是他们干的？"

"谁身边都可能有一两个泥浆天使！谁都有可能是泥浆天使，或许我就是！"

"我才是！"

"你们都不是，我家两岁的儿子才是泥浆天使！他只会爬，满手是泥。"喝醉的酒鬼经常这样不着边际地开玩笑，胡扯一通。

淡啤酒配泥浆天使的生活，每天这样持续着，直到一天，轻松池快打烊时，一位特殊的客人光顾了这里。

铁门被这位客人猛地推开，喧闹的轻松池便瞬间肃静下来。从麻袋的缝隙里，扮猫看见客人是一个女人！除自己以外，这是今晚轻松池的第二个女人。轻松池也不是完全没有女客人，间或会有不懂事的肤浅小流氓带着一两个妓女来喝酒，但次数有限。这里的经营人是个鬼面人——铁酋长，他对女性无比冷漠，甚至有些鄙视，再加上主营的是烈性的违禁酒，这些通通营造了一种独特的纯男人气场。轻松池的气氛让妓女都觉得别扭，待不了多久就想离开，也正是因为这种气氛，常来这里喝酒的都是些不太平常的人。毫不夸张地说，妓女和小流氓都不敢在深夜来轻松池待太久，敢来的通常是一些没人敢招惹的家伙。

女人，尤其是怀里抱着婴儿的女人，出现在门口，还是第一次！这是一个比一般男人还高大几分的女人，着一身黑衣服，肩上搭着一条栗色的农妇围巾。她是四方脸型，粗黑的眉毛下面有一双轮廓分明的眼睛。她的来意和感情不消半秒钟就能读懂，她的装束也直截了当地表明了她的目的，她是来寻仇的寡妇！就连她怀里抱着的婴儿都裹在黑色的襁褓布里。

"我是个寡妇，来给我男人报仇。我要找一个用U字形匕首的男人，他是个泥浆天使。"要是她不说最后一句话，也许没什么，但"泥浆天使"这个词引来一片笑声。

"我要找带U形匕首的泥浆天使。"她再次重申。

看得出，她自己也不知道仇家到底长什么样子。极有可能，她只是到处打听而已。她说的话里只有半句是带有用信息的，就是U字形匕首。可是，谁又能想出U形匕首什么样？也许寡妇自己都没见过这把匕首。

"我就是泥浆天使，你打算怎么办？"一个翘胡子男人把穿了一双脏靴子的脚放到桌上。

他在嘲弄这女人，男人总是喜欢嘲弄女人，尤其是当女人认真跟他们说话时。嘲弄女人，在愚蠢的男人看来是很好玩的事。扮猫暗自想。

"你真的是？"那寡妇问。

"我真的是，U形匕首我放在家里了。"翘胡子忍不住笑起来。

"他不是！我才是你要找的人。我的U形匕首昨天插在一个蝼蚁人身上，拔不下来了，正准备再做一把……"跟翘胡子男人同一张桌子的另外一个男人轻佻地说。轻佻男人一边随口说瞎话，一边看着同伴发笑。

不应该嘲弄女人，说话的时候不看着对方就更不尊重！扮猫想。

女人听见他说"蝼蚁人"这几个字，便迈着笨重的步伐走上前，腾出不抱婴儿的那只手，一巴掌扇在说话的人脸上。这寡妇应该经常做农活，手掌宽大而有力，轻佻的男人居然被她扇得趴在地板上，爬不起来，嘴里吐出一口带着碎牙的血。

"我男人就是蝼蚁人！"她说。

"你这疯婆子！"翘胡子男人一看同伴被打，立刻愤怒地站起来，"我们谁都不是泥浆天使，也没杀你男人。"

"你刚才说你是！"

"快从这里滚出去！不然有你好看。"翘胡子男人的那张桌旁又站起来几个男人。他们都是一起来的。

"我要找带U形匕首的泥浆天使。"她固执地说着，走向吧台。

　　看热闹的男人像折扇打开那样在她身边散开，但被惹怒的翘胡子男人和他的同伙挡住了寡妇的去路，掉了好几颗牙的人也从地板上爬起来，捂着不住流血的嘴站在墙角咒骂。她没管这些，依旧向酒吧深处走，怀里的婴儿没有哭声。寡妇对围过来的男人都没正眼看上一眼，她的身材比周围任何一个男人都高大。翘胡子男人上前几步，拦在她面前，可拳头还没挨到寡妇的肩膀，就被她一巴掌扇了过去。那手掌仿佛是铁做的一般，沉重无比，幸亏翘胡子男人躲了一下，不然就跟他的同伴一样的下场。周围的人越发来劲了，从门口到吧台的路有十几米长，翘胡子男人被打后，不敢再贸然上前，却仗着人多，吹口哨，啐唾沫，招惹她。后来发现怎么都挡不住女人的去路，男人们开始抽出裤子上的皮带抽打她，有的还上了拳头和腿。

　　尽管身边是一群吵吵嚷嚷的男人，寡妇却好像这些都没发生一般，稳稳地走到吧台前。铁酋长站在木吧台后面，一口一口地抽着烟。

　　寡妇用衣袖抹了把脸上的唾沫和皮带抽出的血迹，说了下面这番话："我是个蝼蚁人的老婆，现在成了寡妇。这些浑小子对我动手动脚，拳打脚踢，推推搡搡，我全没理会，因为我来找那个真正的汉子。我男人是一条硬汉子，杀了我男人的绝对也是一条厉害的汉子，不是这群只会叫的蟋蟀！几个碎嘴子说，这里有个会玩U形匕首的男人。"

　　铁酋长默默地熄灭没抽完的香烟，从背后的腰带上抽出一把刀，拍在寡妇面前的吧台上。这是一把带着U形护手柄的匕首，刀刃上镌刻着一朵小花。

　　"你回去吧，我不跟女人决斗。等你的孩子长大了，让他来找我。"

　　他看都没看寡妇。寡妇却直视着他，不作声地把手里的婴儿襁褓打开，放在铁酋长面前的吧台上。那是个死婴！

　　"我亲手杀了他。这世道，没父没母的孩子活不了。"

　　面色铁青的死婴终于把翘胡子和其他男人吓破了胆，他们纷纷打开铁门溜了出去，其中一个，一边跑，还一边捡拾自己的碎牙。扮猫没出去，她看见铁酋长把寡妇带到了后院。虽然很害怕，但扮猫还是跟着他们一起来到后院。

这是一场没什么悬念的决斗。寡妇的大手只挥了一下，就被铁酋长轻松闪过。U形匕首迅速刺入她的后背，再迅速拔出，刀刃上深深的血槽里的血滴到了地上。寡妇摇摇晃晃地迈了几步，就像电线杆子一样仰面倒在了地上。

"你看见我替你报仇了吗？！"她对着天喊，"咱们全家团聚了。"

扮猫跪在垂死的女人身边，铁酋长看了一眼，低着头走回酒吧。

"你明知道打不过他，还来干什么？"

扮猫把麻袋摘下来，垫在寡妇的头下面，还没断气的寡妇对扮猫举起自己粗大的手掌："我男人……那消失了好几年的死鬼蝼蚁人爬着回到……回到家门口，满身是血。我那时候……那时候正拿着熨斗熨衣服……"

她话没说完，就合上了眼睛。那只被扮猫握着的手粗壮却平滑，没有掌纹，有的只是熨斗烫过后长出的一大片光溜溜的新肉。

"跟我走！"一只手把满面泪水的扮猫从地上拉了起来。

他们离开轻松池后院，开始在下城的小巷子里东穿西撞。

"你是谁？"扮猫问。

这男孩儿只有十岁出头，浑身脏兮兮的，衣服上沾满碎头发。男孩儿没空说话，拉着她一通跑，直到他们两个人都上气不接下气，才停在一块长着荒草的巨大空地上。

"你……你干什么？"扮猫扶着膝盖。

"想死吗？你看见泥浆天使杀人，他们也会干掉你！先躲躲。"

"你是谁，怎么在那儿？"

"别管了。"男孩儿焦躁地环顾四周，发现扮猫对这个回答不满意，才回过身解释，"我刚才在酒吧后院的路灯下看书。父亲不准我看书，我就每天夜里从家里溜出来，在那里看。打烊以后，酒吧里会搬出用过的酒瓶、酒杯，我把瓶里的残液收集起来，卖给码头上的流浪汉，挣买书的钱。"

他怕扮猫不信，就从理发围裙下面掏出一本书和一个大口空酒瓶，很明显，今天的残酒还没装上，他就碰上了寡妇的事情。

"刚才的事情我也看见了。他也看见我了，不如拉上你一起跑，反正家是别回了。"理发店学徒看向一个方向，"这地方我熟悉，咱们先躲躲。"

新城下城的一端临近运河。这条运河和橘镇的不一样，这是一条全人造的货运运河，为的是把批量物资送到屠城等其他城市。它同时和橘镇的大运河相连，也可以将各地的物资运进来，输送到新城。

人工运河的货运码头也是人工填造的。一大块巨大的空场上堆放着数不清数量、颜色各异的集装箱，每个集装箱至少能装下十个"多细胞"。

扮猫跟着理发店男孩儿穿梭在集装箱丛林中间。他在找生锈得最厉害的那些，特别是箱子周围长满野草的——这说明那些集装箱已经搁置了好久，废弃不再使用。集装箱丛林越往里走越深，如果不是理发店学徒细心记下每个可以当作路标的记号，他们很可能会在漫无边际的大排集装箱林中迷路。越往里面走，扮猫离外面喧闹的世界越远。学徒走在她前面，扮猫背后空无一人，夜晚嗖嗖的冷风灌进她薄薄的衣服里。

走了不知多久，男孩儿突然停住。有脚步声从扮猫背后传来，同时传来的还有木棍敲击集装箱壁的声音。扮猫轻轻拉了一下理发店学徒的衣角。

"别动手！我是经常来卖酒的！我……我们遇上了麻烦，只是想来避避。"男孩儿说。

"不许转身！"后面一个男人的声音说，这声音扮猫不耳生！

命运难道是高速路上的U形转弯？经过两年，命运难以置信地折回了原点！扮猫第一次完全不敢相信自己的耳朵，她对着声音的方向转过脸去。

第二十章
最后的赌注

"煎蛋!"扮猫叫起来。她发现那人没反应,才猛然意识到自己以前都是戴着麻袋见人的,就用手比画一大块面包,"还记得我给你面包……"

"麻袋人?是你?"煎蛋也叫起来。

"啊!魔鬼啊!"理发店学徒也回头,却吓得大叫起来,震得他们身边的集装箱都嗡嗡作响。

曾经全身被烧成重伤的煎蛋,现在看上去畸形得可怕。他身上脸上全是火烧后的皮肤,颜色极不正常,皮肤黝黑且上面有沟壑般的褶皱。他的眼眶后陷,没有嘴唇,牙齿和粉红的牙龈全数露出。可他嘴角的傻笑跟在瓦肯镇时一模一样。扮猫一把抱住这个"魔鬼",再也说不出一句话来,就这样紧紧抱着煎蛋,泪流满面。

"到家去,讲故事。"煎蛋傻笑,他还记得马波给他讲故事的那个夜晚。

"你家?在瓦肯镇的家?"

扮猫抹了把泪，放开他，这才注意到那张脸的确异常可怕。小学徒拼命闭着眼睛，站在原地，腿都迈不动。

"这儿，我家！"煎蛋敲了一下身边的集装箱。

成排摞起来的废弃集装箱是下城流浪汉的理想聚居地。最里面这些生锈发黄的，连门都没了，里面一般会同时住上好几个流浪汉。他们横七竖八地躺在里面，也有些在集装箱外一小块草地上点燃一小堆火。几个胡子拉碴的家伙在那里取暖，火堆边还睡着一个裹着厚厚的破烂棉被的流浪汉。

"他死了吧，从昨天睡到今天。"

流浪汉早已对死亡麻木，他们讨论这些，只是因为想拿走尸体身边的东西和破烂衣被。篝火边一个胆子大点的站起来，走过去推了那人一把，躺着的人动都不动。

"好像是死了，摸着凉冰冰的。"

"是死了。白天飞的净是苍蝇，恶臭扑鼻。"

坐得远一点儿的一个流浪汉听到他们的谈话，大笑起来："我们哪个不是满身招苍蝇，臭得一塌糊涂的？你们觉得自己跟尸体不是一个味儿？"

他说得有道理。看尸体的流浪汉再次坐回到火堆边，不再去理会躺着的家伙，继续说起别的什么话题。

"进来！我家。"煎蛋带着扮猫和小学徒走过火堆。属于煎蛋的那个集装箱很宽敞，嗜好群居的流浪汉也没哪个愿意跟魔鬼住在一起。宽大的集装箱里只铺了两床破被褥。

"还有人也住这儿？"扮猫看着另外一床被褥。

"朋友！讲故事。"煎蛋回答。

已经很久了，小学徒就是不敢睁开眼睛，一路拉着扮猫的手才走进了集装箱。现在他好不容易稍微克服了恐惧，睁开眼睛盯着一床被褥，用这种方式来逃避看到魔鬼。另外一床被褥虽也皱巴巴、臭烘烘，却和煎蛋那床捡来的垃圾被褥不同，显得肮脏而考究！虽散发着霉臭气，但露着棉絮的被褥外套是用上好的锦缎缝制的。这种感觉，小学徒太熟悉了！

"你那朋友是不是老让你看一张小学生照片，问他在不在那些孩子里？"理发店小学徒鼻子里出着凉气，"你倒跟个有钱人在一起！急王，那老王八蛋！"

"对，对！急王，有钱，给我鸡腿。"

"能留给你的鸡腿也是他自己啃剩下的！"小学徒这句话，煎蛋没听到。因为扮猫问了一个必须问的问题。

"煎蛋，我还以为你……"

"死了？大火后，我全身都疼，他们不给我打止痛针。我跟你说了话就晕了，醒过来时，睡在个什么箱子里，从那里坐起来，那些人叫啊叫啊，说看见鬼了。"

这很正常。他这副模样要是突然从棺材或尸体袋里坐起来……小学徒心想。

"我抓住其中一个跑得慢的人的衣领，问他我怎么了。可我嘴上的皮很紧，一张嘴就流了好多好多血，还没说完话，那人就翻白眼，口吐白沫。我就等啊等，他也没醒……"

"去年，他流落到了这个全高速路乞丐的圣地！瞧你这副模样，能活到现在真是奇迹，不过敦佐，你最近越来越俊了。"急王拿着一瓶酒，晃晃悠悠地从集装箱外面进来。之前不知道他又施舍了谁一个剩鸡腿，集装箱外面一片嘈杂，流浪汉为了争夺鸡腿，打成一片。

"敦佐？"扮猫说。

"嗯！这家伙以前叫一个吃的，水煮鸡蛋什么的。我觉得跟他的模样不合适，就帮他起了一个响亮的名字——敦佐！好名字吧？哈哈哈，给他起名字，就像生了个儿子！"

急王倒也不怕烧伤了的煎蛋或是敦佐，一进来就把手里的酒瓶递给以前的煎蛋，如今的敦佐。

"你也就配有这样的儿子！"小学徒看到急王，就想起他欠理发店的账，气不打一处来。

"哟！理发店公子，今天又是来卖酒的？你那鸡尾杂酒，我可喝不惯！还有，比起我见过的很多丑陋至极的人，敦佐算是俊俏的了。他除了脸不像人，哪里都像人，可是这街上走路的好多人，只有脸像人！"

"急王，讲故事！来了，朋友。"敦佐热情地把喝了一口的酒传给小学徒。小学徒没接，敦佐走近时，他又闭上眼睛了。扮猫倒接过酒，往嘴里灌了一口。

"嗯，我还真有个好故事！"急王想了想，一屁股在自己的那床破被褥上坐了下来，"我喜欢赌博，每个星期都要到码头上去找几个工人来一局。那些码头工一旦开了工资就赌，个个都算得上是赌博的好手，他们很乐意看见我，总是算计着怎么从我这里赢到钱。可哪有那么容易？我承认我很好赌，可不是最好赌的。那里有个小子比我还爱赌！他总是要求对方跟自己押上一样的筹码。但这筹码根本就不是钱！"

"筹码是什么？"扮猫兴致盎然地听起了故事，就连对急王成见很深的小学徒也充满兴趣地坐了下来。

"他说自己没钱，他押的筹码是身体。"

"身体？"

"嗯！"急王点上一根呛人的雪茄，"他的筹码就是身体。我第一次见到那小子，他的右手就缺了无名指，左手指甲也都没了，据说他的两只鞋里完全没有脚指头。但是这些损失和他赌博的次数比起来，根本就是九牛一毛。被他砍断手脚的人不计其数，他把战利品串成腰带、项链，戴在身上。只要风一吹，满身的人骨头就像乐器一样嗡嗡作响。这家伙被人们叫作'人骨赌棍'。去年，我又去码头上，风向一变，我听到了传说里的嗡嗡声，人骨赌棍又来了。他站在码头上四处看，寻找这次赌博的对象。我也算下城小有名气的人，但是，惭愧，他没有一次选中过我，大概是对我一身的肥肉不感兴趣……"

"别说废话！他到底跟谁赌了？"已经入迷的小学徒对急王讲故事慢悠悠的节奏不满。

急王笑起来，接着说："他像一头寻血的猎犬，在码头上来回转了好几圈，所有人都屏住呼吸，看这家伙这次会选谁做对手。我敢说那些家伙都既紧张又害怕，心情跟谈恋爱一样。而我又何尝不是？跟这满身披满人骨的赌棍进行一场性命攸关的生死赌博，是每个赌徒的愿望，那种刺激感是赌钱的赌局所不具备的。如果被挑中，便意味着赌博的最高荣誉！但出乎预料，那天坐在码头赌桌上的所有人，他都没选中！他指着一个坐在码头地板上看书的小子说：'来，跟我赌一把！'那小子理都没理他，依然看着手里的书。人骨赌棍又说了很多次，小子全不应战。'你没听到我说的话吗？站起来，像个真正的赌徒，跟我赌上一局。'你们猜那小子说什么？他说：'我害怕！''不用非赌手脚。什么地方都可以。'人骨赌棍指指那小子的身体。'那就赌眼睛吧。我要是赌输了，就把双眼挖出来给你。你输了也一样。''手脚是吃饭的家伙，难道眼睛不是吗？没眼睛可没法看书。'人骨赌棍提出了跟我一样的质疑。'我不害怕没有吃饭的家伙。我害怕万一赌输了，骨头要挂在你身上招摇过市，太丢人！只有眼睛里没骨头！''好吧，随你。怎么赌？'人骨赌棍显然觉得这家伙有意思，于是主动提出要他设赌局。那小子转脸看了看我，对人骨赌棍说：'如果我跟急王赌博。你觉得谁会赢？我赌自己赢。'

"'那我就赌急王赢。'人骨赌棍说。他笑了起来。这赌局设得有意思。

"看书的小子卷起书本走到我面前的样子，我一辈子都忘不了，他是个真正的赌棍！他比这码头上任何一个人都狠心，即便是跟人骨赌棍比。"

急王又抽了一口雪茄："我和他当然也没用常规的东西做赌注，沿用了人骨赌棍用身体做筹码的规矩，赌注是一根手指。我们都被蒙住眼睛，各拿一把匕首朝对方被按在桌上的手指下刀。那是一把极其锋利的刀，刀被举到规定高度，落下时，手是可以从原来的位置移开的。我想这赌博并不难，那小子的赌注比我大，因为如果他输了，不但会失去一根手指，还会失去双眼呢！所以由我先举刀，那小子把手拍到我们之间的一张矮桌上，我举起刀对准他的中指，然后被蒙上眼睛，他也被蒙上眼睛。急王我也不是吃素的赌徒！我料到他当然会趁刀落下的时候移开手，只有这样才不会被刀砍到，于是我测算了这么短的时间里，他能把手贴着桌面移动的大概范围。手不许离开桌面，否则算输，因而手只能贴着桌面移动。我在比以前的位置稍微偏了一些的地方落下刀。可那刀稳稳地扎在了木头里，只划到了他小指的一点点皮肉。'你的手不发抖就好了，我的手可一点儿都没动。'他笑着对我说。

"轮到他举刀子了，他也是把刀对准我的中指悬空。我被蒙上眼睛的一瞬间想到，他一定也会估计我的手的移动幅度。于是，我咬紧牙关，拿出了跟他一样的胆识，拼命抓紧桌子，丝毫不移动我的手。"急王说到这里，就不说话了，抬起缺了中指的左手，"可那小子的刀居然也没移动，稳稳地插在我的中指根上。'急王，你是个真正的赌徒！'他这样对我说。

"说话间，一直坐在边上看我们的人骨赌棍站起来，对那小子鞠了一躬，大叫一声，挖出了自己的双眼，放在我那根断指边上。"

急王的故事讲完了，小学徒迫不及待地问："那小子叫什么名字？"

"我不知道，只记得他那双眼是红棕色的，一直在看一本叫什么'恶棍'的书。"

急王这最后一句话，像一个大锤子重重地敲在扮猫心上，咚的一声！

集装箱外面突然骚乱起来，比哄抢鸡腿时的喊叫声更大，急王扔下雪茄："浑蛋！抓人的又来了！快跑！"

没等扮猫等人反应过来，急王肥胖的身躯已经飞速蹿到了集装箱口上。紧接着，猎狗的叫声震天响了起来。扮猫他们跑出集装箱时，一幅让人难以置信的情景出现在他们眼前！

无数举着火把的蒙面人牵着猎狗，挥着皮鞭，端着枪在码头上来回走动，逐个轰赶集装箱里面的流浪汉。硕大的码头上，上千流浪汉的喊叫声和猎犬的撕咬声混成一片。蒙面人用大火烤烫由金属制成的集装箱，尚赖在里面的流浪汉被烫得直跳，像是煎锅里的龙虾一样。被火把和大射灯照得如同白昼的集装箱林之间，"猎人行动"明目张胆地进行着。

"过去！"一记响亮的皮鞭差点抽在扮猫身上。他们也开始疯跑起来，四处逃窜的流浪汉逐渐被赶到一块面积比较大的空地上。没有站拢的人要么被火把烫，要么被狗咬。扮猫算是跑得比较慢的，现在，她身边除了敦佐，已没有别人，早先跑掉的急王和小学徒都不知去向。

"外面没人了，放网！"一个蒙面人喊道。一张巨大的网果然在流浪汉群的一边张开。网子那边都是举火把的蒙面人，他们中间有一个人举着枪。

"那个病恹恹的不要！"一个蒙面人跟举枪的人说。

子弹准确地射进生病流浪汉的身体里，他的尸体被猎犬叼着，从网子底下拖了出去。接着又有几枪射死了另外几个看起来不太中用的流浪汉，他们的尸体也被清理出去，蒙面人把尸体扔进了一个事先挖好的大坑里。

"收网吧！"原先下令放网的那个蒙面人又说。

"你好好检查了吗？这里还有一个。"另一个蒙面人说。

"根本就没看见他跑，我估计是死的。"

有个蒙面人走过去，捂着鼻子，踢了一脚篝火边发臭的"死人"。另外几个刚想走过去看，流浪汉的破棉被从里面掀开了。一个发青腐烂的高大流浪汉站起来！那个"尸体"站起来了！

"谁踢的我？""尸体"发出的声音懒洋洋的，十分温柔。

"他！"尚未被吓破胆的蒙面人指着另外一个说。"尸体"突然站起来，所有人，包括那些猎犬都很恐慌。举枪的蒙面人扣动扳机，一发子弹穿过了"尸体"。

"嘿！想射死我？""尸体"打开了，像个睡袋一样。

身材像女人般矮小的闪亮脸从里面走出来，蹲着看"尸衣"上的弹孔。蒙面人似乎都认得他，比扮猫高不了多少的闪亮脸伸了一个懒腰，银白色的丝绸紧身衣里露出一截女人一样柔软的腰："睡够了！"

蒙面人仍都站在原地，一动不动，一直在咆哮的凶狠猎犬都不叫了，刚才踢了闪亮脸棉被一脚的蒙面人，已经摔倒在了血泊里。

"这种小事，别妨碍你们。工作要加油啊！"闪亮脸阴阳怪气的笑声在夜风里飘动。

蒙面人把死去的同伴和几具流浪汉的尸体一起扔进装尸体的大坑里，好像只要这样，刚才的事就没有发生过。

"闪亮脸都来了！"

"少说两句！看见那家伙怎么死的吗？咱们只是最底层的泥浆天使，别惹闪亮脸。"

"收网！"

这次的收网要安静得多。浑身瑟瑟发抖、惊恐不已的流浪汉被驱赶着，排队走进码头远处一个黑色的方形屋里。这并不是什么屋子，又是集装箱，比流浪汉以前居住的稍新一些。有蒙面人负责点数，每一百个流浪汉被赶入一个集装箱。

箱门在扮猫和敦佐眼前哐的一声关上。刚才那一幕留下的恐惧，在集装箱里每个俘虏的心里慢慢扩散着，眼前这无法形容的处境更是充满令人屏息的恐怖。扮猫的眼睛还没完全适应这样的黑暗感。

"啊——"一声尖叫不知从集装箱的哪里传来，一些人开始抽泣。

码头刚才收网的地方还留着三个蒙面人没有走，他们负责对尸体坑做最后的清理填埋，其中一个端着枪。

死人坑里，小学徒被急王肥大的身躯压在下面，而他身下垫的是一具货真价实的尸体。小学徒不知道自己是不是这里面唯一的活人。

刚才逃跑的时候，小学徒跟在急王身后。急王跟其他流浪汉跑的方向不太一样，小学徒正犹豫是不是还要继续跟着他，急王居然一纵身跃入了一个大方土坑，趴在坑底不动了。

"你干什么呢？快上来！快跑！"

小学徒紧张地看着周围疯跑的流浪汉和猎犬。急王嘿嘿笑着，翻身从坑里起来，一把拉住小学徒的腿，把他也拽进了坑里，捂着他的嘴巴趴在了一起。有一个流浪汉看到他们这么做，也跳进大坑跟他们趴在一起，还不忘了翻白眼、吐舌头。

"兄弟，做过了！大黑天的没人看得见。"急王这句话差点让小学徒笑出声音来。

"别笑！上次就有一个发笑的，被枪射成了筛子，还差点连累了我。"急王再次用手捂住小学徒的嘴巴。

"上次？你经历过几次？"

"五次。"

"什么？！"小学徒即便嘴被捂着，也喊出了点声音。

"新政府没收我的财产的那年，我一个人在码头上买杂酒喝，傍晚，我第一次碰上这事儿，但侥幸逃掉了。我去找过新政府好几次，希望他们知道这个事，但他们根本懒得听我说话，不肯见我。我干脆长期住在这里，每次都希望弄清究竟，他们一会儿会再扔些尸体进来……"急王突然不说话了。

果然，尸体被一具接一具扔进坑里，血水流到了小学徒的脸上，非常痒。

"怎么看到有个尸体动了？"站在坑边的蒙面人说。

"没死透。"端枪的蒙面人连射了几十发子弹。坑表层的所有尸体都被穿透，小学徒身边的流浪汉发出惨叫，也中了一枪。

"果然里面还有活的！"

"再补几枪！"

又是一阵射击声响起。学徒感到压在自己上面的急王动了一下，又有血流下来，小学徒的衣服已经被不知道是谁的血液浸湿了。仅凭着没有痛感这一条，小学徒猜测自己还没中枪。

枪响突然停住，蒙面人的注意力似乎被什么吸引了。隔了一会儿，又是一声枪响，坑外的一切都肃静了。

"工作要加油啊！"一个阴森森、凉气逼人的声音从小学徒的头顶飘过。

"填土吧。"蹲在坑边的蒙面人不耐烦地看了一下坑里，土块顺着尸体的空隙落下来。

"行了，差不多得了！"

闪亮脸的出现让蒙面人的心绪也烦乱起来。其实他们心里对闪亮脸的恐惧并不亚于那些被关在集装箱里的流浪汉。

"差不多了，就算有人看见也不会管。臭流浪汉死了，政府不管的！"一把不敬业的铁铲在尸体堆上草率地拍了几下土，三个蒙面人就皱着眉头离开了。

"他们走了吧？"许久，压在小学徒身上的急王才说，"推开我，去把土刨开，越快越好！"

"你还活着，你自己怎么不干？"小学徒的嘴因为抵在急王的衣服领子里，所以没被土堵上。他挣扎着推开身边的尸体，努力刨起土来。无论急王说不说，他都会竭尽全力地刨土——他必须赶快出去，不然会闷死。

"快点，快点……"急王也挣扎起来，捂着胸部，似乎中了枪。

"别催！没我你死定了，老王八蛋。"

"不！没我你就死了！要不是我趴你身上……要不是我吃得好，身体厚……"急王皱着眉头，捂住胸部的伤口，"你再快点，小兔崽子！"

小学徒果然卖力，很快就挖到了地面。好不容易爬到坑边，小学徒把手伸给急王："老王八，上来！"

"我上不去。我太重！别耽误时间，看看那些集装箱去哪里！快看！注意，别让人看见你。"

小学徒趴在地上，看着最后一拨流浪汉被赶进集装箱。那些集装箱被码放在一个巨大的水泥平台上。下城临近运河的这一段是水泥修葺的码头，在小学徒的印象里，一直是这样的，然而，这是他平生第一次看见水泥地面向运河水里沉进去，载着集装箱的码头仅仅几分钟就全部消失在水里，剩下的只有不住翻滚的水浪。

"急王，急王！"他跳回死人坑，一把抱起一口一口艰难地喘着粗气的急王，"集装箱都陷进水里了！"

"那些水是咸的，但不是海水，几年前浴室水也变咸了。"急王说话很艰难，已经很难组成句子。

"你说什么？我不明白。"

满脸是汗的急王摇头："算了！我快死了，没时间解释。比起……

比起这个还……还有一件更重要的事……"他把手伸进锦缎外衣里，掏出一个小锦缎钱包，"你不是说，我欠你们理发钱吗？"

"这根本不重要！"

"重……重要！这里有我在屠城银行的保管箱钥匙，里面还有留……留给你的理发费，你可以用来去屠城。"

"你在说什么胡话？！"

"别打断我！兔崽子，谦虚点，听我说！我知道你父亲是个小气鬼，挣多少钱也不会供你读书，我就替他把理发费存起来了。这些钱，得用在更有用的地方！去读书……我是赌……赌徒，赌注是你今后的人生！"急王说完这句话，就闭上了眼睛，缺了一根中指的左手在小学徒面前落下。

跟锦缎小包一起塞进小学徒手里的，还有一张小学生毕业照。因为急王死了，这张毕业照的故事也无从说起。这是一个下城的浴室大亨怎么都不愿提起的故事，一点儿都不如他人生里的任何一个故事辉煌，即便跟敦佐，他也没讲起过。

急王小时候跟理发师的学徒一样贫穷，但他父母咬紧牙关，让好学的孩子上了学。下城没有学校，必须得到特殊许可才能去上城的学校。聪颖的急王从来都是成绩最好的，同时也是所有学生里衣服最寒酸的一个。

来自下城的急王从没拍过一张照片。小学生的毕业照就这样成为他人生里的第一张照片。拍摄小学毕业照的前一天，他为了这个期待已久的日子激动得一夜没睡。然而，第二天拍照时，老师们觉得这孩子穿的衣服实在太破烂，把这个成绩第一的学生排除在了集体照的队列外。

急王后来所做的一切，都是为了回到照相的队伍里。在人生大起大落的急王心里，那张根本没有急王的照片里，应该有他！

满身是血的小学徒跪在尚未营业的理发店门口，磕了一个响头。黎明的光线射在下城的入城口时，他爬上了一辆出城的运货车。他，这个不知道名字的少年，便是急王最后，也是最大的赌注！

第二十一章
一箱皮革

扮猫和敦佐置身闷热中，到处是令人作呕的恶臭。噩梦似的尖叫、哭号、祈祷和呕吐同时存在的黑暗中，她可以闻到敦佐吐在自己胸部的气味。扮猫自己也因被擒来时挨的鞭子而痛得抽搐。一只肥硕且全身毛茸茸的老鼠触着她的面颊，老鼠带着胡须的鼻子嗅着扮猫的嘴巴，她生出一股厌恶感，全身直打哆嗦。扮猫只能死命咬紧牙齿，直到老鼠跑开。

集装箱里的气温开始骤然下降，没有刚才那么闷热了。箱门被再次打开，几个用绿色粗麻布蒙着脸的人走进来。

"要把我们弄到哪儿去？"一个流浪汉站起来，却被一记闷棍击倒。

"最好别费劲跟我们对着干！不留着点力气的人，肯定没到地方就死了。"拿棍子的蒙面人说。

另外几个蒙面人开始把集装箱里的人两个两个地拴成一组，戴上脚镣和木枷，包括刚才被打晕那个。干完以后，他们关上箱门离开。集装箱里的人再度陷入死亡般绝望的漆黑中。

敦佐又抓又踢那困住他双腕和双脚的木枷，和他绑在一起的流浪汉也发出愤怒的狂叫和拉扯，因为他害怕敦佐恐怖的模样。这番震惊和痛楚使敦佐难以忍受，于是他突然跃起，但头竟猛地撞到顶上的木头。又喘息又咆哮的他和旁边那位害怕"跟鬼铐在一起的人"不断用铁铐轰击对方，一直到两个人都精疲力竭地瘫倒在地。

扮猫感觉自己要呕吐，虽然努力忍耐，但还是没办法。她那空无一物的胃里涌起一股酸液，从嘴角流出。她真希望自己死掉！

扮猫呕吐的声音，激起了一阵接二连三的呕吐。不只是她，很多人都吐了，本来就很糟糕的空气现在更是不堪忍受！

吐完以后，扮猫本来眩晕着的头脑倒开始提醒她，为了保存所剩不多的体力和让神志清醒，绝不可以再失去控制。过了一会儿，当她感觉到自己可以动时，她慢慢地，并且小心翼翼地用左手去探摸上了枷的右腕和右脚。那儿正在流血，她轻轻地拉了拉链条，但那链条也和另外一个人锁在一起。扮猫的右边躺着一个脚踝和她锁在一起的人，对方一直不断地呻吟。大家都挤躺着，所以只要脸稍微挪动，他们的肩膀、双臂和双脚都会碰在一起。

扮猫记得敦佐的头刚才撞到顶板的事情，于是她在把自己拉起来时小心谨慎，可是那儿连坐着的空间都不够。她后面居然是一片木墙，也就是说，他们不是在一个开放空旷的集装箱里，这里面还有很多木头箱子，就像平常人们看到的猪笼。

她本能地想哭，却又极力把那种感觉克制住，让自己转移注意力去听周围的哭声和呻吟声。在这伸手不见五指的黑暗里，一定有着不少人。有些人离她很近，有些人离她很远，但全挤在这间房间里。假如竖起耳朵来仔细聆听，可以隐隐约约地听到更多的哭声，而且全来自下面，在她所躺的破木板下面。果然，这就是一层层的猪笼！

她更加专心地倾听，听出她身旁有许多不同的声音。有个年纪大的男人一遍遍地大叫："救救我！"一个妇人嘶哑地哀泣，呼天抢地地叫出一些人的名字。但扮猫听到的大部分是咒骂，其中声音最大的一个人不断用污言秽语，狂乱地大叫蒙面人会不得好死。其他人的叫喊声中都夹杂着哭泣，使得扮猫无法辨认出他们的意思。

当扮猫躺着聆听四方的动静时，全身都在痛，疼痛的原因之一是她那因饥饿绞成一团的胃。她突然想起今晚没吃过任何东西。扮猫用劲地睁开双眼，猛力地摇着头，满脸被泪水打湿，心也怦怦地跳。一切如噩梦一般，或者噩梦只是这一片霉臭的漆黑？不！不！这一切又是如此真实。两年前，她和马波分开，今天却遇到了已经"死过一次"的煎蛋，现在叫敦佐。急王和小学徒又去了哪里，在另一个集装箱里吗？她和小学徒为了躲避泥浆天使，一路逃到这里，却像牲口一样被抓起来，真还不如死在铁酋长的U形匕首下！

其实扮猫和小学徒那晚根本不用逃跑。铁酋长也没追逐他们，知道了他泥浆天使身份的人不只扮猫和小学徒。那晚，对铁酋长最重要的不是追杀，而是逃命！

"但是现在必须冷静，不能哀怨自怜。要是马波，他会怎么做？"扮猫在心里对自己说。此时，集装箱里的温度再次骤然下降。不知道哪里来的勇气，她大叫起来："大家把衣服上能撕下来的布料塞到鞋子里，脚不能受冻！"

只有少数人听到了她的声音。扮猫后来明白这样的叫喊是徒劳的，但是看见敦佐开始撕扯衣服上的布条塞到鞋子里时，她还是很高兴。

"叫什么！"门外的蒙面人大概听到了扮猫的大喊，气得用铁棍子敲箱门。

顿时，集装箱里满是哭泣和呻吟声。对声音异常敏感的她，可借声音来判断集装箱里的人数。她细心地算了一下，大概有二十三个女人和七十个男人的声音，如果加上没说话也没喊叫的自己，一共就是九十四个人。会不会还有人也没有出声呢？蒙面人刚进来给大家戴脚镣和枷锁，所以这里应该都是没有死去的人，不然他们会把死去的人抬出去的。被赶进集装箱时，扮猫听到蒙面人在点数，似乎数到一百时门才关上，也就是说，应该还有没出过声的人。不管有几个，他们要么是冷静，要么是坚强！

乱哭乱叫的人们闹了一阵子也平息了很多。哭喊是极耗费氧气和体力的事情，也不能改变什么，慢慢地，所有人都开始跟扮猫一样明白，保存氧气和体力才是目前最重要的事。扮猫很担心敦佐，但自己被这么铐着，没有关心别人的能力。

只有箱门慢慢地开启时，扮猫才有机会看一眼周围。一听到门闩声，她就猛地抬起头——这是在上链套枷后她唯一能做的动作。四个蒙面的黑影走进来，其中两个手持闪烁不定的灯和鞭子，护卫着另两个，沿着狭窄的走道推进一桶食物，他们把食物盘丢到一堆呕吐物上。因此，食物一放下，扮猫就紧闭下巴，宁愿饿死。然而，空腹引起的饥饿绞痛和身上被鞭挞的伤痕一样难忍。扮猫这一层喂过后，灯光领着蒙面人带着剩余的食物再往"猪笼"的下一层去。

因为实在吃不下东西，扮猫的体力也随着时间的推移而减弱。因为分不清白天黑夜，也不知道过了多少天，扮猫只要一睡醒就会叫一声敦佐，他每次都答应，他们就是用这样的方式在黑暗里确定对方的生死。彼此呼唤是他们除了昏昏沉沉地睡觉之外，唯一做的事情，不知道未来会是什么，他们首先必须一天一天地活下去！

一次，就在蒙面人喂食过后不久，扮猫无意间听到头顶上传来一阵奇怪的微弱震动声。有些人也听到了，于是停止了呻吟。扮猫躺着，仔细听着：听起来好像上面有许多脚在疾走，然后又是一种新的声音，在黑暗里显得更接近，好像是某重物被慢慢地向上碾压。

扮猫的背可以感觉到躺着的粗糙硬铺板下传来奇异的震动，她觉得胸中忽紧忽胀，吓得一动也不动地躺在那里。附近有碰击声，显然有人正要挣脱链铐，向上跃起。她觉得全身的血液好像都已冲到头部，涌进了所有器官。扮猫意识到这个地方在动，要把他们带走。她周围的人开始叫喊，用他们的头去撞铺板，而且疯狂地拍打着枷锁。痛苦的叫喊、悲泣和祈祷持续着，直到大家一个接一个地瘫倒在地，在恶臭的黑暗中喘息着平静下来。

船舱的门打开了，四个蒙面人抬着一桶食物进来，她再度忍住饥饿，狠狠地把头别过去，紧闭嘴巴，拒绝进食。但不知道为什么，当污秽无比的盘子像上几次一样摔在她面前时，里面盛着的居然是马波给她做过的那种盖上了流黄鸡蛋的葡萄干面包片！

因此，这一次，当盘子被推到扮猫与下一位俘虏之间，扮猫的手伸过去将食物抓了过来，一把塞进嘴里。这两年里，她无数次在租住房子的厨房里，自己烹饪这道简单的早饭，怎么都不如马波做的香，而这一口完完全全跟记忆中一样好吃！虽然它不是什么葡萄干面包，只是其他流浪汉都在吃的那种糊糊状的垃圾，但扮猫狼吞虎咽！每吞下一口，因缺水而肿胀的喉咙都痛得难受，但她还是一直吞到盘中空无一物。这些食物在肚子里像是一团疙瘩，一下子就涌上喉头。她控制不了食物的涌动，不一会儿，所有刚刚吃下的粥一样的秽物再度吐到铺板上。在自己的作呕声中，扮猫听到其他人的情况也和自己一样。

就在此起彼伏的呕吐声里，突然间，扮猫听到铁链咔嗒地响着。有个人砰的一声倒地，然后一个男人歇斯底里地高声叫喊起来。

"废物！下次再没听清流浪汉在讨论什么，就把你弄死！你都把屎拉在自己裤子上了，还想不想做泥浆天使？"

抬着饭桶的蒙面人突然发出一阵喧嚣的笑声，然后鞭条不断落下，直到那个人的叫喊转变成胡言乱语和抽泣声。这是事实吗？

扮猫清晰地听到被打的人说他们弄错了，自己不是泥浆天使！

"会有泥浆天使在咱们当中？"

"泥浆天使为什么混在俘虏中？"

"咱们说的话他都听见了吗？"

集装箱里的人一直等到蒙面人抬着空桶走出去关上箱门，才敢出声。就在那一刻，许多不同的声音开始气愤地交谈起来，看来不只一个人听到了刚才的事情。然后，在扮猫下一层的地方传来一阵铁链的重击声。

那个人悲鸣道："是那些蒙脸人逼着我做什么泥浆天使，监视你们，啊！"

然后又是一阵更为暴烈的殴打声和无助的尖叫声。殴打停止后，漆黑的牢笼里传来一阵尖声啼哭，接着是一阵可怕的咳嗽声，好像他的呼吸被呛住了似的。又是另一阵铁链的咔嗒声，一阵赤脚踏击木板的声音，然后一切沉静下来。

突然，很多人开始尖叫："去死！混进我们这里的泥浆天使，去死！"

扮猫四周的猪笼都在颤动。上层猪笼的人疯狂地捶着铁链大声叫着，要惩罚那个自称泥浆天使的人时，箱门突然开启，射进一道光线，一群蒙面人带着灯光和鞭子进来。很显然，他们已听到集装箱里传出的骚乱。纵使现在整个集装箱里已一片寂静，蒙面人还是拥到走道来，大声怒斥，并拿着鞭子左右甩打。他们离去时，并未发现任何死尸，整个集装箱沉寂了好一会儿。在寂静无声之际，扮猫听到躺着的"泥浆天使"旁边传来一阵阴郁的笑声。那个"泥浆天使"很不幸，和他铐在一起的，是一个不达目的绝不罢休、嗜好复仇的鬼面人，一个花光了钱但强壮的鬼面人，不知道怎么也混在流浪汉里被抓了进来。

下次的喂食是令人神经紧绷的一次。蒙面人好像感觉出蹊跷，他们的鞭子抽得比以往更勤快。扮猫抓起食物，吞下全然无味的粥泥，目光随着灯光移向下面。

当一个蒙面人对着其他蒙面人怒斥时，牢笼里的每个人都在注意听。他们听到了更多的叫嚣、谩骂和诅咒。其中一个蒙面人冲出去，很快又带着两个人回来。扮猫听到铁铐和铁链被解开的声音，然后两个蒙面人半拖半拉地把一具尸体拖过走道，拉向船舱，其他蒙面人则继续沿着走道发放食物盘。

当发放食物的人移到下一层，另外四个蒙面人径直走到那个"泥浆天使"被铐住的地方，扮猫也把头转向那儿。灯举得高高的，鬼面人身边只剩下一副镣铐和几根白骨。

"他把他吃了！"举灯的蒙面人惊叫道。

两个蒙面人激愤地诅咒，鞭子不断地抽在吃人的鬼面人身上。虽然只是听到那猛力抽鞭子的声音就足以让人四肢无力，扮猫仍可听到被抽打的那个人因被折磨得生不如死，愤怒地猛击自己的铁链，咬紧牙关不让自己叫出声来。此时，一个蒙面人气疯了，满嘴诅咒和脏话，把灯交给另一个人后，继续抽打。抽鞭声持续不断，直到那个人奄奄一息，四个蒙面人才边骂边喘息地离开那恶臭的地方。

鬼面人的呻吟声使得暗无天日的集装箱里显得更凄凉。过了一会儿，一个清晰的声音叫出："共同分担他的痛苦吧！我们必须与他站在同一阵线！"

那声音来自一个流浪汉。他是对的！流浪汉的愤怒快爆裂开，他们本是一群最胆小无用的社会垃圾，但是一股似乎从骨髓内散开来的恐惧在经过地狱般的几天以后，转化成最本能的求生意志和反抗精神。鬼面人吃人的举动如炸药上的导火线，唤起了他们身体里本能的野性。他们终于明白，眼前只有两条路：不是大家都在这梦魇般的可怕地方等死，就是一起反抗制服蒙面人，将他们杀死！

扮猫仔细地倾听着旁边两人呼吸的声音。她很早就会分辨他们何时睡着，何时醒着，现在她集中精神聆听离她很远的声音。在不断地练习专心聆听重复的声音后，扮猫发现自己的耳朵不久便能正确地辨别出位置。那是一种很奇特的感觉，仿佛耳朵正代替眼睛的功用。

偶尔，在黑暗中的呻吟和诅咒里，她听到有人用力把头撞向她所躺的铺板。还有另一种奇怪且单调的声音——它时常会停止，过后不久又重新开始，听起来好像两片金属很用力地摩擦在一起。听久了，扮猫猜想那是有人正要把链环拆开。扮猫躺在黑暗中聆听着那锉磨铁链的声音。每次蒙面人进来，那些人就用排泄秽物把已经磨断的铁链掩盖好，以免被蒙面人发现。

有一次，送食物下来的人比平日多，扮猫估计有二十人左右，他们从船舱阶梯踏了下来。借着箱门打开透进来的光，她可以看到几组蒙面人正在牢笼内站岗，有些人还手持着鞭子和棍棒，站在每排隔板的末端高举着灯，以护卫其他的蒙面人。扮猫开始听到奇怪的咔嗒声，接着是很重的嘎嘎声，内心涌起一股惊惧，不是怕别的，是害怕冒失的人现在就开始行动。

现在根本不是时候！扮猫在心里说。她记得马波在尖叫桥上打架的事情。"必须想好了再做。凡事如果不想好计划和后果，就不能去做！"

幸好，那声音只是两个流浪汉为盘子里的食物打了起来。

蒙面人也觉得集装箱里排泄物和呕吐物的恶臭太厉害，于是他们除了喂食，还加了一班人清扫猪笼。他们用装着消毒水的水龙带冲刷那些木头笼子时，会顺便把红热的铁片放进装有强力醋酸的提桶内，冒起的酸雾团使得牢笼内的味道闻起来好一些，可是不一会儿再度被呛人的恶臭掩盖。

每当蒙面人走后，集装箱内互相交流的喃喃低语声不断地增强且紧凑，因为他们彼此的沟通已越来越好，共同的问题和答案传开来。

"我们会被带到哪里？"

这常常引发令人心碎的胡言乱语："谁能告诉我们呢？"

"唯一的蒙面人的卧底已经被吃掉了！"

还有"我们在这儿已经多久了"的问题也会引来各种胡乱猜想，直到这问题传给一个每次蒙面人喂食就把一点糊糊团成球计算日子的人。他说，大概已经八天了。

因为蒙面人会不时地闯入干扰，或者喂食，或者消毒，所以有时一天下来，只传递了一个有用的答案。他们也很焦急地彼此询问些不是对所有人都有用的信息，例如"有人来自某个城市或者镇子吗""这里还有其他的鬼面人吗"等。

但最热门的话题，也是最重要的事情，就是如何消灭蒙面人并逃出去。有好几天，大家谈论着，想寻出此问题的答案，于是大家冒着危险传递这样的信息。

"我们如何攻击及消灭蒙面人？"

"有谁知道什么可充当武器吗？"

"所有的东西都可以做武器，给咱们喂食的铁盘子，还有你们手里的镣铐都是能伤人的金属；口袋里的一根剩鸡骨头折断的断面也很锋利；女人的指甲、头发上的别针，甚至是牢笼的木头柱子，也能撞死几个人！"扮猫用一个男人的声音说。在讨论这个的时候，如果是女孩儿的意见，很难被采纳，用男声要好得多，她也不知道自己哪儿来的这些主意。这是马波给她的启发，马波总是会利用身边的东西作为武器。想到这里，扮猫又加了一句："拿起来称手的任何东西都是武器。人本身也是武器！"

"我也是武器！我可以冲在前面！蒙面人都不敢看我。"敦佐受了扮猫的启发，大声喊道。

他说得没错，露出牙龈的嘴还有扭曲的容貌让蒙面人都害怕他，每次喂食的时候他们都不看他。而且因为他奇丑的容貌，敦佐也没怎么挨过鞭子。

关于武器的沟通，让俘虏们更加振奋了。又过了两次喂食，一个更令人兴奋的消息传了开来。一个靠近集装箱壁的人居然懂点简单的信号码，用敲击集装箱壁的方法和邻近的集装箱里的人取得了联系。据他说，隔壁也通过敲击传回了信号，人们都为有这个"信号员"而欣喜若狂。

大家经过几次联系，好消息在扮猫这个集装箱里传递着："大约有五个集装箱的俘虏可以在喂食的时候，同时行动！"

但是随着交流的继续，以及参与行动的人数越多，他们对于如何杀死蒙面人和何时下手，越是经常发生分歧。有些人觉得无论结果如何，他们下次喂食都要突袭蒙面人，而有些人认为需多等些时候才是明智之举。激烈的争执爆发了。

某次，一场争论突然被一个听起来很年长且带着几分沙哑的声音打断："我们唯一的优势就是人多，所以必须一起行动。继续争执咱们就输了，谁都不能背叛谁！"

赞同的低语立刻传遍整个集装箱。这个声音扮猫以前听到过，它总是在形势紧张的场合给予忠告，那是种富含经验、带有权威和智慧的声音。

过了一会儿，他再度开口说："现在必须推举出一位领袖来拟订攻击计划。还有就是，蒙面人的纪律好且武器俱全，所以暴动前大家要有必死的决心！"

整个牢笼内再度发出赞同的低语。

和其他人亲近的交流以及大战之前的紧张感使得扮猫几乎不再怎么去注意牢笼内的恶臭和秽物，所有一切都被抛到脑后。而此时，一个新的恐惧却流传开来。有人想到，如果他们这里有一个混进来负责监视俘虏的"泥浆天使"，怎么能保证别的集装箱里没有？而且每个集装箱的"卧底"只有一个吗？他也许会向蒙面人通报他所听到的攻击计划。

这时候，那睿智的声音又出现了："暂时看来，蒙面人还不知道咱们的计划。唯一的办法是下次喂食就行动！蒙面人不进来，奸细也传递不了信息。大家通知所有集装箱，下次喂食就是行动的时间！"

此时，这从集装箱最角落传出的声音已经是所有人默认的精神领袖。

"我的神哪，保佑我们成功！"和扮猫拴在一起的那个流浪汉祈祷着。

"求什么神？神已经放弃咱们了！还不如求那边那位恐怖的魔鬼，他才会保佑你不挨蒙面人的枪子！"

这才是最让扮猫担心的，她了解敦佐单纯的性格。他一定已经准备好了与蒙面人做殊死搏斗。"死亡"对经历过瓦肯镇大火的他而言，已不再有任何恐惧感。

尽管黑暗里看不到流浪汉的神色，但绝大多数流浪汉的脸上已经没有了惧怕，因为他们已不在乎"死"与"活"了。这些人大部分会死去，但这几天地狱一样的生活，让他们都很愿意走死亡这条路。

"被蒙面人杀了，也比什么都不做，闷死在这里好！"吃掉"卧底"的那个鬼面人大声说。

扮猫观察过蒙面人的一举一动，观察过他们是如何部署站在喂食的人旁边相互保卫同伴，以及如何紧握住武器而不被俘虏夺走。蒙面人进入集装箱时，总保持着一种特殊的队形：前面的几个人拿着鞭子，看见有威胁或者站起来的俘虏，就抽上几下，后面的喂食人员才过来，最后一排的两人则是端着枪的。

"我们可以先扑倒前头那排拿鞭子和喂食的，他们都没有武器。抢过大大的饭锅当盾牌，还可以阻挡后面的枪手。"扮猫再次对作战提出了自己的意见。这次跟上次一样，用了伪装的男声，她知道无论牺牲多少条生命，这次暴动都必须成功。

现在与以往不同，原本呼噜声一片的集装箱里极其安静，没有一个流浪汉在睡觉，只能听到人们相互摩擦手里铁链的声音和传递开战信息的信号员轻轻敲击集装箱壁的声音。扮猫知道，大家都在等待着那一刻的来临，没人会睡着。令人崩溃的等待伴随着压抑感不知道持续了多久，那扇箱门再次从外面打开！

耀眼的灯光射进黑暗里，扮猫看见那位面目凶猛、有文身的鬼面人正对着第一个蒙面人扑过去，他猛力一挥手上的链条（链条那边的人已经被他吃了，所以他行动最快），立刻使蒙面人的脑浆四溢。其他蒙面人惊魂未定时，他又趁机再猛烈攻击另一个蒙面人。这一切都发生在一瞬间。那位愤怒得大声咆哮的鬼面人用铁链捶打第二个蒙面人时，突然，一把长刀一闪，立刻砍落了他肩上的头颅。他的头在身体未倒下之前，先着了地，鲜血不断从残肢中迸溅出来，鬼面人的眼睛都没有合上。

"还等什么，给我放枪！"闪亮脸的脸庞像是没有五官似的，一片死白，他站在一排蒙面人枪手前面。

后面准备扑上去的人群大叫"不好"，可是跑已经来不及了。蒙面人这次根本没带着盛满稀糊糊的粥泥的桶，所有蒙面人都荷枪实弹，冲上去的流浪汉一排排倒在血泊里，几乎要堵住箱口。

"你们这些废物，知道这个集装箱上写着什么吗？皮革！你们是一箱皮革！"全身煞白的蝼蚁人闪亮脸用长刀敲击一个个猪笼，"什么时候磨断的锁链？又什么时候想拼命了？"

他端起脚边一具死尸的脸："蠢货，永远是蠢货！你们的计划我们早就知道了。根本没有跟你们里应外合的集装箱，那个信号员也是我们的人。出来吧，沌蛇，你在大粪和呕吐物里还没待够吗？"

"这差事，真臭！"

年长的智者声音再次响起，坐在最角落的沌蛇站起来，走过一排排惊诧愤怒的流浪汉。无论是智者领袖，还是信号员，都是他扮演的，真正的泥浆天使是他——沌蛇。而他喉咙那里的箭伤，就是扮猫没有辨认出他的声音的原因！

已经没人再有斗志，斗也没用，半数以上端着枪的蒙面人，现在加上沌蛇和闪亮脸，都站在箱门口。

"暴动结束了！"闪亮脸笑道。

就在所有蒙面人清理尸体，准备撤出集装箱的时候，敦佐突然猛地冲上去，一把拖住一个蒙面人。闪亮脸回头看了一眼，扑哧一笑，箱门砰地被重重关上，他们没救他！

被擒的蒙面人在黑暗中横冲直撞，走路摇晃欲坠。他惊恐地尖叫，跌倒，爬起又滑倒，他的哭号听来极像原始猛兽。

"杀死蒙面人！"有人叫出来，然后一些声音附和，"杀死蒙面人！杀死蒙面人！"

他们在怒吼，而且声音越来越大，因为越来越多的人加入叫喊的阵容。蒙面人不断求饶。扮猫像是被冰冻般僵在原地，头在轰鸣，全身直冒冷汗。

突然，箱门再次被打开，十几个蒙面人冲进来。在那个被擒住的蒙面人想让他们知道自己也是蒙面人之时，鞭子早就甩下来了。连着他们刚才被抓的蒙面人伙伴一起，所有流浪汉都被重重地抽打，直到发不出声音为止！

在恶毒的鞭挞下，俘虏再度被踢、被打。闪亮脸拿着一个锅走进来，里面用开水泡着的是鬼面人的头颅。接下来，所有人都被迫看闪亮脸的表演——他把鬼面人的无头尸体摆在地板上，狠狠地用鞭子一鞭一鞭地鞭成肉酱。

流浪汉被鞭子打碎了衣服的身躯闪着汗水，肿起的伤口流着血水，可没人再吭一声。每个蒙面人现在都全副武装，围站在这群俘虏旁瞪着他们，到处都弥漫着狰狞的杀气。弄坏手链的流浪汉被重新铐起来时，无情的鞭打又如雨点般落在他们身上。

有些人仍然平躺或侧躺着，没有显露半点生命的迹象，有些人仍是心有余悸，但扮猫和大部分人一样，把自己撑起来坐着，这样可以减轻一些背上的痛。她目光呆滞地看着旁边人的背。所有的人背上已干硬结痂的伤处再度渗出鲜血，而且有些人的肩胛骨和肘骨似乎也已露了出来。偶尔，仍然躺着的人会试着把自己撑起来，有些人又无力地倒下去。但扮猫注意到，敦佐在撑起坐着的人群中，身上血流不止，面上的表情像是不属于此地。他周围一些人的脸孔上，包括那个和他铐在一起的囚伴，已被印上了死神的影子。不知为何，扮猫直觉地认为他们快死了。敦佐的脸已呈灰白色，而且每次喘气都很艰难。他的肩胛骨和肘骨已穿出皮肉外，也呈死灰色。他好像知道扮猫在看他，也睁开眼回望扮猫，但那是一种不曾相识的眼神。

不一会儿，扮猫闻到滚醋和焦油的味道。蒙面人又打开箱门，为流浪汉贴上膏药。他们会在脊骨突出的地方敷上一种沾着粉末的贴布，但渗出来的血液很快就使贴布滑落。他们也打开一些人的嘴巴，包括扮猫的，从一个黑瓶子里取出一些东西强迫他们吞下。

后来发生的事情简直可笑。蒙面人不但不再用鞭子抽打流浪汉，甚至对受伤的人悉心照料。身体状况良好的人已被强迫喂过饭了。饭的质量大有提高，玉米粉和上好的棕榈油放在盆子里，任由他们取用，根本不限量。每个人每次还可以喝一汤匙蒙面人特调的饮料。

我们大概是一箱很贵重的皮革。扮猫这样想着，陷入了昏迷。她吃不进饭，疼痛，呕吐，发烧，嘶哑地咳嗽，脖子又热又肿，整个身体也猛出汗。

蒙面人抱着她，往她嘴里喂药。他为她上膏药和粉末，并强迫地把黑瓶子内的东西倒入她嘴里。每当他把油脂擦在扮猫的背上，或是将黑瓶子压到她嘴边时，扮猫就强忍着痛不叫出来。她回避着不让这双苍白的手碰触自己的皮肤，她情愿碰在自己身上的是鞭子。在发烧烧得不清不楚的视线里，蒙面人绿色的粗麻蒙面布下，一双棕红色的眼睛火一样燃烧着！

这会跟那盘葡萄干面包一样，只是记忆里渴望的幻觉吗？

"马波？"她对蒙面人伸出手。

第二十二章
人命售价

"是我。"那个幻象回答她,把手指放在扮猫的嘴唇上,"别说话!现在什么都不能说,明白吗?"

"嗯!"扮猫点头,这是她两年来最希望见到的人。

蒙面人又把一勺黑色苦药灌进她嘴里。扮猫努力地咽下那口药,再苦都无所谓。喂完药,蒙面人把扮猫放回地板上,站起来大声说:"别再做无谓的抵抗,你们的命都有标价!"

他说完,就跟其他蒙面人一起走了,箱门再次被关上,不知什么时候才会再打开。扮猫知道马波传达给她的信号很明确——活下去!无论这是真实的还是幻象,扮猫都会听从这个信号。她把手伸向装着食物的盘子,大口吃起来。

蒙面人带着食物和药桶离开集装箱很远后,才摘掉头上的粗麻布面罩相互对话。他们里面有几个半白的蝼蚁人,但大多数还不是,有不少是鬼面人。他们中很大一部分人也曾是被集装箱运进蝼蚁城的奴隶。现在的集装箱外不再是码头,而是一排排发亮的墙壁,那些墙上全部是盐的结晶体！这里既没有天空，也没有河水，所有光线都来自盐壁上镶嵌着的一盏盏黄色照明灯。集装箱其实已经被运到这里很多天了，但至今里面的奴隶都不知道他们已经到达了最终的目的地——蝼蚁城！这是蝼蚁城的规矩，所有的奴隶会被再关上几天才放出来，为的是彻底摧毁他们渴望自由的意识。

四壁和天花板上都是结晶盐的仓库，连接着四通八达的通道，不仅宽敞，而且温度适中。一个个集装箱被放置在编好号码的区域里，上面装载着走私酒的电动车，被一些穿制服的工人运送到蝼蚁城的四方。当提着饭锅和药桶的蒙面人走过他们时，送酒的工人会傲慢地移开眼睛。

"都把他们运来四天了，还要关到什么时候？再暴动怎么办？"一个蒙面人把面罩别在腰间的皮带上，用手指梳理被压乱了的头发。

"不会再暴乱了，再过一两天就开市了！"另一个鬼面的蒙面人比较乐观。

"现在咱们手里这些烂货能赶上这次开市吗？"

"全赶上不可能，只能挑一些伤轻的女人先去卖。男人，尤其是强壮的那些，伤得都不轻，怎么也得养一个月。唉！倒霉。"乐观的蒙面人也乐观不起来了，"闪亮脸怎么下手那么重。制止暴动就可以了，那几顿鞭子没必要啊。人价跟物价一样，放得越久，越不值钱！"

"哼！每次只要他押船，伤亡都特别重！"

"是啊，真希望他别再押船了，咱们的人也死了不少。码头上那个还是闪亮脸自己下手杀的，就因为他在棉被里睡觉时被那人踢了一脚。"

马波觉得问问题的时候到了，加入谈话："要是他不押船，谁押？"

"你新来的？"比较乐观的鬼面人泥浆天使比较健谈。

"刚调到码头上，这是第一次围捕，以前负责贩私酒。"

"哎！贩私酒不是很好吗？来码头干吗，这可是脏活儿。高层泥浆天使轮流押，他们还会时不时派人去集装箱里做奸细。一方面给明面上那个人做帮手，一方面也是监督，就这么合作。"

　　跟马波猜测的一样，闪亮脸是核心人物，但还有另外一个。"这次这个在集装箱里的泥浆天使……"他故意只把话说一半。

　　"别说你这新来的了，我们都没见过他！不过好像挺厉害的，短短两年，就是核心层人物了。"总算把头发梳理好的蒙面人又掏出一面镜子来照。

　　"再厉害，有闪亮脸厉害吗？那家伙根本没人性！"鬼面人居然因为这话题跟拿镜子的人动气了。

　　在泥浆天使里，也因性格和种族而分着各种思潮和帮派，但统治他们的东西比这些都强大——那是一种看不见的强权。如今在地面上，它也在蔓延。

　　盐壁通道里有间非常大的空仓库。这间仓库比装集装箱的那间还大不少，足有十层楼那么高。

　　闪亮脸蹲在空仓库中的一张单人沙发上："爬啊！加油！"他手里握着三根铁丝，每根都非常长，三根铁丝的另一端分别拴着三个人，他们不断地在凹凸不平的盐壁上攀爬着。

　　"左，你怎么不卖力？中，再快点。"他像弹琴一样拨弄着手里的三根铁丝。每拨动其中一根，铁丝另一端的人就惨叫一声。铁丝从他们的嘴里穿进去，尖端固定在喉咙里。

　　闪亮脸正玩得高兴，沌蛇走到他身边："你在模仿莫莫？我听说他在阑尾镇的海火山修了需要爬一天一夜的天梯，摔下来就是死，挑战生命的极限才刺激。"

　　"天梯很好玩，但这游戏是根据天梯和你得来的创意。"他指了一下沌蛇脖子上的伤疤。

　　沌蛇摸摸脖子，笑了："这次死的人是不是太多了？你还私自弄出三个来玩这种无聊游戏，不太好吧。"

　　沌蛇这句话弄得闪亮脸非常不高兴："学会教训人了？知道吗？我谁都不怕，唯独怕你。你可以为了卧底，在那臭气熏天的集装箱里面待那么久，闻他们的大便，吃跟大便一样的东西。"

"我喜欢！只要做喜欢的事，我可以抛弃一切！这就跟恋爱一样美妙。但你大概没有这样的情怀。"

"情怀？"闪亮脸扁着嘴看沌蛇。他的转身牵动了铁丝，左、中、右三个奴隶同时惨叫起来。

"随你怎么说。对了，铁酋长失误，暴露了自己的身份，已经扔下轻松池跑了。废浆！"

"明白，我去做。真有点舍不得，你不觉得他长得挺英俊吗？"闪亮脸用手指在下巴处比了一下铁酋长的胡子，"他要是被废，泥浆天使就只剩你这样的丑八怪了。"

"我没见过他，很多泥浆天使都没见过彼此。烧了半个屠城的那个人，不是也不知道是谁吗？"沌蛇很不快，但努力克制着，"把这三个人交给我，我送他们回集装箱，他们值不少钱呢。"

"烧了半个屠城的人你当然见不到，死以前都不会见到！只有莫莫能见到他，其他见到他的人都死了。你只配见到我，你永远是个三流货色。我也该出发了。"

闪亮脸站起来，把手里的铁丝递给沌蛇。沌蛇刚接过铁丝，闪亮脸就大叫一声，从沙发上跳下来，双脚重重地落在三根铁丝上，把它们踩到地板上。两个爬墙的男人应声摔下来，砸出了脑浆，只剩下一个还紧紧抓着岩壁，哀号发抖。

"右！我就知道你会爬最高。"闪亮脸向右竖起大拇指，又笑着拍拍沌蛇的脸，"别跟受了欺负一样，这次押运已经赔本了，再少两个人也无所谓。幸福短暂，痛苦永恒！"

沌蛇对闪亮脸所有的羞辱谩骂似乎毫不在意。他有这样的忍耐力，并不是出于宽大的心胸，而是出于无休无止的恨，所以闪亮脸对待沌蛇的态度是完全正确的。沌蛇这样的人，你对他好也没用！

虽然对闪亮脸非常不爽，但沌蛇的头脑很清楚，他还想着多次逃过自己手心的扮猫。那恨意在沌蛇的心里汹涌澎湃，从瓦肯镇到蝼蚁城，丝毫没有减退过。他一直站在那里，看着最后那个痛苦而惊恐的奴隶。他没有碰铁丝，就用那双小而恐怖的眼睛一直在看着沌蛇，不知道过了多久，直到奴隶从盐壁上跌落下来。沌蛇一把抽出他脖子里的铁丝，那可怜的奴隶发着不清不楚的呜呜声，流干了血液。

奴隶彻底死了，沌蛇才慢慢走出大仓库，一边走路，一边低头思索。

"喂！你好久没来看我了。工厂里……"

"嘘，小声点，这儿只有咱们两个不是蝼蚁人。"沌蛇捂住那黑皮肤的强壮女人的嘴。

那被捂住的嘴在笑，哈出的热气喷到沌蛇的手指缝里。

"咱们不属于这儿，早晚有一天，我得带你出去，浅坑。"

扮猫不知道自己又睡了多久，蒙面人其间来喂过三次水和药。虽然扮猫十分期待见到马波，但他没有再出现。

第四次箱门打开的时候，她发现有几个蒙面人手里拿着白布条，他们后面还跟着一个陌生的老男人。老男人戴着一副玳瑁边的旧眼镜，一口黄牙，笑起来让人想吐。

"男人的伤都比较重，先看看女人和孩子吧。"一个蒙面人对黄牙男人说。

扮猫知道他们里面有几个女人，地板上所有的俘虏都坐了起来，抬头看到底怎么回事。黄牙男人绕着集装箱走了一圈，路过女人时就停住，也在扮猫面前站了一会儿，最后他走到箱门处，对拿布条的蒙面人说："这次的货色真差！别说漂亮女人，连个身体壮实点的都没有。你们怎么搞的？都是些面黄肌瘦的小丫头。"

"码头上的流浪汉有几个会强壮漂亮？以前抓的那几个漂亮的是碰巧混在流浪汉里的妓女。"

"还不服气？"黄牙男人把手指头伸到蒙面人眼前，"这次就是质量不行，男人也都有气无力，没有稍微好点的吗？"

"有啊！有个能吃人的鬼面人，被闪亮脸打成肉酱了。"蒙面人赌气地说。

黄牙男人没再说什么，指点了一下，蒙面人就和他一起走出了箱门。

扮猫趁着箱门开的短暂时间环顾了一下四周。所有人中，的确只有残存下来的妇女和小孩的健康情况相对好点。女人们身上挨的鞭子比男人少，也许是蒙面人抽打的时候手下留情了，怕她们死掉。加上自己，一共还剩十六个女人，跟以前估计的数字不一样，也许暴乱时还是死了几个。

所剩的女人里，年纪最大的那位一直表现得很有品格和尊严。她全身都是伤痕，长袍也被皮鞭抽得烂如布条，但表情仍然温和而庄重。即便是蒙面人，也无法阻止她拖着手里的枷锁四处安慰那些病恹恹躺着的小乞丐。她替他们擦拭发烧的脑部和额头。"妈妈！妈妈！"一个孩子感觉到她抚慰的双手时呼唤着，而另一个虚弱得说不出话的男孩儿只能张开他的嘴，勉强地微笑。

箱门又打开了，两个蒙面人进来。女人被一个个从地上拉起来，顺着箱门带出去。她们表现得很麻木，好像以前已经发生过无数次此类事情。相比以往，外面显得异常吵闹。很多人在大声吼叫，扮猫奋力地想弄明白那奇怪的叫喊，有几个声音是熟悉的——有抽打过他们的几个蒙面人，还有黄牙男人。

"健壮得和大提琴一样，她的精力很充沛！"这是黄牙男人的声音。

他的声音会突然有短暂的停顿，其他不熟悉的声音穿插其间高声叫喊："三百五十币！"

"四百！"

"五百！"

然后黄牙再次大声说："有没有人叫六百！看看她，工作起来可以像头母驴！"

其他声音一阵哄笑。集装箱内还没被拉出去的女人却害怕得全身颤抖，脸猛冒汗珠，呼吸也哽在喉头。

当第二拨蒙面人进到集装箱里来时，意味着又有人要被带出去了。

两个蒙面人站在门口，现在又多了一个，是个举枪的。没举枪的两个人沿着扮猫这边的墙开始给所有女人解铁铐，如果有人大叫或扭打就会挨皮鞭。到那个年纪稍大的女人时，他们居然没有解开镣铐。

"唉，这个太老了，卖不出价格。"一个蒙面人对枪手说。枪手端起枪，瞄准老女人。

"快跑！"扮猫大叫起来。

蒙面人枪手拉开枪栓，刚才叫妈妈的男孩儿不知哪儿来的力气，戴着镣铐从地板上冲了过去。可他还是太慢了，老女人在枪声里倒地，另一个蒙面人的拳头也击中了男孩儿的头。老女人的尸体被拖走后，一行六个女人又踉跄地被套上链，拉出箱门。那男孩儿在地板上呻吟，扮猫走过去，学着老女人把手放到他的额头上。

"妈妈。"发着高烧的男孩儿嘴里呢喃。

与此同时，门外再次发出奇怪的叫喊："和猴子一样精明，可以训练来做任何事！"

陌生的声音又开始哄笑。

"别，别，求你们别脱我的衣服。"一个女人在笑声里尖叫。第三拨蒙面人进来的时候，扮猫也被拉了起来。她很高兴地看到敦佐还在昏迷，对发生的一切全然不知。发烧的男孩子虽然想伸手拉扮猫，但已完全没有力气，这至少意味着不会有人再因为无谓的抵抗受到伤害。看来他们不会死，只是一样会被卖掉，比起卖不出去的，他们要好多了！

拍卖台很简易，直接搭在集装箱的外面。台下围着一群浑身白得难看的蝼蚁人，大多数近乎全白。

一个蒙面人粗暴地把扮猫推到了平台上。

"上等品，既年轻又温驯！"黄牙男人是拍卖师。

围观的人群越拥越近，然后，那些身上块块发白的蝼蚁人争相用手里的短棍和鞭柄撑开扮猫紧闭的嘴唇。他们敲敲她咬紧的牙齿，再用手去戳扮猫身上的柔软部位。

"三百币！"

"三百五！"

"五百！"

"六百！"

黄牙拍卖师听来像在生气："这是特选的年轻女孩儿，有没有人叫七百五？"

"七百五！"远处传来了个扮猫熟悉的声音，他重复叫了好几声，黄牙男人也没落槌。随后那个远处的声音又叫"八百"。就在黄牙拍卖师要开口之前，另外又有人大叫："八百五！"

没人再叫价了，蒙面人解开了扮猫的铁链，把她交给一个走上前来的蝼蚁人。扮猫觉得有股冲动想让自己的脚正常走路，甚至撒腿就跑，但她无法办到。无论如何，她都无法移动自己的脚。最后的期待破灭了，买下自己的人不是马波，是个比周围所有人都高出两三个头的难看的蝼蚁男人。

蒙面人卸下原本的链条，换上蝼蚁人买家自己带来的镣铐。蒙面人收了钱，告诉高个儿蝼蚁人可以把拍卖所得牵走了。蝼蚁人甚至不看扮猫一眼，只是使劲拉扯链条，让她踉跄地跟在后头。这高个儿蝼蚁人看来是专买女奴隶，镣铐上还穿着一个满脸麻木的女人。他们穿过人群，一些年轻的买主在他们走过时大笑着嘲弄扮猫和那女人，甚至用棍子戳她们的屁股。

"马波的出现难道真是幻觉吗？他说过他是我的武器。可他在哪儿？"

命马镇。

"逃命还住那么高档的酒店！"闪亮脸吹了一个响哨。他坐在命马镇酒店的台阶上已经一上午了。天空中没有烈日骄阳，整个天空都是雾气沉沉的灰色，有些闷热。蜻蜓飞得很低，在他的脸周围盘旋。

"吃西瓜吗？"铁酋长右手托着一个西瓜走下台阶，另一只手里拿着那把U形匕首。

他今天穿得很随便，比在轻松池还要随便——一身松松垮垮的睡衣、睡裤，袖子随意挽起，光脚踏着酒店提供的拖鞋，头发和胡子都乱蓬蓬的，一副刚睡醒的样子。

闪亮脸眯着眼睛，从下往上看铁酋长："刚睡醒？我想不明白，你这么帅的人怎么会跟一个寡妇决斗？你们鬼面人不是最瞧不起女人吗？为跟个女人决斗，暴露泥浆天使的身份？我真想不明白你！"

"你想不明白，那寡妇在我眼里，算得上个男人！"

"真怪！"

"鬼面人不靠身体来判断性别，靠气魄。吃西瓜吗？"

闪亮脸摇了摇头："都快死了，还不把衣服穿体面点？"

"人长得帅，穿什么衣服都帅。你吃西瓜吗？"

"嗯，就是比那三流货色漂亮。你怎么不坐下？"闪亮脸拍拍自己身边的石头台阶。

"你坐得太低了，一会儿过一辆车，西瓜上就沾灰了。"

"臭讲究。"闪亮脸从台阶上站起来，伸出满是灰尘的手，那只手里握了一把刀。铁酋长用西瓜一挡，扑哧一声，西瓜和闪亮脸的腰部同时被刺穿。

被削下一半的西瓜落在满是灰尘的地面上，铁酋长转动雨伞把手般的U形手柄，匕首在闪亮脸的腹部带着肠子拧了三百六十度。刀子从他的腰部抽出来的时候，闪亮脸倒在满是灰尘的地上。铁酋长坐在刚才闪亮脸坐过的台阶上，把匕首上连带出来的肠子甩开，再用睡衣角擦了擦刀。

他看了一眼痛苦挣扎的闪亮脸。他肚里的肠子已经流到外面，全身极其痛苦地翻滚着，他一把抓住铁酋长："真帅！"

"谢谢。"铁酋长对他说。

闪亮脸闭上眼睛，铁酋长知道他在请求结束痛苦的最后一刀，于是拿起那把本属于闪亮脸的刀一挥，轻松切下了闪亮脸包裹着白丝绸头巾的头。闪亮脸睁着眼睛的惨白头颅滚到半个西瓜边上。

铁酋长纹丝未动的右手里还有半个西瓜。他用U形匕首劈开它，坐在台阶上，盯着闪亮脸的眼睛吃起来。一辆车开过他面前，扬起的尘土覆盖在铁酋长正在吃的西瓜上。他咬了一大口，伴着泥土咀嚼血红的果肉。

四年前，聚城法院。

一个大声喊冤叫屈的十几岁年轻人被法院的工作人员用力拖拽着离开法庭。胖胖的法官用手帕擦了擦一直流汗的脸，然后重新戴上眼镜看下一份案卷。其实他已经十分疲惫，流水审判的都是些死不足惜的小人物，有钱人犯了案才有开庭辩护的必要。日常的诉讼就这样流水解决，法院也是为了省事。

"下一个！什么罪名？"

闪亮脸被狱警推搡着站在被告席上。他的面色还是常人的颜色，五官虽然不是太浓重，但也不算浅淡。他的衣服和胳膊上的皮肤都沾着一些金色和银色的颜料。比起刚才被推出去的年轻人，闪亮脸冷漠、安静而傲慢。在他眼里，这个法庭不是决定他生死的场所，只是去死刑台必须走的通道。

"年龄十九岁，印染厂雇工，与人斗殴时杀人……"公诉人读着冗长的案件介绍。

闪亮脸打了一个哈欠，法官也跟着打起哈欠。他们两个人都表现出对这起斗殴导致的凶杀的不耐烦。

"死刑，判处绞刑！"被铁链拴着的闪亮脸居然看着法官大叫起来，他要抢在法官之前给自己定罪。

"不许扰乱法庭……"法官指着他说。

公诉人停下来，木呆呆地看着他们两个，弄不清楚刚才的死刑判决是谁喊的。

"早就知道是死刑，我很后悔！"闪亮脸说。

"你当然应该后悔！"

"我后悔没多杀几个！"闪亮脸对法官露出牙齿，瞪大眼睛。

"闭嘴！"胖法官指着他的手指直发抖，"怎么有你这样的恶魔？人的性命，在你眼里难道一文不值吗？"

"制造假药无期徒刑，垄断物价判刑两年，那些人又杀了多少人？我杀一个人就是死刑，不划算啊！法官大人，您呢？您今天杀了多少人？

人的性命在您眼里难道一文不值吗？哈哈哈哈。"

他最后被狱警架着拉出法院，法官立刻落槌做了跟闪亮脸刚才一样的判决。说那句"死刑，判处绞刑"时，胖法官觉得说不出地难受——真是的，被一个罪犯抢了台词！

有件事让闪亮脸很烦心，临刑死囚待的监狱里也不安静。他用手指堵住耳朵，拼命阻挡着隔壁牢房哭天喊地的声音。在他之前从法院喊着冤被拖出来的年轻人现在仍然在喊冤，可有谁会听呢？

"小声点！我明天就要死了，至少别哭给我听。幸福短暂，痛苦永恒！"他忍无可忍地对隔壁牢房的囚犯和对方那来探视的妻子喊道。

"对不起，对不起。"那人的妻子居然对闪亮脸道起歉来。

随后夫妻两人果然没有再哭闹，只是四只手相互交叉着，低声呜咽。闪亮脸刚刚觉得可以睡一会儿，一个狱警却走到他的牢笼前。

"有个女人来看你。"

"女人，看我？不可能！不会是我杀的那人的老婆吧？你可看着点，别让她用指甲抓我！"

狱警没理睬他，走出去带进一个裹着长斗篷的女人。那女人在牢门前摘下斗篷的帽子，闪亮脸便笑起来："蝼蚁人？你是谁？我虽然低贱，还不至于跟蝼蚁人结仇。"

"蝼蚁人"这三个字，让那对喊冤的夫妻都停止了哭泣，侧目看过来。

"我来买你的命。"

"哦？处刑台下有很多人啃着面包，准备看我明天表演被绞死。这事儿可上了报纸的！他们会失望吧？我的命卖多少钱？"

"人命值多少钱？"蝼蚁女人从斗篷里摸出个小袋子来打开，"你的命售价是这么多。我得贿赂整个聚城的司法系统才能弄到你。"

女人惨白、骨瘦如柴的手一抖，袋子里掉出四颗闪亮的钻石。

闪亮脸一看，便扑到牢笼前扶着栏杆喊："我的命这么值钱？那我自己杀掉自己好了。"

"你死了就一文不值，怎么样，跟我走吗？"

"怎么走？"闪亮脸高兴得直跳脚。

看斩处被围得人山人海，今天一共会有四个人被同时处以绞刑，所以格外刺激好看。聚城的处刑服是高档的白丝绸，在太阳下面发出耀眼夺目的光。每个死刑犯被带上绞刑架前，都会在脑袋上蒙上一块白色丝绸——因为绞刑时脸会变得扭曲难看。闪亮脸和昨天那个喊冤的少年及另外两个囚徒一起被绑着押到准备执行绞刑的地方。那个少年今天格外安静，大概是知道大限已到，没再哭冤喊屈。

他们被带到一间屋子里，剃光头发，蒙上丝绸，再被依次带上一排四个的绞刑架。待四个死刑犯都在绞架上安顿好，刽子手一声令下，在围观人群的欢呼声中，四个人被腾空吊起。

"看完了吧，咱们该走了。"曼波对还穿着死刑服的闪亮脸说。

"别着急，等一会儿会把尸体放下来，我要把他们四个人的丝绸头巾都拿下来，那个很美。"

"真恶心。"曼波笑着说。

"真正恶心的是你，居然一分钱没花就找到了替死鬼。那女人还真愿意跟她男人一起去死，这就是爱情吗？"

"不是，这是仇恨！另外，我可不是一分钱没花，我买了那女人的命，当你的替死鬼。她可以如愿以偿地跟自己男人死在一起，但是她没要我给她的酬金，而是委托我用这酬金替她雇个杀手，杀了那个冤判她男人的法官。"

"四颗钻石吗？我来干吧。我马上就有四层丝绸头巾了，缺四颗装饰品。"闪亮脸最后看了一眼绞架，摸摸脖子。

绞刑架最高处，两具尸体十指交叉地拉着手。他们包裹着亮白色丝绸的身体悬挂在早晨的太阳下，闪闪发光，犹如从天堂飞下的天使。

第二十三章
叛徒

　　扮猫没见过和她一起被高个儿蝼蚁人带走的另一个女人，她也许是从别的集装箱出来的。那女人长得相当漂亮，樱红的嘴唇下白色的门牙微露，卷曲的长发杂乱地披在肩上，手臂细长而苗条。

　　"你好。"扮猫试图跟她说话，但是发现没那么容易。

　　女人表情麻木，神色呆滞。她转过脸来看着扮猫，也只是木然发呆。

　　"你叫什么？"扮猫继续跟她说话。

　　女人还是刚才的表情，木然得像一尊会走路的石像。一股骚臭味传来，扮猫才发现这女人只穿了一件背心，腰部以下没有任何遮拦，性器官暴露在外面，流出难闻的黄色液体。

　　她一定被很多人强奸过。扮猫心里想着，不禁悲伤起来。那女人的脸还对着她，现在看起来像一条干死的鱼一样腥臭可怕。

　　"咱们会被带到哪里去呢？"扮猫知道那女人也不知道答案，于是干脆冲她们的买主喊，"我们会被带到哪里？是去做妓女吗？"

从暗无天日的集装箱出来后，扮猫对什么都无所谓了，就算再挨一顿毒打也无所谓，还有什么结果能比现在更惨？如果真是去当妓女，她还不如被打死。扮猫这么想着，似乎觉得现在什么都敢说，什么都敢做了。

"你要干什么？"蝼蚁人真的站住，回头看着新买来的女孩儿。

"我们会做妓女吗？还是会死？"

"大声点！你要拉屎撒尿？真麻烦。"蝼蚁人的耳朵似乎不怎么灵敏。

"你会杀我们吗？"

这次扮猫的音量足够大，不但高个儿蝼蚁人听到了，其他人也都听到了。几个蒙面人围过来想看看发生了什么，扮猫猛然发现，稍远些的地方有个蒙面人的身高和身材都很像马波，甚至连他站着的姿势都像！那会是马波吗？在离开蒙面人聚集的拍卖场之前，也许可以设法让马波找到自己，哪怕抱着这么渺茫的一线希望，扮猫决定再赌一把！

她寄着希望，用男人的声音大喊起来："别随便欺负我们！"这一喊，高个儿蝼蚁人买主皱起了眉头，眼睛里明显带着惊异。他们周围的人越聚越多，议论起来。

"这女孩儿会拟声。"

"刚才没听错吧？！"

"是她，就是她，她会用男人的声音说话。"

"那有什么用？会用男人的声音说话有什么用？要是力气大点，或者漂亮点才能多卖钱。"最后的这句议论声音比较大，所以飘进了扮猫的买家那对不太灵敏的耳朵里。

紧皱的眉头终于舒展，他轻蔑而带着几分放松地笑了："嗯，没用的能力。"

他说着转过身去，拉着铁链继续走路。只要不是拉屎撒尿，他根本没必要费神去听清楚扮猫在说什么。扮猫的这次努力果然是徒劳的，围观的人逐渐散去，那个身材很像马波的蒙面人也走开了，扮猫身边的女人仍然死鱼一样麻木。然而，这还不是最糟的——刚才拟声的叫喊没招来扮猫希望再看到的人，却招来了扮猫最不想再见到的人！

"对不起，等一下！我想看看你刚买的……"沌蛇带着两个蒙面人拦住了高个儿蝼蚁人的去路。

那蝼蚁人虽然丑陋古怪，个头却比沌蛇高一截，他再次皱紧眉头瞧沌蛇："什么？！你们想涨价？！就因为她会学男人说话就要涨价？转让书已经签了！"

他掏出一卷纸在沌蛇面前使劲摇晃，扮猫看着那张证明自己归属权的纸，再看看沌蛇脸上十分复杂的表情，不禁奇怪地觉得好笑。沌蛇一定恨不得把身为奴隶的扮猫一把掐死，可她是高个儿蝼蚁人的私有财产，冷血的蝼蚁人买主现在竟然是扮猫最有力的庇护人，沌蛇只能后悔没在集装箱里发现扮猫。

"你们没权把她收回去！"蝼蚁人买主大叫时，煞白的面颊竟然有几分血色，就连沌蛇那边的蒙面人也开始和稀泥："是啊！已经卖出去了就……再说那个能力也没什么用。""八百五十币吗？一千币怎么样？"沌蛇很会解决问题。

他把手伸向扮猫，却被蝼蚁人抓住了手腕："她是我的！"

"再加一千币怎么样？两千币！"抽回手腕的沌蛇说。

"我才不会给两千币，肯花八百五通用币买她，已经破天荒了！别想再从我这里要走一块通用币！"

跟扮猫推测的一样，沌蛇的音量蝼蚁人根本听不清楚。他从一开始就担心扮猫的拟声能力会让她涨价，所以现在理所应当地认为，沌蛇是要他多给些钱，才能把扮猫带走。

"是我要给你两千币，我要买下她！"沌蛇也发现了问题所在，加大了音量。这次蝼蚁人听明白了，终于镇静下来，看着扮猫考虑。

扮猫不知道哪里来的主意，踮起脚，用足够能让蝼蚁人听到的音量说："才两千币？我上次卖了四千币呢！"

这句话很关键，蝼蚁人笑了起来，转向沌蛇："你肯花两千币买回去？哼，转手能挣多少？别以为我是傻瓜！你们这次价码标错了，算我赚上了，我那里急需几个女工。我知道你们泥浆天使最近抓不来新人，就琢磨把她们一遍一遍地倒卖，我才不上当，让路！"

蝼蚁人用手拨开沌蛇等人，牵着拴两个女孩儿的铁链走了。那条吐着芯子的怪蛇在沌蛇的胳膊上清清楚楚显现，沌蛇腕部的青筋暴起！

以利己为思考逻辑的蝼蚁人买主实实在在地从沌蛇手里保护了扮猫，并且无意中也回答了先前的问题。看来扮猫要去的只是一家工厂，这让她心里多少踏实了一些。扮猫觉得去工厂总比做妓女好，即便是做苦工，也可以等待机会，她已经开始在心里琢磨逃生计划。她要逃走，即便没有马波的帮助，但如果有马波，那该多好？

要摆脱目前的处境，首先她必须弄清周遭的环境。扮猫原本以为走一段路就会从满是盐壁的房间里出去，可他们走了好久都没走出去。四面，包括头顶，到处都是盐壁，无穷无尽，仿佛没有尽头！如果这是一座建筑物，那它的尺寸绝对超出了人的想象，扮猫他们如同一直在一个巨大得无可比拟的套房里到处穿梭，没有任何地方有阳光，每个盐做成的房间里都亮着各种颜色、各种亮度的壁灯。

"这是在哪儿？"扮猫知道，短时间内这个问题得不到答案。看着周围雪白发亮的盐壁，扮猫甚至不知道现在是白天还是黑夜。如果说这是室内，为什么连窗户和门都没有？如果说这是户外，却完全感觉不到风！

他们身边来来回回的都是些蝼蚁人或半蝼蚁人，跟扮猫的买主一样，有些蝼蚁人也是半白的。半白蝼蚁人有很多不同的地方：有些人整片皮肤发黄，有些人局部皮肤白透，但其他部分还是黄黑色的。离刚才拍卖奴隶的地方越远，全白的蝼蚁人就越多，但他们大多健康状况很差，佝偻着身体，身上酒味十足，有些还半哭半笑，唠唠叨叨。

"渴吗？给你。"一个路过的全白蝼蚁人非要把手里的酒瓶塞进扮猫的嘴唇。瓶里面的酒气非常浓重，原本连头都不回的蝼蚁人买主看到这一幕，倒做出了惊人的举动，他跟那个奇怪的蝼蚁人道谢，接过酒瓶。扮猫本以为他会自己喝，没想到买主不仅没喝，反而把酒瓶递给扮猫。

"渴了就喝。"他说。

事情怎么变得这么好？看着拴在自己手腕上冰凉沉重的镣铐，扮猫沉思起来。她回忆起以前在坦钉时，马波拒绝过半个上校给的烈酒，所有人都喝了，只有他把酒杯放在了地上。

"我不喝酒！"扮猫紧闭干裂的嘴唇，摇头，即便要解渴，也必须是水！

"没有水，只有这个！"蝼蚁人又把酒瓶凑到扮猫身边没穿内裤的女人嘴边，她立刻如吸吮奶瓶的婴儿般咕咚咕咚地喝起来。

酒瓶里的烈性液体被她灌下去半瓶，打过几个臭气熏天的酒嗝后，女人的面部居然活跃起来，有了让扮猫觉得难堪的奇怪表情。她的五官鬼怪般开始做起各种不协调的表情，整张脸比之前更令人厌恶！

"果然是被卖了好几次的娼妇，要不是卖得便宜，我才不要你！"蝼蚁人把还剩大半瓶液体的酒瓶随手丢在地上。

这场景让扮猫再次坚定了绝不喝一口酒的想法，她不喜欢酒精，更不喜欢喝醉后无法控制自己行为的感觉。

蝼蚁人像看一堆垃圾般瞧着喝过酒的女人，满脸都是嫌弃和厌恶。

高速路尽头的工地。

毒辣的太阳晒得工人疲惫不堪，汗液包住了他们全身的衣服和皮肤。整个地面都发烫，腾起一阵阵雾气，雾气里的路面扭曲不平。工地不远处，寸草不生的黄土地上，几个工人正在打井或是钻矿，钻探机发出令人无法容忍的噪声。

所有人的境遇都很糟糕，只有工头一个人稍微好一些。他独自霸占着半个遮阳棚，另外半边堆着修路材料和器具。

"又有人昏倒了！"工地上的人喊。

"怎么回事？又是他！个子大反而不中用，抬到凉棚去吧。"工头走过去看看嘴角起泡，说着胡话的切·丹提。太阳实在太厉害了，工头只出凉棚这么一会儿，就觉得浑身都要被烤焦了，他忙跳着跑回凉棚。

抬晕倒的人进遮阳棚是修路工人唯一抢着干的事情，那样至少能享受几秒钟短暂的清凉。两个赤膊工人一个抬头，一个抬脚，把切·丹提从地上抬起来，他背后的皮肤在离开沥青路面时，连着衣服被撕下来一块，切·丹提疼得大叫着醒来。

时光流转，十二年前，高速路某处。

"那个，就是丹提家的孩子吧？"

从切·丹提身边开过的车放慢速度"欣赏"这个高大的男孩儿表现出的疲惫和无助，曾经做过新城城主的丹提家如今渐渐失去了权力和威严。这个家族几代人抱着的迂腐固执和不合时宜的观念，逐渐变成了人们的笑话。在大众眼里，丹提一家就像是被关进动物园的狮子。即便这样，切·丹提的父母亲还是一意孤行地对切·丹提实行着可笑的精英教育，一时间，这成了新城人议论的热点。其实切·丹提不是唯一接受这种极端教育的人，赫赫有名的半个上校也是残酷的教育理念下结出的"硕果"。这种教育方式往往会付出可怕的代价，并不是所有孩子都经受得起这样的锤炼和铸造。

"大热天，他会脱水的！"

"把他扔在高速路上多危险啊，全是车，不被饿死也会被撞死。"

"听说他必须就这么一直在高速路上走路，直到倒在地上为止！"

"离下一个城镇还有好几千公里呢。"

"那有什么？他爸爸打着前滚翻都滚完了高速路，现在变成圣人了，他们丹提家就这样。"

"不会有人让他搭车吧？"

很多人放慢车速观看并议论，但就是没人停车。

切·丹提已经被抛弃在高速路上好几天了，父母已没有继续抚养他的义务。如果少年能靠自己的能力活下来，成年后便一定是可以成就事业的人才；如果中途夭折，在切·丹提的父亲——圣人翻滚巴巴看来，也不是什么太严重的损失。在被封为圣人的巴巴眼里，七情六欲都是脆弱的原因，人应该靠自己的力量去追求极高的精神境界，没落的丹提家会因此重新激发出一股新的力量!

切·丹提的童年回忆里最多的就是冰凉的地板,幼小的他经常打赤脚站在家门外。他害怕一个人睡觉,但大人的房门永远不会对他敞开。十六岁生日那天,他被扔在了远离新城的高速路上。

"走吧,我们已经对你没责任了!"

"爸爸、妈妈!"切·丹提抓着汽车门哀求,绝望地期待着从父母眼里涌现一丝留恋和温柔。

"别给丹提家丢脸,你最大的义务就是带给父母荣耀!"这是妈妈最后的话。

切·丹提放弃了所有懦弱的渴望,漫无目的地在高速路上走了好几天,不知道这段通往生存的路到底有多长,也不知道自己会在哪儿倒下,再也爬不起来。地面温度越来越高,三天没吃没喝的男孩儿终于摔倒在滚烫的路面上,高温的柏油路面把他的嘴唇和脸颊都烫出了血泡,车轮在他耳边呼啸而过,现在他躺在地上等着被车压扁。自己狼狈的尸首肯定会让父母颜面大失,想到这些,切·丹提居然笑了起来。他没完成带给父母荣耀的义务,他认输了!

不知为什么,倒下后,周围的空气倒越来越凉快,十六岁的切·丹提在一个凉爽的地方醒来。他睁开眼时周围一片漆黑,没有一丝光亮,空气里还有丝丝海风般清凉的咸味。

"马上就回家了!"是祖父的声音。

切·丹提觉得浑身无力,就这样躺在凉爽宜人的黑暗中,醒来又睡着,睡着又醒来。这种感觉倒并不难受,因为只要一醒他就能听到祖父的声音。

"孩子,别怕,咱们离家越来越近了。"并不可怕的黑暗里,祖父与他说着话。切·丹提哭了,但他不希望祖父看见。

切·丹提彻底醒过来时,是在一间明亮的屋子里。这是祖父的家,他回家了!没人知道他是怎么存活下来的,就连他自己也不太清楚。整个新城都传说,丹提家的大个子男孩儿在残酷的教育中活了下来,他以后一定是精英！而切·丹提对做个精英毫无兴趣，让他魂牵梦绕的只有黑暗里那丝带着咸味的凉风。

"祖父，我们作弊了？"他问。

"作弊有什么关系？！"祖父满是胡子楂儿的下巴附在孙子耳边，空气里始终带着淡淡的海风咸味。

在命马镇酒店门口当众杀人的铁酋长甚至都没有受到新政府的通缉，凡是被警察找去的目击证人都否认自己看到过闪亮脸和另外一个什么人。没人愿意卷进弄不明白的是非里，尤其是鬼面人和蝼蚁人的是非。这对只想平安生活的老百姓来说，就是在去买菜的路上看到一场野猫和野狗的激战，不关普通人的事。命马镇的警察对追查真凶也没兴趣，他们做的唯一工作就是把闪亮脸的尸体抬上警车，冰冻一下，再运到屠城交给上级。

铁酋长没付账就从酒店走了，除了一身酒保的衣服，他只有两件行李——U形匕首和原本属于闪亮脸的锋利长刀。他把这两件武器全别在腰带上，无论走到哪里，人们都会为他闪出一条宽敞的道路，他再也没必要隐藏了！既然闪亮脸可以找到他，泥浆天使的其他杀手找到他也只是时间问题，他就这样大大咧咧地在命马镇上溜达，思考下一步该去哪里。

命马镇的警察对追查凶手没兴趣，还有一个很重要的原因：这个镇是联合政府驻军的地方，镇中心几公里远的地方就有一个很大的军营。比军队的武器差、级别低的警察从来不想在大事上出头。

军营门口威严地立着一排毫无美感的黑色铁栏杆，铁酋长隔着栏杆看里面的部队操练。

"想参军？铁了心当叛徒了？"与两年前相比几乎毫无变化的古戎，背着一箱打气球的工具走到军营门前。

"可以考虑，他们的军服做得不错，我总不能每天都穿一样的衣服。"铁酋长对古戎的出现丝毫不意外。这是泥浆天使的规矩，任何人做任何事情都有个监工的泥浆天使，比如闪亮脸押运集装箱时，也有沌蛇在，他们既是相互的协助人，也是彼此的监管。

"咱们换个地方吧，以前都是你招待我喝酒，今天我来招待你。"古戎向铁酋长摇摇手里的酒囊。铁酋长笑了，跟着古戎离开军营大门，两人走进一小片槐树林，在一块空地上停下。

"我不明白，你怎么会为了跟那寡妇决斗而暴露身份。本来以为见到你就会清楚，但是……"古戎放下背着的一大堆工具，开始在小空地上搭建打气球的摊子——那不过是一块挂满了气球的黑布而已，他把它挂在插入土里的两根竹竿之间。

"我没做错什么。"铁酋长说出这句掷地有声的话。古戎停下手里的活儿，转过身看了同是鬼面人的铁酋长很久。

"如果其他人都觉得你错了，那你就是错了！"

"你也这么觉得？"

"一个人在这世界上不依靠一个组织，很难生存！奴役过我们的新政府绝不是可以依靠的组织……"古戎稳稳地搭好了打气球的摊。

"古戎，你已经不是真正的鬼面人了吗？咱们什么时候有过组织和群体？这些都只是软弱的普通人需要的，况且人越多，就越容易丧失自我，组织只会让人犯下更多错误！"

"是呀，我大概不算真正的鬼面人了。说实话，我不喜欢到处摆打气球摊的生活，有时看着家人带孩子来玩气球，就会想，也许我也该在路上找个老婆，生个孩子。总是在高速路沿线奔波寻找罪犯信息，为泥浆天使物色新杀手的生活实在令人厌倦。"

铁酋长笑了，把弩放在手里掂了掂："你们那支鬼面人，生性是最自由的，不从事农耕，也不从事畜牧，称作鬼艺人，可惜都被新政府抓起来像牛马一样驱使，去挖土筑路。那段高速路修好时，你们已经死得一个不剩，你是从死人堆里爬出来的幸存者，于是你违背鬼面人自由的个性，投靠了泥浆天使。你想杀掉跟死去的族人一样数量的普通人来报复这世界，杀够了吗？没有吧！这个组织只安排你这个心不够狠、手不够快的鬼面人做探子，只要在组织这个大机器里，你永远只是被利用的部件！"

古戎笑了笑没回答，抓起皮囊扔给铁酋长。

"搭这玩意儿干什么？这里可没有小孩儿来玩。"铁酋长接过古戎扔过来的酒囊，挂着气球的黑布就在他身后。

"想请你玩，"古戎端起弩，"处决你以前，请你玩一次！"

铁酋长一边把手里的酒囊扔回给古戎，一边从地上站起来。羽毛箭正好从正在洒酒的皮囊嘴里射入，穿过整个酒囊。

这箭没射中，但古戎不慌不忙。他再次把弩举到眼前，从搭箭的小孔里眯眼看铁酋长："你觉得自己是对的？可在泥浆天使眼里，你只是个搞砸了的叛徒。你想加入城邦军队，是为了寻求新政府的庇护吗？难道你不知道屠城的官僚很好收买？很快，满高速路都会通缉你，他们有的是解决不了的悬案，正好都算在你这个鬼面人脑袋上。"古戎第二次给弩上箭，这次是三支一起！

铁酋长慢腾腾地从腰上取下U形匕首，轻轻地把里面镶嵌着弹簧的护手柄拉直，匕首的长度顿时改变，变成了一把长枪。

"哟，还可以这样！不过再怎么样，长枪也没弩的射程远，我这箭上特地为你抹了蛇毒，只要蹭上一点儿你就立刻毙命。"

"其实我小时候玩过打气球。"铁酋长说，"每次都玩五支箭，从来没得过奖，这次可以试试看！"

铁酋长在古戎身边"之"字形地跑动，毒箭同时射出。一、二、三，连续三支箭射爆了铁酋长身后的三个气球！

"还差两个气球，你就可以得奖了，孩子。"古戎又架上两支箭，这两支箭和刚才那三支一样，虽然是一起上到弩弦上的，但会先后射出，每次射出的时候都会根据弩的准心所瞄准的位置而有所改变。

铁酋长再次"之"字形地跑动起来，第四支箭射出，扎破了他背后的一个气球。第五支箭也扎破了一个气球。与此同时，铁酋长手里的匕首也如箭一般准确地插入了古戎的胸部，古戎倒在地上，弩扔在了一边。

"你真的不怕吗？"毒性还没发作的古戎说。

"怕什么？"

"一个人，没有团体的一个人！"

"可这个团体错了！"铁酋长小心地蹲在他身边。

古戎笑起来，身体震动得刀伤处又冒出一些鲜血，他躺在地上不住地咳嗽："这个世界上……这个世界上就没有正确的……"他再次猛烈地咳嗽，已经很难说出话了，"给我，给我喝口酒。"

铁酋长捡起已不剩几滴酒的酒囊，悬在古戎的头顶，残酒顺着羽毛箭抹了毒的箭头流进他的嘴里，古戎似乎缓过来一点儿，看了一眼身边的蛇皮弩："这个弩是奖品，带上它吧。跟这个世界为敌，很难，即便你是对的。"

"最后你应该上三支箭，如果再多上一支，我可能就跑不到你面前了。"铁酋长突然意识到杀手资质平庸的古戎，并不是闪亮脸之后来杀他的人。

"是吗？那下次，我上三支。"古戎闭上了眼睛。

铁酋长抬起头，一只待在树杈上观战的松鼠惊慌地甩着毛茸茸的大尾巴攀上了最高的树梢。铁酋长捡起古戎的弩，大步走出树林。

傍晚时分，他回到了城邦联合军队的门前，铁门后面现在安静得可怕，原本在操练的军人已经无影无踪。

铁酋长想了想，对铁门里喊："微声，下一个来杀我的是你吧？"

没人回答他，铁酋长轻轻一推，军营的铁门就嘎啦嘎啦响着打开来，下午的时候明明是上着锁的。

"你个哑巴狙击手，我在你的瞄准器里吗？嘿，微声！"

第二十四章
紫金矿

"既然醒了，就开工！假装晕倒可不是偷懒的办法！"工头踢了一脚躺在凉棚地面上的切·丹提，将一把折叠工兵铲扔到他身边。

切·丹提用力把自己从地上支撑起来，刚想伸手去拿工兵铲，却腿一软，再次跌倒在地上。

"我说你，怎么这么虚啊！"工头用力扇着折扇，对跪倒在地上的切·丹提甩了一个鄙夷的眼神，"唉，这苦活儿连鬼面人都没人能连续干上两年。你就为了给你在新城的女人寄钱？如果再干第三年，你绝对会死在这鬼地方！"

他蹲下去拉切·丹提："起来，起来，赶快起来！要是让当兵的看见，你和我都得挨鞭子。咦，对了，今天都这时候了，城邦联军怎么还没来？"

高速路的修建是新政府的项目，由各个城邦联合出资，雇工归军队管理。修建高速路死人无数的消息传出去以后，新政府迫于压力，废除了抓捕鬼面人作为免费劳工的法令，可麻烦接踵而至。即便报酬还算丰厚，也鲜有人愿意来做修路工，工人越少，工作量就越大，工作的强度和艰苦程度更加令人无法忍受。为了防止受不了苦的工人没完成一年合约就逃跑，政府只有派军队每天来清点工人数量。只要在合约期内发现有人偷懒或者逃跑，根据法律便可施以刑罚，甚至立刻将其击毙。

地下水造成的井喷让探矿的人一片骚乱。

"真讨厌，那些戴着面罩的家伙这一天来来回回地在地上钻了那么多大窟窿，只有一个在冒水。他们真是群神经病，谁允许他们在高速路边上钻矿的？"工头对钻矿工很不耐烦。

切·丹提终于站起来，拿起铲子回到工地。烈日下的路面依然酷热难耐，从各个城镇搜罗来的十几个工人一言不发地干到了日落，地下水冒出地面的哗哗声不停地冲击着修路工的耳膜。很多人讨厌这声音，用东西塞住耳朵，而切·丹提觉得这声音非但不是噪声，还似曾相识，空气里飘着的不再是工友身上的臭汗味，而是海水特有的清新咸味。

多年前，他在高速路上晕倒时身边就有这样的声音和气息——那是水从地表下冲破土壤喷涌而出的声音和海水的咸味。想到这里，他激动得扔下了工兵铲。

"嘿，干什么呢！快捡起来，要是城邦军队来了……"日头下去，工头才肯踱出凉棚。

"修路工们，停下来听个故事吧！"一个戴面罩的探矿家伙走向凉棚。

"嘿，别妨碍我们！你们挖你们的坑，我们修我们的路，互不干涉！"工头不停地在空中挥动手臂，像是在驱赶看不见的苍蝇。

"好故事啊，怎么能不听呢？"那人没停下，还摇摇摆摆地往前走，步伐极其奇怪，秃鹫在地面走路时大概就是他那样的步子。

"不好！"切·丹提扔掉铲子，扑过去把工头压在身下，一颗子弹从切·丹提的头发上掠过，射中他们身后的一个工人。

"谁让你开枪的，笨蛋！又少了一个俘虏，回去怎么交差？"想讲故事的秃鹫蒙面人对背后举枪的人喊起来。

"哟！我是要射那工头，他可不算好劳力！"端枪的蒙面人说。

现在每个蒙脸钻矿工手里都端上了枪，面对着修路的队伍。手里只有工兵铲的修路工望着枪口一脸茫然和惊恐，他们知道，谁要想跑，就是枪下之鬼！

"不能就这么随便抓。得讲个故事，不然那四个紫金矿不就白挖了？"迈着秃鹫一样步伐的蒙面人摇摇摆摆地走到高速路修路工人身边坐下，"今天所有城邦军队都得到了集结令，去了屠城，没人来关照你们了。"

站在他面前的修路工动都不敢动，不明白他到底什么意思。

"看见那些坑了吗？有两个里面全是尖锐的岩石，能划破你们的皮肉。"秃鹫一样的怪人露出令人恶心的陶醉表情，"我真希望你们能体会那种痛苦。"

他看了一眼切·丹提："大个儿，你身材不错！一定可以卡在石缝里，被岩石尖扎着是有点疼……不过……哦，对了，没杀死的工头也可以试试。"两个端枪的蒙面人走到切·丹提和工头身边。

"找个坑把他们塞进去，这家伙看起来就讨厌。"念书的蒙面人又说，"其他人可以蒙上眼睛了，谁要是不想跟我们走，也可以试试紫金矿。"

他所谓的紫金矿就是他们在地上钻的那几个洞，蒙面人用枪顶着切·丹提和工头的头，把他们驱赶到"紫金矿"旁边。

"下去！"一个蒙面人踢了切·丹提一脚，其他修路工看着两人被扔到坑里，什么话都不敢说。

然而，把切·丹提和工头赶到坑里还只是开始，蒙面人接着又把一些形状尖锐的大石块投入"紫金矿"来填补切·丹提周围的空隙。石块落下，切·丹提的胳膊被划破一大道口子，血淌进石头的缝隙。刚才念书的蒙面人再次翻开书本，走到切·丹提身边，现在高大的切·丹提只有脖子和头还露在地表。

"真是逼真！太好了，胳膊上也有伤口，把他的胳膊完全埋起来！"更多石块落到切·丹提的那条胳膊上，他疼得脸和胡子上满是汗水，却忍着没叫出来。

秃鹫般的蒙面人走到另外一个洞边，把手比在工头的脖子上："这个人太无聊，给他来点花样。填土，没过脖子！土里可以加一点刺激的液体，能让皮肤觉得火辣辣的那种，免得他睡着了，我可不想让他们这么快就死，慢慢受折磨才好。"其他蒙面人依照他的说法行事。

"好了，现在给修路工戴上蒙眼布，把那两个打晕！"秃鹫又发令。一个蒙面人用铁锹把埋在石头坑洞里的切·丹提打晕。

不知过了多久，切·丹提再次睁开眼睛，修路工全不知去向，原来喷出地下水的那个矿坑也不再冒水，只有一个蒙面人还蹲在矿坑边。

"我这就把你弄上来。"马波摘去面罩，拿着把工兵铲。

"大概，大概没那么容易。"切·丹提尝试着动自己的右臂，但是除了疼痛，它没有任何感觉，一丝力气都使不上。

"你先去救那工头……"

"他已经咬舌自杀了，我不知道那土里放的是什么液体，他大概受不了那种火烧般的痛苦。"马波小心地挪开几个石块，看着切·丹提鲜血淋漓的右臂，"你要受点苦，你的右臂已经完全化脓了。"

"那就把它切下来！"切·丹提说。

马波握着工兵铲的手都攥出了汗，却迟迟下不去手。

"来吧，马波！如果你做不到，没人能做到！从在橘镇认识你的那天我就知道。"

命马镇。

空无一人的军营操场其实就是个椭圆形的足球场，周围没有看台，但种满了高大且茂盛的洋槐树。

铁酋长在操场中央小心地走动，仔细地听着所有声音，观察风和洋槐树叶的动向，哪怕是最细微的声音都会引起他猎人般的眼睛的关注。铁酋长摘下背上的弩，把三支毒箭搭在上面，双手握住，做好准备，他知道又一个杀手已经就位！

　　一棵槐树顶上的树叶轻微抖动，铁酋长的箭迅速射出，扎中了树梢上的一只花栗鼠。花栗鼠落下，两具穿着军服的尸体也跟着掉在树下的地面上。铁酋长快步走过去，抓起被箭射穿的花栗鼠尸体，用它毛茸茸的尾巴扫了扫一具尸体胸部的伤口。尸体上子弹射入的地方几乎没有血浆，是干净浑圆的一个小洞。但把尸体翻过来，背后情形却大不一样，子弹射出处不是孔，而是大片爆炸后的模糊血肉。

　　"真糟糕，军服上衣全毁了，但是裤子还不错。"铁酋长再看另一具尸体，这具尸体也是一个弹孔，完全和上一个相似，子弹没留在肉里，而是在下身要害处穿了一个洞，飞出去了。

　　"哦，这个上衣可以用。"铁酋长笑起来，"你给我弄了整套军服，谢谢，微声！看来你刚才听见了我和古戎的谈话，泥浆天使还真没隐私。"

　　铁酋长左右看了看，在距离他身体两侧不同的方向，各有一个弹壳。

　　"微声，你真聪明，我没法凭这些弹孔和弹头判断你隐藏的方向。不过，你通过这两具尸体在跟我说话，对吗？"他对着空无一人的操场大声说，回应他的依然只有风和狂乱舞动的树叶。

　　"我不知道你是男人还是女人，你是所有泥浆天使的杀手里唯一没人见过的家伙。如果你是女人，请闭上眼睛，我要换衣服了。"他真的扔下弩，卸下腰上佩戴的两把匕首。

　　"你不会在这时候射杀我吧？！不会，对吗？微声，我身上有一幅非常漂亮的文身，等我脱下衣服你可以看看，哦，不过，如果你是女人就算了。"铁酋长开始脱掉身上的衣服，当那身酒保的衣服全部脱下后，他并没有着急穿军服，而是张开双臂，站在原地转了一圈。

　　"怎么样？不错吧！说实话，我真讨厌这身酒保的衣服，你知道我穿了多久吗？整整十六年！从十一岁开始，我就拜师学调酒，一直穿着这样的衣服站在吧台后面。当上泥浆天使后，我以为自己可以脱下它，但我还是得穿着它，为来买私酒的酒鬼服务，每天都要！"说着话，铁酋长的上衣和裤子已经穿好。他抬起脚，在两具尸体的鞋底比了一下，挑了一双跟自己的脚差不多大的靴子用力拔下来。

"我已经厌烦了这样的生活，每天杀人的人，偶尔也应该试试被杀；每天受欺负的人，偶尔也应该试试欺负别人。生存的动力是改变，你想过改变吗？微声，哪怕只是一次，不从你那个瞄准器里看世界，哪怕只是一次，对你的射杀目标大笑一声，或者打个招呼什么的。"

铁茜长再一次对着那些不会说话的洋槐树大声说话，"哦，对，你是不能说话的，说话会暴露你的位置，你已经跟狙击枪融为一体了，不再是个会说话的人。我真蠢，死以前竟然想跟你聊天。微声，你的世界应该不算大吧，和你的射杀对象相望，我们之间只是一个很小的世界，比这个操场要小，只有你的瞄准器那么大。除了眼睛要准外，你的手还要很稳，这个我多少知道些。小时候练习调酒，只要手稍微一抖，整杯酒的味道就不对了，师傅会狠狠地用竹片抽打我的手，他总是告诉我应该做什么，好像所有混合酒的配方都是书上长出来的，不能改变。只有急王告诉我，这个世界上还有新的可能，新的调酒配方。'改变现状是生存的动力'这句话，我一直不是很明白，直到那寡妇走到我的吧台前，我突然觉得，管他呢！让杀手的谨慎和规矩都去见鬼吧！现在我的生活真的改变了，从杀手变成了目标。可是你知道吗，微声？我却觉得只有现在的我才在呼吸！这辈子我只呼吸过两次——一次是小时候跟着急王进入上城，另外一次就是这次。我终于不用接受指令，哪怕像这样逃亡，也是我自己的意愿。你懂吗，微声？所以我现在一点儿都不害怕死亡。"

穿戴完毕的铁茜长把两把匕首别在腰上，从地上捡起弩。又一阵风吹过，铁茜长清清楚楚地看见另一棵洋槐树上也挂着两具军官尸体。风胡乱在椭圆形足球场上吹动，扫开带着血迹的树叶，凡是被扫到的地方，树丫上都有两具尸体。铁茜长刚才穿靴子的时候也已经看见了满地的弹头。

"微声，跟你较量，我必输无疑！"夕阳下，铁茜长搭上三支羽毛箭，举起弩，"谢谢给我那么多时间废话，你是泥浆天使这台巨大的杀人机器里最仁慈的一个了。开枪吧，从不出声的微声！"

第二十五章
女孩儿和魔鬼

"再给我点，求求，求求你。"

一路没说过话的女人舔干滴落在手背和大腿上的残酒，哀求高个儿蝼蚁人买主，而她们的买主没有一点儿可怜她的意思。

"浑蛋！"他破口大骂，一把打落女人手里的酒瓶。

酒瓶砸在地板上碎了，液体流出，女人立刻趴在地上，伸出舌头舔舐起来。酒精里混着的一些玻璃碴子割破了她撑在地面上的手，但女人毫不在意，努力伸出舌头拼命吸吮着每一滴烈酒。虽然她的速度很快，但还是没能舔完所有酒精。蝼蚁人买主暴怒着，一把揪起拴着扮猫和酒鬼女人的铁链，扮猫被拉了一个跟跄，双膝跪在地面上，那女人则被一截铁链勾住脖子，险些被绞死。铁链刚刚松弛下来，她就又喘着粗气爬向了那摊酒水。

"嘻嘻，把她便宜卖给我吧。"刚才免费给他们酒瓶的蝼蚁人一直站在边上没走，望着女人，一种令人感到恶心的黏稠液体从他的嘴角流出。

高个儿蝼蚁人用手拼命抓了抓脑门，似乎那个决定无比痛苦，他最后终于叹了一口气："好吧！两百币。"

"太贵了，她什么活儿都做不了，酒瘾那么大，活不过一年。"

蝼蚁人之间的讨价还价让扮猫非常震惊，她浑身的汗毛竖起，睁大眼睛听着地上那女人的命运。而那女人似乎毫不在乎到底被卖多少钱、被卖到哪里去，也毫不在乎自己活不过一年这个事情。

"那你说多少？"

"二十五通用币。"

"什么？！"高个儿蝼蚁人不高兴了，脸色沉下来。

"别急，别急！除了这个，我再给你透露个绝好的消息，你在这个烂货女人身上就算损失了点钱，过几天就可以完全补回来！再说……"黄牙的蝼蚁人踮着脚，把嘴伸到高个儿蝼蚁人的耳边说了几句话。

"那好吧，她就给你了。"看来这个悄悄说的消息果然有价值，高个儿蝼蚁人同意以二十五通用币的低价把有酒瘾的女人转让出去。

两个蝼蚁人交接通用币和"货物"，女人被铐在新主人掏出的铁枷和链子上。扮猫再向四周望望，周围还有很多手里拿着酒瓶和铁链的蝼蚁人，他们是二手的奴隶买主，专门寻找牵着奴隶的蝼蚁人商议价格。这些二手买主几乎专盯女奴隶，并且免费递给她们酒精，但真正成交的并不多，一手买主大多不愿搭理他们。然而，二手买主会跟在一手买主后面喊些奇怪的话。

"嘿，你那个肯定是逃出来的，卖给我吧。"

"二逃还可以，你这三逃的女人一定有酒瘾。干不了活儿，给我吧！"二手买主就像轰都轰不散的一群苍蝇，只要被他们盯上，一定会腐烂到只剩白骨！

"她会被带到哪儿去？"

扮猫注意到二手买主拿出的枷锁和铐着自己的这副不太一样，跟集装箱里用的也不一样。前面两副铁链枷锁的作用是限制奴隶自由，在集装箱里是手铐加脚镣，高个儿蝼蚁人为了牵着她们走路，只上了手铐，而二手奴隶买主这副枷锁是直接夹在女人的脖颈上。他用力收紧铁链的一端，枷环咔啦咔啦作响，紧紧卡住女人的脖子，越收越紧的脖枷勒得她从嘴里吐出一截舌头，下巴上还有些残酒。

扮猫的问题当然没有得到回答，但那酒瘾女人最后的结局像聊天一样被两个蝼蚁人"透露"出来。

"哎！你非要当着我的面杀她？"

"嘿嘿，还不会死。"

"行了，行了，去爬天梯，早晚都是个死。啊，真恶心！赶快把她弄走！"女人没穿衣服的下体流出一片黄色尿液，高个儿蝼蚁人立刻捂住鼻子。

"哎，这样勒一下就小便失禁，爬不了多久也会摔下来，一点观赏性都没有，工厂里辛辛苦苦赚来的钱会押给她？二十五币都给你多了！"

"我才不管，你快把她带走，臭死了。"

"退我五通用币，这女人……"二手买主对高个儿蝼蚁人伸出手。

"给你，给你，快走吧！"

二十通用币，就是这个不知名的女人最后的价值。

"等等，我有东西想给她！"扮猫喊道。

"什么？给她东西？"高个儿蝼蚁人觉得那女人就是最便宜的"东西"。

扮猫那戴着铁链的手很不灵活，她用尽力气才把它们弯到腰间的口袋，掏出麻袋。这麻袋是她被蒙面人抓住前那个晚上为了去轻松池套在身上的，她本想摘下来盖在死去的寡妇身上，但还没来得及就被小学徒一把拽走了。她努力挣扎着，把麻袋围在女人腰间，不顾刺鼻的尿液味，用力把麻袋的两边打了个结。

"这是干什么？好好一个麻袋，沾上尿了……"二手买家本想把麻袋从女人腰间解下来，但伸了伸手，又缩了回去。女人呆滞的眼神一如之前，没有对扮猫做出任何反应。

"行了，各走各的路吧！"高个儿蝼蚁人猛拉铁链，本来拴着两个人的铁链现在只剩扮猫一个了。

离开二手买主后，高个儿蝼蚁人居然第一次主动跟扮猫说话："你浪费那个好麻袋干吗？"

"给她点尊严，如果等待她的是死亡。"在集装箱里目睹了那么多死亡的扮猫觉得，在这不见天日、一片盐壁的世界里，死亡也许还不是最糟糕的境遇。

"果然是刚从地面上抓来的鲜货！尊严，哈哈哈，尊严！"高个儿蝼蚁人笑得走不动路，"蝼蚁城没有尊严这个词！"

蝼蚁城！她现在就在蝼蚁城，这满是盐壁的地方就是蝼蚁城！马波和切·丹提两年前所谈论的地方，那个隐藏在地表以下的蝼蚁城。虽然扮猫早就开始怀疑，但当这个词真的从高个儿嘴里蹦出来时，她还是震惊得连身体也抖动起来。

"这里就是蝼蚁……"

"嗯，欢迎来到蝼蚁城。你这辈子第一次见到这么多蝼蚁人吧？我们到了，你以后就在这里工作。等几年你也会变白，然后干活儿干不到三年，就会器官衰竭而死。除非你去爬天梯，这里的工厂都归一帮叫泥浆天使的蝼蚁人管，有个叫莫莫的设计了一个很长的铁楼梯，爬上几天几夜就可以通到上面。谁愿意去爬就去爬，爬上去了就是自由！"高个儿蝼蚁人鄙夷地看了一眼扮猫小孩儿般瘦小的身体，"你这样的，哼，就别想天梯了。要不是现在工人不好找，我才不要你，你活得过一年吗？"

"有人爬上去过吗？那个天梯。"扮猫追问，"为什么要有那个东西？"

"你怎么这么多废话？"

高个儿蝼蚁人一甩铁链，他们在一个酒气扑鼻的巨大房间前停下。空气里弥漫着浓度极高的酒气，扮猫用衣袖捂住自己的鼻子。

"把这个戴上。"高个儿蝼蚁人递给她一个大口罩，自己也套上同样的一个口罩。

他们进入了没有门的房间。虽然拥有用盐做成的屋顶，但在面积和高度上，这个房间远远不是一般意义上的房间能比的。这个房间如同一个广场那么大，三四层楼高的房间其实是个烈酒加工厂。无数的酒缸和机器轰隆作响地工作着，穿梭其间的工人都戴着一样的口罩，口罩很厚，里面似乎还有夹层，本来浓重得无法顺畅吸入鼻腔的酒气在口罩过滤后居然清新宜人。扮猫觉得似乎回到了橘镇那个风雨交加的夜晚，酒气被口罩过滤后变成了湿湿的空气。

她一眼望去，工厂里少说有几十个粗壮巨大的酒桶，高度和直径都足有十几米。每个酒桶边上都有黑铁楼梯，几十架黑铁楼梯再往上，被距离酒桶顶端五米左右的黑铁走廊连接着，形成了一座形状怪异的黑铁立交桥。戴口罩的工人穿梭其间，仔细看的话，可以看出工人分为两种，大多数戴着口罩的负责劳作，少数几个不戴口罩的在高高的铁架子上来回走动，模样像是监工。即便大多数工人都戴着口罩，扮猫也能看出在这里工作的大部分是半白的蝼蚁人。他们或是手和胳膊上，或是脸上，都残留着一块块皮肤该有的颜色，像她这样仍是正常肤色的人也有几个，全白的蝼蚁人只有高个儿一个！

"我在这里干活儿？"

"问题真多！"高个儿蝼蚁人给了扮猫的背一脚，"尖角，把她带到葡萄园去！"

扮猫被那一脚踢倒在地上，她还没来得及从地上站起来，硕大的一双旧皮鞋便占满了她的视线。这双脚是扮猫见到过最大的，比切·丹提的要大好几圈，这么大的脚肯定属于异常巨大的人，扮猫这样想着，就被一双大手揪住脖领子腾空提了起来，现在她可以看见这个叫尖角的家伙的脸了。他是一个身体巨大的半白蝼蚁人，脑袋跟身体相比，小得不成比例，又秃又尖的脑袋大概就是他名字的由来。健康皮肤和白化了的皮肤交杂在他的脸上，两只豆子那么大的眼睛对扮猫流露出好奇和不解的眼神，他没戴口罩。

"傻看什么！"蝼蚁人呵斥。

尖角闷闷地从嘴里吐出了一声说不出是什么的奇怪声音，像拎着一只兔子一样提着扮猫走动起来。因为头朝下，扮猫嘴上口罩的一角掉落下来。她闻到了浓浓的酒臭气，那气味不是工厂里的，是尖角身上发出来的。就在这臭得令人发昏的酒气里，扮猫被拎着走过一个个巨大的酒桶，铁架子上不戴口罩的监工以及所有戴口罩的工人都扭过头来看他们，却没人说一句话。戴口罩和不戴口罩很明显地把监工和工人区分开，但是他们的面部表情都一样疲惫而悲伤，完全不似在集装箱里时蒙面人和奴隶的那种分别，这里的监工也只不过是做着另一种工作的奴隶。

直到把扮猫的脑袋晃得昏昏沉沉，尖角才穿过满是酒桶的大屋，走进一个温度令人舒服的巨大房间。扮猫被轻轻地放在房间的地面上，这里的地面不再是白色的盐，而是柔软的草炭和秸秆，以及一个个鹌鹑蛋那么大的黑色蛭石。

扮猫爬起来，一排排无土栽培的巨大葡萄架呈现在她眼前，树林般黑森森、密不透风的葡萄藤庞大而复杂地蔓延着，它们攀爬在跟酒桶旁边质地一样的黑铁架子上，根茎深深地插入草炭层里，下面是湿润的沙土以及鹌鹑蛋那么大的蛭石组成的培植层。

一颗大葡萄砸到扮猫脸上，尖角在对她傻笑。扮猫还没来得及做任何反应，又一颗又大又硬的葡萄砸在她的大腿上，骨碌碌地滚到草炭和秸秆里去了。

"尖角，躲开！"一个戴口罩的女人快步走过来，推了一把身形巨大的家伙。出乎意料的是，那么巨大的尖角居然被她推得跌跌撞撞地倒退了几步，他手里捧着一把葡萄，好不容易才站稳。

推他的女人也算强壮，并且肤色是完全正常的。

她和我一样刚刚被抓到蝼蚁城。扮猫不禁高兴地想，这种高兴其实毫无理由！

女人对扮猫伸出手，扶她站起来："我叫浅坑。"

"你好，我叫扮猫，你也是刚被买来的？"

那女人没理会扮猫的提问，转身继续推搡尖角，直到他拿着那串葡萄退到葡萄架后面看不见的地方。

"少说话，跟着我往里走！"浅坑推了扮猫一下，让她顺着葡萄架往里面走。

扮猫现在明白高个儿蝼蚁人为什么贱卖那个有酒瘾的女人了——这里是酿酒厂，有酒瘾的女人不能在这里工作。

"我来的时候，有个女人被路上拿酒瓶的一个蝼蚁人买走了，你知道她会被带到哪儿去吗？"

"你问题真多，这样可不容易在这里活下来。"叫浅坑的女人语气轻蔑，"能活着，能干活儿就可以了，想那么多干吗？老板可不喜欢太明白的工人。"

"你不想弄明白吗？"

"不想。之前有几个想弄明白的人都没好果子吃，看见尖角了吗？他脑子有问题，可是力气很大，咱们这些工人要是不安分，就会跟尖角关在一起。"

"跟他关在一起？"

"嗯。你看他现在还算正常，可是一到了夜里，他就发狂。老板把跟他关在一起作为惩罚不听话工人的方式之一，以前有个女工被他活活弄死了。他发起狂来，见谁打谁，他晚上睡觉的铁笼子有一面是盐墙，上面的血迹全渗进去了，你会看见一块一块斑驳的血迹。"

"老板是谁？那高个儿蝼蚁人？"

"不是！他只管买奴隶，整个蝼蚁城这样的工厂有好几百家，都属于泥浆天使！你说的那个女人大概被卖去爬天梯了。"

"天梯到底是什么？"

"全部蝼蚁人的娱乐和希望，如果有想逃跑或者特别没用的奴隶，就被选去爬天梯，那是一座从蝼蚁城一直通往上面的铁楼梯。要爬一天一夜，摔下来就是死，也有很不识相的蝼蚁人自己要求去爬的。"

"那怎么是娱乐？"

"可以押注啊！泥浆天使和蝼蚁工人，甚至奴隶都可以下注，押谁能爬到哪里摔下来一类的，我有时候也会赌上几次，可我眼拙，没押准过。"

"有没有人真的爬上地面？天梯通上去，到底是哪里？"

"你问题还真多，听说有人爬上去过，没人知道上面是哪里。我只知道，哼，上面的人还不知道有蝼蚁人存在呢，可见爬上去的人，也没什么好！"

浅坑说完，两人就没再对话。她们沉默不语地在两边都是葡萄藤的铁架子之间走着。

"停下！"在一排白塑料桶前面，浅坑叫住扮猫，"这些是二氧化硫，你负责把它们搬起来，顺着这些葡萄藤浇到根茎上。小心点，别弄洒了，也别想偷懒，监工会到处转悠。你要是犯了错，他们晚上就会把你从窝里带到尖角的笼子里，或者送去爬天梯。"

"窝是什么？"

"别那么多问题！记着，在这里少说话，多干活儿！别老胡思乱想。"浅坑脸上的表情非常冷漠而可怕，她虽然肤色正常，却不比其他蝼蚁人更有感情。

浅坑走回自己的工作区，一边干活儿，一边监视着扮猫。扮猫照她所说，沉默地开始搬运一个个沉重的化学药桶。种植葡萄的这间大屋子比外面的酿酒厂安静得多，工人之间也从来不说话，无论是半蝼蚁人还是正常肤色的人，都一言不发地努力工作，似乎只有这样一直工作下去，他们的生命才能延续保全。

不知道干了几个小时，葡萄藤之间的光线突然改变了，之前的光线是蓝色的，现在则是红色的灯光。有人抬着大铁桶走进他们的工作区，扮猫注意到抬桶的都是些男人，其中有一个似乎是鬼面人。他已经白化的胳膊和脸上以及身体其他部位还留着各种颜色的图腾文身，比起一般蝼蚁人，鬼面人变的蝼蚁人更加恐怖难看。扮猫突然想起泰卡曾经问过鬼面人变成蝼蚁人到底是什么样子，说来奇怪，就是这一点点毫不相关的回忆，居然让扮猫觉得不那么孤独难过了。

桶里装的是工人的饭，跟集装箱里的饭一样，也只是些不知道什么原料的稀糊糊，吃起来既没味道，也没嚼劲。扮猫就着白水用力地吞咽这些糊糊，它们虽然无味，却能让扮猫不至于饿死。瓦肯镇火灾时，扮猫断然拒绝了马波弄来的炭火烤鸡，现在想起来真是可笑。

"食物里也有记忆，每一口美味都是感情！"想到这里，扮猫的喉咙被哽住了，她痛苦地往下咽着味同嚼蜡的糊糊。

这顿饭吃得很急，不光是扮猫，所有人都是大口大口地吞咽，瞬间就填饱了肚子。扮猫觉得奇怪，自己平常吃饭没有那么快，在集装箱里被关着的时候也没吃那么快，然而抬大铁桶进来的人不到五分钟已经开始收拾器具了。屋子里的光线再次改变为蓝色，扮猫突然觉得心情也比吃饭的时候平和了些。刚才的红光，一定是刚才的红光，让所有人都那么匆忙焦躁，从而缩短了吃饭时间。扮猫的判断被接下来的很多细节印证了，这里的确在用光线控制工人的情绪，比如洗手间里的光线也是刺眼而讨厌的大红色！

"哎！哎！"

扮猫往最后一排葡萄藤的根茎上浇二氧化硫时，一个粗重的声音似乎在跟她交流。扮猫小心地四处望了望，一颗还未完全成熟的大葡萄砸在她的胳膊上，扮猫揉揉胳膊，捡起葡萄。

"吃，吃！"几片叶子后面，尖角丑陋的脑袋和小眼睛露了出来。

什么都比那些如橡胶屑一样无味的糊糊看起来诱人，扮猫一把把大葡萄塞进嘴里，牙齿咬破葡萄皮的一瞬间，她几乎流出眼泪来，似乎是很久了，舌头上的味蕾第一次被浓郁香甜的汁液浸泡。扮猫差一点就哭出声来，但她的嘴唇闭得严严的，因为任何一滴葡萄汁，甚至是葡萄皮她都不愿意浪费，全部咽进了肚里。尖角在葡萄藤另一侧傻笑。

除了马波，尖角是第二个请扮猫吃东西的人，但那一颗葡萄的恩情，在晚上就变成了令人骨头都发寒的恐惧。

浅坑所说的"窝"就是扮猫等工人睡觉的地方，在另外一个巨型房间里，有些梯田一样一层层的圆弧形盐层，每隔一两米，盐层里就被挖出一个人体大小的长圆孔，这就是所谓的"窝"。每个窝就是插在墙壁里的睡袋，工人把身体钻进里面，头却露在外面，无数个窝拼凑起一个巨大的蜂巢形状的建筑。无比渴望休息的扮猫被指派着爬进其中一个窝，无论如何，她总算有了一个属于自己的狭小空间可以安稳地睡一觉。盐壁上做的窝除了翻不过身，没什么缺陷，对奴隶们来说，已经够好了。盐可以保持湿度和温度，还可以调节空气里的湿度和温度，当光线变成黄色的时候，扮猫甚至觉得"盐窝"被稍微加热了，周身像是做着缓解疲劳的按摩，满是盐窝的大厅里放射着黄色的光，让人昏昏欲睡。

"这对干苦力的奴隶来说，过分舒服了，难道在做梦吗？"

"啊——啊——"

一声声痛苦的叫喊把本已经迷迷糊糊，马上就要进入熟睡状态的扮猫惊醒，这是尖角的喊声！

"又发狂了！"旁边的窝里一个男性工人嘟囔着，用手堵上耳朵继续睡，不一会儿便发出鼾声。其他人似乎也没太受影响，只有扮猫被尖角的叫喊折磨得怎么都睡不着。

刚才嘟囔的那个男工人也是个蝼蚁人，皮肤早已经完全发白，他的枕边上有一个画着满是圈圈叉叉的日历。已经算出自己活了三年的他，在等死，等着自己的器官慢慢衰竭。

"他到底怎么了？"扮猫想起今天那颗葡萄，又想起浅坑说的满是血痕的盐壁，还有关着尖角的铁笼子。

"我才不管那么多呢，明天我就死了。"

"你怎么知道自己会死？"扮猫问。

"变成蝼蚁人以后，平均只能活三年！我到了，明天就到。"

看着他枕边的日历，扮猫觉得难过又好笑："平均三年，那也许你还不会死呢。"

那个男人被扮猫说得翻了一个身："对啊，是平均三年，但是大多数蝼蚁人活不到三年！"他又悲观起来了。

"有没有活过三年的蝼蚁人？"扮猫努力地给他希望。

"有，据说有个女蝼蚁人，叫什么曼波的，活了很多年，早就超过三年了，但她是泥浆天使啊，是不是吃了什么好药？不像咱们每天吃糊糊。"

他这话，让扮猫的心咯噔一下，曼波！还没来得及多想，扮猫听到那说话的蝼蚁人肚子咕噜一声大响。

"你知道吗？我以前吃过特别好吃的早餐，"扮猫回忆着，"烤的面包加上奶油。"

"嗯，我都快忘了面包是什么味道了。"

于是扮猫滔滔不绝地讲起那份美味无比的早餐，等到她停下来时，枕边放着日历的蝼蚁人已经没了呼吸。扮猫看着他苍白的脸庞，这个孩子顶多十六岁，死去的蝼蚁人被抬出去，扮猫身边的盐窝空了。

尖角的号叫并没有停止，一大片像雪花一样的白色光斑从大屋子的房顶缓缓落下来，把每个窝都照得透亮，空气里的温度也跟着降低。本来熟睡着的工人全部惊醒，迫不及待地从窝里钻了出来，在监工的指挥下排成一队。扮猫后来才知道这叫"醒雪"，无论陷入如何深沉的睡眠中，醒雪都会把你叫醒。

蓝光、红光、稀糊糊、黄光、醒雪，扮猫和工人就在这周而复始的循环里耗尽体力，在窝里充满能量，再耗尽体力。这几天里，尖角再没有扔葡萄给扮猫，她也不敢自己动手摘，一切都淡而无味，直到敦佐被高个儿蝼蚁人带来这天！

"天哪，这是魔鬼吗？真可怕！"从不交流议论的工人看见那可怕的脸，终于忍不住摘下口罩，惊叫起来。

"你可是我花八千通用币高价买来的，要厉害点！"高个儿蝼蚁人卸下敦佐手上哐啷作响的铁链，敦佐转动着可怕的头颅四处看，眼光所到之处，没人敢抬头，有个胆小的工人居然吓得流下几滴尿，弄湿了裤子。

扮猫本来尽力向前凑，希望以前的煎蛋能看见自己，但当她与他四目相对时，扮猫愣住了。那眼神再也不是以前的煎蛋或敦佐，他对身为别人口中的魔鬼很满意，人们控制不住而表现出的恐惧，让他觉得无比快乐，并深深沉醉其中！

两天前，命马镇。

微声并没立刻杀掉铁酋长，在洋槐树叶沙沙的声响里，天色变得越来越暗，铁酋长知道太阳落山前，狙击手微声一定会开枪。他弄整齐衣服，在一棵大洋槐隆起的树根上坐下。

"微声，谢谢你给我最后的说话机会。不管你信不信，寡妇不是第一个让我破例的女人，曼波才是！被你的枪杀死以前，我居然满脑子都是第一次遇到她的情景。"

铁酋长鬼面人特有的坚毅而冷漠的菱形眼睛里露出些许光芒，这光芒并不少见，每个人谈到曼波时，眼睛里都闪着这样的光芒。这种光芒里的含义无法用语言表达清楚。它既不完全是爱情，也不完全是崇拜，更不完全是其他感情，但同时它饱含着爱意，饱含着憧憬，甚至有几分佩服，几乎囊括了一个人可以对另外一个人所具有的全部情感！

铁酋长垂下眼睑，继续说起来："她是我这辈子见过的最奇怪而又最美丽的女人，一个高傲地出现在万花丛中也毫不逊色的女孩儿。我们相遇的明媚清晨，她就站在轻松池酒吧后巷的污水里。

"九年前，我只是轻松池的酒保，还不是老板。我跟其他鬼面人一样极度热爱酒精，但不喜欢到处游走的生活方式，能以调制各种酒精饮料为生才是我此生的目标。

"禁酒令颁布前，轻松池的生意虽艰难，但还撑得下去。那一年禁酒令即将颁布的消息，在行业内部传得沸沸扬扬，所有酒吧的业主都忙着囤积最后的酒。我开始觉得未来一片渺茫，如果不能卖酒了，谁还需要调酒师？卖光轻松池仓库里最后那点酒，我就该离开了，当时的我这么想。怎么能有人靠着一条叫禁酒令的法律，就断了我的职业和生路？不只是白纸上的一行字吗？调酒师的生涯就因为这行字结束？人生真是没希望的路。我开始喝酒，品尝酒精带来的醉生梦死的混沌感。

"那个清凉的早晨我再次带着宿醉的头痛醒来，我住的地方是轻松池里紧邻仓库的屋子，清晨对我来说并不比晚上安静多少，鸟叫声和人们走路的声音都那么讨厌！只有一种声音在我的耳朵里清灵而悦耳，还带着一丝断断续续的悲伤感，跟酒精倒在玻璃杯里的声音类似，那是水流的声音，一定又是哪个流浪汉拧开了后院里的水龙头。我揉着胀痛的太阳穴走到后院，水龙头果然哗哗地流着水。当时还不是蝼蚁人的她，一手扶着水龙头，一手抓着脖子后面的头发，弯下腰努力让嘴唇接触到小腿高度的水。'竖在地上的水龙头是冲酒桶用的。'我说。

　　"'怎么了？'她抬起头，咽下一口水。'很脏，喝这水，会生病。''我不会！'她笑了笑，就低下头继续喝。早上的阳光照得我实在睁不开眼睛，就没再想跟她多废话。她想喝就喝吧，反正又不是酒。本来该转身回去的我却突然移不开步子，她把水龙头开得很大，水哗哗地流着，没有被她嘴唇接住的大部分水落在泥土里，击打起地上的尘土。阳光里的水滴就像有生命的液体在她的细带凉鞋边上蹦蹦跳跳，跃起的水珠像是镜子一样，使院子里的景物渐渐连成一片，然后变成水面，淹没了她的凉鞋。我回过神来时，也已经站在污水里，她却丝毫没有关上水龙头的意思。'关上！'我说，'地漏堵了，跟水龙头没关系。如果地漏没坏，水会直接流进下水道，多少水也存不住，为什么你觉得关上水龙头才是解决方案呢？应该去疏通地漏！'她的声音并不大，却如同给了我一拳。

　　"因为水的蔓延，轻松池的其他员工也聚集到院子里来。有人蹚水过去关掉了水龙头，但是那片没过鞋面的污水仍然存在，丝毫没有减退。她说得对，问题不在水龙头，而在于水没了去处，关上水龙头也不是解决方案。男人们七嘴八舌地商量着怎么请管道工，哪家管道工又便宜又好。我发现本来在喝水的女孩儿脚边的一个旧皮箱在水里漂浮起来，便顺手拎起它。'是你的吧，这么轻，里面什么都没有，对吗？你的行李是个空箱子？''这里面关着希望！'她接过底部已经被水泡湿的空箱子，拎在手里，另一只手插进凉鞋边的积水里摸索起来，那是一只美丽纤细而一尘不染的手。摸索了一会儿，她突然停下来，从积水里提起她的右手，一把拉出了地漏里堵塞着的污物！院子里七嘴八舌的男人再也不说话了，木呆呆地看着这个陌生女人扔掉污物，再次拧开龙头冲洗手脚。'干活儿哪有不脏手的？'她一边仔仔细细地洗手，一边说。等到她再次站直时，院子里的污水已经退进了下水道里。她拎起空箱子看了我一眼，就步履轻盈地离开了。这个女人在后来的两年里，一直占据着我的头脑。在酒吧里，我见过很多凶狠的男人，却没有哪个人的生命力胜得过她。"

铁酋长讲到这儿，摇了摇头："我对她的惦念不知道是爱慕还是害怕，那是一个那么坚强的女人！禁酒令很快颁布，轻松池的老板硬撑着卖饮料，甚至卖早餐，也只维持了一年。我早已从处处争抢的职业调酒师变成了四不像的服务员，在老板和我都准备关门滚蛋的那个夏天，她再次出现，仍然站在后院里，手里提着原来那个旧皮箱。'你怎么又来了？'我问。'给你带来点希望！'她把皮箱放在地上。从她弯腰的姿势里，我知道，这次的皮箱很重！里面装了满满的通用币，还滚出两个大瓶子，酒精在瓶子里翻滚的悦耳声音震着我的耳膜，我本以为再也无法听到这美妙的声音。"

铁酋长的故事说完了，他在原属于古戎的弩上架上三支毒箭，该来的命运早晚会来！

第二十六章
癫狂世界

　　微声的枪响时，铁酋长的箭也射了出去。三支箭同一时间，朝三个方向飞了出去，左、中、右稳稳地射在三棵大洋槐树粗壮的树干上。铁酋长也借助箭离弦的瞬间侧身翻滚了一周，他从地上站起来时，发现他原本靠着的那棵大树干上，多了三个弹孔，直径半米的树干被子弹射穿了。跟那两具军官的尸体一样，子弹的射入口小而浑圆，其中两枚子弹穿过的地方明显要高于铁酋长刚刚靠过的地方，只有一颗子弹位置偏低，直接冲铁酋长额头而来，幸亏他及时躲开了。

　　这颗子弹让铁酋长意识到了什么，他迅速绕到洋槐树干后面，那里站着一个端着枪的十来岁女孩儿，女孩儿的脑门上镶着一颗狙击枪的子弹。那女孩儿对着铁酋长伸出一只小手，另外一只手里的狙击枪已经端不住而滑落到地上。

　　"只有孩子的眼睛才能如此专注地盯着瞄准器！"铁酋长把女孩儿将要倒下的身体抱在怀里。

　　女孩儿嘴里不清不楚地嘟囔着什么，伸手把插在铁酋长箭袋里的一支毒箭对准自己的胸口。她什么都说不出来，已经被脑门的那颗子弹折磨得意识不清了。作为一个杀手，她在请求着最后的解脱。

"我干不了这个，你们来吧。"铁酋长知道在对面的洋槐树那边还站着三个人，这三个刚才射穿同一棵槐树的人也是微声，其余的微声已经分别从自己隐藏的树上爬了下来。

铁酋长怀里抱着的这个女孩儿，就是之前两具尸体从树上掉下来的原因。一个狙击手不小心从藏匿着的树干上滑了下来，铁酋长捡拾衣服时，看到了她战战兢兢地躲在洋槐树背后的小脚，他一直靠着这棵洋槐树，并用坐姿保持一个儿童的高度，就是这个原因。只要树后躲藏的女孩儿还在，其他的微声顾忌子弹穿过伤及同伴，就不会轻易开枪。但是天色渐晚，铁酋长知道，早晚会有微声下狠心产生杀死同伴的想法。他突然放出三支毒箭，作为对他们混乱思绪的干扰，同时也是催促他们做最后的抉择。他们一旦开枪，又不能置敌人于死地，就等于暴露了自己的位置，失去了先机，但是万一他们中有人愿意冒着射杀同伴的危险选择命中目标呢？果然，三枪命中树干，其中有两枪犹豫了，射在高处，只有一枪准确而致命，直接击毙已经暴露自己的同伴，开这一枪的也是四个孩子里最凶狠的一个。

就是他，一个只有十三岁上下的男孩儿，把枪对准了铁酋长和他怀里的女孩儿。女孩儿还没死，身体颤抖着，脑门里的子弹周边渗出丝丝血液。她一手轻轻抓住铁酋长伸过来的手，另外一只手从地上捡起了她的狙击枪，歪歪斜斜地对准了站在铁酋长背后那个射杀他的男孩儿。那男孩儿居然笑了，手指移向了扳机。另外两个男孩儿也端起了狙击枪，对准的却不是铁酋长，而是那个男孩儿。一连四声枪响，铁酋长闭上眼睛，觉得手里的女孩儿一沉，她死了，枪掉在身边地上的声音都听得见，射杀她的男孩儿也倒下。还剩两个微声，其中一个抽泣起来，铁酋长睁开眼睛时，他已经把狙击枪口塞进了嘴里。铁酋长甚至没来得及做反应，鲜血和脑浆就从男孩儿小小的后脑勺喷出。

"别死！"

　　最后剩下的男孩儿望着铁酋长的眼神茫然而疑惑，他跟其他几个微声一样，是被父母抛弃的天生聋哑儿，五六岁时就被曼波从比城的福利院选来，培养成为职业狙击手。从那时起，他的世界就只有瞄准器那么大，他的世界里没有声音，他发不出声音，也什么都听不见。铁酋长说了什么，他一无所知，但他拥有极好的视力，多少年来，他只凭借着这有限而又精准的视力判断着距离和同伴。他们听不到任何影响他们判断的声音，也听不见人死亡前绝望的惨叫，他们的狙击枪从来都端得稳稳的，直到他们被迫把枪口瞄准自己亲妹妹一样的伙伴。

　　铁酋长讲的故事在他的瞄准器里只是嘴巴一张一合，然而，洋槐树背面的小女孩儿每一次艰难的呼吸，他都感应得清清楚楚，悲伤和担心随着每一次的心跳敲击着他的神经。没有听力和语言能力并不证明他没有感情，伙伴之间的牵绊、对惩罚的莫名恐惧，都是他那安静的世界里最强烈的感情。

　　他也把枪口塞进了自己嘴里，没有声音，脑袋一阵爆破般的震动，最后一个微声也失去了知觉，最后的几秒里，眼前这男人的嘴唇还在一张一合。人们真是可笑而又奇怪！

　　"那些急着从嘴唇里吐出来的语言究竟意味着什么？"

　　完全失去知觉前，最后一个微声也鬼使神差地对不相识的文身男人伸出自己的小手。洋槐树的树叶依然在风中发出巨大而绝望的哗哗声，如响彻云霄的葬礼挽歌，献给四个听不见枪响的狙击手！

　　高速路尽头。

　　切·丹提的右臂被"紫金矿"割破，尖石头刺破肌肉，刮入骨头。马波小心地移开石块，切·丹提化脓的地方散发出难闻的脓血味。

　　"整个切断它，化了脓会感染，我还想活着呢。"切·丹提再一次催促马波下手。

　　"莫莫这浑蛋！"马波咬牙切齿地骂着。

　　"莫莫？刚才念书那家伙？"

"嗯，他是泥浆天使核心人员中的一个，发明了很多'紫金矿'这样既能杀人又能折磨人的酷刑，还有个什么天梯，泥浆天使里满是这样的天才！"

"天梯？我听过，"切·丹提说，"几年前，从阑尾镇海里上来的那个蝼蚁人就说了这个词。"

"天梯的出口在阑尾镇的内海？"

"看来是，你这几年都去了哪儿？"

"一会儿跟你说。"马波一边跟切·丹提说话，一边从兜里摸出些火柴，到工地的凉棚里找了一些文件等可燃物，压在一些巴掌大的圆石头下面，在切·丹提的"紫金矿"周围点燃一小堆火。没有修完的高速路周围既没有村镇，也没有人烟，只要一入夜就会立刻降温，这个火堆不仅可以取暖还可以提防附近的野兽。

他还从工头待过的凉棚里找出一把全新的白铁工兵铲，小心地放在火焰上烤着它的周边。

"给你，本来是礼物。"马波从怀里摸出一个金属小酒壶。

切·丹提用左手接过来，用牙齿咬开瓶盖："下次送独臂人礼物，最好拧开盖子。"他咕咚咕咚地喝起了烈酒。

这笑话一点都不好笑，但马波还是笑了。他趁切·丹提不太在意，一铲子切下了切·丹提的整只右臂，即便被尖厉的碎石围裹着，切·丹提的身体还是抖动了一下，巨大的汗珠一颗颗地顺着额头流下来。

"它再也不是你的了。"马波迅速用铁丝弯成的火钳从燃烧着的石头里夹出一块，烫在伤口上止住血。

"无论如何，我自由了！"切·丹提轻松地说，但左手拿着的金属酒壶已经被攥成了歪歪扭扭的细细一条！

血止住以后没多久，马波就把切·丹提从石坑里拉上地面，马波也没忘记捡起刚才切掉胳膊的白铁工兵铲："给你，做个纪念。"

切·丹提用左手掂掂边缘被烧黑的白色工兵铲。这是一把能折叠的铲，分量也不重，拿在手里很合适。

"你刚才说的那个人叫什么？"

"莫莫。"

"你认识他？"

"两年前我和扮猫一起到新城下城，被古戎带到一家叫轻松池的非法酒吧。那儿的老板是个鬼面人，他们拿出了一些很好的烈酒。"

"轻松池，鬼面人和鬼面人，跟人们传说的泥浆天使入会仪式一模一样，你加入了？"

"嗯！"马波点头，"这原本就是我在高速路上一直搜寻的，加入传说中的地下杀手组织。但说实话，它真的来到时，我犹豫了。刚到下城时，我甚至幻想过另外一种可能：跟扮猫在那个垃圾场一样的地方过普通的生活，我送快递，她打电话挣钱。"说到这里，不知是自嘲还是什么，他笑了一声，"那种可悲的普通人的生活，以前我从来没那么想过，但一直找不到成为泥浆天使的路，可刚一想，另外一种命运就来到我眼前。你相信吗？以前我到处打架，每天都希望被泥浆天使发现，却从来没成功，直到我想放弃的那一刻，他出现了。我把扮猫带出酒吧，说句难听点的，我只说了一句空话，就把她甩在了下城的大街上。然后，我回到了轻松池，后面的事情很简单。"

"你要么加入泥浆天使，要么被见过你的那个人杀死！他们从来都用威胁手段，如果你不加入，扮猫也会有危险，我的祖父就是拒绝再跟他们合作，才遭遇不幸。我怎么都忘不了女蝼蚁人带着的男人，他走路的样子，像只秃鹫！就是今天那个人，叫莫莫的。"

"切·丹提，"马波觉得有些话自己必须说了，"你知道我为什么加入泥浆天使吗？"

"找你姐姐。"

"我姐姐，曼波，是泥浆天使的核心人物。这些年高速路上发生的很多事情都跟泥浆天使和她有关。"

切·丹提点了点头："如果你说她是泥浆天使的核心人物，那她一定见过大画师，也见过我祖父。"

"是的，她跟他们有些关系。曼波十一年前犯了大错，没等警察来，她就跑了。她离家的第三年，罪恶就变成恐怖的现实，屡屡浮现在高速路上。"

"马波……"切·丹提刚想说话，却被马波打断。

"切·丹提，既然你已经确定莫莫就是当年去你家的蝼蚁男人，那么还有一个蝼蚁女人，曼波是泥浆天使核心层里唯一的女性蝼蚁人。"

"所以莫莫和你姐姐都跟我祖父的死有关？"

"也许还不止，还有大画师。"

马波说到这个程度，切·丹提已经明白了。他没有继续这个话题，而是问了另外一个问题："你到底为什么要找曼波？"

"曼波的什么都是假的，假话，假名字。"马波抬起眼睛，"我想给她一件真正的东西，哪怕只是一句话。"

"真正的东西，不是所有人都给得起的！"切·丹提说，"你在下城跟扮猫分开，是不愿意她也卷进你的事里吧？"

"是啊，但是没能避免得了。这个世界从来都没照计划来运行过，无论我做什么都没用！扮猫总是觉得我会再出现，她每个星期都去轻松池，我不知道她在等待什么。前几天那个让我入伙的铁面人，叫作铁酋长的轻松池老板，杀死了一个侥幸从蝼蚁城逃脱回家的全白男人，蝼蚁人的遗孀到轻松池寻仇，叫铁酋长的鬼面人居然答应跟一个寡妇决斗。寡妇死的时候，扮猫守在她身边，我以为身为泥浆天使的铁酋长会追杀目击人，就一路暗中跟着扮猫。她和一个小男孩儿到了码头上流浪汉聚集的废弃集装箱堆放地，那里其实也是我这两年常来往的地方——我在那儿工作。有时候倒卖私酒，有时候装成码头工人观察流浪汉的数量，等他们到了一定数量，就开始抓捕。我们，或者说我，就是流浪汉大批失踪的原因。最可笑的是，随后到来的流浪汉仍然只图找到免费棉被，根本不去追究原因。不知道是不是命运，集装箱堆放地有无数个平静夜晚，每年只有两三个所谓的'失踪之夜'，日期是我拟定下来的，但扮猫居然就赶上了其中一个。看见她被圈在围捕的网里，我毫无办法，只能等待事情继续发展，把流浪汉运送到蝼蚁城的集装箱像地狱一样漆黑一片。备受欺凌的流浪汉在集装箱里天真地设计着暴乱，你不会猜到，扮猫也参与其中。"马波说到这里，笑了，"她一定拼命回忆着咱们在高速路上遇到的每一件事情，帮助集装箱里的人求生。他们做着全世界最徒劳的事情——想从已经到了蝼蚁城的集装箱里跑出来，暴乱发生时，一切变得不对劲了！本来暴乱的领袖应该是出了最多好主意的扮猫，但是有个家伙用巧妙而无用的言语瞬间控制了所有人，他像个魔鬼一样在黑暗中紧紧抓住了所有可怜人的心。可以说那次暴动是他领导的，但领导的方向不是生存，而是死亡。在黑暗中，有用而神秘的信号员出现了，说实话，我也第一次对周遭不明就里，直到我们的熟人，沌蛇走出集装箱。"

"沌蛇？！"

"他很被看重，被发展成了泥浆天使。与只干些跑腿事务的我不一样，沌蛇在泥浆天使里展露出了过人的罪恶才华，很快跻身拥有特权的核心杀手层。他这次在集装箱里伪装成被抓来的奴隶，真聪明！从此，人人自危，没人再敢相信别人，即便流浪汉的人数再多，如果破坏了起码的信任，大规模的暴动绝对不可能发生，泥浆天使的恐怖不仅仅是残忍那么简单！甚至在他们自己的组织里都存在着某种不安定的危机感，这种东西像是个脆弱而韧性极强的纽带，把精心挑选的可怕杀手联系在一起。从被抓进集装箱运送到蝼蚁城，我除了确保扮猫没死，什么都做不了。泥浆天使人太多，隐藏的奸细也太多。"

"她现在在哪儿？"

"蝼蚁城的一个造酒厂，暂时不会有事。事情好像都是相关联的，那场暴动损失了不少奴隶，所以莫莫才会让我们铤而走险，到高速路来抓修路工，没想到遇见了你。对不起，我来晚了。"

"没事，"切·丹提知道马波是在说他失去的手臂，"如果没有你，我丢掉的就不只是一条胳膊了。有沌蛇在，扮猫一定不会真正安全，那家伙一定会把毫无威胁的扮猫干掉！"

"是的，下面就是扮猫，等把扮猫救出来……"马波停在这里不说了，想起两年前垂死的大画师说过的话。

新城上城。

"可以给我一个独唱的机会吗？无论什么歌都可以，都两年了，为什么你总是安排我在舞台上连灯都照不到的地方给别人伴唱？"

"两年？两年你能上中央舞台就不错了！还想站在有灯光照着的地方独唱？你知道什么叫知足吗？"

"我不是每个月都定期交给你经纪费了吗？"

"可是你没钱雇作曲家和写词的人啊，你没有属于自己的歌，我有什么办法？"戴着金丝边眼镜的经纪人冷笑了一声，"我就不明白你了，现在最有名的词曲作家——水听不是你的老相识吗？你怎么不去求求他？他写一首就捧红一个。"

"我绝不去找那个人格卑鄙的家伙，他差点害死了我一个朋友。"

"那随便你！死要面子，什么人格不人格？我看你是妒忌水听。你这嗓子在小城镇也许还算回事，到了新城，哼，你这样的一抓一大把。我告诉你，再这样下去，给经纪费我也不做你了，还看不起人家水听，你又算什么东西，垃圾一样的女人……"

没有必要继续听他的咒骂，泰卡一摔门，走了出去。这两年，她几乎可以说是没做出什么成绩，更不要说实现梦想、大红大紫。她有时甚至庆幸切·丹提一直在修路，没有回到新城。

"我又上中央舞台演唱了，太可惜了，你那里连个收音机都没有！"每次给切·丹提的信里，泰卡都会加上这句心虚的话。每次跟扮猫通电话时，泰卡都隐隐约约地暗示不希望她来看演出，扮猫很会体谅人心，从来不来上城，但是每次演唱会完了，她总是第一个打来电话的人。不是祝贺的电话，她只是陪泰卡聊天，像她们当年在"多细胞"的车顶那样。

"真的有好歌就会红吗？"泰卡自言自语，"别骗我了，等我有了好歌又说宣传需要费用，不就是想要钱吗？不是有歌就能红！是有钱才能红！"

她突然很想念同伴们，跟扮猫一样，这两年来她几乎没有一分钟不在回忆和怀念以前。现实一点都不好，唯一能让泰卡觉得舒服的，就是在"多细胞"里的那区区几天。想到这里，她决定去一次下城，两年来第一次，泰卡决定放下工作和练习，到下城去看看扮猫。

上城的人们谈论的话题之一，就是下城的破烂贫穷，就连泰卡住着的上城贫民区里的人们每每说起下城，都带着一丝毫无道理的优越感，泰卡偶尔会跟一起伴唱的人说起扮猫。

她们会立刻皱起鼻子，似乎闻到了什么腐败的气味。"你怎么跟下城人来往！"所有人都会这样说。

装腔作势似乎是所有上城人的共性。唯独有一个上城人不一样，丹提家的切，他不一样！泰卡从来不跟人谈起切·丹提，他似乎是她深深藏在心窝里的一块珍宝，一个真正的上城人！

"我才不在乎什么上城下城！我要去看我最好的朋友！"下城的入城口，泰卡这么解释她的入城理由。

"哦，小姐。您入城没问题，所有上城来的人都可以随意进入下城。我只是想提醒您，从下城回上城很麻烦，从下城出来，再次进入上城之前，需要做全身细菌和流行病检疫。还有，最好不要在下城过夜，对上城人来说，下城的治安也……"

"你是下城人吗？"

"我是！"下城的入城检察官被泰卡问得愣住了。

泰卡仰起下巴："那就别瞧不起自己！"

她无论任何时候都那么精神十足，即便是在最艰难的时候，泰卡就是泰卡。按照扮猫给过她的地址，泰卡找到了扮猫租住的屋子。

"你找的那女孩儿好几天没回来过了，我正愁找不到她，再找不到，就只能把她的东西扔出去了，这房子很多人等着要租呢！"猥琐而肮脏的房东色眯眯地打量着泰卡。

"她一定预付给了你几个月的房租，你没权扔她的东西。"

"嘿嘿，你不知道。最近啊，下城人动不动就失踪。妓女啊，流浪汉啊，一夜就没了！"恶心的房东对着泰卡吹了一口气，"她十有八九也回不来了。"

泰卡闪开一点："别耸人听闻，让我进去看看。"

屋子里很明显已经被房东"收拾"过了，现金和稍微像样的衣服全部落入了房东的腰包，唯一幸免的只有书桌上几张写着字的稿纸。

"曲谱！"泰卡一眼就认出了那是什么。

的确，那几张稿纸是曲谱，空白处还歪歪斜斜地写着几句话，像是歌词。泰卡想拉开台灯，但是拉了灯绳半天，没有反应。

"该死，连灯泡都摘走了！"

她只能凑近窗口，借着夕阳余晖看上面的字迹，其中一张曲谱的背面有一段话，似乎是封信的草稿。

"送给泰卡唱的歌。这是我在下城酒吧和大街上经常听到人们哼唱的歌曲，据说是急王所作，我觉得很好听，就把曲调记下来了，但歌词一直不是很全。歌词挺奇怪的，好像是在说什么垃圾处理的事情，但是人们每每唱起，我都觉得曲调悲怅而悠扬，很适合泰卡宽广深厚的音域。"

"送给我的歌！"泰卡高兴地大叫，"谢谢，扮猫！"

她翻找着歌的名字，扮猫显然还没完全抄写好这份礼物，所有的纸片都是她一点点记录这首歌的草稿。泰卡费了很大力气，才找到四个似乎可以用作歌名的大字：癫狂世界！

这首歌就像是一块磁石，深深地吸住了泰卡所有的注意力。

"谢谢，扮猫。"泰卡轻轻地把曲谱抱在怀里。

第二十七章
水泥匣

　　两年前，被不明原因的大火烧毁了半个的屠城，迎来了新任守城官——达利上校。这位只有半个身体的军人和他忠实的部下瓦有名，在以传统和高贵闻名的屠城待得很不舒服。这座城市和这份工作完全不适合他们。达利上校闻名遐迩的勇敢，在屠城毫无用武之地，他那满嘴脏话的忠诚士兵更是受尽排斥，他们连去餐馆吃饭都感到礼数过多，高档的场所在瓦有名眼里极不自然。人们虽然表面上礼貌地对待他们，却在私底下冷冰冰地嘲笑两个土老帽。达利上校第一次感到自己是残障人。一点都使不上力气，他们不懂这里的交际规则，伸出的手时常被当作笑话，豪爽的性格成了易被伤害的软肋。上校的违禁私酒喝得越来越厉害，宿醉的梦里只见屠城的街道上满是自由奔跑的黑战马！

　　"上校，上校！"

　　"不要大喊大叫。"已近中午，达利上校才翻个身，慢慢抬起上眼皮。"是！上校！您有重要事情需要处理！"

　　来报告的士兵虽满头流汗，但还是昂首挺胸地立正。

"重要事情？难道这半边屠城也烧起来了？"

在达利上校眼里，屠城的士兵都是样子货。比如现在他床前这个，身姿挺拔英俊，至于打仗嘛，毫无用处！

"报告上校！比屠城烧起来还大的事！"

"你说什么？"上校揉着仍然有些胀痛的额头。

报信的士兵径直走到卧室窗前，拉开厚重的窗帘，刺眼的阳光瞬间倾进卧室。从窗口望去，屋外的练兵场上站满了各地调来的士兵，不同城邦军队的服装在光线下呈现出令人喘不过气的庞杂。

"我从来没见过这么多的城邦军队集结在一起！"达利上校用手臂支撑着，从床上坐起来。

"达利上校，达利上校！我听说了先天蒙古症的青蛙头的事情！五十六个城邦的部队今天都要集结到屠城，用湿面团浇死我，还有三十八个城邦的军队在新城集结。"瓦有名气喘吁吁地冲进达利上校的卧室，却仍然被窗前的场景惊得一屁股坐在地板上。

"奶奶！哇唔咿呀！窗外全是兵！"他惊呼。

高速路尽头。

"我觉得好多了，只是少了一条胳膊，重心有些不稳。"

"你现在脸色很差，可是没时间休息了，"马波感到有些抱歉，"前几天集结令就下来了，所有城邦的军队都往新城和屠城集结。"

"为什么？"

"不太清楚，脆弱和平的面纱要被撕破了。"

"蝼蚁城和地上城市的和平？从来就没有过！"切·丹提说。

"你想去弄明白吗？"马波问他。

"当然！你知道去下面的路？"

"有捷径，在这下面还有条高速路。"马波踏了踏脚下的高速路路面，"不过，捷径也是一条危险的路！"

"我知道。"切·丹提简单而坚决地回答，这种极其简单又不带一丝犹豫的说话方式从马波遇到他那天起就一直这样，从没改变或动摇。

"我们走吧。"马波把蒙面人的绿色纱布面罩重新套回头上，走到蒙面人挖掘的一口矿井边。

"给我那把铲子，"他拿过切·丹提的工兵铲，清理坑底的一小层碎石，"如果没亲眼看见，我不会相信还有这样的道路。"

"一定又是那位……"

"那位大画师的作品，没错！"

"我一直奇怪，他为什么到死都不肯把蝼蚁城的事情全部告诉我。在玫瑰角的时候，我感觉得出来，他在请求我们的帮助，但他还是不说。我知道蝼蚁城跟新城一样，是他设计的。"

听到切·丹提说这话，马波停下手里的动作："我也奇怪这个，直到我跟着装扮猫的集装箱进到蝼蚁城里才多少明白一点儿，是耻辱感。那么好的设计却用来干世界上最可耻的事！"马波扔掉手里的工兵铲，"蝼蚁城就是那样的地方，里面满是像眼泪一样的盐和水，却没有一块玻璃、一面镜子。别人不想看到他们，他们自己也不想看到自己，那群人带着无比的羞耻和罪恶感拼命埋藏自己的灵魂和身体，他们丑陋可怕，却又那么可怜……"

两人的对话陷入了沉默。几秒钟以后，马波纵身跳进矿坑，拨开一层浮土，下面露出一个金属圆盘，上面足够站几个人。切·丹提拿起工兵铲，跳下去跟马波一起站在金属圆盘上。他站稳身体，发现圆盘周围冒出滚滚的水花，他们就像是站在立刻就要烧开的粥锅盖子上。

"这是什么？"切·丹提问。

"他们管这叫'泪河'。"马波拉起圆盘中间栓子一样的把手，用力一拧，金属圆盘便开始平稳地下沉。随着圆盘的下沉，身体的四周被随之升起的金属圆形墙壁包围，这种感觉如同置身在一个急速下沉的电梯里。"电梯"下沉到一人多高的时候突然停住，两人头顶上方的墙壁弹起四个四分之一圆的扇形，轰的一声关闭，将整个头顶封死，紧接着是快速下降，周围伴随着水流声，这个"电梯"是被水往下压的。

"别担心，咱们周围现在都是水，整个蝼蚁城的交通工具是一条织网一样四通八达的人造地下暗河。"马波用手摸着筒形铜壁，"这条暗河是在五百尺厚的盐层里挖造的，河道设计非常精巧，成网状分布的管道中最先注入淡水，就像是一条岩层中的地下水管道，只是这个管道系统的作用不是提供饮用水，而是为了交通。它的工作原理其实很简单，就是通过控制管道中水与盐的比例，或者说水中盐的浓度来制造水流！水流会从盐分高的水域流向盐分低的水域，这就形成了定向的水流，如果要改变水流的方向也很简单，只要提升反方向的盐量，或者在另一侧灌入大量淡水以冲淡盐的比例，水流就会转向。因为是眼泪一样的咸水，所以蝼蚁人也把水压高速路叫作哭泣大道。"

"尖叫桥和哭泣大道，果然是大画师的风格！咱们现在在一根装满不同浓度盐水的金属管道里？"切·丹提也用手触摸着越变越凉的铜壁，"怪不得新城运河和屠城的护城河都从曾经的淡水河慢慢变成咸水河。运河和护城河就是哭泣大道的最大出入口！真不可思议，他是怎么想到用盐的浓度来驱动水流的，而且地下盐层……你刚才说盐层有五百尺厚，但面积有多大？"

"几乎遍及所有地方！"

"你是说地上世界有多大，盐壁就有多大？但即便是新政府也不知道这个世界有多大、横贯两侧的高速路到底有多长。"切·丹提的震惊很正常，"我明白了。现在人工管道如果被打破，水与盐层融合，将会使大量盐渗入所有的地下水和地表河流。"

"还记得阑尾镇的海岸和沙滩吗？"马波提醒，"修着修着路遇到的不是海，而是被地下盐层渗透而盐化的巨大淡水湖，地下的盐层已经开始不稳定了。如果不想办法，盐会慢慢侵蚀所有淡水水系，还有地下水。盐壁的消融会引发大面积地陷，蝼蚁城里的泥浆天使时常用破坏贯穿盐层的水流运输管道来威胁城邦联合政府。他们在地下开设工厂，向地面贩卖私酒渔利，不见天日地劳作，让变成蝼蚁人的劳力平均只能存活三年，所以泥浆天使只能一而再再而三地抓捕地面城市的流浪汉和妓女去补充劳动力。最近越抓越过分，不光是流浪汉和妓女，甚至抓起城邦城府的修路工了。"

"为什么只抓流浪汉和妓女？"

"城邦联合政府允许泥浆天使替他们的城市清扫垃圾，默许泥浆天使把这些人送入蝼蚁城，就好像是人类的垃圾填埋。对社会无用的人组成了蝼蚁城的居民，但这种情况似乎不会持续太久了。"

"你是说新政府最终会下狠心剿灭蝼蚁人的地下世界？"

"或者正好相反！"马波说，"现在的蝼蚁城规模之大，已经不是一座城池可以形容的。像蝼蚁的洞穴一样，这座地下城市扩张到了整个盐层，人数也远远超过了大画师认为的二十万，不知道会是谁剿灭谁了。"

切·丹提叹了一口气："大画师为什么要修这么个地方？他和祖父到死都没说明白。"

"他们就是不想说明白，"马波的语气让本来就密闭的水电梯里的气压越来越低，"因为蝼蚁城并不是像尖叫桥那么值得夸耀的设计，它可以算是人类最大的耻辱，那里是用原始蛮力和高科技同时管理着的地下监狱！自古以来，人们就有把罪犯送到一个荒无人迹的新大陆上去的习惯，犯了错误的人就必须从人类的社会里被剔除。家庭也是这样，曼波就是被我父母从家里剔除的孩子，他们甚至不想看到这些犯了错误的人。如果把他们都藏在地板底下，就看不见了，就像小孩儿把没用的玩具通通放进一个盒子，再埋进地板下面一样，他们设计了这个并不完善的盒子。人们把狼驯化成狗是为了让它们回去撕咬原本的同类，也就是所谓的以狼治狼！罪犯、流浪汉是对社会没用的人，异类都被赶到不见天日的地下，任由他们自生自灭，但大画师说过他无法控制一些事情，我这两年才看到那是什么——生命的力量！那些被社会抛弃的恶棍没有遵守别人给他们安排的命运，犯人里分裂出来最厉害的一伙，形成了被叫作泥浆天使的组织。他们在无人管理的蝼蚁城里修建黑工厂，生产地上社会稀缺的非法物资，再把产品输往地面，满足特殊需要。慢慢地，像酒精一样，这些潜藏在每个人身体里的特殊需要变得不可或缺，蝼蚁城甚至在某种程度上控制了地上社会。据我所知，泥浆天使定期贿赂各城主和官僚，这样他们就可以不受限制地贩运私酒，抓捕劳工。政府也很乐意有泥浆天使来管理蝼蚁城，一旦有蝼蚁人上到地面，或者有人把蝼蚁城存在的消息泄露出去，那人也就成了泥浆天使手里的死尸，这就是大多数人从来没有见过蝼蚁人的原因。"

"原来新政府暗地里庇护并对大众隐瞒蝼蚁城的事情，我祖父也是其中之一。"切·丹提叹了一口气。

"是的，他的确和其他大城市的城主一起计划了蝼蚁城的修建方案，但我相信他绝不是最大的罪魁祸首，而且他应该是醒悟了——所以他去世了。"马波低下头，"切·丹提，如果我不是碰巧在这里遇到你，我大概一辈子都不会跟你说，但既然事情是现在这样，我也不想瞒你。曼波……"

"我祖父是被杀死的，像大画师一样。"切·丹提自己把话接了过来，"他是被莫莫下的毒，而这些都和曼波有关。"

马波点头："嗯！因为这两个老家伙挡了泥浆天使的路。"

隔了一会儿，切·丹提才说话："你不是说蝼蚁人只能活三年吗？曼波怎么……"

"曼波跟一般人不太一样，她从来不逃避。我们像不敢看到自己的丑陋面一样不敢看到蝼蚁人。其实每个人都带着丑陋和罪恶的部分，而曼波爱这些罪恶和丑陋，她把它们当作世界上最独具的特质。泥浆天使这帮人十恶不赦，但他们能正视丑陋与罪恶，不再在人性善恶的两面之间纠结，而是彻底选择了黑暗的一方，所以他们才会那么强大！跟一般蝼蚁人不一样，在水泥匣里能成为泥浆天使的这些恶棍都生命力极强，强到足以区别于常人！"马波说到这里，水电梯哐当一声停住。外面本来浓度就高的水里还有别的响声，新城和屠城的人造运河里，一袋袋的水泥粉正被灌入地下河。

蝼蚁城地下酒厂。

敦佐来了，工人就更加害怕监工了，每天谨小慎微地工作。就连在女工里颇有地位的浅坑都说："我可不想惹那家伙，光让我看他一眼，都能杀死我！"没人叫他敦佐，也没人叫他煎蛋，根本就没人敢叫他！作为监工的他，在蝼蚁工人眼里就是魔鬼。晚上照例会听到尖角发狂的叫喊，但只要敦佐走过那个铁笼，尖角发狂的喊叫便会转成哭泣和呜咽。这里只有扮猫一个人不怕敦佐，但身为奴隶的她好几天都没找到机会跟到处走来走去的敦佐说上一句话。

"哎！哎！"一个上午，尖角又在扮猫工作的葡萄架后面露出那张小得和身体不成比例的丑脸，他手里攥着几颗大葡萄，像上次一样，把其中一颗砸到扮猫的身上。

"谢谢！"扮猫小声说着，赶忙捡起葡萄塞进嘴里。尖角有些白化的脸上露出尴尬而难堪的笑容，扮猫也笑了起来。尖角看见扮猫吃完了，想把第二颗扔给她，扮猫赶在他的动作之前，把手伸到了尖角拿着葡萄的手边。

"别扔，放在我手里，用你的手，把葡萄放在我手里。"扮猫声音虽小，但是坚决而温柔。

尖角拿着葡萄的两根手指迟疑了一秒钟，便缩了回去。愚钝的他似乎从来没跟人这样接触过，不知道现在该怎么办才好。

"滚开！"

这句呵斥是扮猫熟悉的声音，却不是熟悉的语气。魔鬼监工敦佐，出现在扮猫身边，尖角只要一看到敦佐那烧伤而露出全部牙龈的面孔就吓得浑身发抖，手里的葡萄一颗颗滚落在地上。敦佐对他笑了一声，尖角更是魂不附体，硕大肥厚的双手抱住小小的尖脑袋，跑出了葡萄架。

"敦佐，"虽然不太满意他用自己恐怖的相貌吓走尖角，但是总算能和老朋友单独说话了，扮猫还是满心高兴，"你也平安真是太好了，从集装箱出来以后，我经常担心你，他们没……"

"你卖了多少钱？"敦佐说话时，没看扮猫，捡起地上被尖角丢下的一颗葡萄，放进上下牙之间。

"嗯？"

"你是多少钱被买来的？"

"哦，大，大概八百币吧，或者是……我记不得了，敦佐我……"

"他们花了九千币才买到我，你应该看看，那么大的拍卖，专门为我一个人举行的竞价会！"敦佐牙齿之间留下一条条红紫色的葡萄汁。

显然眼前这个被叫作魔鬼的监工已经不再是扮猫在瓦肯镇认识的那个战战兢兢的可怜虫了，他甚至不再是急王收留的流浪汉敦佐。

"敦佐，我们一定可以离开这里！我在集装箱那里看见了马波。"扮猫仍然不肯承认已经非常清楚的现实。

"我不想离开，我喜欢这里！"他说，"你最好离尖角远点，下次再让我看见你偷吃葡萄，我就把你扔到他的铁笼子里。"

两年前，屠城。

晨光微露，中央银行厚重得可以压死人的铜制大门被一双瘦小的胳膊用力拉开。光是走上这几级大理石台阶，他就跌倒了好几次，几乎是爬上来的。

"嘿！中央银行可不是你这样的小孩儿来玩的地方！过来，过来。"一个警卫揪住小学徒的衣领，"你是从哪儿来的？这么脏！"警卫因为嫌脏，松开了揪着男孩的手，把小学徒一脚踢倒在地，抬起一只脚踩住他的背。

"你这浑蛋，我是来取钱的！"

"到银行来要饭？要饭不叫取钱！"警卫从制服口袋里掏出手帕认真擦拭着每根手指。

"放开我！没跟你开玩笑，我真的要取钱。"

"取多少？"警卫冷笑起来。

"我也不知道，你放开我。"小学徒像只肚皮朝天的甲虫，在警卫的大皮鞋下转着圈挣扎。

"你也不知道？哼，知道这是哪里吗？屠城中央银行！每笔交易金额在五十万币以下的，就不用来了。"

"他只给了我这个。"被大皮鞋压在地板上的小学徒咬住牙关，不再挣扎，伸手从口袋里掏出急王给他的锦缎小口袋，高高举过自己头顶。锦缎小袋子里，几块上面标有数字的金属牌子被抖搂出来，在大理石台阶上砸出清脆的响声。那警卫目光呆滞地看着地上这几件金属小东西，良久才慢慢地移开踩着小学徒的脚。

"我也不知道到底有多少钱……"他说。

"您稍等……您稍等……"警卫连滚带爬地捡起地上的金属小牌子，放在白手帕里，双手托着跑进银行大门。

"喂，喂！你要去哪儿？"小学徒已经从大理石地板上爬起来了，本想追着警卫进银行，但是刚走到铜质门的门口又退了回来，"急王那疯老头儿到底有没有存款啊？不会根本没有，要我呢吧？不是没有这个可能！他的澡堂都被没收了，就算还有私产也是非法的，不会一会儿把我抓起来吧？"想到这里，小学徒几乎想拔腿逃走，不过他没有逃走，即便被抓起来，也比继续回去当个永无希望的理发店学徒好！他决定等着，等待命运给他一个最后的答案。

只过了几分钟，这个答案就来了，刚才的警卫仍然托举着放着小金属牌的手帕毕恭毕敬地走出来，嘴唇闭得死死的。他前面还有个人，穿着黑色金纽扣套装，戴着银色框架眼镜的瘦削中年人快步走到小学徒面前。

"您好，我叫余额，是急王的私人理财师。"

"余额？"

"急王起的名字，他每次都问，'余额，还有多少钱？'他记不住其他人的名字，只记得他们的用处。"私人理财师尴尬地笑了。

"急王叫我小学徒。"男孩儿想起来，急王也不知道自己的名字。

"是的，小学徒先生，就是您！急王选中的财产继承人，他跟我说过，请到我的办公室谈。"

私人理财师带着小学徒走进金碧辉煌、高大气派的中央银行。刚才在银行警卫脚下挣扎出的一身热汗，一到银行里瞬间干在了皮肤上，这倒让小学徒汗毛竖起，有些发愣。

余额的办公室跟他们一路走过的所有地方布置完全一样，地毯是红色金钱花纹镶边的，墙面和所有家具都是金色的。小学徒在一把安排好的椅子上坐下来，余额坐在他对面的办公桌后面，面对一个硕大的液晶屏幕，详细地看着什么，但小学徒看不见。

"他留给我多少钱？"

"他的全部财产，学徒先生。"

"有多少？"

"我无权泄露，你只有在限制内使用急王所有财产的权利，但财产的管理权不是您的。"

"我不太明白。"

"是这样。"余额咳嗽一声，清了一下嗓子，"您对急王全部财产的拥有是'有条件使用权'。按照急王几年前与屠城中央银行定下的条款，他授予您，小学徒先生他的全部财产，但是只能作为您的教育资金，而不得购买任何与接受教育无关的物品，并且您也不享有将账户转移到其他银行，或者注销账户等权利……"

"你的意思是说如果我要交学费，还有买跟学习有关的东西就可以用这笔钱。但是买衣服和吃的就不可以，对吗？"小学徒往前凑了凑。

"是的！您的每一笔花费都必须与接受教育有关。并且，学徒先生，我还想告诉您，您的存款也不是一个我可以告诉您的数字，它每秒钟都在发生变化。"余额把自己面前的液晶屏幕转向小学徒，"请看！"

深蓝色的屏幕上密密麻麻全是数字，如余额所说，它们每分每秒都在发生变化，有的数字变大，有的变小。小学徒咽了一口唾沫，把视线从那些蚁群般乱动的数字上移开，搓搓双手，终于把那句话从嘴里吐了出来："我想把北面全买下来！"

"您，您是说被火烧过的屠城北面的废墟？"

"那里被火烧过，听说已经没有居民，没人去了，应该，应该不会太贵……"

"可这……这跟接受教育有关吗？"余额推了推银框架眼镜。

"有关！"既然说开了头，小学徒就准备继续推动自己的计划，他在椅子上挪动了一下屁股，"我一到屠城就开始找学校，可没一所学校肯收我。"

余额摇了摇头："怎么可能？您又不是付不起学费，我来联络，相信这座城市里任何一所中学都会为您敞开大门。"

"不，余额，我说的是，我要上大学！"小学徒认真起来，声音也比刚进门时大了一点，"其实我在新城的时候就自学完了中学的课程，还包括一部分大学的课程，我可以直接上大学！可是，屠城的大学都说我年纪太小，不肯录取我。他们说不会为我破例，这是屠城的传统。我连中学的毕业证书都没有，只能从小学开始念，然后中学，最后才能上大学，太慢了。即便我跟他们说我可以考试，让他们看看我是否有直接上大学的水准，他们也不愿意给我机会。"

"哦，我明白了。学徒先生，屠城的大学校长不是钱能够买通的。"余额笑了一下，"刻板无礼的规矩和教条被他们抱着、捧着，作为对自身价值的认定。只有否定别人，才能证明自己坚持的东西有价值，其实这很无聊。但是，这个，买地跟您想上大学有什么关系？"

"我想自己盖一所大学，自己请老师来教我。如果那些教授无法在他们自己的学校里录取我，就让他们来我的学校教书！"小学徒的声音与眼神同样坚毅。

"明白了！学徒先生。"余额兴奋起来，"您不愧是急王先生选中的人！真正知道钱应该怎么用的人！死气沉沉的屠城也该因为什么事件兴奋起来了！我会立刻联系地产商，把北边买下来，然后聘用最好的教师，但是……"余额看着屏幕，刚刚舒展的眉头又皱了起来，"兴建一所大学可不是一天两天的事，只怕等大学校舍全部建好，您的年纪也……"

新城下城来的小学徒在余额面前坐直身体，认认真真地说出了下面的话："在新城的街灯下，我把中学课程全部学完了，昨晚我一个人走到北面，发现废墟里烧弯的街灯依然亮着。多付那些大学老师一些钱，我想他们会愿意在街灯下教书。除了我以外，只要想来上学的人，都可以在街灯下听课，那将是一所没有校舍也没有入学考试的大学，只要在大片的废墟地区，每隔几米间隔竖起高高的街灯就可以，我们可以叫它街灯大学！"

第二十八章
三年命

新政府是个奇怪的存在。几乎没有人见过所谓的新政府。新政府亲自操作的事情就是不停征税和不惜一切代价修建高速路。而随着高速路不断修建，人们觉得它连接交通的功能越来越不明显，反而因为高速路的修建，很多小城市被夷平，切开，新城下城的大量移民其实也是难民。而修路工需求量越来越多，人们的生活也越来越苦。到底这条高速路要修多长，没人知道。

平时连接高速路的各城邦之间会有常规的例会，城主们是一个议会团，聚在一起决定一些事情。

"你就是来说这个的？"

围绕圆形会议桌坐着的中年男人一个接一个发出笑声，有些笑带着轻蔑，有些笑满是冷漠。刚才说话的是个在他们眼中"微不足道的蝼蚁女人"，虽然她跟这些傲慢的男人一样，也是一座城市的城主，却没得到应有的礼遇和重视。她代表的城市叫作"蝼蚁城"，各城邦的城主没人进去过，甚至没人想象过蝼蚁城是什么样子。自称"曼波"的蝼蚁女人刚才说了很多话，但没有一句可以打动这一桌子城主的心！

"这是城主会议，你来干什么？什么地下的蝼蚁城？你们连人都不算，算什么城市？如果不是为了给新政府一些面子，我们都不会让你们进门。"一个城主率先发表质疑，鄙夷地看了一眼这几个蝼蚁人。

曼波身边还站着另一个蝼蚁人，比起惨白的曼波，这家伙就更让衣着整齐得体的城主感到恶心了！他的皮肤斑驳陆离，有些地方是正常皮肤的颜色，有些地方是白化皮肤，还有些地方倒像是被烫伤过，通红的部分脱了皮，流着黄脓，发出阵阵难闻的味道——离他稍近的城主刚才几乎没怎么呼吸。这个蝼蚁人难看至极，左右肩膀不平衡的驼背令他面部前探，眼白过多的眼睛任怎么研究也不知道到底在注视哪里。他没有思想，没有灵魂，只是一具丑陋无比的摆设！

"我的确派人抢了一些修路工。可那些修路工除了皮肤黝黑，也早就活得像奴隶一样了。修路，不如跟着我去造酒。你们这些城主，谁知道修路是为什么？"曼波说，"我们需要更多的劳动力，光抓几个流浪汉根本不够。私酒制造厂和其他制造厂也必须搬到地面上来……"

她又是话没说完就引来争议，那些男人再也坐不住了。

"你是在强调蝼蚁人的权利还是什么？这个不单我们这些城主，新政府也通不过。听说你还训练了杀手队！"一个尖嗓子的城主态度轻蔑。

"大画师和丹提家最早设计的不过就是个监狱，要不是那倒霉的急王提出了一个可以把高污染的纺织业挪到地下让罪犯干活儿的建议，现在我们也不至于要和这两个……坐在一起。"一个稍胖的城主拿出一块手帕捂住鼻子。

"你们不是错在用地下监狱的囚犯干苦力，错在不应该答应让囚犯管囚犯，把狼训练成狗，再来咬狼。现在狼也需要对等的权利。"曼波微微露出一口金属的牙齿。

"你这女人！开始跟我们讨价还价，现在更是要求过分，真应该建议新政府实行'水泥匣'计划，把这群罪犯都灭了！"

"晚了！当年丹提家想把所有犯错的人都灭口，放到地下自生自灭，其实就是大屠杀。我也不怪那老头儿，他们家对自己的亲孙子都是如此。可不巧，大画师设计了一个可以生活的监狱，急王想出的商业点子最终帮了我们。看看，哈，我们这帮该死的罪人，你们就那么讨厌我们吗？那么不敢面对你们人性的另外一部分吗？我们跟衣冠楚楚的你们一样，都不是好东西！为什么没人敢对蝼蚁承认个错误呢？"

"够了！我们都知道你的手下杀了大画师。"所有城主都站在曼波的对立面。

"大画师那个老头儿总是犯错。他还犯了更大的错误，就是拿着蝼蚁城的蓝图到处跑。现在'水泥匣'计划也不见得那么有用了。"

曼波暗示拿到了蓝图的话，让本来漫不经心的城主彻底愤怒了。

"蝼蚁城不是城，是垃圾填埋场！垃圾，你们都是垃圾，就像你带来的这个人，人不像人鬼不像鬼的家伙，啊！真恶心。"

一个年纪不小的城主激动地大喊大叫，嘴里喷出星星唾沫。曼波身边那个难看的蝼蚁人慢慢悠悠地把空洞的眼睛转向这位上年纪的城主。

"没有阳光照射的地方怎么能算城市？"另一位穿着讲究的城主的语气稍微缓和，说完这句话，他径自站起来，走出了圆桌议会的屋子。

"我同意新城城主的看法，没有阳光的城市养育不出正常的人类。"又有几个城主跟着刚才的新城主准备退出会议。

"等等，你们还没问屠城的意见！"曼波的声音响亮且有力，那些已经走到门边的城主都站住了。

"我认为……"掉了很多头发的屠城城主抹了把脸上的汗，"我，我觉得应该考虑给蝼蚁……"

"屠城被烧掉半个，你脑子也被烧了？"最激动的那个老城主几乎拍碎了桌子，"当初为什么要修蝼蚁城？不就是不想再看见那些垃圾？你现在要承认他们？"他把手一挥，指着曼波和极其丑陋的蝼蚁人，"你把他们当人？！"

"埋得再深，我们也永远存在，你们不愿意看我，我也存在！再丑陋的生命也永远存在。"一直沉默的蝼蚁人终于说话了。

屠城城主不禁打了一个寒战，其他城主也被这几句话吓得浑身发凉。话的本身是不是可怕且放在一边，光是那蝼蚁人会说话，就已经很让正常人害怕了。

"罪恶本来就是人本性的一部分，你们不敢面对自己的丑陋，就像你们不敢去蝼蚁城。你们这些每天都照镜子的人，有几个比'天神'长得更好看？你们不能认同的丑陋，恰恰是你们也同样拥有的，这才是你们最不能接受的！"曼波面无表情地说，"天神，别吓他们，父母用惩罚孩子的错误来原谅自己！压制蝼蚁城，是地面城市抬高自己的唯一手段，对吧，城主们？"曼波把她身边残破雕像般丑陋的蝼蚁人叫作"天神"。

"住嘴！"上年纪的城主完全失去了控制，脸和脖子都涨得通红，"王八蛋！只要老子还在一天，就永远不会让你们这种人在大街上走路！"如果不是人们及时把激动的老城主架出去，他愤怒的巴掌就落在曼波脸上了。

愤怒的老城主刚从圆桌议会室里被架出去，曼波就怪笑起来。刚才还很轻视她的城主被这突然来的怪笑吓得怔住了，那笑声尽管邪恶，却淋漓痛快！

"你说什么都没用！我们不可能允许由罪犯、流浪汉和妓女组成的蝼蚁城加入城邦联盟，蝼蚁人不配有公民权。"一个城主在长久沉默后代替所有人做了最后的陈述。

"好吧，我就把这个当作这次圆桌议会的结论。你们让我们别无选择。"

"你们连人都不是，还要什么选择？"

一直站着的曼波低下头，对着坐在椅子上的城主们行了一个礼，当她抬起头来的时候，眼睛里充满了力量和神采："跟恒温的蝼蚁城比起来，这个会议室有点冷，天神，请帮我把壁炉点上。"

刚才说话的城主瞠目结舌，屋子里所有人都不明就里。丑陋的天神走到冷冰冰的壁炉边，拉开封住壁炉的铁栅栏，用手扒拉扒拉许久没用的木炭。他坐在壁炉边，慢悠悠地把木炭一块一块拿起来，吹落上面的灰尘，再重新放回炉膛里。

"天神以前是烧炭工，所以对煤炭特别有感情。"曼波解释道，饶有兴致地看着天神像擦拭婴儿一样抱着一大堆木炭。

这段该死的时间只有两个蝼蚁人自得其乐，会议室里的其他城主坐立不安。

"夏天点壁炉干什么？我还要赶回……"一个城主的抱怨还没完，壁炉里的木炭就被天神点燃。曼波脱下长斗篷丢进火堆里，先前还微弱的火苗哗的一声蹿得老高！

"眼熟吗？屠城主？地下有无数个这样的火炉，两年前我点燃了一个，一不小心烧掉了半个屠城，对不起。"

"你们也死了很多人在里面，你这是杀人！"有人叫喊。

"蝼蚁人只能活三年，不是人。我没杀人，是你们的偏见杀了人！"曼波盯着火苗，"天神，让城主们暖和一下。"

天神把手伸进燃烧着的火焰里摸索了一会儿，慢腾腾地取出一小块正在燃烧的木炭，他用驼背特有的古怪姿势摇摇晃晃地走向刚才说了一大堆话的城主。

"滚开！你要干什么？！"刚才还颇有胆识的城主此时脸色大变，尖叫着从椅子上跳起来。

所有人都想离开这个屋子，可曼波站在门口。怪不得这些有身份、有地位的男人如此恐慌，天神握着燃烧木炭的手现在也开始烧了起来，飘出阵阵烤肉的味道，他的小臂有些地方都已经烧黑了。

"别太担心天神！他没有痛神经，烧焦皮肤对他来说只是好玩，蝼蚁人对你们来说也就是天神手上的皮肤，根本不会觉得疼。"

"你们到底想干什么？！"又一个城主终于恐惧得忍不住了，大叫起来。天神在他的叫声里扔下手里的木炭，一把抱住离自己最近的城主。贵重的绸缎衣料顿时燃烧起来，熊熊的火焰包裹住了紧紧抱在一起的两人。他们带着火焰在地毯上打滚，一直滚到壁炉边，撞在上面，木炭从里面翻滚出来，点燃了整间屋子里所有的可燃物，痛苦的号叫声在大火中不绝于耳。大多数城主没能保住性命，没有痛感的天神把他们一个个都拖进了地狱，有两三个城主扑到门边，逃过了劫难，但他们在门口遇见了曼波。

"你为什么不杀我？"这是他们一致的问题。

"我要你们逃出去，给整个高速路带个消息！"曼波说，"从今天起，蝼蚁人可以战胜常人，孩子可以反抗父母，三年寿命可以变成永恒！"

"你这疯女人，你会遭报应的！"

"报应吗？我见过！它只出现在乖乖听话的人身上，报应这东西，跟你们这帮权贵如出一辙，只折磨相信它的人！手中只剩下最后一碗珍贵的米粥，命运就一定会将它打碎，这就是你说的报应，循规蹈矩的人都遭报应了，坏人却永生。"

　

燃烧的屠城圆桌议会室距离军营不到百米，操练场上满是各个城邦的军队，事情发生得太突然，军士一片慌乱。士兵等着长官的命令，外城来的长官等着屠城的守军行动，所有人的眼睛都注视着一个人，不，是半个！半个上校仍然坐在床上，滚滚浓烟已经从窗口飘进了他的卧室。

"上校？"刚才叫上校起床的士兵从衣架上取下一件许久没穿的军服上衣，那件衣服上满是尘土和划痕，有几道长长的划伤是坦钉之战时阿门农的公牛角划的。他把这件平日不穿的军服举到上校眼前，宿醉未醒的上校盯着那几道划痕。

两年前，带着士兵在血橘林饱餐休憩了几天的达利上校才迟迟到屠城赴任。大火尚未熄灭的屠城已经满目疮痍，上校的军队整日整夜地忙着救火，坦钉之战在那几天早就被抛在了脑后。就在火灾的最后几天里，大画师设计的尖叫桥让阿门农和多米诺到达了屠城，两个乡巴佬直奔圆桌议会楼，还在屠城北部救火的上校发现自己的部下数量越来越少。本来在救火的部队，有三分之二都被神不知鬼不觉地调遣到了圆桌议会楼。

"为什么要调走我的士兵？两个乡巴佬难道比大火还难对付？"上校无数次质问屠城城主，得到的回答全部奇怪而暧昧，后来还牵强附会地把阿门农和蝼蚁人扯上了关系。

屠城有着最先进的武器装备，重新武装扩充过的部队战斗力极强，但即便如此，阿门农和多米诺还在圆桌议会室外整整撑了一个礼拜。据看到的人说，最后几天牛群尖角将荷枪实弹的军队围成一个圆圈，站在最外层的是最强壮的公牛，子弹打死它们后，它们巨大的身体仍然一排排伫立在地上，四蹄陷进地面好几尺深。不敢靠近的士兵到最后只能用更加强劲的子弹把它们的尸体扫得稀烂。再后面是一排阉割过的犍牛，这些犍牛比公牛身体小好几圈，犄角也发育不全，但同样凶猛倔强。跟在它们身后的母牛和小牛组成了最后的防线，不住地替前排的牛舔舐伤口，看到这样的景象，即便是心肠最硬的屠城市民都流下了眼泪。当最后一头牛倒下，人们终于在牛群尸体的包围中找到了阿门农、多米诺和莱昂的尸体，千疮百孔的三兄弟无一例外地大睁着眼睛。即便被大火烤得闷热难耐，一大群蜜蜂怎么也不肯离开它们的蜂箱，围着裂井兄弟的尸体嗡嗡地飞。

曾经名扬高速路的三兄弟以"藐视税法罪"在他们死后的一个月被宣判死刑，死之前，阿门农嘴里还在念叨着要上涨的税收。这相继死亡的三个兄弟根本不知道，整个世界悄悄发生着变化。所有的一切将从地下翻上来，闹个天翻地覆。

"屠杀，这是屠杀！"半个上校突然的叫喊把所有人都弄蒙了。

"上校，怎么办？请快下命令。"举着军服的士兵再次催促上校。

"解散！"上校说。

"什么？"那士兵没听清楚。

"传令给士兵，全体解散！"上校清楚地重复了一遍。

"您说……"

"屠城守军，全部自由解散！没必要为了救几个人，让那么多士兵去冒生命危险。"

燃烧的圆桌议会楼上，几片带着火星的木头滚落下来。

"你怎么老纵火？就没点新意！不过在同一个地方反复施以相同的手段，效果会叠加。罪恶应该有闪亮的创造力。"在议会楼外等曼波的莫莫抱怨。

"谁能像你一样满腹才华？"曼波奚落他。

他没有接曼波的话，而是自己继续说："我最喜欢看着人因纯粹的疼痛而死，实在是绝佳的享受！知道吗？我跟微声一样，不喜欢听到人临死以前恐怖的喊叫，所以这个方法还不够完美。我最近在研究最好的死刑方法，前几天在高速路尽头试验了'紫金矿'。"

曼波打断他："我对折磨人不感兴趣，我只想达到目的！这帮浑蛋不肯让我们顺顺当当在地面取得权利，就只有一个鱼死网破的办法了。"

莫莫根本没有听曼波在说什么，他只对怎么折磨人制造恐惧感兴趣，其他都是曼波策划，莫莫甘心地当着她的执行人，散播恐惧和痛苦。

曼波和莫莫聊着天，一起离开了还在燃烧的议会楼。

"曼波，你真是个行家！泥浆天使像个圈子一样持续循环，不会停止。"

"什么圈子圈子的？"曼波漫不经心。

"别告诉我你不知道，这不是你的主意吗？泥浆天使是一个圆圈！一个在干活儿，另外一个就会盯着他，只有我认识你，没有人知道你这女人是所有一切的罪魁祸首。咱们这帮残酷的鹰犬蝼蚁人，是个珍珠项链一样的圆圈，一个威胁另外一个的生命。就算一颗珍珠没了，圆圈还是可以合上口。古戎等人会招人来修补项链，人多了项链的圆圈就大，人少圆圈就小，每颗珍珠都知道自己该干什么。"

"这个系统也不是那么完美无缺，最近就出了问题，除了你以外，还有个人认识我。"

"哈哈，你说铁酋长？那个干不掉的鬼面人？我越来越喜欢他了，大概最后只有他能把所有泥浆天使杀光，包括你和我！"

"祝铁酋长大难不死！"曼波笑着说。

"那个以后会怎么样？"莫莫指指议会楼。

"我彻底把他们惹急了，即便不知道地下世界的所有出入口，他们也一定会实行'水泥匣'计划。"

"曼波，你总是自取灭亡。"莫莫笑着摇头。

"嗯，我很擅长自取灭亡。但是这一次，灭亡的应该是那个神秘的统治者。"

"你见过他们吗？"莫莫凑近。

曼波并没有搭理他，独自沉入了回忆里。她现在最想见的人是马波，这么多年过去，他已经不再是那个会哭鼻子的小男孩儿了，但是那眼睛……

还是少女的曼波把球高高地抛向空中，白白小小的乒乓球掉在平伸着的艳红球拍的胶面上，躲在灌木丛里的弟弟连呼吸都不敢太大声。曼波始终背对着紧张的弟弟，一下一下地玩着乒乓球。下雪以前空气里的湿度总是很大，石头球桌和水泥地面上都冒出些水珠，瞬间冻成冰。

有两兄弟从远处来了，他们那么高大，就连弟弟的身材都是曼波的三四倍。"我从没见过你这么坏的女人，为什么抢我弟弟的球拍？"巨人一样高大的哥哥质问。

"我跟爸爸要，他揍了我一顿。"曼波仍然让乒乓球在红色的球拍下一上一下地跳动。

"所以你就打了我弟弟？还抢了他的东西？"

"哥哥，打她，打死她！"弟弟脸上还挂着被曼波打的瘀青和伤痕。

哥哥果然在弟弟的叫喊声中冲曼波扑过来。

"姐姐！"马波也大叫着从灌木里冲了出来，可他没来得及阻止事情发生。曼波跳起来，红色的球拍不偏不斜，砰地砸在哥哥的后脑上，血浆在球拍手柄上洒上了红色，哥哥抱着头倒在地上，他的弟弟不停地往后退，却被曼波一把揪住衣领。

"跑什么？是你害了自己的哥哥，是你叫他来打我！"比那个弟弟矮一头多的曼波咄咄逼人。

"够了，姐姐！"马波喊道。

乒乓球拍的手柄上全是血，曼波回头跟马波说话，手松了点劲。高大的弟弟趁势挣脱出来，对着年幼的马波扑过去，一拳挥在他的眼眶上，马波还没站起来，另外一只眼睛又挨了一拳。倒在地上的马波听见落雪的声音，还有曼波的喊叫："马波，你这笨蛋！我让你滚远点！"

马波睁开眼睛时，世界已满是血色。

蝼蚁城，地下酒厂。

日复一日的辛苦劳作让扮猫的身体越来越差。她仍然坚持只喝水，不喝酒，这里的水供应得很少，监工有水喝，工人却只有在吃饭的时候才会给他们一些劣质酒解渴。她一滴都不沾，越是糟糕的时候，扮猫越想保持清醒，想活着的愿望从来没有离开她的脑海。她仍然时常想马波，以前她想起马波就会哭，盼望他来，现在她不哭了，只要想想马波就够了。

"即便马波来了，就一定能逃脱吗？近在身边的敦佐完全没有想逃出去或者帮助自己的意思，马波不来，就一定逃不掉吗？"这是她总在脑子里转着的思绪。

扮猫之所以可以不喝酒，是因为她最近被调配的工作是给葡萄架浇水，她试着偷偷抿了一小口，橡胶皮管里流出的是水！既然有水，为什么要给工人喝酒？最后他们都会醉得像那个被卖了很多次的女人那样吗？扮猫一边偷水喝，一边默默观察周围的工人，很快她发现，只要连续喝醉过三次的工人就会在下次午饭时不见踪影，对酒精上瘾得慢或者不上瘾的工人才能长待下去。监工除了监视他们工作，似乎更在乎他们的酒瘾。这太古怪，太不合逻辑了，酒厂不想要嗜酒的工人很正常，可是为什么不给工人喝水，只给他们喝酒，上了瘾又不要他们？只有一种可能解释得通：水比劣质酒，甚至比这些奴隶工都值钱。

"喝了那个！"敦佐在一次亮红灯的午餐时间走到扮猫身边，"你从葡萄表皮上舔水喝，喝酒！"

　　"敦佐，有些东西是不变的。我认识你的时候就不喝酒，现在也不喝！"扮猫对昔日的煎蛋做最后一次努力，"煎蛋，你的长相变了，但不等于……"

　　"没变！这才是我，我喜欢看别人害怕我！"

　　"我不害怕你。"

　　扮猫这句话彻底惹怒了魔鬼般面貌的敦佐，他一把把扮猫拎起来。扮猫知道自己会被带到哪儿去，他们走过其他工人身边时，浅坑往前迈了一步，看到敦佐外露的下牙龈，她又缩了回去。

　　刚被扔进尖角的铁笼子时，扮猫并不是很害怕，几次送葡萄的接触让扮猫习惯了尖角巨大的身躯和呆滞无光的眼神。扮猫发现尖角的床边有个装着半瓶清水的玻璃瓶，甚至高兴了一下。尖角看见扮猫看玻璃瓶，就用大手把瓶子往她身边推了推，扮猫喝了一大口，她知道没那么简单，不然不会所有人都害怕尖角的铁笼，盐壁上一条条血迹也向她传达着危险的信号。不过现在多喝几口水总没错，扮猫还是节制了一下，剩了一多半给尖角。

　　黄光出现，是蝼蚁工人该睡觉的时候了，一切才开始发生变化。本来一直傻笑跟扮猫传递着清水瓶的尖角开始不安起来，他几乎没有表情的脸怪异地扭曲着，本来拿在手里的清水瓶被他扔到地上。他巨大的双手合在一起相互揉搓起来，嘴里也不明不白地哼唧着，紧接着一声怪叫，蒲扇那么大的手掌对着扮猫就扇了过来。如果不是扮猫的身体娇小动作快，那一巴掌足够扇晕她，一定还会有下一巴掌！扮猫看见了倒在地上的清水玻璃瓶，她抓起来，用力敲在铁笼子上，玻璃瓶顿时碎成两半，瓶颈那半被扮猫紧紧地握在手里。

　　"尖角，别靠近我！你再发狂，我就扎烂你的手！"扮猫威胁着。

　　可这显然没什么用，尖角的另一巴掌过来了。扮猫用尽全力把玻璃瓶刺向他的大手，她成功了。鲜血顿时涌出，尖角的大手上带着碎玻璃瓶停在空中。他居然笑了起来，紧接着，这家伙没有再攻击扮猫，而是用另外一只手去抓地上的碎玻璃。尖角似乎对手上的伤口毫不在意，相反，他似乎对满是血的手很满意，也不再痛苦地吼叫。扮猫目瞪口呆地看着，尖角对她笑笑，用手指了指盐壁上干了的血迹，又指指自己的手。

"那是你的血？"扮猫现在才感到害怕。

尖角不住地点头，小而难看的眼球周围都是泪水："夜里……手痒……痒！"

"你有皮肤病？所以就在凹凸不平的墙壁上磨手？所以你才想打人？"扮猫轻轻牵过尖角因为受伤而流着血的大手，"你的皮肤不是白化的，是有皮肤病，对吗？只是别人不知道，都把你当可怕的狂人，其实不犯病的时候，你并不可怕。"

"嘿！没你想的那么简单，别在蝼蚁城装天使！这个泥潭里没有天使，只有恶棍！"铁栏杆外，浅坑说。

第二十九章
营救

"喂，我来帮你！你得从里面出来，这家伙精神分裂，一会儿还会再发狂，你的身体禁不住他一巴掌。"浅坑是个有些力量的强壮女人，挽起袖子的胳膊上，肌肉线条明朗坚硬。

浅坑把手伸到自己背后的衣服里，摸出一把大号铁钳。她把钳口旋开，牢牢地锁在黑铁栏杆上，使出浑身力气拧起来。看起来很粗的黑铁栏杆真的在铁钳的铰动下发出咔啦咔啦的声音。

"不行！停下，声音太大了。"

"放心！什么声音都没关系，只要尖角再次发狂，不会有人来管的！"浅坑丝毫没有停下手里的动作。她浑身流汗，手臂上因为用力已经暴起青筋。任凭她怎么身强力壮，浅坑终究是个女人，要想把关着尖角的铁栏杆弄断也真够呛的。

"停下！要是被发现了……"扮猫哀求浅坑停下营救她的行动，这有些奇怪，到底跟尖角待在铁笼里更可怕，还是现在被浅坑危险地营救更可怕呢？自从在码头上被围捕，关进集装箱，一直到来到这个盐壁里的地下酿酒厂，扮猫没有一天或者说没有一分一秒不盼着被营救，但是现在这样的情景，似乎不太对！如果是马波，一定不会像浅坑这么鲁莽。他做事果断甚至凶狠，但绝对不会是这样的。

"停下！"她再一次对着浅坑喊，"这样只会把你和我都置于危险里。"

"什么？你真不想从这儿出来了？"浅坑终于停住，喘着粗气看扮猫，"我停不下来了！已经铰了一大半了，现在停下，痕迹也在这儿，我明早也一定会被查出来，铰铁钳是我偷的。"她低下满是汗水的头。

"你为什么要救我？"这是个扮猫觉得很重要的问题。

"我是被另一个女人从地狱般的浅坑里救出来的，那时候我是上门妓女，被一个变态关在地板下面的土坑里，用链条锁着。他是蝼蚁人的发烧友，因为找不到蝼蚁女人，就自己抓女人，想把我们折磨成他喜欢的蝼蚁人……"浅坑摇了摇头，"算了！一时半会儿也说不清楚，你是这里唯一肤色正常的女人，所以我想救你，想跟你一起从这里逃出去。无论是以前还是现在，我都不想变成白花花的怪物蝼蚁，你要是同意一起逃走，我就努力铰断铁链，你不同意，我一个人也必须逃。"

"我……"

"快做决定！我没时间让你想，知道吗？睡觉时间并不是你想的八个小时或者十二个小时，催人陷入深度睡眠的黄光只持续两个小时，就会有醒雪——这就是蝼蚁人只有三年寿命的原因。咱们的身体和生命都是被透支的，在最短的时间里创造最多的劳动价值。"浅坑再次把铁钳拧紧，并从衣服上撕下一块布，包裹在铁钳的手柄上握紧，"做决定吧，逃还是不逃？"

扮猫的答案已经卡在嗓子眼里了，但还没等她把字吐出来，尖角就再次发狂，他猛地从扮猫手中抽出自己的大手，疯狂地号叫起来，抱住自己小小的脑袋在铁栏杆里来回踱步，一边走，还一边唠唠叨叨地说着什么。

"尖角！"扮猫绝望地叫了一声响起，就蹲在地上，低头抱住自己的膝盖，她知道事情已经不由自己控制了，现在最紧要的是保护四肢和头不受到伤害。

尖角再次发狂，浅坑用足全身的力气继续铰铁栏杆。如她所说，尖角的号叫是最好的掩护，没人会觉得铁栏杆的响动奇怪，这时候，发出什么声音都正常。

"尖角！别打头，打我的背。"扮猫把自己紧紧抱成一团，蹲在地上承受尖角一下下的重击，要是浅坑再不把那根铁栏杆铰开，她真的快撑不住了，尖角每一下都打得她几乎呕吐。

清脆的咔嚓一声响起，铁栏杆的最后一点儿终于断开。浅坑用刚才那块布包住端口，用力把一半铁栏杆拧向一边，空出一个口子，大小刚刚够扮猫侧身钻出来。

"快出来！"她把手伸给蹲在地上的扮猫。

扮猫已经没有拒绝营救的权利，她乖乖地把手伸给浅坑，被浅坑一把从铁栏杆里拉出来，但她还是问了浅坑一个问题，这也是她最后能坚持的一点点立场："能把尖角也弄出来吗？"

"你疯了吧！他在发狂！要把那么大个子的家伙弄出来，起码还得再铰断一根栏杆，我已经没有那个力气了，除非你行！"浅坑说得很在理，那把铁钳扮猫连拿都拿不动，弱小的扮猫是没有权利提要求的。

"可我消失了，他们会不会对尖角……"

"还是那句话，除非你有本事把他弄出来！"浅坑已经失去了最后的耐性，但还是忍住脾气对扮猫说，"蓝灯一亮，咱们还在这里的下场一定不好！尖角也许有事，也许没事，衡量吧！"

"再给我最后一分钟，就一分钟！"扮猫望着在铁栏杆里到处乱撞、大声号叫的尖角。他小小的脑袋上有一张古怪的粉红色小嘴唇，说出来的话从来都含含混混，即便是对语言和声音极其敏感的扮猫都要全神贯注才能听懂其中一点点，他只要说多了话，唾液就会大量分泌，从嘴角淌出来，更影响词语的表达。怎么听也就是些咿咿呀呀、吱吱呜呜的哼唧和大叫。

"一分钟到了，走吧！"浅坑说。

扮猫看了看把黑铁栏杆摇得哗哗作响的尖角，转身跟着浅坑踏上逃跑之路。

有时候事情就是这样，整体宏观的大图和个别微小的场景毫不相关，大事件和社会的变迁与像扮猫逃跑这样的事情毫无关系。她们两个就像是一大幅画里细微的颗粒，什么颜色、什么状态都微不足道。即使整幅画都是她们这样的小颗粒组成的，那又怎样？没人记得关照她们，整个世界都要乱了。

屠城圆桌议会楼里烧死了几个城主的事情传播得非常快，这件事加剧了城邦和蝼蚁城之间的对立，人们甚至是自发地制订和采取了对付蝼蚁城的极端措施。"水泥匣"计划口口相传，半官方又非官方地在家家户户间流传起来，军队和老百姓纷纷往护城河和运河里抛撒水泥和石灰。无论地下有什么，城市、蝼蚁人、老鼠、蟑螂……只要用水泥把他们全部封住就可以了，神秘的新城政府向阑尾镇的内海火山派遣了"水泥匣"队，那是蝼蚁城的出气孔，是这怪物的肺和脏器。只要带着水泥的军队一到那里，蝼蚁城就会被掐死！

城邦联军想得太简单了，他们不会想到只有区区三年性命的蝼蚁人会为求生做出什么事来，但是泥浆天使和曼波知道，被艰苦的生活和自卑感压榨着的蝼蚁人已经没有比活着更重要的事情了，这股生命的力量将从高速路和各城市的水泥下喷涌而出！

渗入了蝼蚁人之间的泥浆天使到处传播着终极的死亡恐惧，这次的恐惧跟以往的不一样，这次都是真实的。这次，它不再是泥浆天使制造的那种压抑人心的恐怖，而是源于恐惧的终极恐惧！

"让蝼蚁城就要灭亡的消息尽快传出去吧，对死亡的恐惧，比什么都更有力量，比什么都更凶残、更无情！"曼波对泥浆天使说，"死亡之所以那么可怕，是因为它意味着失去所有希望。人承受不起失去所有拥有的东西，对蝼蚁人来说，除了这条命，已经什么都没有了。"

蝼蚁人的血液沸腾到了最高温，他们抑或善良，抑或邪恶，受尽了压制和摆布，但一股可怕的生命力从那些只有几年甚至几个月的濒临衰竭的器脏里喷涌而出，刷洗掉了所有的懦弱和胆怯。求生是泥浆天使对蝼蚁人最后的驱使。曼波知道，求生是人类可以迸发出的终极力量，只有这样的"武器"才能彻底摧毁地上世界！

"你不上去吗？我得上去，选个好地方。"惨白难看的莫莫指着上面。

"我不上去，已经不好玩了。"

曼波把玩着桌子上的一个玻璃瓶盖，瓶盖是有棱角的圆球形，虽然陈旧，但已经是莫莫可以找到的最好的酒瓶了。这是他第一次给曼波调酒，就连调酒师出身的铁酋长都没这样的殊荣，因为曼波从来不喝酒。

莫莫猛地用手握住已经打开瓶盖的旧酒瓶颈部："我还是个婴儿的时候就被扔在路边，生我的那陌生女人是母猪！只有货真价实的尖叫能让我兴奋，真不上去吗？有我在，咱们活下来没问题！"

"莫莫，你可给不了我一个家！"

"家？我们可以在新城或者屠城占领一栋最好的房子，里面设计一个刑具室。曼波，我都听你的。"莫莫有些摸不着头脑，他脑子里没有"家"这个概念。

曼波这次居然笑得很开心，她轻柔地捉住莫莫的手，再轻轻地把它从瓶子上移开："你走吧，家不是一栋房子。"

"好吧，我给不了你一个家！"莫莫用长指甲点点酒瓶，"可这是瓶好酒，没什么痛苦，闭上眼睛之前还会有几分钟的幻觉时间。飘飘欲仙，想看见什么就有什么，你会看见什么？"

"谢谢你给我配的好酒，我把这当成你给我的爱！"

莫莫走向门口，一边走，一边说："纯度最高的爱，曼波，纯度最高的爱！"

在泥浆天使里被人称作"酷吏"的莫莫连自己都没想到，他那开发得极度不平衡的大脑居然产生了几分哀伤。

很多年前，哑雀镇的槐树到了花熟结果的季节，一大朵一大朵粉红色的槐花被风吹得从树梢上飘落下来，水分充足而肥厚的槐花分量不轻，落在地上会发出啪啪的声音。

几个孩子在两边种满梧桐树的街道上玩跳房子，其中一个年纪比较小的女孩儿拿着半支粉笔在地上画个方格子。她的妈妈今早刚给她梳了两个漂亮的羊角小辫子。啪的一声，什么东西落在了那女孩儿头上。其他孩子尖叫着散开，她大哭起来，浑身发抖，不知是什么恶心的东西落到了她的一根羊角辫子上，卡在辫梢上晃悠，明显可以感到那不是槐花，而是一条两根手指那么粗的肉虫，被槐花的蜜汁滋养得异常肥大。它浑身嫩粉，背上还带着一块块褐色斑点以及长短不一的几根硬刺。孩子们全部散开，没人愿意碰那恶心的蠕虫。画格子的小女孩儿除了哭就是发抖，任由虫子在她的头发里挂着也不敢自己伸手去摘掉。

有几个孩子跑去找她妈妈，他们没想到女孩儿的妈妈也是个怕虫子的女人，伟大的母爱也没能让她伸出手指去剔除女儿辫子上的虫子。她一边寻找可以用来挑虫子的树枝，一边暗自后悔今早给女儿梳了这个倒霉的发辫："早知道就让她披散着头发，虫子不就待不住，滑下来了吗？也不用我克服恶心和恐惧。"她这样想着，才注意到一个穿着破烂、浑身发臭的男孩儿不知从哪里冒了出来。

他和这帮孩子差不多大，一看就是个营养不良的小乞丐。破烂不合身的衣服上挂着大大小小的瓶子和铁丝，他笑着走近时，小女孩儿本能地被他身上的气味熏得往后躲，但当乞丐男孩儿朝那所有人都回避的辫梢伸出手时，小女孩儿居然停止了哭泣。

"帮她把虫子摘下来，"女孩儿母亲充满感激而声音颤抖，"谢谢你，孩子。"她又补了一句。可她心里暗暗跟自己说的却是只要这孩子把虫子摘下来，她就得把女儿拉走，绝对不能让这样的小乞丐缠上自己女儿。

小乞丐不高兴地看了一眼女孩儿的母亲，那眼神带着鄙视和冷漠，他的嘴角扯了一下，整张脸变得可怕而变态。孩子们几乎全跑开了，小乞丐是唯一比头发里的虫子更令人发麻的东西。

莫莫是这个镇里出名的弃儿，哑雀镇没有流浪儿和弃婴的收养机构，没人知道他为什么会被亲生母亲遗弃。在没有奶水的条件下，不知道他是怎么活到现在这么大的，而且他越长大，他的特殊之处就越不能被人忽视。跟不知道他喝什么奶长大的一样，大家也不知他怎么缺失了这部分神经。

莫莫用两根长满黑黄指甲的手指取下槐花上落下的肉虫，女孩儿的妈妈果然风一样快地伸出双臂，从他面前抢走了自己的女儿。

"别看，别看！真是魔鬼……"她拼命捂住女孩儿的眼睛，但孩童特有的强烈好奇心驱使女孩儿从妈妈的手指缝里偷看了几眼莫莫独特的实验。

他将不断蠕动挣扎的肉虫捏在手里，用另一只手从身上揭开一个带胶皮塞的玻璃瓶，里面有半瓶液体，盖子一打开，就放出了一些酸白的烟。莫莫把虫子慢慢地浸入液体里，虫子全是肉的肥大身体一接触到液体，瞬间化为一条细细的血丝。肉虫没入酸液的上半身疯狂地甩动，那下身变化成的血丝便也像跳舞一样滑动变化。小乞丐在小女孩儿和母亲的尖叫声里，享受着这变态的美丽！

莫莫眼里，曼波是最美的生物。莫莫没有人或者蝼蚁人的概念，美就是美，残酷就是残酷。他低下头快步走出盐壁房间，一步没停。

浅坑拉着扮猫离开尖角的铁笼，躲到装载着成箱葡萄酒的酒窖里。现在睡觉的黄灯还没被催人清醒的醒雪替代，整个酿酒厂的大门依然紧锁，只有等工人全部起床，整个酒厂也开工了，她们才有混出工厂的机会。

"这里没人看守吗？"扮猫和浅坑一起藏在一排葡萄酒后面。

"现在没有，工厂不怕工人偷酒，酒在蝼蚁城是敞开供应的，在地上又是非法物品。没有泥浆天使的渠道，没人敢卖，醒雪以后会有人运酒出去，那时候咱们就跟着混出去。"

"怎么混？"

"这个东西，可不只能拧断铁栏杆，还能把人的脑袋砸碎。"浅坑摸摸铁钳，发现扮猫默不作声，"想什么呢？"

"我在想尖角说的话。"扮猫回答。

浅坑叹了一口气："他对你有什么恩惠？你那么挂念他。"

"他给过我一颗葡萄。"

"就这个？"

"就这个。"

"你还不知道尖角的事吧？他的事情大概只有我知道。离醒雪还有几分钟，我讲给你听吧。"浅坑交叉着有力的双臂，"最早被送到蝼蚁城来的都是罪犯，可是越到后来，奴隶的需求量越大，慢慢地甚至连精神病院里的人都被弄来了。就跟抓码头上的流浪汉一样，反正没人管。那些蒙面的人贩子非常贪心，不但抓来人，连精神病院的财物也不放过，将其洗劫一空，你看那个。"她指了一下杂乱的葡萄酒仓库里的一张桌子，"那个就是两年前从尖角那个精神病院里抢来的，我在一个抽屉里看到了他的病历。这家伙好像从小就长了个那么傻大的高个子，在学校里却还总是受欺负，一些坏小孩儿用刀片割他的手，在里面撒了什么东西，再给他缝上。他们警告尖角不许告诉家里人，伤口养好就没事了，这傻家伙信以为真，虽然潜意识里受了欺负，但又觉得自己是那么高大的个子，没脸跟家里人说。时常想打人，报复坏孩子们，可又觉得打人也不对，他们不对，还是自己不对？他想来想去，就把自己逼疯了。他在心里分裂成了两个人：一个极其温顺，另一个极其残暴。那个残暴的人格出现时，他的手就会奇痒难忍，他还会自己跟自己吵架，就像刚才一样走来走去，把没用的废话说个不停……"

"浅坑，你为什么救我？"

"不是告诉你了吗？你跟我一样，是肤色正常的女工。"

"你不是蝼蚁人吗？"

"当然不是。"浅坑回答完这句话，意识到自己被戳穿了，脸色大变。

"刚才你说自己两年前就在这里了，为什么肤色没变？"扮猫往后退了一步。

"还挺聪明的，可惜你没什么本事，没法从我手里逃走。"浅坑脸上露出狰狞的表情。

"我一直在想尖角最后的那几句话，他说的是'都是被浅坑带走的'。以前在铁栏杆里死去的所有工人并不是尖角杀死的！我挨了几下他的打，虽然重，还不至于打死人。那些人都是被你带出去的，你不是救我逃出去，而是要杀了我。"扮猫一步步往后退。

"你这什么本事都没有的女人，就耳朵好用，认命吧。"浅坑举起铁钳，扮猫本能地闭上眼睛。铁钳如果落在扮猫的脑袋上，就什么都完了，但它被一双瘦得枯干的手从浅坑身后握住了。这个人浑身透出一股强大的威慑力，凡是与他对视的人都会因恐惧而难以动弹。

"谁允许你放了我关进铁笼的人？！"没有嘴唇的敦佐，牙龈血红。

他的突然出现让浅坑吓了一大跳，铁钳被夺了过去。这本是个天大的好机会，可敦佐只是长得可怕，并没什么力量。铁钳非常重，敦佐一只胳膊没举好，让铁钳落到了地上，局面顿时转变了。

"你这魔鬼一样的怪物，原来只是个空架子货！"浅坑弯腰大笑起来，她的确有理由嘲笑这个连铁钳的分量都禁不住的冒牌"魔鬼"。

"煎蛋！"扮猫喊道。

魔鬼也好，敦佐也好，无论外表如何变化，他仍旧是瓦肯镇那个羸弱无力的胆小煎蛋。

浅坑伸手去够地板上的铁钳，她能对付这两个人，因为他们两个加起来，力气都没她大。况且，沌蛇还在附近，浅坑知道关键时刻他会自己出手，这是沌蛇多次向浅坑保证过的。他说这些话时，眼神如同看着初恋情人。

"浅坑，你和我，只有咱们两个人在泥浆天使里还不是蝼蚁人。咱们还没变白，但早晚有一天会的，我跟他们不一样！我不会遵守什么泥浆天使的守则，我不信邪。我向你保证，如果有什么危险，我就在你身边，会立刻出手，不会像别的泥浆天使一样，监视你干活儿，见死不救。唇亡齿寒，如果你有什么意外，我也不想作为唯一肤色正常的杀手活在这伙家伙里。早晚有一天，咱们会回到地上去，你和我。浅坑，你的肤色真美。"

最后一句话深深打动了浅坑，她真心相信沌蛇是"想为她做点什么"的人。每个女人都期待这样的男人，情况越糟糕的时候，她们的期待就越强烈，强烈的期待会让女人无条件地相信一切鬼话！到现在为止，沌蛇从来没为浅坑做过一丝一毫的事情，浅坑却为他冒着生命危险执行一项项任务，像所有渴望爱情的傻女人一样。浅坑长得粗鲁难看，毫无女性魅力可言，从来没指望过有谁会与自己坠入爱河，本来这一点点的清醒和自知之明帮她避开了不少祸事，但沌蛇偏偏看中了这点——被他猜对了，再丑的女人也渴望爱情。

她实在有些掉以轻心，连身边又走过来一个人都没发现。

"你太不小心了，脑子里在想什么？"马波扼住了浅坑的手腕。

"血眼小子！"浅坑的铁钳脱手掉在地上，"我还以为是谁，你今天不应该在这儿！"

扮猫敏感地察觉到浅坑对马波的出现并不是太吃惊，这让她兴奋之余，不免有丝说不出来的疑惑。马波的现身让扮猫激动异常，但这样或者那样的冲动还是被她自己克制住了。现在不是时候，眼前的局面非常古怪——马波似乎与浅坑很熟悉。扮猫小心地保持着沉默，静观其变，马波跟浅坑说话的表情其实已经告诉扮猫，他也是泥浆天使。

"沌蛇让你干的？"马波扫了一眼扮猫和敦佐。

"与你无关！"浅坑不高兴地把手腕从马波手里抽出来，又去够地上的铁钳，"说实话，我早觉得你很奇怪！泥浆天使从来只管自己的事情，不像你问三问四的！要不是你说嘴上有钢牙的女人可能是你姐姐，我才不会跟你说话！"

"你不相信我，可是相信沌蛇？是他让你找机会杀扮猫，对吗？"

"关你屁事！"

"他把你置于危险里。"

"我，杀她？有危险？"浅坑笑了起来，她从来不觉得杀掉扮猫这样手无缚鸡之力的女人会有什么危险。

"他果然狠毒！看来是什么都没告诉你。你回工厂去看看就知道了，早就不是你离开时候的样子，你们躲在这破地方什么都不知道，沌蛇的如意算盘真棒啊！你杀了扮猫，他趁这时候抢到炸药，你替他去做了他想做的事情而失去了最好的逃生机会。他利用完了就扔掉，这就是沌蛇！沌蛇不会现在出现的！走吧，浅坑。"

马波这话让浅坑迟疑了几秒。

"别骗我了！要是像你说的，你们怎么在这儿？敦佐，还有你！"她大叫道，那似乎是最后一线希望。

"嘿嘿，我从来是这样。大火的时候别人都往外面跑，我往里面走。现在他们都拿炸药跑了，我往里面走。"

"人为什么都跑了？！"浅坑心情坏极了，根本没法理解敦佐又傻又疯的话。

"大火我往里面走，捡面包，现在，我来看看有没有我喜欢的东西。"敦佐的话仍然让人难以理解。

"敦佐的头脑跟常人不太一样。别人遇到危险第一反应是求生，但他会习惯性地去寻找能让他觉得安全的东西或人，而不是逃跑，扮猫就是那个让他觉得安全的人。"

马波还在努力说服浅坑："'水泥匣'计划已经在地上启动了，蝼蚁城的很多出入口、通风设备已经被封锁。地上世界全力绞杀蝼蚁人，就像集体灭蟑螂那样。城邦军队已经开往阑尾镇，用水泥封住了排气的假火山口，过不了多久，整个蝼蚁城就会被水泥完全封成个匣子。没有氧气，这里就是死亡之地，炸药是唯一的求生方法，所有人都跑去了炸药库。沌蛇本应该通知你，但他让你来杀扮猫。"

浅坑拼命摇头，接受这些有点难："沌蛇不会骗我，是你在骗我！你怎么知道这小妞的名字？"

"这个，说来话长。我跟敦佐也是老相识，所以我知道，无论他变成什么样子，最危险的时候，本能会把他带到扮猫身边。他还是我安排卖到你们这儿来的，不记得吗？浅坑，我游说你们那蠢货采购员买这个厉害的魔鬼。没时间废话了！带我去找曼波，然后咱们一起逃出去，不然都得死在这儿。"

扮猫舒了一口气，马波刚才的话也是说给她听的，解释了一切。他恪守承诺，一直在暗中保护自己。

"不可能，我不知道她在哪儿，她把我从屠城带到这儿来，我们就再没见过面。除了浅坑这个蹩脚的外号，她什么都没给过我，"浅坑指指扮猫，"你别碍事，她必须死！"

"她不会死。浅坑，你知道自己打不赢我，别执迷不悟！那伪君子早逃命去了，不会帮你。"

"不可能！他在我身边，沌蛇！出来帮我。"浅坑真的叫了起来，但声嘶力竭的呼唤声如同被丢进深谷的石子，根本听不到回音，只有回声在嘲笑这份根本不存在的痴情。又叫了几声，浅坑不叫了，这个粗丑的女人蹲在地上，开始嘤嘤哭泣，她不敢再叫，再叫也没有结果。

"他骗了你。"马波把浅坑拉回现实。

马波说的话是浅坑接受不了的现实，她心里有股无处发泄的怨气，这股怨气的力量在她的腹脏之间乱窜，却找不到出口。

"我要杀了你们！杀了那女人！杀了你！杀了这个被烧伤的白痴！"浅坑抓着铁钳冲向马波。

"浅坑，你打不过他！"扮猫对浅坑喊，她虽恨，但不希望浅坑就这么死在马波手里。一旦生命受到威胁，马波的每一次出手都是致命的。

浅坑发狂一样攻过来，双手将铁钳举过头顶，拼命地砸向马波。马波既没有向后退步躲闪，也没有避开攻击，在浅坑靠近他的一刹那，他的身体向前迎去。浅坑完全没有防备，手中的铁钳还高高地举在空中没落下，马波的一只手便已经按住她的下颌。因为浅坑向前的冲劲过猛，马波的手腕又极其有力，两个完全相反的力相遇，浅坑的颈部被折断了。

"别杀她！"扮猫哭了起来，"别杀她，马波。"

"你和敦佐快走，现在逃跑还来得及，看见手里有炸药的蝼蚁人就跟着他们，从炸口爬上去。"马波看着瘫在地上的浅坑，她已经死了。

扮猫没动，敦佐也没动，站在原地歪头看着地上的浅坑。

"马波，我听说你姐姐也在这地下，他们说她是活过三年的蝼蚁人。"扮猫对马波说。

"我知道，你们也快走吧！再不走，这里连一个蝼蚁人都找不到了，我救了你很多次，别浪费。"马波明显不会跟扮猫一起走了。

咱们一起走……扮猫很想说这句话。但她知道马波还要找他姐姐，拦不住他，也不应该拦。她打定主意，拉起敦佐的手向工厂门外冲去。

她必须对得起马波无数次挽救的这条性命！

第三十章
死地

"死地"是蝼蚁人里的一种说法，意指他们被带到蝼蚁城之前最后看到的地方。"水泥匣"计划开始以后，蝼蚁城的所有通路都被人们堵上了，唯一能上去的办法就是用炸药把水泥炸开。至于从哪里炸上去，大多数蝼蚁人下意识地选择了"死地"，这只是出于一种近乎悲哀的人类本能。

瓦肯镇。

瓦肯镇只是个镇，算不上城，在城邦联盟里并没有一席之地。它属于新城管辖，所以也是最坚决反蝼蚁人的地区之一。镇里所有的居民都荷枪实弹，对准了自家的地板、下水道、排风口，所有地方都放上涂了辣椒水的碎玻璃。无论有谁从这些地方上来，都保不住性命。只有最没经验，或者无泥浆天使带领的蝼蚁人才会将这里当作出口，想从这里出来绝对是个致命的错误！

然而，任何错误都有人犯。入夜，快餐公司的地板成了几个蝼蚁人选定的爆炸点。

"我们居住的地方是一个错误，蝼蚁城只是现实世界一种不够格的模仿。那些厌恶蝼蚁人的人有他们的道理，白化以后的确面目可憎！"

一个骨瘦如柴的全白蝼蚁人盘腿坐着，满嘴念念叨叨。他已经气若游丝，身体状况极差，靠他自己的力量是站不起来的，只能这么闭着眼睛，盘腿坐在肮脏渗水的地上。这个早就丧失了劳动能力的废人之所以还在这里絮絮叨叨，只是因为他是曾经带着两万信众主动移居到蝼蚁城的真理探寻者——翻滚巴巴，一个来自新城老城主家的显赫名人。他一直不停地说话，一年半前，他们总算来到了这个不堪入目的"理想之国"，他与泥浆天使的交涉也极不顺利。等他意识到这个世界从上到下、从地面到地下，根本没有理想的时候，却怎么也出不去了。信众被泥浆天使策反、捕捉、恐吓、贩卖，死的死，跑的跑，在他身边剩下的也只有这十几个了。好在他们一直坚持不酗酒，清教徒般的作息规则挽救了他们。信众基本还是正常肤色，蜕变得不是太厉害，但翻滚巴巴自己像是被抽空了的麦秆，身上的皮肤几乎全白化了。

"巴巴，省点力气吧，安静点！这是咱们从该死的地下出去的唯一机会。等那些蝼蚁人把水泥炸开，咱们就可以跟着他们冲上去了。"较年轻的一个理想信徒几乎哭出来，如果不是相信了翻滚巴巴的理想演说，他怎么也不至于在满是苦力工厂的蝼蚁城东躲西藏，像鬼一样过了这一年多。每一天，或者说每隔几分钟，他就想一刀把身边这个垂垂老矣的巴巴捅死，为何到现在都没下手，其原因他自己也说不明白。他相信其他人也跟自己一样，每分钟都想杀了巴巴，却没人能下手。

巴巴并没停下来，还念念叨叨地说着什么。不远处，三四个蝼蚁人在往水泥里填炸药，其中一个回过头来看了一眼这些坐着的几乎是正常肤色的人。

这简直太可笑了，他们在蝼蚁城里还艰苦地保持着二十四小时的作息，每天用珍贵的清水擦拭皮肤，尽量缩短白化速度的清教徒，如今只能从藏身的地方出来，可怜巴巴地指望跟在有炸药的蝼蚁人身后跑上地面。

"如果蝼蚁人能上到地面，走路的时候请躲开镜子……"

"行了！巴巴，住口吧！住口！"又一个理想信徒在呵斥巴巴以后，嘤嘤抽泣起来。他还是没勇气告诉一年多没照过镜子，甚至没睁开眼睛的巴巴，他也已经白化成了"可憎的蝼蚁人"。

装炸药的几个蝼蚁人互相小声讨论了几句，又朝他们这边看了看，终于，一个蝼蚁人向最年轻的信徒走过来。

"嘿，想跟我一起上去吗？"他开口了。

年轻理想信徒的心脏几乎快从嗓子里跳出来了，来到蝼蚁城以来，他一直洁身自好，其中也包括不跟蝼蚁人有接触，以免染上酗酒和作息不规律的恶习。这是他第一次跟蝼蚁人交谈。

"想，想，谢谢你们。"他语无伦次地回答。

"他是？"蝼蚁人用苍白蜕皮的手点了一下翻滚巴巴。

"他，他是我们的巴巴。"信徒这句话声音越说越小，到最后几个字时，声音小到几乎听不见。

"记住，两种自然的美德都可以引导我们：纵欲和禁欲。沉迷肉欲或者洁身自好，都能在地面上的世界里得到一席之地。唯独……唯独不能有的就是，犹豫不决！"巴巴这时候的念叨声却清晰无比。

"巴巴？他是你爸爸？"蝼蚁人一脸迷惑，似乎完全不了解翻滚巴巴和信徒移民的事情，蝼蚁人看了一眼几个肤色正常的信徒，"我们答应带你们上去，条件是你们在地洞炸开以后，必须走在我们前面。我们运气不好，只弄到了炸药，没有武器，听说这上面是瓦肯镇，是反蝼蚁人最厉害的地方之一。要是上面的人攻击我们，你们至少可以说说情，他们也许不会下手。"

"好，好！"信徒的心总算放到肚子里了，他咽了一大口唾沫，只要带他上去，什么他都愿意做。他回头看看，所有的信徒都在点头，巴巴也不再唠叨，闭着眼睛听——这是决定所有人命运的时刻。

事情还没完，蝼蚁人又说话了："但这个全白的老头儿就算了吧，他太弱，会拖累速度，对我们也没用……"

　　"要我们把巴巴扔下？这不可能！"一个信徒激动地站起来，年轻信徒忙按住他。

　　"唯独，唯独不能有的就是，犹豫不决！"巴巴再次重复刚才的话。

　　"他上去也活不了多久了，"蝼蚁人有点不耐烦了，"快决定吧！"

　　年轻的信徒往身后看了看，他逐一看了每个人的眼睛。十几个信徒的眼睛都传达着统一的信息。他坚信这信息是一致的，就像他坚信他们每个人都想过要杀了翻滚巴巴一样。

　　"我们不上去了，如果没有巴巴，我们活着是为什么呢？"

　　"哈哈，你们会变白的，跟那老头儿一样！在这种鬼地方待下去，什么都会变颜色的！"蝼蚁人大笑起来。

　　"也许你们都上去了，地下就清净了，就好了！"年轻信徒背后的一个女信徒大喊道，"不是所有生活在地下的人都会白化的，我们就是证明！"这句大喊让闭了一年半眼睛的巴巴睁开眼睛，用力点了一下头。

　　"对！不上去也无所谓！你们上去就知道了，上面也好不到哪儿去，所以我们才会离开。"又一个信徒开始说话。

　　"来这里如果是个错误，再回到我们已经离开的世界，才是更大的错误！"

　　"对，我们可以在这儿生活下去，走吧，巴巴。"信徒扶起虚弱的巴巴离开。蝼蚁人继续谋划起如何炸烂瓦肯镇的下水道。

　　玫瑰角。

　　玫瑰角虽是个贫瘠肮脏的小地方，但是从这里的地下爬出来的蝼蚁人丝毫不比新城少多少。他们凭着被磨得几乎殆尽的遥远记忆，挣扎着从炸开的水泥缝隙里钻了上来。

　　星期四夜里，地板下轻轻的敲击声唤醒了她。出于猜疑，她总是锁着门睡觉——为了保护她一直塞在被子里抱着睡觉的存钱罐。她还不是正式的妓女，连雏妓都算不上，依她这个年纪、身材，胸部尚未发育，只能做些伺候年长的女人的工作。满是妓女的玫瑰角生意越来越清淡，经济这么不好，连嫖妓的人都越来越少了。只要有个男人进入这里，无论是老的，还是残障的，都会被长久没生意的妓女厮抢争夺，根本轮不到她！

黑夜里看不清楚，她光着脚从床上下来，把耳朵贴在地板上听，有几个男人的声音。还没等她听清楚地板下面在说什么，紧锁着的木门就从外面被撞开了，一个嫖客带着两三个妓女冲进她的房间。

"这小娘们儿爱存钱，肯定在罐子里，哈，找到了！"一个妓女已经在被子里摸到了存钱罐，上面还有体温。

"哈哈，买酒去！"嫖客和另外几个妓女满身都是酒气，但他们还没喝够，连雏妓都算不上的小女孩儿扑过去抢夺存钱罐。就在这时，一声巨响，水泥地板飞了出去，其中一块水泥击倒了抱着存钱罐的妓女，另外几个吓得大叫着跑了，扔下被压在大块水泥下面，血淋淋的嫖客。他呻吟着对女孩儿伸出手求救，但她就像没看到他一样，默不作声地趴在地板上捡拾着每一个通用币。

"救救我。"嫖客虚弱地说。

"救你干吗？你能给我什么？你连给妓女买酒的钱都没有。"她头都不抬，眼睛只盯着地板上散落的通用币，那个巨大的大坑似乎都不能引起她的兴趣，直到那里爬出一个脖子上满是血痕的蝼蚁人。

"水……"他对女孩儿伸出一只苍白的手，上面还有些水泥粉末。他只爬上来半个身体，另外半个还在大坑下面，坑里透出一股古怪难闻的味道——是血腥味加上炸药的味道。他的同伴因为不熟悉炸药的威力，都在刚才的爆炸里被炸死了，他虽然受了伤，但还勉强能爬起来，现在他站在同伴的尸体上，用最后的力气请求着。

她看了蝼蚁人几秒，把手里的通用币塞进睡衣口袋，一把握住蝼蚁人的手，使出全身的力气，像拔萝卜一样把他拉了出来。躺在水泥碎片下的嫖客看见蝼蚁人，啐了一口唾沫，但他很快就后悔了。女孩儿拿来了食物和清水，无论嫖客怎么哀求都没用，所有这些全数送进了蝼蚁人的嘴巴，最让嫖客难以忍受的是，她还把蝼蚁人拖到自己的床上。

"你疯了吗？那是个只有昆虫那么短性命的蝼蚁人，他们没有能力，你把他们当男人！你疯了吗？"嫖客号叫着，但很快就再也叫不动了。

她没有拥抱蝼蚁人，只是那么一言不发地挨着他躺着，筛糠似的哆嗦着。这还是她第一次和男人睡觉。她也没有吻他，只是一直瞪大了眼睛盯着蝼蚁人看，她连他的姓名都不知道。蝼蚁人仍然很虚弱，不比水泥压着的嫖客状况好到哪里去，但她就是这么固执地认为，他能把她带出玫瑰角，只要他今晚不死。

新城下城。

新城的下城虽然贫穷肮脏，但从来都热闹喧哗，到处充斥着混乱和暴力的气息。

两个二十岁上下的男人和一个妆容浓烈到看不出年纪的女人嬉闹着，在夜色里小跑着赶往下城唯一的清静之地——墓园，他们的衣襟都鼓鼓地包着什么东西。

"哎，你怎么知道的？平常轻松池谁都不随便去，因为那儿有个特别厉害的鬼面人守着。"个子稍微矮一些的男人看上去也更年轻一些，脸上还带着些没有褪去的稚气，有些人也管那叫傻气，夜色有些冷，他冻得发红的鼻子吸溜着鼻涕。

高个儿的那个下巴上已经长出了一些稀疏的胡子，他的衣服最鼓，里面还不时发出玻璃瓶子的碰撞声："那鬼面人几天前就不在了，我有特殊消息，知道这事儿的人可不多。他在后院杀个女人，当晚就收拾东西避祸去了。"

他们进入没人看守的墓地，在一块墓碑上坐下来，从衣襟里小心地掏出几个陈旧并满是灰尘的酒瓶。这块石碑在一个路灯下，正好做酒桌。

高个儿点燃一支烟，眯着三角眼看坐在稍矮处的一男一女正奋力地开启酒瓶塞。

"慢点，小心瓶口，这可不是一般的东西，这是铁球（铁酋长自己都不知道的昵称）留给自己喝的最好的东西——'沉船'，传说中的'沉船'！"

"轻松池似乎早就被抢过了，怎么还会留着这么好的酒？"女人崇拜而痴迷地看着抽烟的男人，即便她戴着假睫毛，崇拜也从满是浓妆的眼睛中溢出。

直到她旁边的男人不高兴地用酒瓶嘴捅了女人一下，她才收回跟高个儿男人对视了很久的眼神。很显然，她是矮个儿的女朋友，而非高个儿的，但女人的"眼神出轨"并没影响什么。矮个儿吸溜了一下鼻涕，笑着继续和高个儿搭讪："杀了个女人就跑？我还听说他很厉害呢，在下城也算是数得上号的厉害人物，原来也怕事！哈哈。"

"我说了我有特殊消息渠道，知道铁球不在轻松池的人不少，但他们都是我通知的。"高个儿却没理睬矮个儿，先回答了女人的问题，并不是因为他喜欢这个女人，他只是很喜欢这个问题而已，"轻松池那么多藏酒，要是我想独吞也不可能。我干脆告诉了一些下城真正厉害的流氓，带着他们破门进去，全搬空了。那些厉害的人最后看我一瓶没拿，还特别客气地送我一瓶里面最好的'红'。他们当然该感谢我，只不过……这些老到的家伙只知道收了我的恩惠，不住地对我保证，这辈子只要我在新城遇到事情，随时找他们，他们愿意替我赴汤蹈火。"说到这里，高个儿再次停下话题，享受一男一女崇拜的眼神，随后才继续说，"不过他们没想到，我还留了一手！我知道那些家伙贪婪无比，绝对会把轻松池一次搬光，以后没人会再去了。可是，铁球那鸡贼还有这十几瓶顶级藏酒放在隐秘的地方，就等着我最好的朋友带着美女，跟我一起去搬呢！"他很是时候地笑着，拍了拍矮个儿。

这本是个设计得很好的时刻，应该可以得到对方百分之百的忠诚和友谊，但矮个儿在感动之余，还是闪烁着大而圆的眼睛，追问了一个很不合时宜的问题："那，那个铁酋长到底厉害不厉害？"

这问题让高个儿多少有些不悦，但他也并没回避："哼，铁球嘛，的确长了副厉害的样子，再加上些乱七八糟的文身……但是要说在下城有一号，我一个上点年纪的朋友说……"他说到这里，故意停顿了一下，跟在他身后的矮个儿和矮个儿满脸脂粉的女友立刻就投来夹杂着崇拜的询问的目光。瞬间，高个儿男子嘴里这个"上点年纪的朋友"变得神秘起来，那似乎是个相当厉害，需要被尊重的人。

"我那个上点年纪的朋友说，铁球以前其实就是给急王打工的一个小酒保，普通得很，他的鬼面人爸爸不知道哪儿去了，铁球也从来没想过要去找他，或者弄清楚他是谁。据说他们鬼面人就是这样，亲情淡薄，但是这跟凶狠没什么关系。他妈妈不是鬼面人，就靠给人熨烫衣服谋生。他家以前就住在这不远处的一条臭水沟边上，前几年那里才铺成了路。"

其实高个儿说的一番话倒并非不是事实，但没有一句能说明铁酋长并不是个厉害角色。

"再给你们看看这个！"高个儿从腰里抽出一把镶嵌着宝石的华丽U形匕首，摆在矮个儿面前，"这也是我在轻松池找到的，肯定是铁球的备用刀，这家伙用这么招摇的家伙！我是不喜欢这种华而不实的东西的，不称手，送你了，我的兄弟！"

这招比那些酒和故事更有用，这次完全买到了矮个儿和女人的心！矮个儿小心地拿过U形匕首，斜斜地把它挂在皮带上，笑得合不拢嘴，那女人高兴得笑掉了一只假睫毛。

酒瓶逐个被打开，浓烈的酒气争挤着从封闭了它们许久的瓶口冒出来。

"暴殄天物啊！这么好的酒，应该一瓶瓶地开，喝完一瓶再开另一瓶。"一个阴里阴气的尖细嗓子从三个人坐着的墓碑后面传出。

"谁？"高个儿还没凑近瓶口就放下酒瓶，摸着腰上的一把手枪。

莫莫伸伸懒腰，从一块墓碑后面像只秃鹫般摇摇摆摆地走出来，手里还攥着那本《恶棍》，他打了一个哈欠，站到路灯下面，让三个人看清自己的皮肤。

"蝼，蝼蚁人……"高个儿嘟囔道。

"哟！第一次见吗？你那些下城最厉害的抢酒的流氓里没几个我这样的？"莫莫扭扭腰看见了指着自己的枪口，"一枪，你只有一枪，瞄准了啊。"

他放下书，叉开双腿，双手叉腰站在路灯正下方。就这一会儿工夫，墓地入口处又走出几个带着武器的蝼蚁男人，有几个身上带着血，其中一个肩膀上扛着枪，一个肩膀上还扛着一具尸体。莫莫站稳了，那滔滔不绝的高个儿倒浑身冒汗，举着枪的手哆嗦起来，他只能再加上另外一只手去稳住举枪的手。出现的蝼蚁人，让被围在中间的三个人筛糠似的发起抖来。

"蝼蚁人开战，就像臭水沟修成公路一样，是大势所趋！尽管上面铺了沥青，臭水沟也没有消失，我就是从铁酋长家附近那条臭水沟，炸破路面爬上来的！开枪吧，你这臭水沟一样的男人！"莫莫号叫起来。

高个儿大叫着扣动扳机，子弹有气无力地打在路灯铁管上，当啷一声响，可那个路灯不是莫莫站着的那个。高个儿从来就不敢真正拿枪瞄准莫莫，也许他根本瞄不准。

"哈哈，差了这么远？你不敢杀蝼蚁人？哎，铁酋长可是专杀逃跑蝼蚁人的泥浆天使，死在他手里的蝼蚁人不计其数。"莫莫可不是光说话的人，这会儿工夫，肩上扛尸体的那个蝼蚁人已经扑过去，一把拧断高个儿的手腕，夺过枪。

"你们怎么这么慢，不是说一上来就到墓园会合吗？"莫莫对围过来的几个蝼蚁人说。

"一路上障碍太多，"那个身上带血的蝼蚁男人说，"这是'沉船'，铁酋长的U形刀？"他发现了拿在矮个儿手里的耀眼宝石匕首。

"丢三落四的，铁酋长那家伙！"莫莫又打了一个哈欠，"不过也就这傻帽愿意拿他的匕首，我可不要。"

"怎么了？这匕首怎么了？"

"快捅他啊！捅那个拿书的，他是头儿。"躺在地上捂着手腕的高个儿小声怂恿着自己的"兄弟"。

矮个儿只吸溜鼻子。

"亲爱的，我想你非用它不可了。"浓妆女人替矮个儿男人抽出腰里的匕首，塞进他手里。

那矮个儿惊恐地看了一眼女人，手一松，扔下了匕首："不，不，我不！你们把这两个人杀了吧，请放我一条生路。我家里有吃的，还有床。我愿意帮你们。"他面对莫莫，跪在地上，"这女人和这男人都把我当傻瓜，但我不是！"他指着高个儿男人和女人对莫莫喊道。

所有蝼蚁人都笑了起来，扛着尸体的那个笑得肩膀一抖，一具血肉模糊的尸体啪的一声落在高个儿身边。女人尖叫起来，但她没叫多久，一个蝼蚁人就结果了她的性命，接着是高个儿的。几个小时以后，当莫莫和其他所有蝼蚁人都酒足饭饱以后（他们没糟蹋一滴铁酋长的藏酒），他们结果了矮个儿的性命。

新城上城。

上城一条民巷里，一个只有十三四岁的男孩儿已经端着一把长步枪在红砖墙的窗口坐了好几个小时了。

"妈，给我倒杯水！"他动作敏捷地往枪膛里装着子弹，"又来了一个！"他瞄准从巷子东边跑过来的一个蝼蚁男人，干净利落地一枪，正中心脏！

"妈！水，我要喝水！"男孩儿根本没有时间回头，他太忙了，射击蝼蚁人是他觉得最有意思的游戏。从夜里坐到黎明的男孩儿根本就没合过眼，一个接一个，他架着枪的窗口下面已经满是死尸，现在的空气还冷，再等一会儿苍蝇就将真正占领这里。

一杯水放在男孩儿的手肘边。

"妈！给我拿个软垫来，放在我手肘下面，妈！别碍我事！"杀蝼蚁人实在太刺激好玩了，即便几个小时没吃没喝，他就是不肯放过眼睛所能看到的任何一个蝼蚁人。

"妈，我饿了，给我煮个鸡蛋去！切成小块……"男孩儿狞笑着，瞄准窗外一个拿着煮鸡蛋的蝼蚁人小女孩儿，她不知道从哪里跑出来的，傻呆呆地站在窗口，与短枪的男孩儿对视。

男孩儿开始觉得异样，他这才回头往厨房的方向望去，他们家的厨房有道后门，直通外面的小巷。

厨房里有些响动，这让男孩儿吓得把枪都掉在了地板上，扯住自己的头发号叫起来："妈！妈！我怕！"

他的妈妈正躺在厨房的地板上，再也听不到儿子的召唤，一锅热腾腾的饭菜正被从地下管道上来的蝼蚁人分享着。他们没用炸药，这户人家的地板是全木质的，他们要等吃饱喝足，才会着手解决十几岁的小杀人狂！

乐城。

专做制服的裁缝店里，所有人全副武装，家里能用的东西他们都调动起来了，锅盖当盾牌，菜刀和剪刀便是武器。这家子是坚定而不动摇的反蝼蚁人派！他们无比憎恨蝼蚁人，本来就非常固执的老板因为憎恨而脸色发青，而他们憎恨的人在一个快乐的午餐时间，从地下室的下水道炸开水泥钻了上来。二十多个或全白或斑白的蝼蚁人现在就站在裁缝工作的大厅里，有老人，有小孩儿，还有几个女人。

"真恶心！"老板抄起一把剪刀朝其中一个较为矮小的蝼蚁人冲了过去。他那因激愤而发青的脸现在带上了一些充血的红晕。像针扎一样的响声后，他倒在了裁缝店的布料堆上，脑门上插着一根针管，脸色一点儿都不比蝼蚁人好看多少。矮小的蝼蚁人趁他没爬起来，助跑了几步，跳着骑到他身上，其他蝼蚁人也不甘示弱，紧跟着一起扑到其余的裁缝和店主家人身上，与其扭打起来。两边势均力敌，都没有什么明显的优势。铁茜长踱步走进裁缝店时，扭打稍微停止了几秒钟，无论是蝼蚁人还是正常人，都抬起头来看着这个浑身都是武器的男人。他背着一把大弩以及羽毛箭，左右两肩分别挎着两把长筒狙击枪，腰里别着一把罕见的U形匕首和一把快刀。

"你，你支持谁？"店主吞咽着唾沫问道。

"什么？"铁茜长迈开长腿，跨过地上一对正在扭打的蝼蚁人和正常人，走到一件刚刚做好的男士厨师服前面，"这个很好看！"

"鬼面人！你支持地上的，还是地下的？"一个蝼蚁人喊道。

　　"我支持最后活下来的人！"铁酋长拿过厨师服，走进一块布帘后面，正常人和蝼蚁人再次扭打在一起。

　　几分钟后，铁酋长换上厨师的衣服从布帘后面走出来，裁缝大厅里满是惨叫。地板上有几个死了的蝼蚁人和一个年轻的裁缝，另外两个人还在淌血。铁酋长看见店主脑门上插着一个针头，努力往一张椅子上爬，他蹲下来，小心地替店主拿掉额头里的针头，圆点伤口周围的皮肤已经发黑溃烂——那是抹了剧毒的针头。

　　"你到底支持谁？"

　　"非要选吗？"

　　"要，要！正义还是……还是邪恶？"垂死的店主说话越来越模糊，"你到底选正义还是邪恶？"

　　"正义还是邪恶？"铁酋长看着他闭上眼睛，"你又算是哪边呢？"

第三十一章
回忆

　　扮猫和敦佐消失在马波的视线里，痛苦的浅坑一把抓住马波的裤脚，他微微蹲下，替下颌被打穿的浅坑擦干眼角的泪水，自己的眼睛里却难以抑制地淌出眼泪。

　　"为什么要选择死？"

　　无法说话的浅坑用力地点了一下头，算是回答马波，她的脸颊在盐做成的地板上拖出深深的一道血痕，马波把双手放在她的脖颈处，结束了她痛苦的生命。

　　"都两年多了，你杀人的时候还哭？"令人毛骨悚然的声音终于出现，沌蛇从一排酒架后踱出，拿着枪的手臂上，大蛇文身清晰可见。

　　稍远些的酒桶后面，扮猫浑身的神经根根紧绷，蹲在她身后的敦佐目不转睛地看着沌蛇，面无表情。他们没有真的离开，现在仇人出现了。从瓦肯镇就开始的仇恨和恐惧没有过期，现在依然有效，敦佐浑身的骨头都发出响声，却被扮猫紧紧地握住手腕。扮猫使出全身的力气，掐得敦佐的手腕生疼，她刚才让敦佐自己跑，敦佐不肯，像小狗般跟着扮猫回来了。

"是你杀了她。"马波站起来。

"我不习惯内疚，没想到我真在周围？这笨娘们儿干活儿我不放心！"

"但你没救她。"

"救她太麻烦了。"

"别人都跑了，你干吗不跑？"

"我跟他们不一样，上去有什么好？提心吊胆地活着？上面的人就一定活得好吗？说起这个来，我还真挺崇拜你姐姐曼波的。那个满嘴钢牙的蝼蚁女人太厉害了，一个人操控这么大的泥浆天使组织。其实我们两个有很多相像之处，但她没弄好，可惜了，要是换我，就不会去跟上面的城邦谈判，老老实实做地下生意……"

"你根本无法跟她相提并论！"马波打断沌蛇，没人能与他的姐姐相比。

"你这么维护她，可她似乎连你在找她都不知道。"

马波本想反驳，但嘴张了一下，却没出声，他不愿意把这个词说给眼前这个十足的小人听。沌蛇不懂，也没必要懂。

看马波不说话，沌蛇开始往枪膛里装子弹："她虽然最后没成功，不过还是个最好的恶棍。我能把她跟我相提并论，是因为我们都是最好的骗子，那本什么拼贴书……哈哈哈，《恶棍》……"沌蛇克制不住自己，令人厌恶地大笑起来，"那帮蠢货泥浆天使的圣经是她一手杜撰的，根本没有这本书，都是些报纸上的逸闻和道听途说的小故事。那些故事中的人都是没有的，所有事都是没有的，你姐姐用一本虚假的故事书统治了泥浆天使和蝼蚁城，真是天才！让人们相信这里以前住着一些死不了的大恶棍，哈哈哈，真高明……"

马波再也听不下去了，抄起浅坑扔下的铁钳向沌蛇冲过去，沌蛇也没耽误，开了一枪，但没打中。

"移动靶子？逃得过第一枪未必能躲过第二枪。我知道你是有胆子的家伙，不会回避我的枪口，可是那样就完了！"沌蛇再次用枪瞄准马波，他也预估了马波的移动方向，沌蛇不是笨蛋，绝大多数人被枪口瞄准时都会站住不动，但马波不会！他从不逃跑，进攻永远是最好的反击。

"你还有最后一枪的机会，这枪射不准你就完了。"马波向沌蛇预估以及瞄准的方向冲过去。

枪响了，子弹穿入马波肩膀上的肉里，炸出一道鲜血。沌蛇说对了，也判断对了，但马波也对了！沌蛇的扳机再也不可能扣动，马波用浅坑的铁钳锁住了沌蛇的喉咙，打蛇打七寸！沌蛇眼珠翻出，嗓子眼里的舌根都吐了出来。马波的招数是沌蛇不懂的，那个词叫"牺牲"，用一道伤口换来一次致命的攻击。沌蛇瞄得很准，如果不是马波临时放弃用沉重的铁钳击打沌蛇的头部，那颗子弹应该会直射他的心脏。

马波夹紧铁钳，沌蛇用手往头顶上指，他没法点头，马波把钳住沌蛇脖子的铁钳稍微松了松。

"喀……喀，天梯，莫莫设计的天梯。她在那儿，就那一条路能上去，你要找的姐姐在那儿。我道……道歉。"

"道歉？"

"对，对，我带你去找你姐姐。"沌蛇眼珠一转，斜眼看马波。

"可我不相信你，谁都知道莫莫设计的天梯是个笑话。"马波古怪地笑了。

沌蛇也笑："你不知道你姐姐在哪儿，整个世界都乱了。我说的话是不是真的，你也无法验证，真绝望啊！到最后还得听我一个坏人的话，还不如给我一个道歉的机会，咱们……"

马波重新握紧铁钳："不！没机会了！"

躲在酒桶后面的扮猫和敦佐眼睛一闭，马波做了早在瓦肯镇和阑尾镇时就该做的事情。

"你永远不会真心道歉，如果你懂愧疚，那些人就不会死了。"马波对着沌蛇的尸体啐了一口唾沫。

恶贯满盈的卡车司机被铁钳夹断脖颈，躺在地上，舌头长长地吐在地上。杀沌蛇的时候，马波没有流泪。

沌蛇并不知道曼波在哪儿，只是为了保命在胡说，或者说是对马波最后的玩弄。

盐壁天花板已经濒临崩塌，纷纷落下的盐粒，如同曼波被带走的那个雪天。曼波也被莫莫那瓶特酿的酒，带进了闭眼之前的最后一次回忆里。

高大的哥哥挥舞着球棒向曼波冲过来，踩得雪地嘎嘎直响。比他矮小瘦弱很多的曼波只微微蹲下身体，像被压紧的弹簧，收紧膝盖，再在一瞬间猛地放开，冲向空中，跟那个哥哥比起来，她的手劲并不算大，但血红色球拍又准又狠地落下。

就连马波都听到了那啪的一声，他吓得捂住耳朵，却依然能看到艳红的球拍落下之处血浆飞溅而出，和乒乓球拍的塑胶面混在一起，无法分辨。

曼波喘着气落在地上，那个哥哥痛叫着，在她面前的石子地上抱头打滚。曼波丝毫没有犹豫，再次举起球拍，如她所说，下手必须不要犹豫。但她要对付的并不是已无战斗力的哥哥，而是正准备逃走却迈不开腿的胖弟弟，马波再也受不了了，不顾一切地从藏身的灌木丛中冲出来。

"姐姐！"他喊着，一把抱住曼波的腰。

"别叫我姐姐！"

曼波想甩开他，弟弟的出现完全在她的意料之外。可是马波死死地抱住她不放。他浑身发抖，但还是紧紧抱住姐姐不放，她是比他的生命还重要的人，不能就这么变成杀人犯。

那胖弟弟趁这姐弟俩纠缠的工夫拔腿跑了。

"你真碍事！他会去报案，咱们都得完蛋！"曼波气极了，用瘦骨嶙峋的胳膊肘用力撞了一下弟弟的头。马波踉跄着向后摔倒，一只眼角撞在了石头乒乓球台锐利的桌角上，没有出血。他看着曼波扔在地上的那个血红色乒乓球拍，红色从乒乓球拍上渗进了马波的眼睛里，先是左眼的一部分，然后面积变大，直到整个视野满是红色。

"笨蛋！跑吧！你快跑！"曼波对他喊，"一会儿警察就来了。"

"咱们回家吧。"马波眼里，深红色的雪片迅速下落。

"他们不爱我，没有爱的地方不是家。"曼波推了马波一把，"你走吧，你回去。"

"回家吧，姐姐，回家吧。"马波哀求着。

似乎是为了让弟弟死心，曼波捡起地上的球拍，甩开胳膊，用尽力气再次往雪地里躺着的哥哥的脑袋上砸去，最后一声惨叫以后，他就再也不出声了。巨大的尸体像一座山一样躺在地上渗血，这一切在马波眼里都是黑色的。

傍晚，警察就抓到了曼波，奇怪的是，他们没有抓也在现场的马波。更奇怪的是，父母连看都没看被带走的姐姐一眼。

"这就是你说的家，比雪地里还冷。"曼波在两个警察的手臂里挣扎着。

"姐姐，姐姐。"马波在嗓子眼里喊着，他的声音并不大，有什么东西紧紧地卡在喉咙里，压得声音放不出来。

警车开动，马波跟在后面跑。他每跑一步都想把那句话喊出来，要是他能早些准备好，早点把这句话喊出来，也许什么都不会发生。可他就是喊不出来，他可以打工赚钱，在新城租下那间小得出奇的屋子，却唯独喊不出那句话。

姐姐，我爱你，你有家！他心里大声喊，嗓子里却什么声音都出不来。他有这样的心，有这样的计划，但还没有这个能力。

曼波摸了摸玻璃瓶，里面的液体如琥珀一样美丽晶莹，那是专为她调配的。闭上眼睛以前，会有几分钟的幻觉。她很期待会是什么，倒塌的盐壁会把她彻底埋上。

天梯早变成了立体的战场，争相往上逃命的蝼蚁人和非蝼蚁人密密麻麻，相互残杀。蚂蚁一样多的蝼蚁人争先恐后地爬上这窄窄的铁扶梯，为了一线生存的希望，全白的蝼蚁人，半白的、正常肤色的奴隶混杂在一起相互撕扯。强壮些的把女人和小孩儿踩在脚下，率先登上扶梯，扶梯上也是争端四起，前面的人会被后面的人拉住脚跟扯下来，也有自己无法支持而失足跌落的。

马波拨开几个打得血肉模糊的蝼蚁人，踏着一堆尸体毫不犹豫地攀上天梯。爬上二十四个小时，他上面才会是一丝光线。如果曼波在，也绝对是在这上面，这个世界上没什么是肯定的。虽然仅有百分之一的希望，马波也只能试试。

绝大多数蝼蚁人即便攀上了天梯也是死路一条，对于一般的人而言，天梯根本不是生存的希望，而是一条黄泉路。若不连续攀爬一天一夜，绝对看不到光线，而这个过程里，还会有其他意外发生。已经上去的蝼蚁人大多数是身体健康，程度比较好，甚至是强健的泥浆天使，蝼蚁城的奴隶根本没有在天梯上存活的希望。

完全竖直的铸铁天梯上，下半段人很多，甚至有人踩着别人的肩背往上攀爬，越往高处人就越少，体力不支的人像雨点般在四周落下。

为了争夺爬天梯的权利，马波的脚踝被一个拿刀的蝼蚁人划了一下。疼，但他不能，也没时间停下来查看，只要往下看一眼，就没力气再往上爬了。

天梯上，没人有多余的力气来处理伤痛。肉体的，心灵的，无论是什么，若和"活着"比起来，都那么微不足道。

血水从内海中央的火山口倒灌入地下，天梯的每根扶手和横杆上都是浓稠湿滑的血浆，有时冒着热气的血浆还会冲下一块块鲜血淋漓的皮肉。腐臭而绝望的气味蔓延在略带咸味的空气里，惨叫声震耳欲聋，间或还会有一两具尸体从火山口掉落下来。马波知道这也不能看，他必须忽略一切声音、气味和感情，稍一走神，或出现瞬间的松懈，就有可能从人满为患的天梯上跌落。他能做的，只有牢牢地盯住眼前的每一根横杆，一步步向着光源移动。

爬的时间越长，天梯上的人就越少。疲劳很难战胜，单调的攀爬变得越来越艰难，幸好马波后面有个中年大叔深谙其中之道，他时不时地跟马波说说话，这对他们两人的帮助都很大。

晚到一秒钟，曼波也许就离开了，或许比离开更糟！马波尽可能加快速度，可是肩膀上的枪伤每动一下都如同是在撕扯着他的皮肉，令他越来越痛苦。

"慢慢爬，跌下去就什么都没有了，别回头，千万不能回头！"下面紧跟着马波攀爬的中年男人似乎感觉到了马波的疲惫和伤痛，他自己虽已气喘吁吁，但还在尽量鼓励马波。

"大叔，你为什么……"马波也跟他搭话。

"为什么能坚持到现在？因为上面有我……我的家……"

下面很远的地方又有体力不支的人尖叫着跌下天梯，这个高度似乎只有马波和中年男子超越了人类体能的极限，仍在向上攀爬。天梯顶部倒灌而下的血水顺着马波的胳膊浸湿了他的衣服，有些还滴进了眼睛里。这其实是一件很奇怪的事情，为什么光源处会有鲜血流下？但马波根本来不及也无力想那么多。

天梯难以攀爬，除了因为它那惊人的长度，还因为每根铁横杆之间的距离其实非常大，即便马波这样身高不算矮的男子也要手脚并用才能够到下一根横杆。一阵尖锐的疼痛从马波的脚踝传过来，他疼得咬紧牙，停在一根横杆上，整条右腿抽搐起来，脚踝处的伤口被撕开得更大了，这是他向上攀爬以来第一次停下。

"别回头，回头你就爬不上去了，放心！我带着应急用的纱布条，你……你停下一分钟。我能腾出一只手，再用嘴帮你绑上布条，就不会那么疼了。"中年男人气喘吁吁地说，听得出来他已经精疲力竭，但还尽力帮助马波。

"谢谢。"马波也是勉强从嘴里挤出几个字，长时间的失血已经让他非常疲惫。他喘着气，紧紧地抓住横杆，按大叔的要求停下了一分钟。这一分钟却在以后的日子里，像曼波杀人的场景一样，永久而毫无原因地刻在了马波深夜的梦境里。

　　跟曼波状况不同的是，这一分钟只是一个感觉，一个冰凉的感觉，而每次这个感觉都会让马波莫名其妙地泪湿枕头。

　　他抬头往上看，虽然能看到光亮，但仍遥不可及。

　　好心的中年男人帮他在脚踝上绑上了纱布，绑扣收紧的刹那马波觉得还有些疼，不过这样至少就不会再撕裂了。

　　马波清清楚楚地感觉到大叔的手在替他包扎伤口，那是一只有点冰凉的小手，像个女孩儿。

　　想到这里，马波关闭了所有思维，他已不能也无力再思考。这就像你已经踏上了一条错误的道路，什么都不可能再改变或者被拯救，天梯是没有回头路的！

　　又爬了不知道多久，马波已经习惯了天梯上的血腥气。火山口的光线逐渐暗下来。

　　"天黑下来了，这是夜里了吧，真好啊！爬到这个地方至少能看见天色的变化，蝼蚁城的工厂里可没有这些。即便现在摔下去也值了！"中年男人感叹着。

　　"别这么说，大叔！咱们一定能爬上去，你以后会每天看到日夜更替，在你家里。家里还有什么人吗？"

　　"家里的当然是家人了。在蝼蚁城的每一天，我都把这个家揣在心里，每天想着，才活到现在。"

　　"能问问你家里有什么人吗？是妻子，还是儿子、女儿？"

　　长时间攀爬，加上身体上的大小伤口失血，让马波感受到难以抵挡的疲劳，光线暗下来，他很容易就产生了困意。他很感激中年男子不断跟他聊天，这是彼此消除困意的唯一办法。

　　"怎么说呢？无论是男人、女人、老人还是孩子，有没有血缘关系的，只要彼此爱着，彼此关心，永不分离，就是家人了。"马波从他的声音可以听出他也很疲劳，可是他的每个回答都那么认真，"比如我和你，年轻人，咱们上去也可以组成一个家，对吗？咱们在一起经历过生死。"

　　"我曾经想过要跟一只流浪狗一起组成个家。"

"那是什么样的感觉？"

"捡到它以后，我找了个空箱子把它养在里面。那时候我白天出去打工赚路费，晚上拿点打工的餐馆不要的剩肉和骨头给它送过去，看着它吃饭。虽然这样的日子只有用手指头都能数得出来的区区几天，但我真的产生了那种感觉，奇怪的感觉。我生平第一次觉得对一个生命负责也是一件自愿的事情，每天晚上给它送肉变成了我做事的动力。如果不是它后来被人打死了，我会一直带着它，每天看它吃肉，那很幸福！"

中年男人沉默了一会儿，转换了话题："那现在呢？你还有家人吗？"

"我一直在找我姐姐，我想给她一个家。"

"你姐姐，很幸福。"中年男人的嗓子有些哽咽。

"我想给她一个家，"马波往上看了一眼，天已经全黑。"本来，本来我以为打工存钱，在随便哪座小城市给她和我买一处小房子就可以给她一个家，但后来计划改变了，我在瓦肯镇卷进了一些事情，帮着一个套麻袋的女孩儿复仇、逃亡。后来，我明白了一件事情。"

"什么？"

"家！那女孩儿给了我一个家，家的感觉，她教给了我。"

"我明白！"大叔重重地说。

这是他对马波说的最后一句话。

而后，马波再也没听到过那个中年男人的声音，也许他终于体力不支，跌下了天梯。马波没有回头，因为回头也无济于事。

天梯最底下，生存斗争仍在继续。敦佐周围的人却不多，不单因为他面貌可怕，还因为他守护着一具血肉模糊的尸体哀号。

那是傍晚时分从天梯高处跌落下来的女孩儿，名叫扮猫，和宠物"扮猫"的死法几乎相同。她没有别的本事，只会模仿各种声音跟人聊天。那件最"无用"的本事，她用到了生命的最后一秒。她只会做这个。

"扮猫，你真棒！"

这是她牢牢记得的一句话。这个世界上只有一个人称赞过她，就是马波。这句话从马波嘴里说出来，大概只花了几秒钟。他们之间就只有那几秒钟，但自从在瓦肯镇遇到马波以来，她一直很快乐。

果然，天梯是莫莫制造的一个黑色笑话。

费尽力气爬上地面的马波看到的是一座岩石岛，连海藻都不长的岩石上满是尸体和血水。蝼蚁人和各种肤色的人倒在一起，一个已经死了的蝼蚁人和另外一具尸体紧紧地搂抱着，那样的姿势不像是格斗，更像是临死前的相互依偎。

尸体堆里并不都是死人，很多人在哀号并发出绝望的呻吟。他们是在马波之前爬上来的蝼蚁人，也都是九死一生。而现在，在这些岩石上，更可怕的绝望在刺激着他们的神经。

岩石岛周围是一片无边无际的大海和没有开始、没有尽头的波浪，根本看不到任何陆地。这里没有淡水，没有食物，也没有船。这就是天梯的获胜者得到的希望——更大的绝望。

有些人饿极了，开始喝地上的坏血，甚至吃死人肉。一个已经烂掉一条腿的家伙企图自杀，他用几乎抓不稳的利器往自己身上猛戳，弯腰，把刀插入身体，再挺身把刀抽出。每戳出一个伤口，他自己大腿根部的伤口也会冒出一股鲜血。他的动作越来越无力，刀刺入得也越来越浅，终于他再也无力拔出插入自己的长刀，嘴唇发白，倒在另外一具尸体上，闭上了眼睛。还有个人刚从天梯爬上来，露头看了一眼周围的海水，便手一松摔了下去。

在这致命的浊臭空气里飘散着的，满是绝望的气息。再严酷的环境也不能杀死所有人，但绝望可以。

马波捂住口鼻，在这一片无望的坟场中间穿行，哪里都没有曼波的踪迹。带着血浆泡沫的海水冲回很多泡胀了的尸体，他们比起岸上的那些已经算有勇气，但大海没给他们再赌一次的机会。

一个垂死的家伙一把抓住马波的脚踝："死吧！哈哈，跟我一起死吧。不然你也早晚得喝血水、吃人肉。"

"我不会死的！"马波低头对他说。

切·丹提告诉过他阑尾镇那个蝼蚁人的事情，那个从海里爬上来的蝼蚁人，已经是个生存奇迹，虽然他幸运地赌对了陆地的方向，但最终死在居民投掷的石头下。

那是日出还是日落？

马波必须想起来！只要想起这个，他就跳进海里，太阳会指引方向，让他游到阑尾镇。

他能想起来，他必须活下去！因为他还没找到曼波。

马波望着岛周围无边无际的海水出神，他必须想起来。切·丹提说，那时候，太阳从那边升起，他曾在灯塔旅馆里见证过昼夜的交替，现在，他只需努力回忆，只要想起阑尾镇的太阳从哪个方位升起，就可以判断海岸的朝向。

而这段回忆，是他唯一的生存机会。